CINCO REINOS

EL CABALLERO SOLITARIO

CINCO REINOS

EL CABALLERO SOLITARIO

Brandon Mull

Traducción de Jorge Rizzo

Rocaeditorial

Título original: *Five Kingdoms. Rogue Knight*

Copyright © 2014 by Brandon Mull

Primera edición: julio de 2015

© de la traducción: Jorge Rizzo
© de esta edición: Roca Editorial de Libros, S.L.
Av. Marquès de l'Argentera 17, pral.
08003 Barcelona
info@rocaeditorial.com
www.rocaeditorial.com

Impreso por EGEDSA
Roís de Corella 12-16, nave 1
Sabadell (Barcelona)

ISBN: 978-84-9918-945-1
Depósito legal: B-12.154-2015
Código IBIC: YFH; YFC

RE89451

Podrían ser todos para Mary.
Aquí va otro.

Somos lo que fingimos ser,
así que hay que tener cuidado con lo que fingimos ser.

Kurt Vonnegut

Capítulo 1

— ◦ —

Autocarro

Cole tardó un buen rato en darse cuenta de que el autocarro iba más rápido de lo habitual. Mira, Jace, Twitch y Joe se habían dormido poco después del anochecer. A pesar de la oscuridad y del trote rítmico del enorme ladrillo con cuatro patas que tiraba del carro, Cole no conseguía relajarse lo suficiente como para dormir.

Llevaban días viajando en dirección a Elloweer. Mira estaba tan emocionada ante la perspectiva de ver a su hermana que Cole a veces dudaba de que se acordara de que Honor estaba en peligro. Twitch parecía tranquilo y satisfecho; no hablaba mucho a menos que le preguntaran directamente. Joe pasaba la mayor parte del tiempo pensando en los posibles peligros del camino. Jace estaba más inquieto y cascarrabias cada día, pero Cole no lo culpaba por eso.

Las condiciones del viaje explicaban el insomnio de Cole: demasiadas horas encerrados en el autocarro, haciendo poco ejercicio y echando siestecitas cada vez que les apetecía. Los días y las noches se confundían, con lo que cada vez era más difícil mantener un horario regular.

Allí sentado, a oscuras, mientras los otros dormían, la realidad de las circunstancias le pasaba cuentas una vez más. Hasta unas semanas antes, Cole llevaba la vida normal de un estudiante de sexto en Mesa, Arizona. Pero una visita a un pasaje del terror en Halloween les había llevado a él y a sus amigos a las Afueras, un misterioso mundo compuesto por Cinco Reinos, cada uno con sus formas de magia características. Como si estar atrapado en otro mundo no fuera bastante, todos los chicos que habían viajado con Cole hasta las Afueras habían sido marcados como esclavos nada más llegar.

Tras fracasar en su intento de rescatar a sus amigos, Cole vio como le separaban de sus amigos, al venderlo a los Invasores del Cielo, un grupo de saqueadores que recuperaban objetos de valor de unos peligrosos castillos que flotaban entre las nubes. No tenía ni idea de adónde habían ido a parar sus compañeros de Arizona, entre ellos su mejor amigo, Dalton, y Jenna, la niña que le gustaba desde hacía años. Sabía que estarían en algún lugar de los Cinco Reinos, y estaba decidido a rescatarlos. Pero a veces le parecía algo imposible.

Lo único positivo para Cole eran los nuevos amigos que había hecho en las Afueras, entre ellos Jace, Twitch y Mira, excompañeros en los Invasores del Cielo, que habían escapado con él. Joe había acudido a advertir a Mira del peligro que corría, y más tarde se había unido a ellos. Cole tenía la sensación de que era importante no abandonar a Mira. Ella tenía contactos por todo Elloweer que harían más fácil el viaje y que podrían ayudarle a encontrar pistas sobre sus amigos. Por supuesto, aquello suponía afrontar graves peligros, dado que Mira huía de un soberano malvado increíblemente poderoso, nada menos que su padre, el gran forjador que se había proclamado rey supremo. El monarca ya le había robado el poder a Mira una vez, y querría recuperarlo: después de haber visto de primera mano lo que podía hacer ese poder, Cole entendía el porqué.

Desde su llegada a las Afueras, Cole había flirteado con la muerte varias veces: haciendo de explorador en los castillos flotantes, durante la huida de Puerto Celeste, y luchando para escapar de una tierra de fábula creada por un niño mago. Y no parecía que el peligro fuera a desaparecer de pronto. ¿Cuántas veces más podría librarse de la muerte por los pelos?

Tenía la sensación de estar a un millón de kilómetros de su casa. Aunque la distancia real probablemente fuera aún mayor. Daba toda la impresión de que las Afueras se encontraban en un universo completamente diferente al suyo.

Lo que estaba claro era que Cole estaba allí, en Sambria, uno de los Cinco Reinos, y aquello no iba a cambiar en un futuro próximo, así que lo único que podía hacer era centrarse en su próximo objetivo.

La madre de Mira había usado su poder de forjado para situar una estrella en el cielo por encima de Honor, lo que significaba que la hermana de Mira tenía problemas, pero no tenían más información al respecto. No mucho tiempo antes, el poder de Mira había tomado forma tangible, y en la lucha para derrotarlo habían estado a punto de perder la vida. ¿Se dirigían ahora hacia una batalla similar? No tenían ni idea de la amenaza a la que se enfrentaba Honor, pero Mira estaba decidida a rescatarla.

Bertram, el cochero, tenía la cabeza gacha y la mirada inexpresiva, fija en el suelo. Era un semblante, creado mediante forjado, así que no necesitaba dormir, pero no estaba diseñado para que pudiera dar mucha conversación. A veces les daba información útil sobre la ruta. Según Bertram, llegarían a la frontera de Elloweer a la mañana siguiente.

El autocarro solía ser cómodo, así que cuando se agitó dos veces seguidas por sendos baches, Cole reaccionó. El *clip-clop* del trote del ladrillo sonaba más acelerado que nunca. Entonces el ritmo del trote cambió, como si el ladrillo aumentara la zancada, y la velocidad del autocarro creció aún más.

El autocarro no era ni un animal ni una máquina: había sido creado por forjadores. Nunca se cansaba, pero tampoco aceleraba. Cole le dio un golpecito a Bertram en el hombro y le preguntó:

—¿Por qué estamos acelerando?

El anciano lo miró, con un temblor en los labios y un tic en un ojo. Bertram solo hablaba para dar información sobre la ruta o para asegurarle a cualquiera que quisiera escucharle que estaba de vacaciones con sus sobrinos nietos. Aunque sus respuestas no siempre eran relevantes, nunca había dejado de responder a una pregunta.

—¡Chicos! —gritó Cole—. ¡Algo va mal!

El suave ronquido de Joe se detuvo de golpe. Miró a Cole y frunció el ceño.

—¿Está «corriendo» el autocarro?

—Sí —dijo Cole—. Y Bertram no habla.

El viejo semblante tenía cara de sufrimiento. Apretaba el puño a intervalos irregulares. Joe zarandeó a Mira y a Jace.

—¡Despertad!

—¿Qué pasa? —respondió Twitch, levantando la cabeza, sobresaltado.

El ladrillo aumentó el ritmo, galopando con fuerza. El autocarro crujía y traqueteaba; de pronto, dio un bote al encontrar un bache. Cole sintió un tirón en la espalda.

Jace sacó su cuerda dorada, objeto mágico que había encontrado en una de sus misiones con los Invasores del Cielo. Mira sacó la espada saltarina que su amigo Liam le había hecho antes de volver junto al gran forjador de Sambria.

Joe le dio unas bofetadas a Bertram en la mejilla.

—¡Bertram! ¡Reduce la marcha! ¡Para el carro!

—¡Para el carro, Bertram! —le ordenó Mira.

Bertram tenía el rostro tenso y los labios hacia atrás, dejando a la vista los dientes que le rechinaban. Por la barbilla le caía la saliva.

—¡Para, Bertram! —insistió Joe—. ¡Para ahora mismo!

Bertram gritó, agitándose de un lado al otro. Aquel angustioso grito desesperado hizo que Cole sintiera pánico. ¿Qué podía haber provocado que el viejo semblante, siempre tan tranquilo, reaccionara así?

Parecía que el autocarro iba ganando aún más velocidad.

—¿Qué hacemos? ¿Nos tiramos? —preguntó Twitch, poniéndose su anillo de Elloweer, haciendo que le aparecieran sus alas semitransparentes y sus patas de saltamontes.

—¿Y todas nuestras cosas? —preguntó Jace.

—Vosotros saltad —les dijo Joe—. Usad vuestras armas para aterrizar suavemente. Yo me quedaré en el autocarro para ver dónde…

De pronto no pudo decir nada más; el autocarro entero saltó. Por un momento desapareció la gravedad. Cole estaba flotando, al igual que los demás. Todos cayeron de golpe cuando el carro aterrizó estrepitosamente, inclinado hacia delante al bajar por una escarpada ladera.

Cole acabó tirado boca arriba, con Twitch encima. El autocarro temblaba y descendía sin control. Antes de que Cole pudiera levantarse, volvió a salir volando, escorándose peligrosamente a la derecha.

De pronto, la cuerda dorada de Jace se alargó, zigzagueando y tejiendo un complejo patrón en el interior del habitáculo. El autocarro cayó de lado y avanzó dando tumbos, lanzando a Cole y a sus amigos contra una red hecha de cuerda dorada que les hizo de salvavidas.

La elaborada maraña de cuerda amortiguó sus movimientos y evitó que fueran a chocar contra las paredes interiores del carro. Cole perdió todo sentido de la orientación, dando tumbos entre las cuerdas, mientras el carro seguía girando sobre sí mismo y rebotando por la ladera.

Por fin, el autocarro se detuvo, del revés. Por un momento, sus ocupantes quedaron colgando como bichos en una telaraña. La inmovilidad y el silencio que siguieron al caótico impacto creaban una sensación fantasmagórica. Entonces la cuerda se aflojó y todos cayeron sobre el techo del carro. Cole estaba magullado y medio mareado.

—Salid de aquí —susurró Joe con urgencia—. Esto ha sido un ataque. Y no acabará aquí. Tenemos que ponernos en marcha.

Del lateral del carro, ahora abollado, había desaparecido

la puerta. Twitch se coló por el orificio y se sumió en la oscuridad. Jace recogió la cuerda, que volvió a adoptar su tamaño normal, y también salió. Después fue Mira, y Cole tras ella. Joe salió el último.

El autocarro había caído al fondo de un desfiladero atravesado por un puente. A la tenue luz de la luna vieron unas laderas escarpadas cubiertas de arbustos que ascendían a ambos lados, y un arroyo que avanzaba sinuoso por el centro, tan estrecho que se podía vadear sin problemas. Las rocas, ramas y viejos troncos retorcidos esparcidos por el fondo del desfiladero dejaban claro que a veces el arroyo crecía muy por encima de su nivel actual.

Cole respiró hondo, tomando una bocanada de aire fresco. Desde luego era más agradable que el olor de seis cuerpos apiñados en un espacio reducido día tras día. Desde que habían iniciado su viaje a Elloweer, solo había salido del autocarro para hacer sus necesidades y, ocasionalmente, para comer en alguna posada junto al camino.

Jace se llevó un dedo a los labios y señaló hacia lo alto del desfiladero. Un par de personajes con capa y armadura bajaban por la ladera, uno a lomos de un enorme gato salvaje y el otro sobre lo que parecía una bola de trapos. Las amenazantes monturas descendían con gran elegancia y agilidad.

Cole se agazapó y contuvo la respiración. Los últimos días habían sido tranquilos, pero sabía que el padre de Mira tenía a gente buscándolos. Después de que Mira derrotara a Carnag, el monstruoso semblante, y recuperara su poder de forjado, el forjador supremo había perdido todo el poder robado. Estaría desesperado, ante la posibilidad de acabar perdiendo también el que había robado a las hermanas de Mira.

Los siniestros jinetes no parecían legionarios ni guardias de la ciudad. ¿Serían ejecutores? A Cole le habían advertido sobre la policía secreta del forjador supremo, pero no tenía modo de saber si aquellos jinetes tendrían algo que ver. No obstante, fueran quienes fueran, le daban escalofríos. En un mundo en que la realidad podía modificarse, había aprendido a aceptar lo imposible, pero eso no significaba que le gustara que salieran en su caza.

Sin decir palabra, el pequeño grupo se separó en diferentes direcciones: Twitch se agazapó tras un tronco, Mira se ocultó tras un arbusto, y Jace se fundió entre las sombras tras un montón de rocas. Joe se volvió a meter en el maltrecho carro. Cole rodeó el autocarro a gatas, situándose detrás, por lo que aún podía seguir a las figuras que se acercaban con la vista. El dúo avanzaba rápido y aparentemente sin esfuerzo. Entonces, Cole se dio cuenta de que probablemente habrían supuesto que todos los ocupantes del carro habrían acabado muertos o malheridos. Y, de no ser por la cuerda de Jace, tendrían razón.

Cole se planteó recuperar su espada saltarina del interior del carro. Con una lucha en ciernes, odiaba encontrarse desarmado. Pero le preocupaba hacer ruido y estropear así la ocasión que tenían de sorprender a los jinetes. Ambos estaban ya casi en el fondo del desfiladero.

Cole forzó la vista para intentar descifrar qué era aquel montón de trapos. La mole de trapos se deslizaba sobre unos jirones de tela, flotando más que caminando. Aunque no era muy sustancial y no tenía una forma muy determinada, parecía sostener a su jinete sin esfuerzo.

Joe se acercó furtivamente a Cole y le dio su espada saltarina.

—Mantente todo lo agachado que puedas —le susurró al oído. Llevaba en la mano un arco (un arma forjada que Cole había recuperado de un castillo flotante y que generaba una flecha cada vez que se tiraba de la cuerda)—. Te tomo esto prestado. Nuestra máxima prioridad es sacar a Mira de aquí.

Con el arco en la mano, Joe se alejó del autocarro destrozado. Siguió el pequeño arroyo y buscó refugio tras un arbusto alto.

Sin levantar la cabeza, Cole se quedó observando a los jinetes que recorrían el fondo del desfiladero. Avanzaban directamente en dirección al autocarro. ¡Por supuesto! ¡Querrían registrar los restos! ¿Por qué no había escogido otro escondrijo?

Siempre detrás del autocarro volcado, fue retrocediendo, agazapado, espada saltarina en ristre. Si le descubrían, usaría la espada para saltar a lo alto de la ladera. Quizás así pudiera alejarlos de los demás. A pesar de aquellas extrañas monturas, la espada saltarina seguramente le proporcionaría cierta ventaja.

Se oyó una pisada en el arroyo y un pequeño chapoteo. Cole se quedó paralizado.

El gran gato salvaje soltó un gruñido furioso. Cole se estremeció, apretando los dientes. Al otro lado del carro vio que Twitch se había elevado en el aire, con sus gigantescas alas de libélula brillando a la luz de la luna.

Le habían descubierto.

Cole se deslizó hacia un lado, a tiempo para ver la cuerda dorada de Jace que rodeaba al jinete que montaba el felino. La cuerda elevó al caballero de armadura por los aires, para luego lanzarlo contra unas rocas en el lecho del arroyo con gran estrépito. La mole de trapos se lanzó contra Jace. Mira salió de su escondrijo, saltando por el aire con su espada extendida. Su hoja impactó contra el jinete de la mole de trapos en un costado; lo derribó, pero sin agujerearle la armadura. Mira cayó en el arroyo, tropezando, y la espada se le fue de la mano.

El enorme felino avanzó en dirección a Mira. Cole apuntó con su espada justo delante del felino y gritó: «¡Adelante!». La espada lanzó a Cole por el aire en una trayectoria baja, casi rozando el suelo del desfiladero. En el momento en que el enorme gato saltaba sobre Mira, Cole, impulsado por la inercia, le hundió la hoja de la espada al animal en las costillas. La espada saltarina había decelerado justo antes de llegar a su objetivo, pero, aun así, Cole se la clavó hondo, para luego impactar con el costado peludo del felino. Cole salió despedido por el aire y aterrizó violentamente, torciéndose el hombro y magullándose las piernas. El gato salvaje resopló, girándose para arrancarse la espada clavada en el costado. Entonces una flecha se le clavó en el cuello.

—¡Mayal, ataca! —gritó Mira, señalando al felino.

Con un ruido de madera quebrada, el Mayal del Forjador salió volando del autocarro destrozado. El mayal, compuesto por seis pesadas bolas de hierro unidas a una anilla central por pesadas cadenas, cayó como un remolino sobre el gato salvaje; lo derribó y se enroscó en él. Con dos patas inmovilizadas, el enorme felino acabó panza arriba, revolviéndose y resoplando.

El jinete derribado por Mira estaba ya de pie, y tenía en las manos un hacha de batalla de doble filo. Avanzó hacia Cole, con el arma en alto. Cole flexionó las piernas y se preparó para saltar fuera del alcance de la pesada arma, pero, antes de que pudiera moverse, una cuerda dorada se enroscó alrededor de los tobillos del jinete, y lo lanzó hacia arriba, contra una roca al otro lado del desfiladero. El gigantesco gato silvestre por fin dejó de moverse, atravesado por un número de flechas cada vez mayor.

Jace soltó un par de latigazos a la mole de trapos, pero la cuerda dorada la atravesó sin impactar contra nada. El ataque pareció activar la desgarbada masa de tela. Después de revolverse un momento sin moverse del sitio, la mole de trapos pasó como una exhalación junto a Cole, sin hacerle más daño del que le haría un montón de ropa.

Cole fue a recuperar su espada del gran felino, moviéndola a los lados para liberarla, y limpió la hoja contra el pelo del animal.

En lo alto del desfiladero, cerca del puente, un caballo soltó un sonoro relincho. Cole levantó la vista a tiempo para verlo retroceder. Un jinete desmontó, y jinete y montura desaparecieron de la vista.

Agitando las alas, Twitch aterrizó junto a Mira. Se agachó y la ayudó a ponerse en pie. La mole de trapos siguió avanzando suavemente, deslizándose río arriba.

Joe corrió hasta ellos, con una flecha preparada en el arco.

—Mira, vamos a por ese jinete —dijo, apuntando hacia lo alto del desfiladero.

—¡Mayal, ataca! —ordenó Mira.

La maraña de bolas y cadenas se soltó del felino caído y salió disparada ladera arriba. En lo más alto se detuvo.

—¡Mayal, ataca! —repitió Mira, señalando hacia el lugar por donde había desaparecido el extraño.

El mayal se quedó flotando inofensivamente.

—Estoy intentando visualizar el jinete —dijo Mira—. Ha desaparecido antes de que pudiera verlo bien. Creo que tengo que ver el objetivo. ¿Quieres que suba?

—No —dijo Joe en voz baja—. No vale la pena el riesgo. ¿No puedes ordenarle al mayal que ataque a lo que sea que haya allá arriba?

—No es un perro de presa —respondió Mira—. Tengo que dirigirlo.

Joe asintió.

—Le he dado al caballo del jinete con una flecha. No sé hasta qué punto le habré hecho daño. No podemos dejar que escape. Podría buscar refuerzos. Debería ir tras él.

—¿Cómo habrán hecho que el autocarro se desbocara? —preguntó Twitch.

—Debe de haber sido un forjador, que lo haya alterado de algún modo —sugirió Jace.

—Pero el autocarro lo hizo Declan —murmuró Mira—. Para alterar la obra de un gran forjador haría falta un experto.

—Puede que hayan usado el contraforjado —propuso Cole—. Si los contraforjadores pueden alterar el propio poder de forjado, quién sabe qué más podrán hacer.

—Consiguieron desviar el poder de Mira y acumularlo

en Carnag —recordó Twitch—. ¿Por qué no iban a poder alterar un semblante?

—Cualquiera que sea su talento para el forjado, estos no eran soldados normales —dijo Joe—. Acabáis de conocer a los ejecutores. Y uno de ellos se escapa. No puedo permitirlo. Probablemente no vaya a la legión, ni a las autoridades oficiales, pero puede que haya más de los suyos por la zona.

—¿Nos vamos a separar? —preguntó Jace.

—De momento, sí —dijo Joe.

—¿Seguimos la carretera? —dijo Twitch.

—Os llevará a Carthage, en la frontera entre Sambria y Elloweer —les explicó Joe—. La estrella de Honor está fija en esa dirección. Si algún peligro os obliga a abandonar la carretera, Mira sabe cómo seguir la estrella.

Cole se giró hacia Mira, que tenía la vista clavada en el cielo. Para proteger mejor el precioso secreto de que la madre de Mira podía indicar la ubicación de sus cinco hijas, solo Mira y Joe sabían el aspecto que tenía la estrella de Mira. Si esa información llegaba a oídos del gran forjador, las chicas estarían condenadas.

—¿Soy yo, que estoy confusa? —preguntó Mira—. No la veo.

Joe levantó la vista al cielo en la misma dirección que ella.

—Oh, no —murmuró, tras una pausa tensa—. Tienes razón. La estrella ha desaparecido.

Capítulo 2

Sin estrella

—¿Qué significa eso? —preguntó Mira, angustiada.

Cole se sintió fatal por ella. Aquella estrella era la única conexión que tenía con su hermana, que estaba en peligro. Los ojos de Mira, llenos de pánico, escrutaban el sector del cielo donde debería estar la estrella.

—Podría significar muchas cosas —dijo Joe, mostrándose deliberadamente tranquilo—. Podría significar que a tu madre le preocupa que algún enemigo pueda usar la estrella. Podría implicar que tu hermana ha sido rescatada.

—¿Y si significa que…? —Mira suspiró, y se llevó una mano a la boca.

—Estoy seguro de que no —dijo Joe—. No podemos dejar que esto nos afecte. Tengo que seguir el rastro a quienquiera que esté huyendo. Vosotros id a Carthage. Hay una fuente con siete chorros en el lado de Elloweer. Si no os alcanzo por el camino, buscadme allí cada día a mediodía. Intentad pasar desapercibidos. Si tardo más de tres días, estaré muerto o me habrán capturado. —Joe miró a Cole, a Jace y a Twitch—. Cuidadla.

Joe se giró y salió corriendo colina arriba.

Mira siguió mirando aquel trozo de cielo. Cole siguió su mirada y vio muchas estrellas. Pero sabía que la que ella quería ver no estaba entre ellas.

—No os entretengáis —les advirtió Joe sin detenerse—. No sabemos si han enviado a alguien más.

—Tiene razón —dijo Twitch.

—¿Y nuestras cosas? —preguntó Jace, señalando con la cabeza hacia el maltrecho autocarro—. ¡Al menos el dinero!

—Bien pensado —dijo Cole.

—Vosotros dos, coged lo que haga falta —decidió Twitch—. Yo sacaré a Mira de aquí. Os esperaremos por el camino.

—Vale, pues ya podéis iros —les despidió Jace, agitando una mano—. Tú también, Cole, si quieres.

—Me quedo contigo —dijo él, que luego se dirigió a Mira—: Nos vemos enseguida.

Twitch salió volando, y Mira usó la espada saltarina para llegar hasta la mitad de la ladera opuesta a la que estaba trepando Joe.

—Mayal, sígueme —dijo, y el arma obedeció.

Con el hombro dolorido y las piernas magulladas, Cole se dirigió al autocarro. El ladrillo andante, ya separado del carro, estaba inmóvil a su lado, con dos patas rotas a la altura de la cadera.

Cole y Jace se dirigieron al hueco donde antes estaba la puerta y entraron. Bertram estaba tendido boca abajo, inmóvil.

—¿Está muerto? —preguntó Jace.

Preocupado por aquella posibilidad, Cole se agachó y sacudió al anciano por el hombro.

—¿Estás bien, Bertram?

El hombre se movió y levantó la cabeza.

—Estoy de vacaciones con mis sobrinos nietos. —Esbozó una sonrisa—. No hay nada de qué preocuparse.

Una vez dentro, Jace abrió una compuerta y cayeron varias cosas. Se metió dentro y empezó a revolver el contenido. Desde el exterior, Cole oyó el leve susurro de un arroyo.

—Antes no parecías el Bertram de siempre —dijo Cole—. Gritabas y todo.

El anciano parpadeó.

—Ya no soy un polluelo. Los jóvenes debéis perdonar a los caballeros de edad si de vez en cuando no estamos en nuestra mejor forma. Me he sentido indispuesto. Pero no permitiré que eso estropee nuestras vacaciones.

—Deberíamos irnos —dijo Jace, saliendo del interior del carro.

Cole le indicó con un gesto del dedo que esperara. Intentó plantear una pregunta de modo que Bertram pudiera responderles:

—Nuestro plan de vacaciones se ha visto alterado. El autocarro se ha desbocado y ha acabado chocando. ¿Cómo vamos a llegar a Elloweer ahora? ¿Qué es lo que ha sucedido?

Bertram chasqueó la lengua, incómodo.

—El autocarro ha hecho lo que tenía que hacer.

—El autocarro solo obedece las órdenes de Mira —respondió Cole—. No acelera. ¿Qué es lo que ha pasado?

—Ha hecho lo que se le ha pedido —dijo Bertram—. Como yo.

—¿Y quién dio la orden? ¿Quién cambió el curso del autocarro?

—Jovencitos, quizá tengáis que seguir sin mí a partir de ahora —respondió Bertram, impertérrito—. El carro ha quedado en mal estado. Quizá nos vaya bien quedarnos aquí un tiempo. ¡Estas vacaciones me han agotado! Todo tío tiene sus límites.

—Vámonos —le apremió Jace—. He cogido el dinero y algo de comida.

—Adiós, Bertram —dijo Cole—. Gracias por las vacaciones.

Bertram asintió.

—Eres un buen sobrino nieto.

El chico salió del coche.

—¿Eso son lágrimas? —le preguntó Jace.

—No —respondió Cole, limpiándose los ojos y apartando la mirada.

—No es de verdad —dijo Jace—. Es un semblante. Lo han fabricado.

Cole suspiró.

—Eso casi empeora aún más las cosas. Se quedará ahí sentado, pensando que tendría que estar de vacaciones con nosotros.

—No piensa —insistió Jace—. Solo suelta las frases que Declan le ha enseñado. No te entristezcas por él. Lo triste es que hayamos perdido nuestro medio de transporte. Vamos a buscar a Mira.

—¿Y los tipos que lanzaste con tu cuerda? —preguntó Cole—. ¿No deberíamos ir a ver si están vivos?

—Ni hablar. Intentaron matarnos. Les di su merecido.

—Llevaban armadura.

—Una armadura no te protege de una caída desde un barranco. Los lancé con fuerza. Joe no estaba preocupado por ellos.

—Joe tenía prisa —señaló Cole.

—Vale —accedió Jace, resoplando—. Tú ve a por ese —dijo, señalando al hombre que tenían más cerca.

La cuerda de Jace se enrolló como un resorte y luego se estiró, llevándole de un salto al lugar donde había caído el jinete que había lanzado más lejos. La cuerda volvió a enroscarse antes de caer para suavizar la caída.

Cole corrió hacia el otro jinete. Tenía la visera del casco y la pechera destrozadas tras el impacto con la roca. El hombre no se movió. Cole se arrodilló a su lado y acercó la oreja al casco, intentando distinguir si respiraba. No oyó nada.

—¡Muere! —dijo una voz, mientras Cole sentía que lo agarraban por los hombros desde atrás.

Se dio la vuelta de un salto, sobresaltado, y a Jace se le escapó la risa.

—El otro tipo ya no está en este mundo —dijo Jace—. Estamos perdiendo el tiempo. Vámonos de aquí.

La cuerda volvió a enroscarse. Jace subió la ladera rebotando. Cole apuntó con su espada, dio la orden y el arma lo lanzó ladera arriba.

Por mucho que repitiera la experiencia, saltar con la espada seguía siendo algo alucinante, entre otras cosas porque siempre le parecía que no la controlaba. Lo más complicado solía ser el aterrizaje. Cole había aprendido que si daba un salto tras otro, en lugar de pararse tras un salto, el impacto se reducía mucho. Así que enlazó varios saltos para subir por la ladera hasta llegar al puente y al camino, hasta que vio a Twitch y a Mira que les hacían gestos más adelante. Apuntando con la espada a un punto que estaba cerca de sus amigos, Cole dio la orden de nuevo y salió volando a su lado. La espada frenó en el último segundo, pero no lo suficiente, y acabó cayendo de rodillas sobre el camino de tierra.

Saltando con la espada, Cole había adelantado a Jace, que usaba la cuerda para colgarse de los árboles junto al camino y lanzarse hacia delante. Jace llegó en el momento en que Cole se ponía en pie.

—Tienes que practicar ese aterrizaje —dijo Jace.

—Tú tienes que trabajar en la velocidad —replicó Cole.

Jace señaló a un punto al lado del camino.

—¿Qué se supone que es eso?

Cole se giró y vio una mole deforme marrón que le llegaba a la cintura, moviéndose adelante y atrás sobre dos patas desiguales. Quizás al notar la atención que recibía, el desgarbado objeto se les fue acercando con pasos inciertos.

—Mira ha intentado forjar algo que nos pudiera llevar a Carthage —explicó Twitch.

A Jace se le escapó la risa.

—¿Eso? ¡Parece una bola de barro con patas!

Cole intentó no reírse. La descripción era bastante precisa.

26

—Tenía prisa —dijo Mira, a la defensiva—. Hacer semblantes no es nada fácil. Hasta los mejores forjadores tardan su tiempo a la hora de simular una vida.

—¿Y por qué lo intentas? —preguntó Jace.

—Vi lo que podía hacer mi poder cuando nos enfrentamos a Carnag —dijo Mira, encogiéndose de hombros—. ¿Recuerdas lo grande que era? ¿Lo bien que nos simulaba a mí y a mi padre? Ese poder ahora está dentro de mí. Solo tengo que aprender a usarlo. Sé que sería capaz de grandes logros con el forjado. Pensé que, si aprendía a controlar mi desesperación, podría forjar algo útil.

La bola de barro se acercó a Jace renqueando, tropezó y cayó. El pequeño semblante se balanceó suavemente y emitió un sonido confuso, como un balbuceo.

—¿Está intentando hablar? —preguntó Jace—. Se parece un poco a Twitch. ¿Lo usaste de modelo?

—Para ya —respondió Mira, que le dio un palmetazo en el hombro.

Se tambaleó un poco, y Jace la agarró.

—¿Qué te pasa? —preguntó Jace.

—El esfuerzo me ha pasado factura. Enseguida se me pasará.

—¿Te das cuenta de que tenemos mucho camino por delante? —le recordó Cole.

—Intentaba hacer algo para facilitarnos las cosas a todos —dijo Mira. Todos miraron al pequeño semblante deforme, que intentaba ponerse en pie de nuevo. Mira soltó una risita—. Se suponía que tenía que ser más grande.

Su comentario dejaba claro que podían reírse del asunto, y todos lo hicieron.

—¿Le estás diciendo que se mueva? —preguntó Cole.

—Lo diseñé para que nos siguiera siempre que no estuviéramos montados en él —explicó Mira—. Supongo que eso lo entiende. Se suponía que tenía que tener cuatro patas. Y que tenía que obedecer mis órdenes, pero no parece que me haga ni caso.

—¿Puedes seguir forjándolo? —preguntó Cole—. ¿Mejorarlo?

Mira meneó la cabeza.

—Estoy agotada.

—¿Y puedes desforjarlo? —preguntó Jace—. Alguien podría encontrarlo.

—Probablemente, pero me dejaría sin fuerzas. Ya me va a costar seguiros. Ha sido una estupidez intentar hacer un semblante de golpe. Carnag lo hizo, así que pensé que quizá yo también podría. Normalmente, un proyecto así se hace paso a paso, poco a poco.

El semblante se puso en pie y se acercó a Cole. Él se echó atrás. Impresionaba un poco.

—¿De qué está hecho? —preguntó Jace.

—Parece porquería, pero más bien tiene el tacto del corcho —dijo Mira—. Es más duro de lo que parece, pero no exactamente lo que yo quería.

28   Jace derribó al semblante de un empujón. Se agachó y le pasó las palmas de las manos por encima, haciéndolo girar suavemente.

—Adelantaos, chicos. Ya os pillaré; tengo que deshacerme de esta cosa.

—¿Qué vas a hacer? —le preguntó Cole.

—Dejarlo en el bosque, lejos de la carretera. No es muy ligero, pero con mi cuerda podré cargarlo.

—¿No es... una crueldad? —preguntó Cole.

Jace resopló. Estaba perdiendo la paciencia.

—¡Es un pedazo de corcho con patas, Cole! —respondió—. Mira lo hizo a partir de la tierra. No tiene sentimientos. Pero podría seguirnos, lo cual ayudaría mucho a cualquiera que intente localizarnos.

—Vale —accedió Cole—. Tiene sentido.

—Poneos en marcha —dijo Jace—. Puede que nos estén persiguiendo. Hay que conservar la ventaja.

—¿Estás bien para viajar? —le preguntó Cole a Mira.

Ella se pasó una mano por la frente.

—Tengo que hacerlo. No hay elección —dijo, y miró al cielo—. Ojalá la estrella siguiera allí.

—Todo se arreglará —dijo Cole, no muy convencido, pero con la esperanza de que eso le hiciera sentir mejor.

—Tú ve delante, Mira —sugirió Twitch—. Nosotros vigilaremos la retaguardia.

Mira sacó su espada saltarina, apuntó hacia delante y dijo: «¡Adelante!». El Mayal del Forjador la siguió. Cole oyó que repetía la orden al aterrizar: otro salto. Twitch agitó las alas y fue tras ella. Cole extendió la espada y saltó.

Capítulo 3

Carthage

Siguieron avanzando salto tras salto, como una ráfaga de aire nocturno. Cole esperaba que Mira se cansara y se detuviera, pero ella seguía adelante. Él se quedó atrás, sin perderla de vista. A cada salto sentía el aire fresco en la cara. Una de las lunas brillaba con bastante intensidad. Otra, de la que solo se veía una esquirla, acababa de asomar. El cielo nocturno en las Afueras cambiaba sin seguir un patrón constante.

Aquella irregularidad hacía posible que Mira y sus hermanas tuvieran sus estrellas de referencia sin que nadie se enterara. Cada noche podían aparecer hasta diez u once lunas diferentes, aunque Cole nunca había visto más de tres a la vez. Muchas de las lunas eran parecidas a la de la Tierra, aunque las de aquella noche le parecían algo más amarillas.

Cole iba escrutando las sombras tras los árboles a ambos lados del camino. Cualquiera podría ocultarse en la oscuridad. También miraba atrás, preparado para encontrarse un pelotón de legionarios o más jinetes misteriosos montados en moles de trapos.

Un lujo que les ofrecía el autocarro era que les aislaba del resto del mundo, cosa que producía la reconfortante ilusión de que estaban ocultos y seguros. Cole suponía que eso era maravilloso, hasta que sufrieron aquella emboscada que les hizo acabar en el fondo de un desfiladero. Sin el autocarro, se sentía más vulnerable, pero eso también le hacía estar más en guardia.

La preocupación de Mira por su hermana hizo que Cole volviera a pensar en sus amigos perdidos. Recordó la última vez que había visto a Jenna, enjaulada en un carro, vestida aún con el disfraz de Cleopatra que se había puesto para Halloween. La última imagen que había visto de su mejor amigo, Dalton, era la de un payaso triste y polvoriento, también metido en una jaula. Los iban a vender como esclavos después de que a él se lo llevaran con los Invasores del Cielo.

Pensar en Jenna tras aquellos barrotes le ponía furioso. Pero probablemente ya no estuviera en una jaula. Sería esclava en algún lugar. ¿Trabajaría en una cocina? ¿Estaría llevándole la comida a algún zángano amigo del rey supremo? Todas aquellas ideas no hacían que se sintiera menos furioso.

Jenna era lista y divertida. Era guapa y amable. No se merecía aquel destino. Entrar en aquella casa, en Halloween, había acabado con su vida. Y visitar aquel pasaje del terror había sido idea de Cole. Dalton también era un gran tipo, el mejor amigo que había tenido nunca Cole, y su vida también había quedado destrozada. ¿Dónde estarían en aquel momento? ¿Y los otros niños que habían secuestrado en Mesa para llevárselos a las Afueras? ¿Estarían bien? ¿Estarían sufriendo? Podían estar en cualquiera de los Cinco Reinos. Y estaban en peligro. La contraforjadora Quima le había advertido que el forjador supremo pretendía realizar experimentos con ellos y su poder de forjado. Y es que los niños procedentes de fuera de los Cinco Reinos solían tener poder de forjado. Ansel, el cazador de esclavos, había vendido a los que tenían mayor potencial al rey supremo.

Mientras iba avanzando a saltos por el camino, a la luz de la luna, Cole decidió que tenía que pensar que sus amigos estaban bien. Tenía que creer que les habían asignado tareas más seguras que la de explorar castillos flotantes.

Cole se había planteado ir a buscarlos por su cuenta. Pero era una misión imposible. No sabría por dónde empezar. Jenna, Dalton y los otros podrían estar en cualquier parte.

Buscarlos solo le pondría en una situación muy peligrosa. Cole sabía poco de las Afueras, y no contaría con ninguna ayuda. Si se quedaba con Mira, no solo podría aprender de sus conocimientos sobre los Cinco Reinos; también podría conocer a rebeldes como Joe, deseosos de ayudar a una princesa en el exilio. Cole intentó renovar su fe en que, ayudando a Mira y manteniendo los ojos y los oídos bien abiertos, acabaría encontrando a sus amigos.

¿A cuántos más necesitaba encontrar? De momento, su principal preocupación era la de salvar a Dalton y a Jenna. Pero ¿y las amigas de Jenna, Chelsea y Sarah? ¿Y Blake? ¿Y el resto de las víctimas? Cole los conocía a la mayoría de vista, si no por el nombre.

Si encontraba a Dalton y a Jenna, y daba con un modo de volver a casa, ¿dejaría a los demás a su suerte? No sabría decirlo. Si alguna vez se encontraba en posición de elegir, ya lo decidiría.

¿Y Mira? Si encontraba la forma de volver a casa, ¿la abandonaría? Ya se había convertido en una amiga de verdad. Sin ella, probablemente no habría podido huir de los Invasores del Cielo, lo que casi seguro significaría que su trabajo como explorador ya le habría costado la vida.

Mira siempre se disculpaba por cargarle con sus problemas. Pero eso solo hacía que Cole quisiera ayudarla más. Sin su ayuda, ella probablemente no habría llegado tan lejos. Le había salvado el pellejo más de una vez.

Aunque si él no estaba, tendría igual a quien le ayudara. Jace sería un capullo, pero estaba totalmente entregado a ella. Twitch también la ayudaría. Y, como miembro de la resistencia, Joe también parecía absolutamente comprometido.

Cole vio cómo saltaba Mira, por delante de él. Decidir si acabaría dejándola o no le pareció inútil en aquel momento.

Para cuando hubiera que decidirlo, las circunstancias probablemente serían del todo diferentes. Con suerte, para entonces Dalton y Jenna quizá pudieran ayudarle a elegir.

Por fin, Mira se detuvo y miró atrás. Él apuntó con su espada a su lado y aterrizó tropezando torpemente. Twitch paró allí cerca con un aleteo.

—¿Cansada? —preguntó Cole.

—Podría seguir —dijo Mira—. Pero me preocupa que Jace no nos haya alcanzado aún.

Cole miró hacia atrás. Jace podía llegar a ser un grano en el culo, pero no querría que le hubiera sucedido nada. Sería un capullo, pero también era un amigo. Y estaba en buena forma; era un superviviente.

—Seguro que estará bien. Supongo que estamos yendo más rápido que él.

—Sí —confirmó Mira—. El bosque se está despejando.

Cole asintió. Ahora que a los lados del camino solo había arbustos, Jace no podría colgarse con la cuerda de las ramas para lanzarse adelante. Aquello le haría ir aún más lento.

—Si hemos ido aumentando la ventaja todo este tiempo, quizá tengamos que esperarle un buen rato —sugirió Twitch.

—Razón de más para que paremos ahora, en lugar de más tarde —dijo Mira—. No podemos perderlo. Si tiene algún problema, tenemos que volver.

—Si tiene algún problema, probablemente el problema será más de lo que podamos afrontar nosotros —dijo Cole—. Con esa cuerda no es una presa fácil. Si no aparece, yo volveré. Twitch y tú tenéis que seguir adelante.

Twitch se salió del camino, adentrándose en la maleza.

—¿Y si nos apostamos detrás de esos arbustos? —sugirió—. Veremos el camino, pero podemos escondernos si aparecen visitantes inesperados.

—Pues metámonos ahí de un salto —los aconsejó Cole—. Así no habrá un rastro que nos delate.

33

—Bien pensado —dijo Twitch, que saltó y agitó las alas rápidamente.

Cole y Mira también saltaron tras los arbustos. Mira se sentó cruzando las piernas. Cruzó los brazos, los apoyó en las rodillas y puso la cabeza sobre los brazos.

—Yo haré guardia —se ofreció Twitch—. Los grinaldi tenemos muy buena vista nocturna.

—¿Qué es lo que no tenéis? —preguntó Cole.

Twitch se encogió de hombros.

—No somos buenos nadadores. Evitamos las aguas profundas.

—¿Estás agotada? —preguntó Cole a Mira.

—Me duele la cabeza —respondió ella—. Podría ser peor. Al menos no nos ha alcanzado ningún forjador maligno.

—Vosotros dos habéis hecho un buen trabajo ahí atrás —dijo Twitch—. Esas espadas saltarinas son armas muy efectivas.

—Son útiles —reconoció Cole—. Pero atacar con ellas me pone de los nervios. Es como tener un arco con una sola flecha. Y tú eres la flecha.

Twitch y Mira se rieron.

—Por cierto, gracias —dijo Mira—. Probablemente me has vuelto a salvar la vida. Estaba a merced de ese felino monstruoso.

—Solo porque habías ido a ayudar a Jace —respondió Cole, intentando disimular lo halagado que se sentía—. Él también nos ha protegido. No hay que llevar la cuenta de lo que hacemos.

—Siento no haber participado más —dijo Twitch—. Me mantuve a cierta distancia, esperando mi momento. Se me da más bien el rescate que el ataque.

—Pues me alegro —respondió Cole—. A mí ya me has rescatado antes. Y a Jace también.

—Como tú dices, tampoco hace falta llevar la cuenta —dijo Twitch, con una sonrisa tímida.

Algo blanco y gris llegó revoloteando y se posó junto a Mira. Cole dio un paso atrás y levantó la espada, pero luego reconoció a la ninfa que les había regalado Liam para que les hiciera de exploradora.

—¡Mango! —exclamó Mira, tendiéndole el brazo para que el semblante se subiera a su muñeca.

—¿Dónde está el autocarro? —preguntó la ninfa.

—¿No lo has visto? —preguntó Mira—. Se estrelló en el fondo de un desfiladero.

—Yo no sigo el autocarro —dijo el pajarillo—. Yo te sigo a ti. ¿Dónde ha sido eso?

—Hace mucho que lo hemos dejado atrás. Nos tendieron una emboscada.

La ninfa soltó un silbido.

—Siento no haber podido avisaros.

—Eran pocos —dijo Mira—. ¿Has visto a Jace?

—No —respondió Mango—. He estado casi todo el rato por delante de vosotros. El camino hasta Carthage parece despejado. No vamos a usar la carretera principal. Este camino es menos directo, pero está menos transitado.

—¿Falta mucho hasta la ciudad? —preguntó Cole.

—Si os dais prisa, podríais llegar a las inmediaciones por la mañana —dijo Mango.

—Ve a buscar a Jace —le ordenó Mira—. Viene por el camino. Luego vuelve a informarme. Observa si alguien nos sigue. Podrían llevar armaduras oscuras y extrañas monturas.

—Así lo haré —respondió Mango, que emprendió el vuelo.

Los tres se quedaron mirando al pájaro, que desapareció en la noche en la dirección de donde venían. Cole se sintió aliviado al quitarse de encima la responsabilidad de volver a por Jace.

—Yo nunca he estado en Carthage —dijo Twitch.

—Yo tampoco —dijo Mira—. Solo he oído lo que dice la gente. Es una ciudad antigua. Y grande. A caballo entre dos reinos: la parte oeste está en Sambria, y la este en Elloweer.

—Joe quiere que nos encontremos en el lado de Elloweer —les recordó Cole.

—Lo cual me preocupa —dijo Mira—. En ese lado, nuestras recreaciones ya no funcionarán. Nada de espadas saltarinas ni de cuerda dorada.

—¿Dejarán de funcionar justo en la frontera? —preguntó Cole—. ¿No funcionarán un poco mientras estemos cerca de Sambria?

—Funcionarían un poco en el Cruce entre los Cinco Reinos —explicó Mira—. Una vez pasas a otro reino, todo es diferente. Las fronteras existen desde que se tiene memoria. En las zonas pobladas, la frontera suele estar marcada. Pero lo esté o no, el efecto es el mismo: el forjado funciona de otro modo. Supongo que hay una pequeña posibilidad de que alguna de nuestras recreaciones funcione de algún modo en otro reino, pero será lo mismo a cien millas de la frontera que justo después de rebasarla.

—Mi anillo, por ejemplo, me devuelve mi forma de Elloweer aunque esté en otro reino —objetó Twitch.

—Pero eso no es nada frecuente —rebatió Mira.

—Aquí llega Jace —apuntó Twitch—. Ha ido bastante rápido. Nosotros no hemos parado hasta ahora.

Cole vio a Jace impulsándose con la cuerda, a modo de resorte, por el camino; lo lanzaba hacia delante y amortiguaba su aterrizaje. Así conseguía avanzar casi tan rápido como ellos con sus espadas saltarinas.

Twitch silbó, y Jace se detuvo en el momento en que la cuerda absorbía el impacto.

—¿Dónde estáis? —dijo, susurrando.

Twitch saltó de detrás de un arbusto en dirección al camino. Cole ayudó a Mira a levantarse, y salieron a pie, en lugar de saltar.

—¿Cómo ha ido? —preguntó Cole.

—El experimento de Mira está bien apartado del camino —dijo Jace—. No me ha llevado mucho tiempo. Aún no hay perseguidores a la vista. ¿Seguimos?

—Sí —dijo Mira.

—¿Estás segura de que no necesitas descansar un poco más? —preguntó Cole.

—No me iría mal —reconoció Mira—. Pero no podemos permitírnoslo. Si ha corrido la voz sobre nuestra ubicación, no podemos permitir que nuestros enemigos nos alcancen. Tenemos que llegar a Carthage y encontrar un lugar para escondernos.

Mango apareció, revoloteando.

—He encontrado a Jace. No estaba lejos.

—Escruta el terreno por delante y por detrás —le pidió Mira—. Avísanos si se acerca algún peligro. Cuando lleguemos a Carthage, pasaremos a Elloweer. Tú, como semblante, no puedes ir allí, así que busca a Joe y dile dónde hemos ido. Cuando este nos alcance, vuelve con Liam y ponle al día. Luego ponte a su servicio hasta que yo regrese a Sambria.

La ninfa asintió.

—Como desees —dijo, y emprendió el vuelo, elevándose a gran velocidad.

Cole meneó la cabeza; cayó en la cuenta de que ya ni siquiera le sorprendía que un pájaro parlanchín creado mediante magia pudiera colaborar con el grupo. Era sorprendente ver lo normal que podía llegar a ser algo tan raro cuando acababa por formar parte de tu vida diaria.

—Yo nunca he estado en Carthage —dijo Jace—. Pero he oído que es una gran ciudad.

—No hay muchas ciudades que se extiendan por dos reinos —señaló Mira—. Y esta está atravesada por un río, y es un gran centro de intercambio comercial.

—Y nosotros tenemos unos cuantos rondeles para gastar —dijo Jace, con una sonrisa pícara—. Saqué nuestro dinero del autocarro.

—No estamos de vacaciones —le regañó Mira.

—En las ciudades mucha gente tiene dinero —protestó Jace—. Llamaremos menos la atención si no parece que nos estemos escondiendo.

—Unos chavales gastando dinero siempre llaman la atención —insistió Mira—. Como curiosidad, y como presa.

—En eso tiene razón —reconoció Cole—. Pasaría tanto en Arizona como aquí.

—Y yo también tengo razón —replicó Jace—. Me he pasado la vida esclavizado. No quiero seguir viviendo como un esclavo más de lo necesario. Soy libre, y tengo dinero. No creo que debamos empezar a tirar rondeles de oro por ahí, pero muchos niños libres de nuestra edad tienen dinero propio. Lo suficiente para comprar comida y divertirse un poco.

—Nada de diversión —le corrigió Mira, severa—. Tenemos que mantenernos lo más pobres que podamos.

Jace chasqueó la lengua.

—Ya sabes lo que quiero decir.

—Lo sé —dijo Mira—. Tendremos que gastar un poco de dinero en comida y alojamiento. Pero debemos hacerlo con cabeza. Los niños de nuestra edad no van por ahí reservando habitaciones por su cuenta.

—Algunos niños vienen de familias ricas —respondió Jace—. Algunos tienen trabajo. Déjame a mí. He trabajado en ciudades. Puedo imitar a un niño libre mejor que ninguno de vosotros.

—No tienes que imitarlo —dijo Cole—. Ya eres libre. Así lo dice tu marca.

Jace se frotó la marca de libertad que tenía en el dorso de la mano.

—Declan nos dio las marcas, pero los niños libres y los esclavos actúan de modo diferente.

—Twitch, Mira y yo antes éramos libres —le recordó Cole.

—Más o menos —concedió Jace, con un bufido—. Mira

era una princesa fugitiva, tú eras libre en otro mundo, y Twitch era libre entre su pueblo de saltamontes. Yo sí sé cómo es la vida normal aquí. Cómo actúa la gente.

—Eres un espabiladillo —dijo Mira, poniendo los ojos en blanco—. Pero intenta no gastar demasiado. Y no pierdas los nervios.

—¿Perderlos? —respondió él, sarcástico—. No te preocupes. Siempre los tengo a mano. ¡El último que llegue a Carthage es medio insecto!

—¡Eh! —protesto Twitch.

—Oh, es verdad, perdona. ¿Medio rata?

—¿Qué tal «el último que llegue es esclavo de nacimiento»? —respondió Cole.

Jace le miró, rabioso.

—El último se queda atrás en las luchas, y al final, a veces, ayuda un poco.

—¡Ya basta! —dijo Mira—. ¿Qué tal si nos ponemos en marcha? El primero que llegue es el más rápido —Levantó la espada y gritó—: ¡Adelante!

Los chicos la siguieron.

Mientras avanzaba a saltos enormes, Cole intentó no dejar que le afectara la acusación de Jace. Seguramente se habría quedado algo rezagado en la última lucha. Pero la cuerda dorada de Jace era, sin duda, su mejor arma. Cole había arriesgado muchas veces. No era ningún cobarde; simplemente quería que sus ataques sirvieran para algo.

Jace estaba que rabiaba por la bromita sobre su origen como esclavo. Había sido un golpe bajo meterse con algo que no dependía de él, pero Jace le había hecho lo mismo a Twitch. Si le gustaba gastar aquel tipo de bromas, tenía que aprender también a encajarlas.

Cuando se acostumbró a saltar nada más llegar al suelo, Cole observó que avanzar no resultaba tan cansado. La espada saltarina hacía la mayor parte del trabajo. Solo necesitaba apuntar bien y dar la orden en el momento justo.

Aunque no resultara agotador, en aquel momento Cole

39

lamentó no haber dormido más en el autocarro. Cuando el alba empezó a colorear el horizonte, sintió pesadez en los párpados. Se preguntó si sería posible dormir mientras surcaba el aire a aquella velocidad impresionante. Sospechaba que sí, si se agotaba lo suficiente y los saltos eran lo bastante repetitivos.

El cielo había adoptado ya un color claro. Mira se detuvo y envainó la espada. Cole paró a su lado.

—¿Pasa algo?

—Durante el último salto he visto casas algo más adelante —dijo ella—. Hay demasiada luz.

Twitch se quitó el anillo. Sus alas traslúcidas desaparecieron, y recuperó el aspecto de un niño humano normal.

—Tenemos que estar cerca —dijo Jace—. Hemos avanzado toda la noche, y muy rápido.

—Probablemente, tenga que desprenderme del mayal —reflexionó Mira—. En Elloweer no lo puedo usar, y llamará demasiado la atención.

—Vaya… —dijo Cole—. Esa cosa nos ha salvado más de una vez.

—Mayal, escóndete —dijo Mira, señalando al lado del camino. El mayal se hundió en el interior de un arbusto, detrás de unos árboles, en la dirección que ella había indicado—. Se lo devolvería a Asia y a Declan, pero el mayal no interpreta órdenes tan complejas. Quizá volvamos por aquí alguna vez.

Se pusieron a caminar. Cole sentía sequedad y picor en los ojos. No dejaba de parpadear y de frotárselos, pero la irritación persistía. Necesitaba dormir.

Con la luz del alba empezaron a dejar atrás alguna granja. Un coche de caballos pasó en dirección contraria, pero el cochero apenas los miró.

—No te pongas tenso cuando veas gente —le dijo Jace a Cole—. Has mirado demasiado a ese tipo. Nadie nos conoce. Somos niños libres de paseo. Actúa como si fueras el dueño del camino. No prestes atención a los demás, y probablemente ellos no se fijen en ti. Si quieren ser amables, deja que sean ellos quienes den el primer paso.

A Cole le costaba no ponerse a la defensiva. Lo cierto es que se había sentido tenso al ver al cochero, y puede que se le notara.

—Buen consejo.

Después de que el camino se convirtiera en la calle principal de una pequeña aldea, empezaron a dejar atrás muchas otras casas, grandes y pequeñas. La gente iba arriba y abajo a caballo, en carros o coches de caballos, y a pie. A Cole la presencia de tanta gente le ayudó a relajarse y a sentirse menos visible. También le desperezó un poco. Iba buscando uniformes de legionarios e intentaba observar si alguno de los transeúntes mostraba un interés especial en Mira.

A medida que el sol iba ascendiendo, la calle se iba animando cada vez más hasta que desembocó en una avenida mayor. Tras una curva, Cole se encontró delante una enorme muralla de color verde oscuro, como un bosque en la penumbra. Tras aquella imponente barrera se veían los tejados, cúpulas, torres y chapiteles de una ciudad más grande de lo que se esperaba. No se parecía en nada a los edificios dispersos de las afueras de Phoenix. La ciudad era más compacta, y sus edificios evocaban las capitales antiguas de los libros de historia.

—Desde luego, es una gran ciudad —murmuró Cole.

—No pensarías que todo en los Cinco Reinos serían granjas y bosques, ¿no? —dijo Jace.

—Y castillos flotantes mágicos —añadió Cole.

—No lleva aquí mucho tiempo —dijo Mira—. Y hemos estado evitando las zonas más pobladas.

—Lo cual no es siempre la mejor estrategia —apuntó Jace—. A veces es más fácil esconderse entre la multitud.

—Hay pros y contras —señaló Twitch—. En las multitudes hay montones de ojos.

—Entre los pros están la comida y las camas —dijo Jace—. Yo lo prefiero.

—¿Cómo es Elloweer? —preguntó Cole—. No me habéis explicado gran cosa.

—Es difícil de explicar —dijo Mira—. El forjado de Sambria a mí me parece algo normal. En Elloweer es algo más místico. Sus forjadores aderezan un poco las cosas con un toque de espectáculo. Ellos lo llaman encantamiento.

—Y lo que hacen son apariencias —añadió Twitch.

—Las apariencias son ilusiones —explicó Mira—. Las mejores apariencias parecen absolutamente reales, pero no son tangibles, por sólidas que parezcan.

—Y luego están los modificados —dijo Jace.

—Los modificados son seres vivos que han sido alterados —explicó Mira—. En Sambria, podemos imitar la vida con los semblantes, pero nuestro forjado no funciona bien con los seres vivos. Algunos encantadores de Elloweer pueden hacer asombrosas modificaciones a los seres vivos.

Cole echó una mirada a Twitch.

—¿Qué? ¿Te estás preguntando si soy un modificado? Si así fuera, habría sucedido hace mucho tiempo, a mis tatara-tatara-tatarabuelos. Y yo lo habría heredado. Pero nuestras tradiciones dicen que nuestros ancestros llegaron a Elloweer de algún otro lugar.

—Se dice que Elloweer está conectado con muchos mundos —prosiguió Mira—. O que, por lo menos, lo estuvo en el pasado. Al igual que Twitch, algunos de los habitantes diferentes de Elloweer adoptan aspecto humano si salen de su reino. Otros no pueden salir en absoluto. Físicamente, no pueden.

—En los Cinco Reinos casi todo el mundo cree que es mejor no acercarse a Elloweer —dijo Jace.

—A mí no me hicieron esclavo hasta que salí de Elloweer —protestó Twitch.

—Bueno, en Sambria la gente se lo piensa dos veces antes de ir demasiado al este —respondió Jace—. Allí pasan cosas raras.

—Nadie conoce todos los aspectos del encantamiento de

Elloweer —dijo Mira—. Es casi tan misterioso como el forjado de Necronum.

Cole miró hacia la ciudad que tenían al frente.

—¿De qué está hecha la muralla? Parece como translúcida. ¿Es de jade? —preguntó.

Su abuelo tenía una esfera de jade tallado chino que tenía un color y una textura parecidos.

—¿Quién sabe? —dijo Mira—. La forjaron hace mucho tiempo. Pero, desde luego, es más dura que el jade. Los antiguos, que usaban el forjado para la construcción, conocían bien el oficio.

—Si es obra de los forjadores, en el lado este de la ciudad debe de ser diferente —razonó Cole.

—Muy pronto lo sabremos.

Cuanto más cerca estaban de la muralla, más detalles podía ver Cole. La superficie, de un color verde ahumado, estaba cubierta de elaboradas tallas, especialmente hacia la parte alta, con figuras en relieve y enredaderas retorcidas cargadas de frutos. Con aquel tamaño y esos artísticos acabados, Cole sospechaba que en la Tierra aquella muralla sería una de las maravillas del mundo.

La carretera llevaba a una puerta enorme, tan grande que por ella podrían pasar dos carrozas simultáneamente. Una verja levadiza colgaba por encima del paso, como un rastrillo compuesto por lanzas gigantescas. Un par de guardias armados vigilaban a ambos lados de la puerta, observando a todos los que pasaban. Al menos los guardias no llevaban uniforme de legionario.

—Deberíamos separarnos para entrar —sugirió Twitch—, por si tienen descripciones del grupo.

—No es mala idea —dijo Jace—. Yo me quedaré con Mira. Vosotros dos pasad primero. Seguid recto, y luego esperadnos más adelante. Recordad: venís a la ciudad constantemente. La tenéis aburrida. Sois de aquí.

Cole y Twitch aceleraron el paso mientras los otros se rezagaban. Un flujo constante de gente entraba y salía. Los

43

guardias estaban atentos, pero no paraban ni interrogaban a nadie. Cole caminó decidido, con los ojos puestos en el tipo que tenía delante y evitando mirar a los guardias. Intentó parecer aburrido, pero tenía el corazón desbocado.

El túnel de la puerta tenía unos quince pasos de longitud. Al entrar, observó que uno de los guardias lo miraba. A la sombra de la pared, sintió que el sudor de la espalda se le pegaba al cuerpo. Recordó la espada que llevaba colgada del cinto. ¿Resultaría sospechosa? ¿Llevarían espadas los niños en aquel lugar? Tampoco podía dejar de pensar en los rondeles que llevaba atados a las piernas, una cantidad considerable de dinero. ¿Y si le pillaban con todo ese dinero oculto?

Forzando un bostezo, Cole se estiró y siguió caminando. Intentó pensar en tonterías y siguió poniendo un pie delante del otro. Por fin, aliviado, pasó al otro lado de la muralla, y vio la ciudad que se extendía ante sus ojos. Los edificios más pequeños tenían tres o cuatro pisos de altura, y algunos eran mucho más altos. Había comerciantes voceando su mercancía por la calle. Otros la exponían sobre mantas tendidas en el suelo. Entre los productos expuestos había fruta, carne, ropa, joyas, pájaros vivos y estatuillas pintadas. La cantidad de gente que había en la calle obligaba a los carros a avanzar despacio, aunque la multitud solía echarse a los lados cuando se acercaban los caballos. Un par de autocarros tirados por ladrillos con patas también se abrieron paso entre la gente.

Cole y Twitch siguieron unas travesías más allá y luego se detuvieron en una esquina. Por la calle transversal también pasaba gente, pero no tanta como la avenida que venía de la muralla. Un par de minutos más tarde, una mano se posó en el hombro de Cole desde atrás.

—Queremos haceros unas preguntas —dijo una voz ronca.

Cole se tensó por un momento; luego se quitó la mano de Jace de encima.

—Desde luego eres divertidísimo.

—Te dije que pasaríamos sin problemas si actuábamos con naturalidad —dijo Jace.

—¿Ahora adónde vamos? —preguntó Twitch.

—Yo voto por comer —propuso Jace—. Hasta que aparezca Joe, deberíamos pasar la mayor parte del tiempo en el lado de Sambria. Podemos ir a ver la fuente cada día, pero yo preferiría dormir donde sé que mis armas funcionan.

Algo más allá, Cole vio a un hombre que salía de un portal. Llevaba un sombrero de ala ancha que le resultaba familiar, así como una larga gabardina vieja. No era joven, pero sí seco y duro como la mojama. Y tenía un rostro que Cole nunca olvidaría: era Ansel, el cazador de esclavos que le había traído a él y a sus amigos a las Afueras.

Capítulo 4

El cazador de esclavos

Por un instante, Cole no consiguió moverse ni respirar. Ansel era el hombre que le había secuestrado, amenazado con una hoz y encadenado a un carro de esclavos. Era frío, expeditivo y peligroso. Y aún no le había visto.

En el momento en que Cole se dispuso a dar la vuelta a la esquina para ocultarse, Ansel dirigió sus finos ojos hacia allí. Quizás el movimiento le había llamado la atención. No había modo de estar seguro de si Ansel le había reconocido, pero, por un momento, sus miradas se cruzaron. Cole se estremeció, asustado. Sabía que podía prepararse para lo peor. Ansel no era de los que pasaban nada por alto.

—Tenemos que separarnos —dijo Cole, precipitadamente.

No quería dejar a los únicos amigos que tenía ahora que veía acercarse el peligro, pero sabía que sería complicado desaparecer entre la multitud si avanzaban en grupo. Si se mantenían juntos, podrían capturarlos. Sus amigos no merecían correr ese riesgo. Además, tendrían más posibilidades de ayudarle si estaban libres.

—¿Qué? —respondió Mira.

Mientras retrocedía, Cole les indicó con un gesto que se dispersaran.

—El cazador de esclavos que me capturó está aquí. Creo que me ha visto. Él sabe que no debería estar libre. Nos encontraremos en el lado de Elloweer, junto a la fuente que nos ha dicho Joe.

Twitch ya estaba adentrándose en la multitud. Jace y Mira vacilaron, pero Cole les dio un empujón que les puso en marcha. Enseguida los perdió de vista. Estaba solo. Al menos sus amigos le habían tomado en serio.

Si Ansel había echado a correr, ya debía de estar a la vuelta de la esquina. Si iba caminando rápido, aún le quedaría un momento. Cole ya había recorrido unos metros, así que se metió en la puerta más cercana y se encontró en una gran fonda llena de gente. Casi todos los clientes eran hombres. Estaban sentados en bancos junto a unas largas mesas de madera. Unos enormes asados giraban sobre los fogones. El aire olía a humo, a carne quemada y a hierbas. A pesar de la desesperación del momento, el estómago de Cole reaccionó a aquellos ricos olores. En el otro extremo de la sala vio que había unas ventanas. Las ventanas significaban que habría un patio o una calle. No tenía ni idea de si Ansel le había visto entrar en la fonda. No se había arriesgado a mirar atrás, por miedo a mostrar la cara. Pero sabía que tenía que seguir adelante, por si acaso.

Si corría, llamaría la atención, así que Cole atravesó el comedor lo más lento que pudo, abriéndose paso entre las mesas, intentando parecer tranquilo. No parecía que nadie se fijara en él.

Quizás Ansel no le estuviera siguiendo. Puede que el cazador de esclavos no le hubiera reconocido. Cole se atrevió a mirar atrás. Después de él no había entrado nadie más en el local. Y si Ansel había salido tras él, quizá no hubiera visto que se metía allí. La multitud de la calle podría haberle confundido.

Y aunque Ansel le pillara, ¿qué podría hacer? La marca de su mano decía que Cole era un ciudadano libre. Pero Ansel sabía que la que debía llevar era la de esclavo. Aquel cambio tan improbable podía provocar preguntas peligrosas, justo ahora que Cole y sus amigos necesitaban permanecer en el anonimato. Fueran esclavos o no, eran fugitivos. La legión los buscaba, especialmente a Mira. Ahora que había recuperado su poder de forjado, el forjador supremo no pararía hasta encontrar a su hija. La emboscada de la noche anterior así lo demostraba.

Se le encogió el estómago. Si Ansel le pillaba e investigaba el porqué de su marca de libertad, saldría a la luz que había huido de Puerto Celeste, y también su conexión con Mira. No solo tendría problemas con Ansel, sino también con el rey supremo. Volverían a hacerle esclavo, lo meterían entre rejas o algo peor. Y allí acabaría su viaje para intentar encontrar a sus amigos y volver a casa.

En el otro extremo del comedor, tras una pared interior, Cole encontró una puerta. Suspiró, aliviado. Echó la vista atrás y, justo en aquel momento, vio que entraba Ansel.

Los ojos del cazador de esclavos se clavaron en él al momento. En aquella mirada firme, Cole vio sus sospechas confirmadas, además de la satisfacción de quien ha descubierto el secreto culpable de otro. Mientras Ansel avanzaba tranquilamente, Cole salió disparado por la puerta.

La puerta daba a un callejón estrecho pavimentado con adoquines oscuros. Por un lado, el callejón daba a una calle muy transitada. Hacia el otro lado, giraba hacia un lado. Si corría hacia la calle, probablemente pudiera perderse entre la multitud. Pero si Ansel daba media vuelta y se dirigía hacia allí, podría llegar a tiempo de cortarle el paso.

Cole corrió en dirección contraria, hacia la curva del callejón, esperando que llevara a algún lugar mejor. Al llegar a la esquina, Cole oyó que la puerta se abría a sus espaldas.

Al girar la esquina, el callejón se volvió más estrecho, con charcos de agua sucia en los sitios donde faltaban adoquines. Unos veinte pasos más allá, el callejón volvía a girar; tras la esquina acababa. A los lados y enfrente se levantaban unas paredes verticales de cinco pisos de altura. Había solo una puerta. Cole tanteó la manija, pero estaba cerrada.

Oyó pasos cada vez más cerca. No a la carrera, sino caminando, con seguridad.

Cole intentó mantener la calma y sacó la espada saltarina. Al menos no había mirones.

Se planteó la posibilidad de esperar a que Ansel doblara la esquina y luego saltarle encima. Sería un ataque a todo o nada. Pero ¿y si lo esquivaba? No le apetecía enzarzarse en una lucha cuerpo a cuerpo con él.

Y aunque pudiera matar a Ansel, ¿de qué le serviría? Ansel le estaba siguiendo con una actitud hostil, pero no le había amenazado explícitamente, y en las Afueras cazar esclavos era una actividad legal.

Cole apuntó a lo más alto de la pared de la izquierda y dijo «adelante» sin apenas levantar la voz. Se elevó como un cohete, trazando una parábola que le dejó en lo alto del edificio, y aterrizó suavemente. La azotea tenía unas trampillas de acceso, y no había nadie. Se apartó del borde y perdió de vista el callejón. No podía estar seguro de si Ansel habría presenciado su salto, pero estaba convencido de que, si se asomaba a mirar, Ansel le vería. Se agazapó en silencio, consciente de lo rápido que le latía el corazón.

—Sé que estás ahí arriba, Espantapájaros —dijo una voz ronca desde abajo, sin gritar, pero lo bastante fuerte—. Probablemente con alguna recreación que habrás birlado a los Invasores. Estás en un lío, chico. La vida de un esclavo no es jauja, pero la de un fugitivo es mucho peor. Al menos ten el valor de dar la cara. ¿Qué quieres que haga? ¿Que vuele?

Cole dudó. Ansel acababa de confirmarle que le había reconocido. ¿Tenía algo que ganar hablando con el cazador de esclavos, ahora que veía el modo de huir? Ansel pensaba que Cole era un fugitivo. Si Cole se explicaba, ¿había alguna posibilidad de que le dejara en paz?

Le vino a la mente Jenna. Y Dalton. Ansel quizá tuviera información sobre su paradero. ¿Conseguiría hacerle soltar algún detalle? Cole dudaba de que tuviera muchas oportunidades de hablar con alguien que supiera de primera mano lo que había sido de sus amigos.

Se asomó, y se encontró con Ansel mirando hacia arriba. Tenía un morral colgado sobre el hombro, pero en las manos no llevaba nada. El cazador de esclavos asintió.

—Eso está mejor. No hay nada que nos impida tener unas palabras. ¿Cómo has acabado ahí arriba, Espantapájaros?

—Adam Jones me dejó marchar —dijo Cole—. Soy libre.

—¿Tienes tus papeles?

Cole no tenía ningún papel y no quería enseñarle a Ansel que le habían quitado la marca de esclavo forjándole una nueva de ciudadano libre. Eso solo despertaría aún más su curiosidad.

—No tengo papeles. Pero puedes preguntar al señor Jones. No me he escapado.

—No hace tantas semanas que te vendí a los Invasores, Espantapájaros. Ellos liberan a alguno de los suyos de vez en cuando, pero eso lleva años, no semanas. Y te darían documentos que demostraran tu libertad.

Adam Jones había ayudado a Cole, Jace, Twitch y Mira a huir de Puerto Celeste cuando había aparecido la legión buscando a Mira. Tras dar una orden en código, había hecho que sus hombres dificultaran el avance de los legionarios para que Cole y sus amigos pudieran escapar. Pero si le presionaban, Cole suponía que Adam afirmaría que era un fugitivo, para mantener las apariencias.

—¿Y a ti qué más te da?

Ansel giró la cabeza y escupió al suelo.

—¿No nos han presentado? Yo comercio con esclavos, Espantapájaros. Devolvería a un fugitivo por principio, especialmente si lo he vendido yo, y eso por no hablar de la recompensa.

Cole sabía que podía poner fin a aquella conversación.

Solo tenía que salir huyendo por los tejados. Pero no le gustaba mucho la idea de que Ansel se pusiera a peinar la ciudad buscándole. Si sus colegas estaban también en la ciudad, podría acabar teniendo problemas graves. ¿Y Dalton y Jenna?

¿Debería enseñarle a Ansel su marca de libertad? ¿Se quedaría satisfecho con eso? A aquella distancia, Ansel supondría que era un truco. Y aunque el cazador de esclavos pudiera examinarla y ver que era legítima, aquel cambio imposible no haría más que aumentar su interés.

Cole se mordió el labio. No sabía cómo hacerlo, pero necesitaba conseguir información sobre los otros esclavos. ¡Aquel hombre seguramente tenía todas las respuestas que él necesitaba!

—¿Qué ha sido de mis amigos? —preguntó Cole—. ¿Sabes dónde están?

—Los vendimos a todos —dijo Ansel—. ¿Aún intentas rescatarlos? Puedo llegar a admirar la testarudez. Pero no la estupidez.

—¿Sabes dónde han ido a parar?

—Yo soy el que firmo todos los tratos.

—Uno de mis amigos se llama Dalton. ¿Te acuerdas de él?

—Mostrabas especial interés en Dalton, y en otra esclava llamada Jenna —recordó Ansel—. Ambos fueron a Ciudad Encrucijada. Pero eso era temporal. Habrán salido de allí hace tiempo. Los habrán enviado por los Cinco Reinos.

Cole oyó un crujido tras él. Se giró de golpe y vio saliendo de una trampilla a otro de los cazadores de esclavos, un tipo forzudo y calvo. Era Ham, el que los había recibido el día de Halloween en aquel sótano en Arizona.

Por un momento, Cole se quedó paralizado por la sorpresa. De no haber sido por el leve ruido de la trampilla al abrirse, le habría pillado por sorpresa y lo habría capturado. Ham se lanzó hacia Cole. Cole apuntó con la espada hacia la azotea al otro lado del callejón, dijo la orden y saltó. Ham corrió hasta el borde del edificio y se quedó mirando el hueco, como planteándose el salto.

—¡Dile que se vaya o desaparezco de aquí! —dijo Cole, listo para dar un salto más largo.

—Vuelve aquí abajo, Ham —gruñó Ansel.

Ham se retiró y desapareció por la trampilla.

—Ahora veo por qué estabas tan hablador —dijo Cole.

—Hago lo que puedo —respondió Ansel—. Aunque lo mismo te daría bajar, Espantapájaros. Esa espada te permitirá volar, pero, si te sigo la pista, es solo cuestión de tiempo.

—No te molestes. Soy libre —replicó Cole, mostrándole el dorso de la mano.

Ansel frunció el ceño un buen rato. Echó mano de su morral y sacó un catalejo. Se lo llevó al ojo, enfocó y luego lo bajó.

—Desde aquí tiene bastante buena pinta. ¿Cómo lo has conseguido?

—Ya te lo he dicho. Adam Jones me liberó. Hizo que un tipo me cambiara la marca. Por eso no tengo papeles. —Estaba falseando los hechos, pero tampoco se apartaba tanto de lo que había pasado realmente.

—¿Qué tipo? —dijo Ansel—. He oído hablar de maestros marcadores que pueden adaptar la marca de un esclavo cuando lo liberan. Pero nadie puede borrar una marca de esclavitud y reemplazarla por una de libertad.

—Este tipo lo hizo.

—¿Y por qué iba a hacer algo así Adam Jones por un esclavo nuevo?

—Salvé unas cuantas vidas, incluida la suya —respondió Cole.

Aquello tampoco era exactamente la verdad, pero intentaba no alejarse mucho. Al fin y al cabo, había salvado la vida a Mira.

—Eres un mentiroso —dijo Ansel por fin—. Aquí hay algo más.

—Soy libre —dijo Cole—. Déjame en paz, o avisaré a las autoridades.

Ansel sonrió con socarronería. Incluso a cinco pisos de distancia, aquella mueca hizo que a Cole le dieran ganas de salir corriendo y esconderse bien lejos. Ansel sacó su hoz del morral.

—¿Las autoridades? Te diré una cosa, Espantapájaros. Yo soy un hombre de palabra. Baja, déjame echar un vistazo a esa marca de libertad y te prometo que no te haré daño. Aclararemos el asunto tú, yo, Adam Jones y las autoridades. Si ellos están de acuerdo en que eres libre, te pagaré generosamente por las molestias. Pero si huyes, te encontraré, te arrancaré la mano con esa marca falsa, la quemaré y te llevaré otra vez con los Invasores, a rastras y cargado de cadenas. Tú eliges.

—¿Qué tal la opción tres? —propuso Cole—. Ya me has arruinado la vida, y también a mis amigos. ¿Qué tal si te buscas otros esclavos con los que meterte?

—Eso no va a suceder, Espantapájaros.

—Pues puede que te pases años persiguiéndome.

—No creo —respondió Ansel—. Y si es así, me lo puedo permitir. Se trata de vivir con lo que tienes, sacando un poco de aquí y de allá. Adelante, huye, y lo interpretaré como un reconocimiento de culpa.

—No me gustas y no confío en ti —dijo Cole—. Me voy. No volverás a verme. Y si me ves, más vale que vayas con cuidado.

Ansel soltó una risa seca.

—¡Me has amenazado! Eso te convierte en la única persona que lo ha hecho nunca.

Unos pasos por detrás de Cole se abrió una puerta de golpe. Apareció Ham, jadeando, completamente congestionado y sudoroso.

—¡Adelante! —dijo Cole, y la espada le llevó al otro lado del callejón. Miró hacia Ansel, que seguía abajo—. ¿Sigues intentándolo?

—Yo no he dicho que no fuera a subir al otro edificio —dijo Ansel.

—La puerta de la azotea estaba cerrada con llave —se disculpó Ham.

—Déjame en paz —dijo Cole—. No huyo porque sea culpable. Huyo porque me estáis persiguiendo.

Y, sin esperar respuesta, Cole apuntó con su espada, pronunció la orden y saltó a una azotea alejada, un par de pisos por encima de su posición anterior. Dos saltos más, y se encontró cerca de una calle importante. Tras escrutar el terreno brevemente, Cole se lanzó hacia un callejón vacío que daba a la calle. Intentó quitarse de la mente la idea de que le estaban siguiendo y observando, salió del callejón y se sumergió entre la multitud.

Capítulo 5

Carthage Este

A medida que avanzaba hacia el este por las calles de Carthage, Cole se esforzó en recuperar la compostura. De no haber sido por la espada saltarina, Ansel le habría pillado.

Era consciente de que había estado a punto de volver a convertirse en esclavo, y eso le ponía muy nervioso. Había sido muy agradable fingir que con la marca de libertad se había acabado el problema. Pero si Ansel le cortaba la mano con la marca, ¿qué protección tendría?

Intentó adoptar un aire despreocupado y mezclarse con la gente, pero no paraba de flexionar los dedos de la mano marcada, que le temblaba todo el rato. Se sentía vulnerable. ¿Debería haberse quedado en las azoteas, usando la espada saltarina para alejarse aún más de Ansel? ¿O solo habría conseguido llamar más la atención? ¿Debería buscar un escondite? ¿O eso solo le daría a Ansel más tiempo para pillarle? Cole aceleró el paso.

Ham había aparecido de la nada. ¿Cuántos secuaces más tendría Ansel persiguiéndole? Hizo un esfuerzo por recordar a todos los hombres de la caravana, buscándolos en todas direcciones.

Twitch tenía razón en cuanto a las multitudes. Había demasiados ojos. Sí, con tanta gente uno se volvía más anónimo. Pero si te estaban persiguiendo, corrías el riesgo de cruzarte con alguien que quisieras evitar.

También corrías el riesgo de no ver a tus perseguidores. En su imaginación, Cole casi podía sentir el frío contacto del acero mientras una hoz endiabladamente afilada le cortaba la garganta desde atrás. No apartaba mucho la mano de la espada saltarina, dispuesto a sacarla y salir volando en caso necesario, hubiera público o no.

¿De verdad le cortaría Ansel la mano? ¿Qué mundo era aquel? Antes los problemas de Cole solían limitarse a hacer los deberes a tiempo y en aguantar a una hermana molesta. ¡Ahora tenía enemigos que querían cortarle a trozos y esclavizarlo! La amenaza podía haber sido un farol para asustarle y que se entregara. Pero probablemente no lo fuera. Tenía la inquietante sensación de que Ansel era capaz de eso y de mucho más.

No estaba seguro de si debía mezclarse con la multitud o evitarla. Todo dependía de cómo decidiera buscarle Ansel. Las calles principales parecían los lugares más evidentes donde buscarle, así que Cole se apartó de ellas. Las calles secundarias ofrecían menos protección, pero tenía más posibilidades de ver venir el peligro y de huir sin hacer un espectáculo.

A medida que avanzaba, calle a calle, los edificios que le rodeaban estaban más deteriorados. Le llamaron la atención los tejados hundidos, las paredes desconchadas, las ventanas rotas y las puertas parcheadas. La gente llevaba ropas más raídas. Varios le miraron y se fijaron en su espada. Un hombre con una barba gris descuidada se le quedó mirando fijamente al pasar a su lado. Cole intentó no prestar demasiada atención, pero no pudo evitar darse cuenta de que el extraño se ponía a seguirle.

Cole intentó seguir el consejo de Jace. Tenía que parecer que era de allí. Pero era joven, no podía ocultar su espada y, aunque estuvieran algo sucias, llevaba buenas ropas. Sabía que destacaba.

Al llegar a la primera esquina, Cole giró y tomó la transversal. Se giró. El extraño de la barba gris aún le seguía, caminando lo suficientemente rápido como para acortar la distancia que los separaba. Vio que Cole le miraba y levantó una mano, ahuecando la palma.

—¿No me darías un par de rondeles? —preguntó.

Cole apartó la mirada. Aunque solo le diera un par de monedas, pondría a la vista su capital. Pensó que, si la gente de aquel barrio hubiera sabido la cantidad de dinero que llevaba encima, le devorarían como pirañas.

—Lo siento —dijo Cole, por encima del hombro.

El hombre echó una carrerita y se puso casi a su altura.

—Espera, amigo. ¿Adónde vas?

—Al este de la ciudad —respondió Cole, planteándose si no debería salir corriendo.

—¿Carthage Este? Pues te has desviado, muchacho. Este no es un barrio seguro. Necesitas un guía, o te vas a meter en problemas.

El instinto le dijo a Cole que el problema era precisamente aquel hombre. Unos pasos más y le alcanzaría.

Cole desenvainó al tiempo que se paraba y se giraba hacia el extraño, aunque el hombre le sacaba dos cabezas.

—¡Atrás! —dijo, con toda la decisión que pudo—. Hoy no tengo un buen día.

—¿Qué es esto? —dijo el hombre, levantando ambas manos—. ¿Vienes a mi barrio y me amenazas?

—No busco ni amigos ni guías —dijo Cole—. Déjame en paz.

La mirada del hombre se fue a un punto por encima y por detrás de Cole, y asintió levemente. Cole miró hacia atrás justo a tiempo de ver a otro hombre que se le lanzaba encima. Apuntando con la espada a un balcón inclinado al otro lado de la calle, Cole dio la orden y saltó.

Unas manos quisieron agarrarle, pero llegaron demasiado tarde. Cole salió volando y superó por los pelos la deformada barandilla, aterrizando a tres pisos de altura. Ambos se le quedaron mirando desde abajo, boquiabiertos.

—Eso no lo ves todos los días —dijo el hombre de la

barba—. ¿Quién habría dicho que era un forjador, o algo así?

El otro tipo hizo un gesto de hastío con la mano y se alejó de allí, meneando la cabeza. No parecía que fueran socios. Conocidos, quizá. El segundo hombre había notado que era presa fácil y se había apuntado al golpe.

Cole apuntó con su espada al tejado del edificio del otro lado de la calle y saltó. Desde aquel punto elevado tenía una mejor panorámica de la zona, aunque unos cuantos edificios altos le impedían ver Carthage Este. Corrió por el tejado y saltó a otro edificio, y de allí a otro más.

Resultaba liberador y relajante ver las míseras calles pasando bajo sus pies; por un momento, olvidó su ansiedad y disfrutó de la emoción del vuelo. ¡Mientras tuviera su espada saltarina, nadie le atraparía!

Cole llegó a un barrio más agradable. En la sexta azotea que pisaba se encontró con una mujer que regaba las plantas. La mujer se lo quedó mirando con los ojos como platos.

—Solo pasaba por aquí —se disculpó Cole, con su tono más amable.

El gesto de sorpresa de ella se convirtió en una regañina:

—¡Te vas a sacar un ojo con esa cosa!

Cole se rio y volvió a saltar, con la espada extendida hacia la siguiente azotea. Qué mundo de locos, si una mujer se preocupaba más de que se pudiera sacar un ojo con la espada que de que fuera dando saltos de cincuenta metros de un edificio a otro.

Evitó las calles más grandes, saltando por encima de pasajes y calles secundarias. Aun así, algunas personas levantaban la vista para mirarle; otros lo veían desde sus ventanas y balcones; y unos pocos desde las azoteas. ¡Y eso era solo la gente que veía él! En Sambria, ver a un niño saltando de un edificio a otro no resultaba increíble, pero, aun así, llamaba la atención. A Cole le reconfortaba que la espada le permitiera viajar con rapidez, alejándolo de Ansel, pero sabía que tenía que volver al suelo. Todos los que le habían visto volando por las azoteas eran informadores potenciales de los que querían encontrarle.

Cole llegó al cruce entre dos avenidas. Si seguía adelante, tendría que saltar desde una azotea a una de las concurridas avenidas, exponiéndose ante cientos de ojos, así que decidió retroceder y bajó de un salto a un callejón tranquilo.

Aunque el sol estaba ya más alto, no había subido lo suficiente como para que Cole pudiera distinguir el este del oeste. Siguiendo hacia el este, los edificios se volvieron más altos. Algunos eran bloques de pisos o tabernas. Otros parecían palacios privados encajados entre los otros edificios, cercados por verjas de hierro o recios muros de obra.

Algunos de los edificios eran algo más misteriosos. Había una enorme estructura con una cúpula y diversos minaretes que quizá fuera un lugar de oración o un museo. Un complejo gris con gruesas torres, arcos y muros almenados podría ser un cuartel militar o una prisión. Otro más claro y diáfano con jardines en terrazas, pasarelas elevadas y edificios de enormes ventanales podría ser una escuela o una biblioteca.

Gran parte de la ciudad era como Cole se imaginaba la Edad Media. Pero parte de los edificios parecían algo más modernos, y algunos no se parecían a nada de lo que había visto en la Tierra. Un edificio tenía forma de pirámide, pero con una planta abierta con columnas a cada nivel, como patios uno encima del otro. Pasó junto a un monolito negro sin ventanas ni entrada visible. Otra estructura parecía hecha por completo de cristal tintado, y presentaba unas cúpulas superpuestas que le recordaron a Cole cuando soplaba por una pajita en un vaso de leche hasta que salían burbujas.

Según avanzaba hacia el este, cada vez eran más los edificios que parecían obra de los forjadores. No solo tenían formas poco comunes, sino que muchos parecían no tener uniones, como si los hubieran tallado de un único bloque. Algunos tenían el exterior liso y líneas sencillas, sin apenas adornos. Otros tenían elaboradas fachadas. Se veían más autocarros, y algunas de las tiendas mostraban carteles donde anunciaban que se vendían recreaciones o semblantes.

Y entonces la ciudad acabó.

Cole llegó a un terraplén cubierto de hierba a orillas de un río ancho y lento. La superficie del agua estaría a unos veinte metros por debajo de la orilla, flanqueada por muros de piedra.

Si la arquitectura a este lado del río era impresionante, al otro lado parecía absolutamente surrealista. La pared al otro lado del río era del color de las nubes de tormenta; de vez en cuando, la atravesaba un rayo de luz. Unos llamativos edificios se elevaban hasta alturas inimaginables, y brillaban con colores eléctricos. Unas moles enormes mantenían el equilibrio sobre unos finos soportes, o proyectándose en el espacio colgando peligrosamente, haciendo caso omiso de las leyes de la física.

Mira había mencionado que los encantadores de Elloweer trabajaban con las ilusiones. Aunque aquellos edificios parecían completamente sólidos, parte de todo lo que veía tenía que ser una ilusión óptica.

El río fluía de norte a sur y dividía la ciudad en dos. Cole supuso que la otra orilla debía ser Carthage Este. Desde su posición vio dos puentes que cruzaban el río. Abajo, una serie de muelles se adentraban en el agua desde ambos lados. Los estibadores cargaban mercancías en largas barcazas planas. De alguno de los muelles zarpaban ferris que cruzaban el río, pero a Cole le pareció que los puentes serían la opción más segura.

Se dirigió al norte y siguió la orilla hacia el puente más cercano. Era un agradable paseo. La hierba y los árboles a la orilla del río creaban un bonito espacio en el que los niños jugaban, la gente paseaba con sus perros y los ancianos se sentaban a descansar. Habría sido un lugar estupendo para montar en bicicleta. Se preguntó si tendrían bicicletas en Carthage. No había visto ninguna.

Al irse acercando al puente, Cole frunció el ceño. Cruzarlo sería peligroso. Si Ansel se imaginaba que iría a Carthage Este, los puentes serían lo primero que controlaría. Pero Carthage Este no era su única opción. También podía haber huido al interior de Sambria o haberse escondido en algún sitio de Carthage Oeste.

Ojalá dispusiera de más información. ¿Cuántos cazadores de esclavos tenía Ansel a sus órdenes? Ham estaba en la ciudad. ¿Cuántos más? ¿Todos? ¿Y cuánto tardaría Ansel en movilizarlos?

Desde su encuentro con Ansel, Cole se había dirigido hacia el este por la ruta más directa posible, usando la espada saltarina en parte del camino. Aunque Ansel contara con suficientes hombres para cubrir todas las opciones, Cole podría estar por delante de sus perseguidores. Cuanto más tiempo pasara, más posible era que Ansel pudiera colocar a sus hombres en puntos clave como los puentes. Cole aceleró el paso.

El impresionante puente estaba hecho de la misma piedra verde que la muralla de la ciudad. Estaba decorado con frisos y tracerías, y era todo igual hasta la otra orilla. ¿Significaba que la frontera de Elloweer estaba en el otro extremo? El elaborado puente se apoyaba en unos soportes mínimos, así que probablemente lo habían forjado. Aunque era lo bastante grande como para permitir el paso de las carrozas, estaba lleno de gente que iba a pie, la mitad hacia el este y la mitad hacia el oeste. Un par de soldados lo recorrían a caballo. Sin dejar de mirar por si veía rostros familiares, Cole se puso a cruzar el puente. Había vendedores ambulantes en los extremos, con su mercancía expuesta sobre mantas en el suelo. Se dirigían a los transeúntes, ofreciéndoles melones, marionetas, salchichas y minúsculos ciervos de madera que caminaban solos.

En el lado de Elloweer, la mejor arma de Cole se volvería inútil. No le hacía ninguna gracia pensar que no podría usar su espada saltarina para escapar si le perseguían, pero tenía que llegar a la fuente, y cuanto más esperara, más peligroso sería cruzar a Elloweer. Cole intentó mezclarse con la gente lo mejor que pudo. Encontró un hombre fornido, se situó detrás de él y lo siguió.

Hacia la mitad del puente, Cole vio un cartel en el que ponía ELLOWEER en letras brillantes. Al girarse vio otro en dirección opuesta que decía SAMBRIA.

Cuando pasó el cartel de ELLOWEER, por un instante sintió como si no pesara nada, y un cosquilleo le recorrió el cuerpo. Los oídos se le abrieron con un «pop». Por lo demás, no había cambiado nada. Quizás el puente lo hubieran construido al estilo clásico. O tal vez en el lado de Elloweer usaran algún efecto para hacer que pareciera igual que el lado de Sambria. Si era así, lo habían hecho muy bien.

A los lados del puente seguía habiendo vendedores ambulantes, pero la mercancía que vendían era increíble. Un hombre tenía cuencos de preciosas gemas talladas, de un tamaño que oscilaba entre el de una canica y el de un huevo. Brillaban a la luz del sol, y parecían muy auténticas. Otro hombre exhibía una serie de loros con las plumas más brillantes que Cole habría podido imaginar. Un tercer vendedor anunciaba objetos hechos de oro puro. Pero, dado que nadie más que él se quedaba mirando aquellos artículos tan exóticos, Cole se imaginó que debían de ser ilusiones.

Hacia el extremo del puente, Cole vio una escena que le hizo reducir el paso. Sobre una esterilla había un joven sentado en el suelo con las piernas cruzadas. Tenía un brazo extendido y sostenía una larga vara de bambú en vertical, sin dejar que tocara el suelo. Un hombre mayor se puso a trepar por la vara mientras el joven la sostenía sin inmutarse. El hombre mayor se dio la vuelta, sosteniéndose en equilibrio en lo alto de la vara sobre una mano. Frente a la esterilla había un cuenco con unos rondeles dentro. Un par de ni-

62

ños insistieron a sus padres hasta que ambos consiguieron un cuatrillo de cobre que dar a los acróbatas.

Fuera o no una ilusión, Cole nunca había visto una actuación callejera comparable, y él mismo se habría detenido a darles un rondel si lo hubiera tenido a mano. En lugar de eso, volvió a acelerar el paso, bajando la cabeza para ocultar el rostro, escrutando furtivamente entre la multitud.

Cole intentó no hacer patente su alivio cuando dejó atrás el puente. Nadie le había detenido, y no había visto a ninguno de los cazadores de esclavos de la caravana.

La carretera procedente del puente daba a una plaza larga. En el centro de la plaza, rodeado por un murete de cristal bajo, ocho estatuas de mármol de mujeres jóvenes se movían con elegancia y delicadeza, siguiendo su propia coreografía. Tras observar el conjunto un rato, Cole se dio cuenta de que los movimientos se repetían cada minuto más o menos, y supuso que seguían un bucle.

Los altos edificios que rodeaban la plaza competían en vistosidad. Uno parecía construido en su totalidad de oro y plata. Otro tenía unos murales móviles, como figuras monstruosas librando un fiero combate. Un tercero estaba cubierto de ondas que reflejaban brillos de colores cambiantes, con unas irisaciones que a Cole le hicieron pensar en arcoíris fundidos.

Impresionado por lo que veía, pero ansioso por apartarse de la zona transitada, Cole embocó una de las calles más pequeñas que salían de la plaza. Tenía que encontrar la fuente de los siete chorros, pero no tenía ni idea de dónde empezar a mirar. El lado este de Carthage parecía tan enorme como el oeste.

Unas extrañas figuras se movían entre la multitud, llamando menos la atención de lo que Cole se habría esperado: una mujer alta y esbelta con las pupilas rasgadas y las orejas peludas de un gato; un hombre corpulento con protuberancias puntiagudas que le cubrían todo el cuerpo; una mujer con alas de plumas como un ángel; un hombre con la cabeza demasiado grande para su cuerpo. Cole intentó no quedarse mirando. Su aspecto podría ser efecto de una ilusión. O quizá, como Twitch, eran realmente diferentes a los humanos normales y corrientes.

—Eh, chico, prueba suerte —le dijo un hombre sentado detrás de un cajón cubierto con una manta. Era bajo y enjuto, con un bigotito recortado, y hablaba con voz aguda pero rasposa. Sobre la manta había tres vasitos boca abajo.

—Lo siento, hoy no —respondió Cole.

—Venga, hombre —insistió el hombre—. Vas cargadito. Es fácil.

—No voy cargado —se defendió Cole.

El hombre lo miró con escepticismo y le indicó que se acercara. Cole se agachó un poco y el hombre bajó un poco la voz.

—Llevas rondeles atados alrededor de las piernas, chico.

Sorprendido y azorado, Cole se miró, por si tenía bultos evidentes en las perneras. No se lo parecía.

—No has hecho un mal trabajo —dijo el hombre—. La mayoría no se daría cuenta. Pero tengo vista para ciertos detalles. ¿Qué me dices? Prueba una vez. Es tan fácil como recoger dinero de la calle.

—No tengo nada de dinero a mano —dijo Cole.

—¿Llevas todo eso en las piernas y nada en el bolsillo? —le preguntó el hombre, incrédulo.

—Lo siento —dijo Cole, dándose la vuelta a los bolsillos y poniéndolos del revés.

—Hmm… —soltó el hombre—. Muy interesante. Apuesto a que tienes una historia. ¿Huyes de algo? Pareces demasiado joven para ser un delincuente.

—Pero ¿no demasiado joven como para quedarse con mi dinero?

—¡Oye, tengo que comer! ¿Cuál es tu historia?

Cole se encogió de hombros.

—Tengo que irme. Voy a ver a unos amigos.

El hombre sonrió con picardía y se dio un golpecito en la sien.

—Ya lo pillo. Tus amigos querían que llevaras esos rondeles de un sitio a otro. Sin preguntas. Tú entregas los rondeles, y te ganas un pellizco. ¿Tengo razón?

—Algo así —dijo Cole.

—De modo que no puedes arriesgarte a perder los rondeles que llevas. En cierto modo, me estabas diciendo la verdad. Estás sin blanca hasta que hagas la entrega.

—Más o menos.

—Pero no creo que vuelvas por aquí después de que te paguen —murmuró el hombre.

—No puedo arriesgar mi dinero —dijo Cole.

—¿Qué tal un juego gratis? —sugirió el hombre—. Hoy no hay mucha actividad.

Cole miró hacia la calle, en la dirección en la que iba. No quería caer en algún tipo de trampa.

—Sin compromiso —le aseguró el hombre—. Coge un vasito.

—Vale. —Cole levantó el del medio y dejó a la vista una canica azul translúcida—. ¿Ahora qué?

—Vuelve a taparla.

Cole tapó la canica. El hombre sonrió.

—Aún no he tocado nada. Solo lo has tocado tú. ¿De acuerdo?

Cole asintió.

—Mira bien —dijo el hombre, y empezó a mover los vasitos sin mucha prisa, intercambiando el del centro por el de la izquierda.

—Muy bien. Adivina dónde está la bolita.

Cole señaló hacia el vasito de la izquierda, que antes estaba en el medio.

—¿Quieres apostar ese dinero que llevas? —preguntó el hombre—. Si has acertado, te daré el doble. Podrás entregar el que llevas y quedarte con el que has ganado.

—No, gracias —dijo Cole.

—¿Estás seguro? Lo digo en serio. Última oferta.

—Ya se lo he dicho. El dinero no es mío. No puedo apostarlo.

—Está bien —dijo el hombre. Levantó el vasito de la derecha. No había nada debajo. Bajo el del centro tampoco había nada.

—Levanta el que has escogido.

Cole lo levantó y asomó un pajarillo con las plumas marrón y el pecho amarillo. El pajarito dio dos saltitos, agitó sus alas diminutas y salió volando.

—Estaba convencido de que habría perdido —dijo Cole.

Sonriendo, el hombre le dio la vuelta al vasito de la derecha y se lo entregó a Cole. Estaba lleno de canicas azules.

—Confía en ese instinto, chico. Cuando algo parece demasiado bueno como para ser verdad, es que no lo es. La gente de por aquí nunca se jugaría el dinero con un trilero. Yo me pongo siempre cerca de la plaza de la Frontera para dar la bienvenida a los visitantes y enseñarles alguna lección práctica. No te he visto antes. ¿Eres nuevo en la ciudad?

—Bastante —respondió Cole.

—Háblame de estos tipos para los que trabajas —dijo el hombre—. ¿No les iría bien un tipo como yo?

—La verdad es que no sé mucho de ellos —dijo Cole—. Son algo misteriosos.

El hombre suspiró:

—La vida en Carthage Este…

—Oiga, a lo mejor puede ayudarme. Estoy buscando una fuente con siete chorros.

—¿Para qué?

—Me ahorraría un poco de tiempo. Es parte del trato para la entrega. No he ido por ahí contando los chorros de agua de cada fuente.

—¿Y tú crees que yo sí?

—Quizá. Se fija en los detalles. Podría hablarles de usted a los tipos para los que trabajo.

El hombre se lo pensó un poco.

—Pareces un buen chico que intenta ganarse unos rondeles extra. Eso me parece bien. Tú buscas la fuente Lorona. Está a un paseo de aquí, pero no es complicado —dijo, y le explicó a Cole el camino, que suponía girar cuatro veces—. ¿Lo has entendido?

Cole le repitió las instrucciones.

—Bien —dijo el hombre—. Si acabas conociendo a esta gente y confías en ellos, diles que yo te ayudé. Hasta entonces, ten cuidado. Llevar rondeles de un sitio a otro puede parecer un modo de hacer dinero fácil. Pero cuando algo parece demasiado bueno como para ser verdad…

—Sí, ya lo pillo —dijo Cole, sintiéndose algo culpable por haberle engañado. Para ser un liante callejero, el tipo parecía una persona decente—. Gracias por el consejo. Y por las indicaciones.

—Colgados del cuello sería mejor —dijo el hombre—. Los rondeles. Puedes ocultar cualquier bulto con capas de ropa.

—Lo tendré en cuenta —dijo Cole, echándose a caminar.

Se repitió mentalmente las instrucciones y estuvo muy atento al primer cruce donde debía girar.

Cuanto más se alejaba del río, menos elegantes eran los edificios. Aunque seguía viendo gente rara, la ciudad parecía más normal.

Llegó a la fuente Lorona sin perderse. Estaba en el centro de una plaza modesta rodeada de calles estrechas y bloques de pisos con las paredes rebozadas. La fuente tenía cuatro estatuas de querubines rechonchos. Tres de ellos tenían una concha en cada mano, mientras que el del centro sostenía una sola sobre la cabeza. A diferencia de otras estatuas que Cole había visto en Carthage Este, estas no se movían. De cada concha salía un chorro de agua.

El hombre tenía razón. Aquella fuente tenía siete chorros. Con un poco de suerte, sería la única de Carthage Este.

Cole no vio a ninguno de sus amigos, y se asustó un

poco. ¿Y si les había pasado algo? ¿No deberían haber tenido tiempo de llegar antes que él? Supuso que habría adelantado bastante con la espada saltarina. ¿Qué iba a hacer si no aparecían? De pronto cayó en la cuenta de lo poco que le apetecía explorar los Cinco Reinos por su cuenta. En un lugar extraño como Elloweer se sentiría completamente perdido.

Para no destacar demasiado, se sentó en un banco a la sombra. Al poco rato no podía quitarse la preocupación de la cabeza. Y el suave borboteo de la fuente no le ayudaba.

¿Qué posibilidades había de que Ansel o alguno de sus hombres aparecieran por allí? Cole examinó el lugar con atención. Estaba en el otro lado de la ciudad. Aquella plaza era relativamente pequeña y poco transitada. Joe debía de haberla escogido justo por ser un lugar anónimo. Ansel estaría controlando los puentes y las carreteras principales. Y es probable que se centrara más en Carthage Oeste.

Cuanto más tiempo llevaba sentado, más notaba el cansancio. ¿Debería levantarse y caminar un poco? Sería una locura dormirse. Pero ¿qué de malo tenía cerrar los ojos un minuto? Nadie más había mostrado ningún interés en aquel banco a la sombra, así que Cole encogió las piernas y se apoyó en el reposabrazos. Aquella posición era peligrosamente cómoda.

Un árbol nudoso con abundantes ramas le protegía de la intensa luz del sol, y la temperatura era casi perfecta. El borboteo de la fuente era relajante. Cole cerró los ojos a modo de prueba. Sabía que tenía que abrirlos y echar un vistazo de nuevo. Pero descansarlos así era muy agradable, y además acababa de mirar…

—Fuera de aquí, harapiento —le gruñó una voz al oído, despertándole de golpe.

Cole se puso en pie de un salto, buscando una disculpa, hasta que reconoció a Jace que le miraba con una sonrisa de satisfacción. Cole le habría podido dar un puñetazo, si no fuera porque estaba encantado de verle.

—Tienes que cambiar de broma.

—Ya me buscaré una cuando esta deje de funcionar —dijo Jace—. Estás bastante relajado para ser un fugitivo. ¿Has dormido bien?

—Es para pasar desapercibido —respondió Cole, mirando alrededor—. ¿Dónde están los demás?

—No muy lejos de aquí. He reservado unas habitaciones aquí cerca. No podemos ir paseando por la ciudad si hay gente buscándote. Nos quedaremos por aquí hasta que aparezca Joe.

—Ansel me vio —dijo Cole—. El cazador de esclavos…, vino tras de mí.

—Lo sé. Twitch te siguió de lejos. Nos dijo que habías huido usando la espada saltarina.

—¿Sabía eso?

—Twitch se escabulle bastante bien —dijo Jace—. Después de ver cómo escapabas, se reunió con Mira y conmigo sin demasiada dificultad.

—Ansel prometió que me daría caza —dijo Cole.

—Me parece un motivo estupendo para ir a echarse una siestecita —respondió Jace—. Venga, vamos.

69

Capítulo 6

Kasori

En una calle tranquila, a unas travesías de la fuente Lorona, estaba la modesta posada, de tres pisos de altura. Unos postigos azul claro cubrían las ventanas. No era ni llamativa ni ruinosa; era como tantos otros edificios que había visto Cole a lo largo del día.

—No hay vestíbulo —murmuró Jace cuando se acercaron a la puerta principal—. Eso significa menos aglomeraciones de gente.

La puerta principal daba a un recibidor más bien pequeño con un mostrador tras el cual había una mujer que no les prestó mucha atención. Jace le hizo un gesto al pasar. Ella respondió con una sonrisa vaga. Cole supuso que, incluso en aquel mundo extraño y mortal, lleno de ilusiones mágicas, un trabajo aburrido no dejaba de ser un trabajo aburrido.

Mientras subían a la primera planta, Jace sacó una llave:

—He alquilado tres habitaciones: la mejor que tenían, y dos de las baratas, una de ellas de cuatro plazas. Quería que la gente del hotel pensara que éramos sirvientes reservando habitaciones para nuestro señor. La señora de la entrada no me pidió más datos. La mejor habitación está en la segunda planta. Se la hemos dado a Mira.

—¿Es seguro dejarla allí sola?

—La más pequeña de las habitaciones está en el mismo pasillo —dijo Jace—. Yo me quedaré ahí. Tú vete con Twitch, y acaba esa siesta que has empezado junto a la fuente. Si quieres, te puedes bañar en la habitación grande, al final del pasillo.

Cole observó una vez más que Jace no dejaba de propiciar situaciones en las que pudiera tener a Mira para él solo. Aún estaba prendado. Probablemente habría reservado las habitaciones en plantas diferentes deliberadamente. Cole sabía que no valía la pena decir nada más, pero la ocasión era tan clara que no supo resistirse:

—¿Seguimos buscando ocasiones para estar a solas con la princesa?

—¿Cómo? —preguntó Jace, con aires de culpabilidad.

—Como el modo en que te lo has montado para entrar en la ciudad con ella.

Jace sonrió, avergonzado, y meneó la cabeza.

—Desde luego no sabes mantener esa bocaza cerrada.

—¿No crees que era evidente?

Jace se quedó callado, con la mandíbula apretada. El aire silbaba al pasarle por los orificios nasales. Cuando habló, lo hizo en voz baja:

—No importa lo que sienta yo. Ella ya estaba fuera de mi alcance antes incluso de saber que era una princesa.

Cole sacudió la cabeza.

—Probablemente eres el tipo más chulo que he conocido nunca. ¿Por qué desaparece de golpe esa chulería cuando se trata de ella?

Jace se encogió de hombros.

—¿Alguna vez te ha gustado alguien que quedara fuera de tu alcance?

—Quizá —dijo Cole, sintiendo el rubor en las mejillas.

—¿Cuánto te gustaba?

Cole se encogió de hombros, deseando de pronto que la conversación acabara. ¿Cómo es que habían acabado hablando de Jenna?

—Mucho, supongo.

—¿Alguna vez le dijiste lo que sentías?

—¡Ni hablar! —exclamó Cole.

—¿Por qué no?

—No pensaba que pudiera ir bien —dijo Cole, tragando saliva.

—Tenías miedo —dijo Jace.

—Sí, supongo —respondió Cole—. Nos hicimos amigos. Con eso me bastaba.

—¿Te bastaba de verdad? —presionó Jace.

—No —reconoció Cole—. Pero tenía tiempo. Pensé que ya se lo diría algún día.

Jace chasqueó la lengua.

—Pues ya ves; buena suerte.

Cole se lo quedó mirando sin cambiar el gesto.

—¿Está en tu tierra?

Cole siguió mirándolo.

—Oh —dijo Jace, que por fin lo entendía—. Es esa tal Jenna de la que hablas. Tu amiga.

—Sí —confesó Cole, intentando no ponerse más rojo de lo que estaba.

—Y ahora está perdida —dijo Jace, sin el más mínimo tono de burla.

—Es una esclava. —Lo último que quería hacer Cole era llorar delante de Jace, pero aquella amabilidad tan poco característica en él no se lo estaba poniendo fácil—. Hasta que la encuentre.

—La encontrarás —respondió Jace, muy serio—. Mira, no le dijiste lo que sentías a Jenna porque te ponía nervioso. Pero con Mira hay motivos reales por los que no puedo decir nada. Es una forjadora. Yo no lo soy. Es mucho mayor de lo que parece. Y es la hija del rey supremo. Aunque esté en el exilio, eso significa que no se mezcla con chavales como yo.

—Tú también tienes miedo —dijo Cole.

—Quizá —reconoció Jace, refunfuñando—. Y me avergüenza querer algo que queda tan lejos de mi alcance. Soy un exesclavo sin familia. Y estoy lejos de ser adulto. Pero eso no significa que mis sentimientos no sean de verdad. Lo único que puedo hacer es protegerla. Y ser su amigo. Pasar algo de tiempo con ella. ¿Es mucho pedir?

—Ya lo pillo —dijo Cole—. No me meteré más contigo. A mí también me aterraba que la gente se metiera conmigo por lo de Jenna.

—Piensa en todo lo que tenemos por delante. Si Mira se da cuenta de lo mucho que me gusta…, bueno, eso podría complicar mucho las cosas.

—Estoy bastante seguro de que ya lo sospecha —respondió Cole.

—Que lo sospeche no me importa. Pero no puedo dejarlo claro. ¿Tú piensas mucho en Jenna?

—Sí, constantemente —dijo Cole—. No en plan romántico —se apresuró a aclarar—. Me preocupo por ella. Y también pienso en mi amigo Dalton. Y en los otros niños.

—Yo te ayudaré a encontrarlos.

—Gracias.

Jace le dio una llave a Cole y le señaló una puerta:

—He dejado algo de comida del autocarro ahí dentro. Luego saldré a comprar algo más. Tú no deberías salir más de lo necesario.

—Sí, lo entiendo —dijo Cole, preguntándose si tendría que pasar el resto de su tiempo en Elloweer entre cuatro paredes—. Gracias por encontrarnos alojamiento.

Jace asintió y se fue por el pasillo. Cole se lo quedó mirando, sospechando que quizá fuera la primera vez que hablaba con el Jace de verdad. A veces dudaba de que Jace tuviera siquiera sentimientos. Normalmente quedaban ocultos tras una sólida barrera.

Cole usó la llave para entrar en su habitación, ocupada en gran parte por cuatro camas estrechas. Al menos todo estaba limpio. Twitch estaba sentado al borde de una de las camas, con las antenas y las alas a la vista. Cole miró a su amigo y, de pronto, se dio cuenta de algo:

—A partir de ahora serás siempre así.

Twitch esbozó una sonrisa nerviosa.

—Sí, fuera de las fronteras de Elloweer adoptaba el aspecto de un ser humano normal a menos que usara mi anillo. He estado fuera tanto tiempo que me resulta raro pensar que ya no podré camuflarme así. A veces hacía las cosas más fáciles. Fuera de nuestros pueblos, no es fácil ver grinaldi. Cuando viajaba por Elloweer, siempre destacaba.

Cole cruzó la habitación y se sentó en una cama.

—Jace me ha dicho que me seguiste después de mi encuentro con Ansel.

—Quería asegurarme de que estabas bien —dijo Twitch, mirando al suelo.

—Gracias por cubrirme —dijo Cole—. Pero ten cuidado. No querrás cruzarte en el camino de esos cazadores de esclavos.

—Desde luego. ¿Qué te dijo ese tipo? No pude acercarme lo suficiente como para oíros.

—Prometió darme caza y cortarme la mano con la marca de libertad —dijo Cole.

Twitch se encogió.

—No parece muy recomendable como enemigo.

—No.

—Supongo que estarás cansado —dijo Twitch.

—Más o menos. Me he echado un sueñecito, y me ha ido bien. ¿Y tú?

—Yo estoy agotado —respondió Twitch—. Pero estar de nuevo en Elloweer me causa una sensación extraña. Estoy más alerta.

—¿Es agradable haber vuelto a casa?

—Esto no es mi casa —replicó Twitch, parpadeando—. Mi casa está en Kasori, mi pueblo. El resto de Elloweer me es casi todo desconocido. Pero haber vuelto aquí me recuerda lo que dejé atrás.

—Te marchaste para ayudar a tu pueblo —recordó Cole.

Twitch bajó la cabeza, y las antenas le temblaron.

—Y fracasé miserablemente.

—¿Qué intentabas hacer? —preguntó Cole.

Twitch suspiró con fuerza y meneó la cabeza.

—Eso es una carga que debo soportar yo, no tú.

—Si puedo, te ayudaré —dijo Cole—. Todos lo haremos.

Twitch levantó la cabeza y lo miró, con los ojos humedecidos y un gesto de desolación.

—¿Verdad que tú no quieres que yo me vea envuelto en líos con esos cazadores de esclavos?

Cole asintió.

—Pues yo no querría que vosotros os vierais involucrados en mis problemas. Sería injusto. Es mejor que me lo quede para mí.

—Venga, hombre. Ahora somos amigos. Me has salvado la vida.

Bajando la cabeza, Twitch se frotó con fuerza el dorso de una muñeca. Tras una larga pausa, suspiró.

—¿Has oído hablar de los campeones de Elloweer?

—¿Eso es un equipo deportivo?

Twitch intentó sonreír.

—Cada ciudad de Elloweer tiene su campeón. En las grandes ciudades, el campeón tiene doce caballeros. El campeón gobierna la ciudad, la defiende y decide cómo se gastan los impuestos. En las ciudades más grandes, un prefecto suele encargarse de las cosas prácticas, mientras que el campeón vive cómodamente, a menos que tenga que batirse en duelo.

—¿El campeón es como un general?

—Un general tiene un ejército. El campeón solo tiene a sus caballeros, que le hacen de guardaespaldas y asistentes. Las ciudades de Elloweer tienen guaridas para proteger al pueblo, pero no libran guerras con ejércitos. Tradi-

75

cionalmente, las guerras se deciden mediante duelo entre los campeones.

—¿De verdad? ¿Y si alguien mata al campeón, se hace con la ciudad?

—Básicamente. Pero tiene que ser una lucha justa y siguiendo las reglas.

—¡Eso es una locura! Al final los líderes serían los combatientes más duros —exclamó Cole, imaginándose cómo serían las elecciones en su país si se resolvieran mediante combates mortales. Sería rarísimo: los candidatos probablemente serían mucho más jóvenes y seguro que nunca se pondrían traje—. ¿Cómo puede ser que el mejor combatiente sea también el mejor líder?

—Por eso la mayoría tienen prefectos que son los que se ocupan del gobierno —dijo Twitch.

—¿Y quién asegura que los combates sigan las normas?

—Los caballeros —respondió Twitch—. Si alguien matara al campeón de forma ilícita, por ejemplo envenenándolo o apuñalándolo por la espalda, el sucesor del campeón se convertiría en campeón, y no el asesino.

—¿El campeón ya cuenta con una persona preparada para ocupar su lugar?

—Normalmente más de una. Su sucesor suele ser uno de sus caballeros.

—Así pues, también podría ser que alguno de sus caballeros matara al campeón y ocupara su lugar.

—Por eso el campeón intenta asegurarse de que sus caballeros sean guerreros honorables en los que pueda confiar.

—¿Y por qué querría nadie ser campeón? —preguntó Cole—. Suena peligroso.

—Es peligroso —reconoció Twitch—. Pero gobiernas la ciudad. Si quieres, puedes quedarte la mayor parte de los impuestos y repartirlos entre tus amigos. Algunos grandes campeones se han apoderado de numerosas ciudades, gobernando a través de prefectos, y viven como reyes.

—Y si alguien mata a uno de los grandes campeones, ¿se queda con sus ciudades?

—Solo los campeones pueden desafiar a otros campeones —dijo Twitch—. Y solo puedes desafiarles por el control de una ciudad cada vez. Si el campeón que la defiende pierde, la ciudad queda bajo la protección del nuevo campeón, y el sucesor del campeón perdedor hereda las otras ciudades.

—¿Siempre luchan a muerte? —preguntó Cole.

—Sí. Técnicamente, el campeón puede rendirse en lugar de morir, pero eso no pasa nunca. Si un campeón se rinde, su rival no tiene por qué apiadarse de él.

—¿Y estos combates son frecuentes?

—No mucho —dijo Twitch—. Un campeón se juega la vida y su ciudad cada vez que desafía a otro. La mayoría se conforma con gobernar sus dominios. Pero algunos son codiciosos. O belicosos. Y a veces entre las ciudades surgen disputas que deben zanjar los campeones.

—En lugar de ir a la guerra —dijo Cole.

—El duelo es la guerra —respondió Twitch. Cole se planteó las implicaciones—. Desde luego, siempre será menos traumático que una gran batalla entre dos ciudades.

—La ciudad que pierde siempre sufre —dijo Twitch, bajando la mirada—. De eso yo sé mucho.

—¿Es eso lo que le pasó a tu pueblo? —preguntó Cole.

Twitch se rascó la mejilla y se frotó la nariz.

—Kasori no es grande. Ni es rica. Durante generaciones, nuestro campeón no tuvo que luchar. Era más un gobernante que un guerrero. Somos gente sencilla. Casi no había impuestos. Nadie se enriquecía con ellos. No nos enfrentábamos con los pueblos grinaldi vecinos, y a nadie más podía interesarle meterse con nosotros. Hasta que llegó Renford.

—¿Y ese quién es?

—No muy lejos de nuestro pueblo hay un pantano. —Twitch arrugó la nariz—. Un cenagal lleno de reptiles y limo. Allí viven algunas familias andrajosas, pocas pero numerosas. Los grinaldis plantamos, cosechamos y guardamos para el invierno. Trabajamos la tierra. La gente del pantano son traperos y basureros. Viven como ratas. Durante muchos años no hubo casi contacto entre nosotros, pero, de pronto, algunos de los habitantes del pantano empezaron a fijarse en lo que teníamos, aunque no fuera mucho. Enviaron a sus hijos a formarse como soldados, se erigieron en comunidad independiente y nombraron campeón a Renford Poleman.

—Oh, no —dijo Cole.

—Un día Renford se presentó con cinco caballeros, todos vestidos con armaduras disparejas, de segunda mano. Desafió a duelo a Brinkus, nuestro prefecto. Ninguno de nosotros consideraba a Brinkus un campeón, aunque técnicamente ese era su trabajo. Era un hombre mayor con un ala rota, olvidadizo y divertido. Su hijo le pidió que le dejara luchar a él en su lugar, pero Brinkus afrontó el desafío personalmente. Y murió.

—Lo que convertía a Renford en vuestro campeón —dijo Cole.

Twitch asintió.

—Borus, hijo de Brinkus, fue a un pueblo vecino y les pidió que le dejaran ser su campeón. Su campeón no era guerrero, así que accedió a dejarle el puesto. Se supone que no puedes desafiar a un nuevo campeón los seis primeros meses, así que Borus esperó el tiempo necesario, lanzó su desafío y también murió. Renford pasó a desafiar a los campeones de otros dos pueblos grinaldi de la zona, y los derrotó. Es un gran luchador. Sus caballeros, la mayoría hermanos y primos suyos, también son hábiles.

—Así que un extraño se hizo con el control de vuestros pueblos —resumió Cole.

—No solo un extraño —le corrigió Twitch—. Un haragán aprovechado. Muchos de los habitantes del pantano se instalaron en nuestra tierra. Mi familia fue expulsada de nuestra casa. Muy pronto sus caballeros excedieron el límite de doce. No se cuidaban de los terrenos y las propiedades que confiscaban. Los campos cultivados se volvieron silvestres. El ganado se perdió. Renford no solo aumentó los impuestos, sino que los elevó más allá de lo que la gente podía pagar.

A los campeones de Elloweer no les está permitido cargar impuestos de más del cincuenta por ciento, pero él se acercó al ochenta. Nuestros mejores trabajadores apenas podían salir adelante. Cuando alguno de los nuestros protestaba, lo mataban.

—Qué horror.

—Los míos se rindieron —dijo Twitch—. No éramos muchos. A los más valientes los mataron. Yo tenía que hacer algo, pero atacar a la gente del pantano solo no habría tenido sentido. Yo era un niño, y no era un gran luchador. Me escapé de Kasori y viajé hasta Wenachi, el último de los pueblos grinaldi, demasiado pequeño y demasiado alejado como para que Renford pudiera interesarse por él. Les conté nuestro problema, y acordaron que, si encontraba a un campeón, podría representar a su pueblo. Así que me fui en busca de un héroe.

—Y entonces te capturaron y te hicieron esclavo —dijo Cole.

—Los grinaldi vivimos aislados —dijo Twitch, cabizbajo y con las alas temblando—. Nunca nos han preocupado las marcas de libertad o de esclavitud. No tenemos maestros marcadores. En mi desesperación por encontrar un héroe, me olvidé de lo peligroso que podía ser el resto del mundo. Me pillaron, me marcaron y me hicieron esclavo.

—Aún necesitáis un héroe —constató Cole.

—Y no será fácil encontrarlo —respondió Twitch—. Lo he intentado. A los pocos forasteros que saben siquiera de los grinaldi no les preocupamos lo más mínimo. Nuestros pueblos pueden parecerles un lugar rico a los habitantes del pantano, pero no a los campeones de ciudades prósperas. No estaba teniendo mucha suerte, así que fui más allá de Elloweer, con la esperanza de regresar con un gran guerrero de otro reino.

—¿Qué tal Joe? —preguntó Cole, pero Twitch meneó la cabeza.

—Mira necesita a Joe. Además, no me parece que sea un espadachín profesional. Los duelos están estructurados de forma que no se pueda usar la magia. Solo armas y armaduras tradicionales. Renford no valdrá para nada más, pero es un buen luchador.

—Entonces, ¿cuál es tu plan?

Twitch parecía algo incómodo con aquello.

—Espero que Mira me deje usar parte del dinero que nos dio Declan. Puede que baste para pagar a un mercenario profesional que podamos presentar como campeón. Necesito a alguien con la habilidad suficiente, pero que también tenga su vida propia en otra parte, para que no quiera quedarse a ocupar el puesto de Renford. Una persona que no necesite para vivir lo poco que tenemos los grinaldi, que para algunos puede resultar tentador.

—Tan tentador que despertó el interés de los habitantes del pantano —dijo Cole.

—Pero es una vida solitaria y modesta para alguien acostumbrado al ritmo de la ciudad —respondió Twitch, replegando las alas—. Ahora entiendes lo difícil que es.

—Seguro que lo consigues —dijo Cole—. Los otros te dirán lo mismo. Deberías decírselo. Estoy seguro de que podrán ayudarte a encontrar el campeón que necesitas. Joe sabe moverse bien. Se asegurará de que no te engañen.

Twitch hizo una pausa. Cuando habló, lo hizo convencido:

—Puede que tengas razón. He cargado con este secreto demasiado tiempo. Siempre pensé que llevaría mi carga en privado hasta que encontrara al guerrero perfecto. Pero al explicarlo me siento muchísimo mejor.

—Todos necesitamos ayuda alguna vez —le recordó Cole—. No tienes que lidiar con esto tú solo.

—Gracias, Cole —dijo Twitch, sonriendo—. Tus amigos, esos que has perdido, tienen suerte de contar contigo. Me siento mucho más optimista que antes.

—Y yo tengo mucho más sueño —respondió Cole, bostezando—. No por tu historia —se apresuró a precisar.

—Lo mismo digo. Estoy agotado. Y sería una pena no aprovechar estas camas.

—Lo primero es lo primero —le corrigió Cole—: hace demasiado que no me doy un buen baño.

Capítulo 7

El salón de confidencias

Al día siguiente, Cole estaba junto a la ventana, observando la calle protegido tras las persianas, algo indolente después de haber dormido demasiado. Cuando llamaron a la puerta, se sobresaltó.

—¿Quién es? —respondió Twitch.

—Un amigo —fue la respuesta.

—Joe —murmuró Twitch, y abrió la puerta.

Joe entró en la habitación, más limpio de lo que lo había visto nunca Cole. En lugar de su chaqueta de cuero gris y sus vaqueros, llevaba unos pantalones oscuros, una camisa marrón y un abrigo de corte elegante. Estaba afeitado y se había lavado el cabello.

Después de mirar al pasillo, Twitch cerró la puerta.

—Estábamos preocupados por ti —dijo Cole—. No sabíamos qué podías encontrarte. Parece que ganaste el combate. Vas muy elegante.

Joe se miró con una sonrisa satisfecha:

—Esta nueva imagen es parte de mi plan. Siempre que puedo, me visto de acuerdo con el papel —dijo, tirando un par de paquetes sobre la cama—. También os he traído ropa nueva a vosotros.

—¿Pillaste al ejecutor? —preguntó Twitch.

—Tardé lo mío. Ambos íbamos a pie, pero él se movía bien. Al final le alcancé con una flecha desde atrás. Intenté interrogarle, pero ya lo había perdido. Birlé un caballo y me vine aquí lo más rápido que pude. Llegué anoche, y me he pasado el día haciendo gestiones. A mediodía me encontré con Jace junto a la fuente. Me dijo que has tenido algún problema, Cole.

—Ha sido muy mala suerte —respondió Cole—. En Carthage Oeste me encontré con el cazador de esclavos que nos trajo aquí a mis amigos y a mí, y que hizo que me marcaran. Usé la espada saltarina para escapar, pero juró que me daría caza.

—¿Cómo se llama?

—Ansel —dijo Cole.

Joe frunció el ceño.

—¿Lleva una hoz?

Cole asintió.

—¿Cómo lo sabes?

Joe soltó un silbido de admiración.

—Desde luego, no te buscas enemigos de medio pelo. Ansel Pratt es uno de los cazadores de esclavos más implacables de los Cinco Reinos.

—¿Lo conoces? —preguntó Cole.

—Solo de oídas. Es alguien que conviene evitar, a menos que tengas mucho dinero y requieras sus servicios. Si los clientes no cumplen con lo acordado, su respuesta es rápida y brutal. Los otros cazadores de esclavos han aprendido a apartarse de su camino. Solo unos cuantos pueden competir con el volumen de esclavos que mueve. Él y los suyos solo traen problemas.

—Me aseguró que me cortaría la mano con la marca de libertad y que me llevaría de nuevo a los Invasores del Cielo —dijo Cole—. Y yo estoy seguro de que lo intentará.

—Yo también —dijo Joe—. Bueno, dejémoslo. Tenéis que venir con Mira y conmigo al salón de confidencias.

—¿Dónde?

—La mayoría de las ciudades de Elloweer tienen uno. En Carthage Este hay tres. Son lugares de encuentro

83

donde se puede intercambiar información manteniendo cierto anonimato. A todo el que entra en un salón de confidencias le asignan una apariencia, de modo que no muestra su aspecto real. Los clientes pueden ser desde criminales a gobernantes. He hecho una reserva en el salón más exclusivo de la ciudad.

—¿Para conseguir información? —preguntó Cole.

—En parte. En los salones de confidencias se hacen contactos. Se firman acuerdos. La mayoría de las apariencias desaparecen al cabo de un rato. Quiero encontrar a alguien que os pueda aplicar una apariencia duradera a Mira y a ti para que seáis irreconocibles; hoy mismo, si puede ser. Hay demasiada gente buscándoos.

Por primera vez desde que Ansel le había descubierto, Cole vio que podía haber una alternativa a seguir escondiéndose el resto de su vida.

—¿Pueden hacer algo así?

—Si encontramos al encantador indicado, sí —le aseguró Joe—. Yo pertenezco a un movimiento de resistencia llamado los Invisibles. En las zonas de Sambria que hemos recorrido, el movimiento no tiene mucha fuerza, pero parece que por aquí está más presente. Se supone que no debo hablarle a nadie de nuestro grupo sin permiso de otros dos miembros, pero no veo cómo podría manteneros al margen. Tendremos que pedir ese permiso más adelante. No creo que se alteren demasiado por eso. Al fin y al cabo, estamos en plena huida con la princesa Miracle.

—¿Ya te has reunido con ellos?

—Tenemos medios secretos para contactar unos con otros —dijo Joe—. He percibido sutiles indicios de actividad en la zona. Anoche y esta mañana dejé señales por la ciudad, para que cualquiera de los Invisibles que las vean se dirija al salón de confidencias de Shady Lane esta tarde. Si alguno de los miembros responde, es posible que encontremos la ayuda que necesitamos.

—¿Cuándo tenemos que ir? —preguntó Cole.

—Tengo un coche de caballos esperando —dijo Joe—. En principio había planeado llevar solo a Mira, ya que su rostro era el que más me preocupaba enseñar en público, pero supongo que me dejarán llevar a un invitado más. La entrada cuesta tres rondeles de oro por persona.

—¡Tres rondeles de oro! —exclamó Twitch—. ¡Con eso podría vivir meses!

—La información de calidad no es barata —dijo Joe—. Deberíamos irnos ya.

—¿Necesito llevar dinero? —preguntó Cole.

—Yo pagaré nuestras entradas —dijo Joe—. Tú puedes llevar unos rondeles de más, por si acaso, pero deja el grueso de tu capital aquí. Cámbiate. Te espero abajo. No lleves la espada.

Cole había pasado la mayor parte de sus rondeles a un cordel que llevaba colgado del cuello. Se sacó la camisa, y Twitch le desató el cordel. Al abrir los paquetes que había sobre la cama, Cole encontró una camisa azul con botones y unos pantalones negros. Se los puso, y luego se metió en el bolsillo unos rondeles de oro, de plata y de cobre.

—Deséame suerte —dijo Cole.

—Con un poco de suerte, la próxima vez que nos veamos no te reconoceré —respondió Twitch.

Cole asintió, aunque la idea de tener un aspecto diferente le parecía muy rara.

—Hasta luego.

Cuando bajó, se encontró a Mira y a Joe esperándole. Joe llevaba una bolsa de cuero marrón. Mira se había puesto un sencillo vestido negro con una cinta roja. Cole no la había visto nunca con un atuendo tan femenino.

—Qué limpio estás —observó Mira—. Desde Cloudvale, les habíamos dado a nuestras ropas un buen tute.

Cole sonrió. Quería corresponderle con un cumplido, pero no se atrevió. Mira estaba muy guapa.

—Parece que esto será una nueva aventura.

—Ya hablaremos en el coche —dijo Joe, encaminándose a la puerta. Salieron a una callejuela secundaria—. Por aquí.

Joe los llevó hasta la esquina, giraron y siguieron un par de travesías hasta llegar a una calle llena de gente, donde Joe volvió a girar.

—Mantén la cabeza alta —murmuró Mira—. Que no parezca que te ocultas de algo.

Cole no había agachado la cabeza deliberadamente, pero se dio cuenta de que era verdad. Se sentía vulnerable, aunque sería muy mala suerte dar con alguno de los hombres de Ansel.

Joe les hizo subir las escaleras de mármol de un gran hotel con columnas en la fachada. El vestíbulo tenía el suelo en forma de cuadros de oro y platino. Unos luminosos arcoíris surcaban el enorme espacio por encima de sus cabezas. En una esquina había una cascada de color azul zafiro que caía a cámara lenta. Cole se dio cuenta de que gran parte de lo que veía debía ser una ilusión.

Cruzaron el vestíbulo y salieron por las puertas del otro extremo. Un lacayo uniformado les abrió la puerta. Joe le dio un rondel de cobre.

—Soy Dale Winters —dijo Joe—. He pedido un coche.

—Por aquí —repuso el portero, que los llevó hasta uno de los coches de caballos aparcados junto a la acera.

Les abrió la puerta y Joe le dio otro rondel de cobre al subir. Cole se sentó junto a Mira, delante de Joe. La puerta se cerró y el coche se puso en marcha.

La estrategia de Joe impresionó a Cole. Tener un coche esperando en un hotel diferente al suyo le parecía una de esas medidas que tomaría un agente secreto.

—¿El cochero sabe adónde vamos? —preguntó Cole.

—Sí —dijo Joe—. Igual que sabe que preferimos que sea discreto. No ha dejado de mirar adelante mientras nos acercábamos al coche y subíamos. —Joe abrió la bolsa y sacó tres máscaras de fiesta. Le dio una con brillos plateados a Mira, una azul a Cole y él se quedó con una negra—. Ponéoslas.

Cole se llevó la máscara a la cara y se pasó la fina cadena azul por detrás de la cabeza, encajando uno de los eslabones en un gancho al otro lado. Mirar a través de aquellos agujeros le limitaba un poco el campo de visión. La máscara le cubría toda la cara, hasta la barbilla.

—Hablemos del plan —dijo Joe—. En un salón de confidencias, la información es la moneda de cambio. Todos tenemos que jugar a lo mismo, o llamaremos la atención. Por suerte, somos de fuera y tenemos jugosos rumores que pueden ser de interés. No queremos mencionar quiénes somos, y deberíamos evitar cualquier tema que tenga que ver con el rey supremo y sus hijas.

—¿Qué hay de Honor? —preguntó Mira.

—Dejad que sea yo quien me informe sobre Honor —dijo Joe—. También buscaré un encantador que sepa crear apariencias duraderas.

—¿Puedo preguntar por mis amigos? —preguntó Cole.

Joe tardó un poco en responder:

—Sé que para ti es importante encontrarlos.

—Para mí también lo es —dijo Mira.

Joe asintió, no muy convencido.

—No concretes. Si surge la ocasión, menciona que has oído que el rey supremo está enviando nuevos esclavos con talento para el forjado por los Cinco Reinos.

—¿Y qué rumores podemos compartir? —preguntó Cole.

—No presentéis nada como si lo supierais de primera mano —subrayó Joe—. Mencionad que lo habéis oído de una fuente fiable, cosas así. Podéis hablar de que Carnag ha caído, y de que cuatrocientos legionarios se presentaron en Puerto Celeste. Podríais mencionar vagamente lo de los contraforjadores. Me gustaría saber si hay alguien que sepa de ellos. Si alguien os parece útil, decidle que Declan ha tenido que dejar su escondrijo de detrás de la Pared de Nubes

87

del Este. Esa información es lo bastante buena como para que os den algo a cambio, y a Declan no le causará ningún perjuicio: el rey supremo ya sabe que estaba allí. Además, puede ayudarnos a recordar a la gente que los grandes forjadores siguen ahí.

—¿Deberíamos extender la noticia de que el rey supremo encerró a sus hijas? —preguntó Cole—. Podríamos decirle a todo el mundo que fingió su muerte. ¿No hará que la gente reaccione con furia?

—La mayoría lo pasarán por alto. Se lo tomarán como una vieja teoría sin demostrar —dijo Joe—. Y si nuestros enemigos oyen el rumor, se apresurarán a aplastarlo. No es un buen momento para hacer pública la verdad sobre Mira.

—¿Qué más deberíamos preguntar? —dijo Mira.

—No preciséis mucho —respondió Joe—. Informaos de las novedades. Decid que sois de otro sitio. Sonará creíble, porque la mayoría de la información que tenéis es de Sambria. Preguntad por lo que pasa en Elloweer.

—¿Crees que el poder de Honor también se estará desbocando? —preguntó Mira—. ¿Habrá otro Carnag en Elloweer?

—Supongo que el poder de forjado de Honor estará tomando forma, igual que el tuyo —dijo Joe—. Quima sugirió que ese podía ser el caso. Aquí nos enteraremos de cualquier anomalía que haya en el reino. Mantened los oídos bien abiertos y controlad vuestros comentarios. Estaréis rodeados de expertos en comerciar con cotilleos, que sabrán interpretar todo lo que digáis. Intentad no mentir. No es fácil engañar a esta gente.

Al cabo de un rato, el coche embocó un callejón solitario y se detuvo. Joe apenas tenía espacio para abrir la puerta y bajar. Mira y Cole le siguieron. Se habían parado junto a una puerta sin indicaciones en medio de una pared desnuda. Joe llamó, y la puerta se abrió. Detrás apareció un tipo enorme con un desafortunado corte de pelo.

—¿Tenéis invitación? —preguntó el gorila.

Joe sacó una tarjeta y se la entregó, junto a un rondel de platino.

—En el último momento tuve que añadir otro invitado. Espero que no sea un problema.

El coloso frunció el ceño, examinó la invitación y se quedó mirando el rondel.

—Un momento —dijo, y la puerta se cerró.

—Si hay problemas, yo me puedo quedar en el coche —propuso Cole, sintiéndose como un intruso.

—No —dijo Joe—. Quiero que entres para conseguirte un disfraz permanente. Si hay que pagar un soborno mayor, nos lo podemos permitir.

La puerta se abrió.

—Concedido —anunció el tiarrón, echándose a un lado—. Bienvenidos a Shady Lane.

Joe, Mira y Cole entraron. Cole oyó que el coche volvía a ponerse en marcha a sus espaldas. La puerta se cerró.

Estaban en una pequeña sala con las paredes de piedra y una puerta de hierro al otro lado. En dos de las paredes había sendas filas de hendiduras oscuras de aspecto siniestro. Cole pensó que podrían servir para espiar, para disparar flechas o soltar gas tóxico a través de ellas. ¿Cómo había ido a parar a un lugar así? Parecía una misión para un espía profesional.

Un hombre de aspecto eficiente, bien peinado y elegantemente vestido, registró a Joe, luego a Cole y, al final, a Mira. Se echó atrás y murmuró algo a través de una rejilla que había junto a la puerta de hierro.

La puerta se abrió, y el hombre les indicó con un gesto que pasaran. La sala a la que accedieron también tenía sólidas paredes de piedra, pero era más grande y estaba cubierta de alfombras y decorada con tapices y sofás acolchados. En las paredes había tantas puertas que Cole se preguntó si estaría rodeada de armarios.

Un caballero con gafas de unos sesenta años les dio la bienvenida. Aunque no era demasiado alto, era larguirucho

89·

y tenía las manos y los pies grandes. Llevaba un intenso perfume que a Cole le pareció algo molesto.

—Bienvenidos, estimados invitados —dijo, con una sonrisa afectada y frotándose las manos—. ¿Es la primera vez que nos visitáis?

Joe asintió.

El hombre larguirucho se alegró al oír aquello.

—¡La primera vez! Espléndido. En Shady Lane nos enorgullece hacer gala de una discreción excepcional. Tenemos cuatro salas principales. Vuestro aspecto cambiará cada vez que cambiéis de sala. Para empezar, entraréis cada uno en un vestidor, os quitaréis la máscara, la colocaréis en un arcón, lo cerraréis con llave, que quedará en vuestro poder, y os miraréis al espejo. Si estáis satisfechos con vuestro disfraz, salid por la otra puerta y recorred el pasillo hasta la puerta azul. ¿Alguna pregunta?

Joe negó con la cabeza. Cole no estaba seguro de si entendía bien lo que quería decir aquel hombre, pero no quería ser el único en preguntar.

—Por aquí —dijo el hombre flacucho, acercándose a una de las puertas en el lado derecho de la sala—. El joven puede entrar por la puerta del tridente.

Sobre el pomo había un tridente grabado. El hombre abrió la puerta y Cole entró. La puerta se cerró.

Aunque escuchó atentamente, Cole no podía oír ninguna conversación del otro lado de la puerta. El vestidor estaba aislado acústicamente, o casi. Al otro extremo del vestidor le esperaba otra puerta. En una de las paredes laterales había un espejo de cuerpo entero, y en la base de la otra pared había una fila de arcones de tamaño medio, la mayoría con la llave puesta. Había dos sin llave en la cerradura.

Cole abrió el arcón más a la izquierda. Se deshizo de la máscara, la puso dentro y cerró el arcón, echó la llave y la retiró. Un tridente y un torbellino decoraban la llave. En la cerradura correspondiente había un torbellino idéntico.

Cole se situó frente al espejo. Tenía exactamente el

mismo aspecto de antes, así que pensó que lo que fuera a suceder aún no había empezado. Miró alrededor y se preguntó si le estarían observando. Alguien tenía que crear la ilusión. No vio ninguna mirilla. Quizás alguien estuviera mirándole desde el otro lado del espejo, como en una sala de interrogatorios. O quizá la ilusión se creara de forma automática. ¿Sería mágico el espejo?

Mientras lo observaba, la piel empezó a colgarle y el pelo a volvérsele más fino. La nariz, las orejas y los labios se le tornaron más grandes. La barriga se le hinchó, creando una panza. Antes de que pudiera darse cuenta, Cole estaba mirando a un viejo rechoncho que no se le parecía en absoluto. El reflejo se movió al moverse él, y parpadeó cuando él lo hizo. Si podían llegar a hacerle un disfraz permanente como aquel, Ansel nunca lo encontraría.

Cuando bajó la mirada, Cole observó que él no se veía como en el reflejo. A sus ojos, era igual que en el momento de entrar en aquella salita. Pero la figura del espejo llevaba unas ropas elegantes y tenía una complexión muy diferente. Al ponerse las manos frente a los ojos, Cole las veía normales, pero las que veía en el espejo eran manos de viejo, con los dedos gruesos y manchas de edad. Evidentemente, la ilusión solo tenía efecto cuando se miraba a través del espejo.

Cole salió por la puerta que daba al salón. Las paredes, el techo y el suelo estaban cubiertos de un manto de pelo. Cuando cerró la puerta, el pelo la cubrió por completo. Tanteó por entre el pelo, pero no encontró ningún pomo. El pelo tenía un tacto desagradable: era como meter la mano entre telarañas. Al apretar con la palma de la mano contra el pelo, la mano se le hundió hasta tocar una pared lisa de piedra. Pasó la otra mano a través del pelo y vio que no ofrecía resistencia. El pelo de las paredes era una ilusión.

Cole tomó una dirección al azar y recorrió un pasillo hasta llegar a un extremo sin salida. Retrocedió, siguió el pasillo, que giraba a la izquierda, y llegó a una puerta azul, que era la única abertura en aquella extensión peluda.

Del otro extremo de la sala salió una mujer pálida con el cabello plateado y una joya en la frente. Era algo más alta que Mira, y Cole supuso que sería ella. Aunque también podía ser Joe, claro.

Cole la saludó con un gesto. Ella le devolvió el saludo.

—¿Eres tú? —preguntó una voz femenina desconocida.

Cole cayó en la cuenta de que aquella mujer podía ser cualquiera. No quería que algún espía le descubriera. ¿Cómo podía confirmar su identidad sin descubrirse?

—¿Por qué letra empieza mi nombre? —dijo Cole.

—¿Por C? —preguntó la mujer.

—¿Y tú eres M? —respondió Cole.

Ella asintió.

—¿Estabas con los Invasores del Cielo?

—Tú una vez volaste en un ataúd —respondió la mujer, con una risita—. Qué voz más diferente tienes.

—Tú también —dijo Cole—. A mí mi voz me suena igual.

—A mí también —confirmó Mira—. ¿Vamos?

—Después de ti.

Mira abrió la puerta.

Capítulo 8

Rumores

En la gran sala que encontraron tras la puerta había cómodos sofás y sillones reunidos en grupos. En un rincón, un cuarteto de cuerda tocaba una pieza desconocida para Cole, entretejiendo melodías y armonías con sus instrumentos. Otras dos puertas salían de la habitación.

Cole se sintió absolutamente fuera de lugar. Aquello tenía pinta de una fiesta para adultos muy sofisticados. Se recordó a sí mismo que, con aquel disfraz, ya no tenía aspecto de niño. Algunas de aquellas personas quizá también fueran jóvenes.

Aparte de los músicos, contó otras ocho personas en la sala. Dos estaban hablando en una esquina, tres estaban sentadas en un sofá y otras tres hablaban sentadas alrededor de una mesa. Uno de los más raros parecía una estatua animada tallada en piedra negra y había otro que llevaba una túnica morada y tenía la cabeza de un loro. Al pasar por la puerta, Mira adoptó la imagen de una sonriente mujer asiática con un elaborado tocado lleno de peinetas. Al tenerla delante, Mira se tapó la boca para ocultar una risita. Cole se preguntaba qué aspecto tendría, así que se acercó a un espejo. Tenía la cabeza de un sapo verrugoso con dos prominentes ojos amarillos, y llevaba una guerrera llena de medallas. No pudo evitar soltar una risita al verse. La cabeza de sapo era perfecta. ¡Sería el mejor disfraz de Halloween del mundo!

Mira se unió a la pareja que charlaba en la esquina. Un

tipo con barba con un parche en el ojo se levantó del sofá y se acercó a Cole, que, impaciente por iniciar la conversación, le tendió la mano para saludarlo.

—No, no —se negó el hombre, con tono amable—. Nada de contacto físico. Debes de ser nuevo.

Cole bajó la mano, incómodo.

—Lo siento. Nadie me lo había dicho. Es la primera vez.

El hombre alzó unas cejas muy pobladas.

—O finges inexperiencia —dijo. Se acercó algo más y murmuró algo.

—No te he oído —dijo Cole—. La música suena demasiado alta.

—Tiene que estarlo. Así la gente no escucha conversaciones ajenas. ¿Qué música cantas?

Cole frunció el ceño. ¿Cómo se suponía que debía responder a una pregunta así? Aquel tipo, probablemente, le hablaba en código.

—No sé qué quieres decir.

—Muy bien. ¿Qué nombre usas?

—¿Mi nombre?

—En los salones soy Hannibal. ¿Qué nombre usas tú?

Cole vaciló. ¿Debería inventárselo? Joe le había advertido de que no mintiera.

—Aún no tengo un nombre.

Hannibal se quedó pensando un momento, como planteándose si se podía fiar o no. Cole no pudo evitar pensar qué aspecto tendría realmente aquel hombre, o qué edad.

—Bueno, no importa —dijo Hannibal—. ¿Qué haces por aquí?

—Vengo de fuera de la ciudad —respondió Cole—. Solo quiero noticias.

—Como todos, ¿no? —dijo Hannibal, chasqueando la lengua—. ¿De dónde vienes?

—Ahora de Sambria.

—Lógico, ya que Sambria está al otro lado del río. ¿De qué parte de Sambria?

Cole se quedó pensando. ¿Cómo podía responder sin dar demasiados datos?

—De muchos sitios. He estado viajando mucho.

—¿Alguna noticia de Sambria?

Cole pensó qué podía contarle.

—Cuatrocientos legionarios visitaron a los Invasores del Cielo.

—¿Y qué buscaban?

Cole no estaba seguro de hasta dónde podía contar. Ojalá hubiera practicado aquel tipo de conversación antes.

—He oído que buscaban a un esclavo.

—¿A un esclavo?

—Eso es lo que he oído —dijo Cole.

—¿Cuatrocientos legionarios?

—Eso parece.

—¿Y lo encontraron?

—No estoy seguro —dijo Cole—. No creo.

El hombre no parecía especialmente interesado en sus noticias, así que pasó a preguntar él:

—¿Y cómo están las cosas en Elloweer?

—¿Cuánto hace que no vienes por aquí? —preguntó Hannibal.

—Es la primera vez.

—Pues bienvenido. La última noticia es la agitación que hay en el norte. Desaparece gente. Han encontrado ciudades enteras vacías.

—¿De verdad? —preguntó Cole.

—Sí, algo parecido a los terribles problemas que habéis tenido con Carnag en Sambria —respondió Hannibal—. Pero yo no me he enterado hasta hace un par de semanas.

—Alguien acabó con Carnag —dijo Cole.

—Ya lo he oído —respondió Hannibal—. ¿Alguna idea de quién fue?

—No estoy seguro —respondió Cole. ¿Qué podía contarle a aquel hombre que resultara más interesante?—. He oído que había legionarios implicados. ¿Qué sabe la gente de este nuevo problema en Elloweer?

—Muy poco —dijo Hannibal—. Los que se acercan no regresan. A nuestros líderes está empezando a entrarles miedo. Como te he dicho, la gente tiene miedo de que sea como Carnag. Perdona si me meto donde no me llaman, pero ¿qué te trae por Elloweer, señor Sapo?

—Estoy…, hum…, de visita —dijo Cole.

—Sin duda, tendrás algún negocio entre manos. Quizá pueda serte de ayuda. Tengo muchos amigos.

—Estoy con unos amigos —dijo Cole, intentando no decir más de la cuenta—. No tengo ningún negocio propio.

—Tus asuntos son privados —dijo Hannibal—. Lo entiendo. Si decides confiármelos, estaré en esta sala. Supongo que me quedaré una hora más.

—Gracias —dijo Cole, no muy seguro de cómo lo había hecho.

¿Debería haberle contado algún secreto importante? ¿Tendría que haber presionado más para sacar más información? El hombre de la barba volvió al sofá. Cole no había visto a Mira saliendo de la sala, pero ya no estaba allí. Todos estaban charlando, así que decidió probar suerte en otro lugar.

Atravesó una puerta y entró en una sala menos formal donde la gente estaba apoyada en divanes y enormes cojines. Cerca de una pared un empleado limpiaba un mostrador, esquivando la comida y las bebidas expuestas. En una esquina, un hombre tocaba un enorme xilofón mientras una mujer tocaba una flauta.

En cuanto pasó por la puerta, Cole observó que no se oía en absoluto el cuarteto de cuerda. De las otras seis personas que había en la sala, solo dos estaban hablando. Un hombre paseaba junto al mostrador de la comida con una copa en la mano; una anciana se echaba un sueñecito en el diván; un hombre rechoncho estaba sentado sobre una otomana redonda, estudiando una disposición de naipes; y una joven fría y bella contemplaba la escena sentada majestuosamente en un enorme sillón como una emperatriz en su trono.

Al pasar junto a uno de los espejos de la sala, Cole vio que tenía el aspecto de un típico italiano de mediana edad, bajo pero musculoso. Al ver su reflejo en el espejo, Cole se dio cuenta de que no hacía falta que hiciera saber a todo el mundo que era la primera vez que estaba en un salón de confidencias. Mientras no divulgara información importante, podía ser quien él quisiera, y actuar como más le gustara. Desde luego, no podía hacerlo mucho peor que en su primera conversación. Quizá se le diera mejor si se soltaba un poco.

Examinó la sala e intentó relajarse. El tipo que jugaba a las cartas le pareció el más asequible. Cole se le acercó y se sentó cerca de él.

—Hola. ¿Cómo estás?

El hombre no levantó la vista de su partida de solitario.

—No me quejo. ¿Y tú?

—Aquí, buscando noticias.

—Yo soy Stumbler. ¿A ti cómo te llaman?

—Drácula —respondió Cole, sin pensárselo.

—Es la primera vez que oigo ese nombre —dijo Stumbler—. ¿Qué música cantas?

—Karaoke de los sesenta, setenta y ochenta —dijo Cole, por probar.

El hombre levantó la vista de sus cartas.

—¿Qué tonterías dices? Ve a molestar a otro antes de que presente una queja a la dirección.

Joe le había advertido a Cole que no mintiera. Aparentemente, eso incluía las bromas. Así que ahí acababa su experimento de improvisación. Decidió cambiar de objetivo antes de que Stumbler se molestara de verdad. Se puso en pie y se encontró con que la bella joven estaba mirándole. Llevaba un vestido ajustado y brillante que le recordaba las escamas de un pez. Hizo un gesto con el dedo, llamándolo.

Mientras se acercaba, Cole se dijo una vez más que podía muy bien ser una vieja horrenda. O incluso un viejo cascarrabias. No tenía que dejarse impresionar por su imagen. Decidió ser más honesto. Dar respuestas sin sentido no le había llevado a ninguna parte.

La mujer se echó hacia delante y le habló en voz baja:

—Sospecho que el Caballero Solitario podría ser el exiliado duque de Laramy.

—Vaya —dijo Cole—. No tengo ni idea de qué significa eso.

—¿Hablo demasiado rápido? —bromeó ella.

—Es que no conozco a ninguna de esas dos personas.

Ella parpadeó, extrañada.

—¿No has oído hablar del Caballero Solitario?

—Pues no —dijo Cole—. Es la primera vez que vengo a Elloweer.

—¿De verdad? —preguntó ella, juntando las manos y aparentemente encantada.

—Sí. Es la primera vez que entro en un salón de confidencias.

—Me cuesta creerte, pero finjamos que es verdad. Yo soy Vixen. ¿De dónde vienes, Señor Misterioso?

—De Sambria.

—De algún confín lejano de Sambria, si no has oído hablar del Caballero Solitario.

—De lejos de Carthage —dijo Cole—. ¿Quién es ese caballero?

—Esa es la cuestión —contestó ella—. Su identidad es objeto de debate. El Caballero Solitario se erigió campeón de una pequeña comunidad al este de aquí. Tiene una voracidad insaciable por los duelos y una gran habilidad en el combate. Empezó con poblaciones pequeñas, pero ahora ha pasado a las ciudades grandes. ¿Nada de todo esto te suena?

—No —confesó Cole.

Se preguntaba si todo aquello tenía algo que ver con la información que necesitaban para encontrar a Honor. Desde luego no parecía tener conexión con Dalton o Jenna.

Sintió la tentación de cortarla y preguntarle lo que realmente quería saber, pero ella parecía tan emocionada con el tema que pensó que, si la dejaba hablar de ello, al final quizá pasara a confiarle algo que le importara de verdad.

—El Caballero Solitario no muestra ningún interés en quedarse a disfrutar del botín de sus victorias. Ahora le siguen seis caballeros. Hay quien dice que son siete. Viven como vagabundos. Cuando el Caballero Solitario destrona a un campeón, despide al prefecto y distribuye todos los impuestos entre la gente pobre de la ciudad. Los funcionarios y los nobles no reciben ni un cuartillo de cobre. En poco tiempo, se ha convertido en un ídolo del pueblo. Tal como puedes imaginar, su lista de enemigos no para de crecer.

—¿No deberían llamarlo el campeón solitario?

—Se podría plantear —dijo Vixen—. Pero ninguno de los señores o campeones de Elloweer quieren otorgarle tal honor. No se comporta como un campeón. Dicen que roba a los viajeros. Algunas ciudades lo han declarado un proscrito. Está provocando el caos en nuestro Gobierno.

—¿A ti no te gusta?

—Yo daría el brazo derecho por conocerlo —respondió de inmediato—. Aún no tengo una opinión clara, pero me reconcome la curiosidad. Estoy de acuerdo con nuestros nobles en que ese tipo es una sabandija, pero debo admitir que ese descaro suyo resulta terriblemente atractivo.

A Cole le pareció que el tal Caballero Solitario tenía en Vixen una fan declarada.

—¿Y sabes quién es?

—Nadie lo ha visto sin su armadura —dijo Vixen—. El casco le oculta el rostro. Pero podría ser el duque de Laramy. Encaja. El duque fue un defensor de las clases bajas y más de una vez se negó a cumplir las convenciones. Dicen que murió, pero quizá fuera un truco para ocultar su nueva identidad.

—De modo que es una teoría —dijo Cole.

—Como poco —dijo ella—. O quizá sea una bri-

llante conclusión. Es bien sabido que el duque de Laramy era muy guapo.

—¿Hay otras teorías?

—Decenas. Pero te estoy aburriendo con cotilleos, y no
te he preguntado por Sambria.

—Carnag cayó derrotado.

—Como bien sabemos —respondió Vixen—. Pero aún
no se sabe quién acabó con él.

—He oído que algunos legionarios participaron en el
enfrentamiento.

Ella desestimó aquella información con un gesto de la
mano, como ahuyentando una mosca molesta.

—¿De verdad tienes tan poco que contar? ¿No tienes
ninguna noticia jugosa? Entonces sí que podríamos hablar
de verdad.

Cole se le acercó y bajó la voz:

—He oído que Declan, el gran forjador de Sambria, fue
descubierto y tuvo que dejar su escondrijo.

—¡No! —dijo ella—. ¿Y qué fiabilidad tiene tu fuente?

—Es fiable.

—Hay quien da por sentado que Declan ya está muerto.

—Está vivito y coleando. Se ocultaba detrás de la Pared
de Nubes del Este.

—¿En el Despeñadero? —dijo ella, conteniendo una exclamación de asombro—. Es increíble.

—Supongo que habría sitio detrás de la pared —dijo
Cole—. Encontró el modo de llegar y construyó su fortaleza. Un batallón de legionarios le hizo abandonar el lugar.

—¿Y Declan escapó?

—Nadie sabe adónde fue. Pero he oído que estuvieron a
punto de pillarle.

—Desde luego es una gran noticia —dijo Vixen—. Sus-
tanciosa, si no ya escandalosa. Muy bien, te debo algo notable. Como ya hemos tocado el tema del Caballero Solitario,
te pondré al día de acontecimientos recientes que aún no se
han hecho públicos.

—De acuerdo —dijo Cole, algo decepcionado de que ella siguiera hablando del caballero y no tuviera nada más que revelarle.

—Una fuente fiable y próxima me ha dicho que el Caballero Solitario ha desafiado nada menos que a Rustin Sage, campeón de Merriston.

—¿Dónde está eso? —preguntó Cole.

Ella chasqueó la lengua como si Cole estuviera de broma:

—Muy gracioso, como si no supieras cuál es nuestra capital. ¿Quieres que crea que eres un forastero o un necio?

—Es verdad que soy forastero —se defendió Cole—. ¿Cuándo es el combate?

—Está pospuesto de manera indefinida —dijo Vixen, en voz baja pero sin ocultar su emoción—. Rustin se niega a reconocer el derecho del Caballero Solitario a desafiarle, y tiene el respaldo del gobernador. Naturalmente, todo esto se mantiene en secreto. Ningún campeón quiere que la gente crea que tiene miedo a luchar.

—¿Y lo tiene?

—El Caballero Solitario ha acabado con muchos campeones de gran trayectoria, entre ellos Gart, *el Verdugo*, del que todo el mundo pensaba que llegaría a gobernar Cilestra sin oposición hasta su muerte o hasta que decidiera abandonar el puesto. ¿Puedes imaginarte lo que pasaría si los impuestos de la capital se distribuyeran entre la gente pobre? El Gobierno se vendría abajo. Se impondría la anarquía. Las ciudades tomadas por el Caballero Solitario se han sumido en el caos o han acabado haciendo caso omiso a sus edictos. Sé de buena tinta que el Gobierno de la capital usará todos los medios a su alcance para negarle su duelo al Caballero Solitario.

—Interesante —dijo Cole, aun poco convencido de que toda aquella información le resultara relevante para resolver sus problemas.

Vixen bajó la voz y susurró por primera vez. Cole apenas podía oírla con la música de fondo:

—Si eres tan nuevo como parece, intenta no repetir estas cosas en según qué sitios. Por ejemplo, ese tal Stumbler es uno de los caballeros de Henrick. A él no le gustaría que circularan estas historias. Cuando no se están matando los unos a los otros, los campeones tienden a hacer piña, especialmente en lo referente al Caballero Solitario.

—¿Ese tipo es un caballero? —preguntó Cole.

—Es mucho más joven y fuerte de lo que parece —le aseguró ella.

—Supongo que aquí dentro todo es posible —dijo Cole—. Podría incluso ser una chica.

—Eso no —le corrigió Vixen—. En Shady Lane hacen concordar las apariencias con el género original. Es norma de la casa.

Una anciana huesuda se acercó. Cole no la había visto al entrar en la sala. Tenía uno de los ojos notablemente más grande que el otro.

—Deberíamos hablar, señor —le propuso.

—¿Y tú quién eres? —replicó Vixen.

—Nadie de quien preocuparse —dijo la anciana—. Pero cualquiera que viva en Upton Street debería ocuparse de sus asuntos.

Vixen miró a Cole, sorprendida, y esbozó una sonrisa forzada.

La anciana se acercó a Cole.

—En serio, sígueme.

Cole no sabía qué hacer. La anciana parecía indiscreta y probablemente peligrosa.

—¿Por qué yo?

Ella le acercó los resecos labios al oído:

—Yo también soy de Arizona.

Capítulo 9

Jill

Cole siguió a la anciana, tan emocionado e intrigado que apenas podía mantener la boca cerrada. Ella le llevó a un lado de la sala, lejos de ambas puertas, y atravesó una pared. Los oscuros paneles de madera parecían perfectamente sólidos. Cole extendió el brazo y luego atravesó aquella ilusión, sintiéndose como si estuviera pasando a través de un muro de telarañas.

Se encontró en una salita acogedora, con cuadros enmarcados colgados de las paredes. Los únicos muebles eran una mesa redonda y cuatro sillas. La anciana se sentó en una de las sillas, y Cole al lado.

—Vale, ahora podemos hablar —dijo ella—. Esta es una de las salas secretas, sin vigilancia.

—¿De verdad eres de Arizona? —preguntó Cole, que apenas podía esperar—. ¿Quién eres?

—Soy de Mesa —dijo ella—. ¡Me secuestraron contigo, Cole! ¡Es increíble! ¡No puedo creerme que estés aquí! Soy Jill Davis.

—¡Te conozco! —exclamó Cole—. ¡Ibas a séptimo!

La había visto por los pasillos del colegio el año anterior. Jill había cantado en el concurso de nuevos talentos. ¡Por fin había encontrado a alguien de la caravana de esclavos! Intentó imaginarse qué aspecto tendría realmente. No era fácil, viéndola así.

—Tu hermano va a mi clase.

—Jeff —dijo Jill—. Solíamos ir juntos a hacer «truco o trato». Este Halloween él había ido con sus amigos. Me alegro de que no esté aquí, pero no dejo de preguntarme qué habría pasado si hubiera estado conmigo. Quizá yo tampoco habría acabado aquí. ¿Tú no tenías un hermano?

—Una hermana —la corrigió Cole—. Chelsea. Es una pesada, pero la echo de menos igualmente.

—Sé lo que es eso.

Cole parpadeó, intentando ver a Jill Davis tras la imagen de aquella anciana.

—¿Cómo me has reconocido? —preguntó, descolocado.

—Estaba ayudando al encantador que te preparó al entrar —dijo ella—. Podemos ver lo que pasa en casi todas las salas, incluso en los vestidores. No es que miremos cómo se cambia la gente, o algo así. Ellos solo se quitan la máscara, y luego nosotros les cambiamos el aspecto. ¡Cuando te vi, no me lo podía creer!

—¿Y qué haces tú aquí? —preguntó Cole.

—¡Iba a preguntarte lo mismo! —Su tono emocionado y su postura no encajaban con sus rasgos de mujer anciana—. Los cazadores de esclavos te vendieron el primero, antes de que llegáramos a Cinco Caminos. El comprador se te llevó a algún lugar de Sambria. Algo del Cielo, creo. Por cómo lo dijo Ansel, parecía un lugar terrible.

—Es verdad —respondió Cole, no muy seguro de hasta dónde debía contar. Jill ya le había dicho que las otras salas estaban vigiladas. ¿Cómo podía estar seguro de que aquella no lo estaba?—. Me llevaron a Puerto Celeste y trabajé con los Invasores del Cielo. Pero me gané mi libertad.

—¿De verdad? —respondió Jill—. ¿Tan rápido? ¿Te compró alguien y luego te liberó?

—Algo así —dijo Cole—. Es una larga historia. ¿Y tú?

—A mí me llevaron a Ciudad Encrucijada —dijo ella—. Se llevaron a los que teníamos talento para forjar. Éramos diecinueve. Nos presentaron al rey supremo. Era…, bueno, daba un poco de miedo. Nos hicieron pruebas y nos enviaron a diferentes reinos según nuestras capacidades. Tu amigo Dalton vino conmigo a Elloweer.

—¿Está aquí? —preguntó Cole, atónito.

—No, en Carthage no —aclaró Jill—. Le enviaron a que adquiriera formación en un salón de confidencias de Merriston.

—¿La capital?

—Supongo que no es fácil acabar allí —dijo ella—. Se le dará muy bien crear ilusiones.

Cole apenas podía creerse la valiosa información que le estaban dando. ¿Dalton estaba en la capital de Elloweer? ¿Podía crear apariencias? Justo cuando encontrar a sus amigos empezaba a parecerle algo imposible…

—¿Y Jenna?

—¿Jenna Hunt? No estoy segura de adónde fue. Vino a Ciudad Encrucijada con nosotros. Cuando nos separaron según nuestras habilidades, no volvimos a ver a los niños de los otros grupos. No está en Elloweer.

—¿Sabes el nombre del salón de confidencias adonde fue Dalton?

—Lo sabía —dijo Jill, pensativa—. Yo nunca he estado. Hace tiempo que no lo oigo. Algo Plateado. ¿El Zorro Plateado, quizá? No. Pero era algo plateado.

—Genial —exclamó Cole. ¡Por primera vez tenía una pista firme sobre Dalton!

—¿De verdad puedes ir a visitarle libremente? —preguntó Jill.

—Sí —respondió Cole.

Ella se mordió el labio.

—Que suerte tienes de ser libre. Dalton ahora pertenece al rey supremo, igual que yo. Y el rey básicamente es el emperador de todo este mundo. ¡Deberías ver su castillo! Tiene infinidad de soldados, y algunos de ellos con poderes para forjar. Más vale no buscarle las cosquillas. Si lo conocieras, lo entenderías.

—Ya sé lo malo que es —dijo Cole, pensando en

Mira—. Pero debe de haber un modo de liberaros a Dalton y a ti, como me liberaron a mí.

—No pienso más que en salir de aquí —dijo Jill, con una expresión de esperanza en los ojos que enseguida se desvaneció—. Pero no sé si te habrán dicho… Dicen que no podemos volver a casa, pase lo que pase. Dicen que, aunque encontráramos el modo de hacerlo, no podríamos quedarnos; que siempre nos veríamos atraídos hacia aquí. Si me escabullera de aquí, sería una esclava fugitiva sin ningún lugar al que ir.

Cole apoyó los codos en la mesa y hundió el rostro entre las manos. Sabía que el rey supremo era poderoso. Y también le habían dicho que no había modo de que pudieran regresar a casa de forma permanente. Pero, aunque fuera cierto, ¿significaba eso que no debían intentar encontrarse los unos a los otros? ¿Tenían que aceptar la esclavitud como medio de vida? ¿Quién podía asegurarles que no había modo de escapar de las Afueras?

—No quiero desanimarte —dijo Jill—. Fuiste muy valiente al intentar ayudarnos en los carros. Cuando Tracy te hizo aquello, la habría matado. Pero estamos atrapados, Cole. Dalton y yo somos esclavos, y estamos marcados. Si nos rebelamos, será peor aún. Vi a alguien que lo intentó una vez y… acabó mal —dijo, estremeciéndose al evocar aquel recuerdo.

Cole se acercó a Jill por encima de la mesa y bajó la voz:

—¿No quieres que te saque de aquí?

Jill lo miró, nerviosa.

—¿Estás de broma? ¡Claro que querría! Eres la primera persona de nuestro mundo que he visto desde que estoy aquí. Pero ¿cómo podemos hacerlo sin que nos pillen?

—Déjame hablar con mis amigos —dijo Cole—. Buscaremos el modo.

Jill torció el gesto, preocupada.

—¿Quiénes son tus amigos? ¿Son lo suficientemente poderosos como para protegernos del rey supremo?

—Hemos llegado hasta aquí —dijo Cole, no muy seguro de hasta dónde podía contar. No quería poner en peligro a Mira, pero deseaba transmitirle cierta confianza a Jill—. Son miembros de la resistencia. Al trabajar en un lugar así, habrás oído hablar de ellos.

—Claro —dijo ella, que, de pronto, se puso pálida—. ¡Cole, corres un peligro enorme! El rey supremo hace cosas terribles a cualquiera que pille que forme parte de eso.

Cole intentó contener su frustración. Por fin había encontrado a alguien de casa, y estaba claro que le daba miedo marcharse. ¿Qué debía hacer si Jill tenía demasiado miedo como para irse con él? ¿Dejarla allí, y ya está?

Intentó recordar todo lo que sabía sobre Jill. Los vagos recuerdos que tenía de ella eran de charlas con amigos. Como iba un curso por encima, no la había tratado mucho. Recordaba que su hermano, Jeff, se reía de ella porque no sabía nadar. Jeff decía que tenía miedo de meter la cabeza bajo el agua. Cole pensó que, si Jill ya era una persona nerviosa entonces, aquí lo sería con más motivo todavía. Aun así, tenía que convencerla.

—¿Así que te vas a quedar en este lugar, sin más? ¿En serio? ¿Con toda esta gente que ni siquiera conoces? ¿Es que nunca te has planteado escapar?

—Claro que he pensado en escapar —dijo Jill, bajando la voz. Parecía desolada—. No sé, Cole. Antes o después, a los fugitivos los pillan, y entonces las cosas se ponen muy feas. Ya te lo he dicho. Lo he visto.

—¿Feas?

—Los castigos son muy duros —dijo Jill—. Probablemente para asustarnos a los demás y que no lo intentemos. Y parece que funciona.

—Yo no te puedo prometer que todo sea fácil si vienes con nosotros —reconoció él, pensando en lo que ya habían pasado y en los riesgos que planteaba viajar con Mira—. Pero tiene que ser mejor que quedarse aquí.

—Los esclavos con poder para forjar no viven tan mal

—respondió ella—. No me malinterpretes, no hay nada que desee más que volver a casa. Pero si estoy atrapada en este lugar, ¿tengo que empeorar aún más las cosas? Al menos crear apariencias es hasta divertido.

—¿Y el hecho de ser esclava no te arruina toda la diversión?

Jill se ruborizó.

—Supongo que intento no pensar en ello todo el día. —Entrecerró los ojos y lo miró intensamente—. Dime la verdad: ¿no eres un fugitivo?

—No —le aseguró Cole—. Me liberaron de verdad.

—Y, entonces, ¿ir conmigo por ahí no haría que todo resultara más peligroso para ti?

—¿Y si te compráramos? —sugirió Cole—. Podríamos comprar también a Dalton. Mis amigos tienen dinero.

Jill se iluminó por un segundo, pero luego se vino abajo al instante.

—No creo que esté en venta; el rey supremo parecía interesadísimo en conservar a los esclavos que había comprado —dijo, y luego volvió a plantear sus dudas—: No me puedo creer que seas libre. Eso nunca ocurre.

—Me ayudaron —replicó Cole—. ¿Por qué te envió aquí el forjador supremo? ¿Es que es el dueño de este lugar?

—El rey supremo tiene gente controlando todos los salones de confidencias legales —dijo—. Es donde muchos de los mejores encantadores encuentran a sus clientes. Pero si tienes tratos con los rebeldes, probablemente Shady Lane no es un lugar seguro para ti.

—¿Os ha hecho algún daño el rey supremo? ¿Ha metido mano a vuestros poderes?

—¿Meter mano? ¿Qué quieres decir?

Cole miró alrededor, y probó de nuevo:

—¿Has oído hablar del contraforjado?

—¿Quieres decir el forjado?

—No. El contraforjado es cuando alguien altera la capacidad de forjar. Puede que el rey supremo os esté entrenando para que desarrolléis vuestro poder y luego robároslo y hacer experimentos con vosotros.

—¿Qué? —exclamó Jill.

—Lo ha hecho con otros —dijo Cole—. Sé de buena tinta que estos experimentos de contraforjado cada vez serán peores.

—Gracias por decírmelo —dijo ella, tan bajo que su voz era un susurro—. No he oído hablar del contraforjado, pero iré con el máximo cuidado.

—¿Tus jefes saben que estamos hablando? —preguntó Cole.

—Oficialmente, no. No he dado ninguna pista de que te conociera. Tenemos órdenes de entrar en los salones ocultos cuando vemos a alguien interesante. Los dueños tienen tantas ganas de enterarse de secretos, como cualquiera de los que vienen por aquí. Siempre hay unos cuantos empleados mezclados con la clientela. También escuchamos todo lo que podemos a través de las paredes, de los techos y de los suelos. Nos enteramos de todo tipo de cosas. Si alguien me pregunta sobre nuestra charla, diré que me has parecido curioso porque era la primera vez que te veía por aquí. La mayoría de nuestros clientes vienen periódicamente. Si me incordian, les diré que no eras más que un viajero en busca de noticias.

—Y es cierto —dijo Cole—. La verdad es que estoy de viaje. Solo estoy aquí porque voy con unos compañeros.

—Sí, bueno…, quizá deberías deshacerte de esos compañeros. Si no, puede que acabes en la cárcel. O algo peor.

Cole no quería que se preocupara, y desde luego no quería que supiera demasiado sobre su situación real, por si alguien la presionaba más tarde para sacarle la información.

—Mis compañeros no están tan implicados en la resistencia —mintió.

—Tú ten cuidado. Caen sobre esa gente de una forma más que contundente. —Se frotó las manos—. Espero que tus amigos tengan mucho cuidado. Cole, este lugar es peligroso. No deberíamos hablar más. Pero es que… no quiero que te vayas.

Él no sabía qué hacer. Odiaba tener que marcharse, pero estaba claro que Jill tenía demasiado miedo como para irse con ellos. Su prioridad era encontrar a Dalton y ayudar a Jenna.

—¿Alguna noticia más sobre alguien de nuestro mundo?

Jill meneó la cabeza.

—Solo sé de los otros niños que enviaron a Elloweer. Melissa Scott fue a parar a un salón de confidencias de Wenley, y Tom Eastman fue a uno de Stowbarth. Siempre estoy pendiente por si oigo algo más, pero nunca llega ninguna noticia. ¡Por eso me emocioné tanto al verte!

De pronto, Cole recordó el otro gran asunto que le había llevado al salón de confidencias:

—He oído que algo está haciendo que la gente desaparezca. ¿Te suena?

—En Sambria había una criatura llamada Carnag —dijo ella—. Una especie de monstruo. La gente dice que este problema puede tener algo que ver, pero, en realidad, nadie sabe lo que pasa. Tampoco sabemos aún de dónde vino Carnag. Hay quien piensa que habrá sido un forjador que se volvió nova.

—No habrás oído hablar de ningún prisionero famoso, ¿verdad? —le preguntó Cole—. ¿O secreto? ¿Quizá reciente?

—Siempre hay prisioneros. No es el tipo de información que debería interesarte si quieres seguir siendo libre —dijo Jill, apretando los puños.

Era evidente que la táctica del rey supremo había funcionado a la perfección con Jill: tenía miedo no solo por ella misma, sino por cualquiera con quien pudiera encontrarse.

—Lo que más me interesa ahora es ir a ver a Dalton —dijo Cole—. No rescatarle —añadió enseguida—. No quiero meterle en líos. Pero le echo de menos. Es mi mejor amigo.

—Si vas a Merriston, cuidado con el Caballero Solitario —dijo Jill, suavizando la expresión—. Dicen que últimamente roba a los viajeros.

—No tengo gran cosa que me puedan robar —respondió Cole—. Pero gracias por la advertencia. La señora con la que estaba antes me ha hablado del Caballero Solitario. ¿Es de fiar?

—¿Vixen? No sabría decirte. Su nombre real es Mavis Proffin. ¿Has oído hablar de ella?

Cole negó con la cabeza.

—Es una habitual, la esposa de un alto cargo de la ciudad. Vixen es mucho mayor de lo que parece. Tenemos que darle siempre disfraces espléndidos. Básicamente lo que le preocupan son los cotilleos, pero no es tonta, y por su posición se entera de muchas cosas.

—Ya veo.

Jill soltó una mirada furtiva alrededor, aunque seguían solos.

—Ha sido estupendo verte, Cole. No sabes lo que me alegro. Ojalá pudiéramos hablar más, pero, si alguien se da cuenta de que esta conversación se alarga, puede que sospechen, especialmente si no obtienen ninguna información.

—El gran forjador de Sambria, Declan, se ocultaba detrás de la Pared de Nubes del Este —dijo Cole—. Los legionarios le hicieron huir de allí. Es la mejor información de la que dispongo.

—¿No te importa si la comparto?

—No, si te sirve de algo.

—Gracias.

—¿No vendrás conmigo? —preguntó Cole una vez más.

Jill parecía muy triste.

—No puedo. Es demasiado peligroso.

Cole suspiró.

—Vale. Lo entiendo.

—Ojalá pudiéramos vernos fuera de aquí. Aún no tengo permiso para salir. —Jill hizo una pausa—. Si encuentras el modo de volver a casa, volverás a por mí, ¿verdad?

—¡Por supuesto! —le prometió Cole—. ¿Estás segura de que aquí estás bien?

—Bastante. Creo que es más seguro que intentar escapar. Al menos de momento.

—De acuerdo —dijo Cole—. No me olvidaré de ti. Te ayudaré si puedo.

—Yo tampoco te olvidaré —respondió ella, intentando, en vano, ocultar la desesperación que escondían aquellas palabras—. Eres muy valiente, Cole. Sé que intentas hacer lo correcto. Es una suerte que te liberaran. Eso no ocurre a menudo. No lo eches a perder.

Cole se quedó mirando el rostro de aquella anciana, intentando visualizar a la Jill de verdad. Dudaba de que la imagen que recordaba fuera del todo fidedigna.

—Adiós, Jill —dijo Cole, algo abatido.

—Nos vemos, Cole —dijo ella, con una emoción patente tras aquel saludo informal.

Cole no quería irse y dejarla allí, pero sabía que era hora de irse. Atravesó la pared falsa y se encontró de nuevo en la sala del xilófono. Vixen le miró, al igual que Stumbler. Convencido de que su desaparición al otro lado de la pared había llamado demasiado la atención, Cole atravesó la sala y entró en otra. La gente iba de un lado para otro mientras un tipo tocaba un par de bongos. Dándole vueltas a aquella nueva información, Cole atravesó otra puerta. Cada sala nueva suponía un aspecto físico nuevo. Esperaba que con aquellos movimientos rápidos los mirones no pudieran seguirle el rastro; luego se preguntó si Jill seguiría mirándole.

En la siguiente sala había mesas de juego. Algunos jugaban a las cartas. Otros lanzaban los dados. En una mesa parecía que hubiera una carrera de orugas. Cole no se quedó a mirar.

Tras la puerta siguiente, Cole se encontró en el punto de partida. La mayoría de los que estaban antes seguían allí, entre ellos Hannibal y el tipo que parecía una estatua. En el espejo, Cole vio que tenía el aspecto de un adolescente flacucho con muchas pecas y unas orejas muy grandes.

Un caballero con el pelo cano rizado le arrinconó e inició una conversación, pero el hombre era aburrido. Cole compartió los datos que ya había dado y no se enteró de nada que le interesara.

Cuando el tipo se marchó, Cole se sentó solo en una butaca. No podía quitarse a Jill de la cabeza. Era la primera persona de su tierra que había encontrado desde el día en que había dejado la caravana de esclavos. Y ahora tenía que dejarla atrás porque tenía demasiado miedo como para irse con él.

¿Y si a Dalton le pasaba lo mismo? ¿Y si Jenna no quería que la rescatara? ¿Y si al intentar salvarlos no hacía más que empeorar las cosas?

No. No podía pensar así. No todos tendrían tanto miedo como Jill. Cole sabía que, allá donde hubiera acabado como esclavo, habría luchado por liberarse. Estaba seguro de que Dalton tampoco dejaría escapar la oportunidad. ¡Y ahora tenía una verdadera ocasión de encontrarle! ¿Y Jenna? Quizá Dalton supiera algo de ella. Algo en su interior le decía que Jenna también querría escapar, cualquiera que fuera el riesgo.

Sin embargo, primero tenía que salir de Shady Lane. Mientras estaba allí sentado, cayó en la cuenta de que no sabía muy bien cómo encontrar a Mira o a Joe para enterarse de si estaban listos para marcharse. ¿Cómo los reconocería? ¿Seguirían allí? Si salía demasiado pronto, ¿acabaría vagando solo por las calles de Carthage Este?

Cole decidió que no podían haber ido tan rápido, y su-

113

puso que no se irían sin él. Probablemente, su mejor opción era mantenerse alerta y observar a la gente que salía.

Un nuevo personaje entró en el salón desde el exterior, habló con Hannibal y siguió adelante. Una mujer extrañamente flaca llegó desde una sala contigua y salió a paso ligero. Cole siguió esperando, cada vez más nervioso a medida que pasaban los minutos.

Un hombre y una mujer entraron en la sala procedentes del salón de juegos. El hombre era atractivo, con el cabello negro engominado y un bigote fino. La mujer tenía la piel verde y serpientes en lugar de cabellos. Señaló hacia el cielo, dijo en voz baja «Adelante» y paseó la mirada por la sala.

Cole se le acercó. Ella se le quedó mirando, mientras las serpientes de su cabello no dejaban de agitarse.

—Conozco a un tipo que se llama Twitch —dijo Cole en voz baja.

—Yo conozco a Jace —respondió ella. Tenía que ser Mira, lo que significaba que el hombre era Joe.

—Deberíamos irnos —murmuró Joe.

—¿Qué hay de la ilusión permanente? —preguntó Cole.

—Aquí no —susurró Joe, muy bajito.

Salieron juntos. En la sala de paredes peludas apareció ante ellos una puerta antes invisible. La atravesaron, luego otra, y se encontraron de nuevo en la sala con el hombre desgarbado de gafas.

—¿Puedo ver sus llaves? —preguntó el hombre.

Tras echar un vistazo a la llave de Cole, el tipo le acompañó hasta la puerta del tridente.

—Cuando haya recogido sus cosas, póngase de nuevo la máscara y vuelva a esta sala —le indicó—. Por favor, deje allí la llave.

Cole hizo lo que le decía, dejando la llave en la cerradura del arcón. Se encontró con Mira y Joe, ya con las máscaras puestas, y salieron juntos por una puerta diferente de la que habían entrado. Cole no veía el momento de contarles lo que le había dicho Jill, pero decidió que más valía esperar hasta que estuvieran solos. Escoltados por dos hombres corpulentos bajaron unas escaleras, atravesaron un vestíbulo y luego subieron otras escaleras hasta una puerta. Salieron y se encontraron en un callejón, donde les esperaba su coche.

Joe, Mira y Cole subieron al coche; uno de los hombres cerró la puerta. Una vez en movimiento, Joe se quitó la máscara. Mira y Cole siguieron su ejemplo.

—¡He encontrado a alguien de mi pueblo! —les anunció Cole, que apenas podía contener la emoción.

—¿De verdad? —preguntó Mira.

—Una niña que se llama Jill, de mi colegio —explicó Cole—. Es esclava, aprendiza en prácticas, o algo así. ¡Me dijo dónde podría encontrar a mi amigo Dalton!

—¡Eso es fantástico! —exclamó Mira—. ¿Dónde está?

—En un salón de confidencias en Merriston. El *nosequé* Plateado. Jill no quiere venir con nosotros, aunque he intentado convencerla, pero ahora sé dónde está, así que podría volver a por ella.

—Buena información —coincidió Joe—. Yo he hablado con uno de los Invisibles. Según parece, los principales salones de confidencias de Carthage ahora están bajo supervisión del gobierno. Me ha advertido de que sería demasiado peligroso contratar a alguno de los encantadores que trabajan en ellos. Pero me ha dado el nombre de un ilusionista que nos puede ayudar, Verilan, *el Increíble*, un destacado mago que actúa en la ciudad. Iremos a ver su espectáculo esta noche y luego hablaremos con él. ¿Alguno ha oído algo sobre algún prisionero secreto de renombre?

Cole meneó la cabeza.

—Yo he oído hablar mucho del Caballero Solitario —dijo Mira—. La gente también habla de una gran amenaza en el norte. La gente desaparece. Sospechan que será el Carnag de Elloweer.

—Seguramente, el poder de Honor vaga por ahí des-

115

bocado —concluyó Joe—. Mi contacto me ha dicho que quizás este ilusionista nos pueda dar información útil al respecto. También me ha advertido de que los ejecutores han empezado a hacer preguntas sobre una niña y tres niños que viajan juntos, quizá con un adulto. Mi contacto ha supuesto que yo era el adulto en cuestión, y yo no he intentado negárselo.

—¿Sabía quién era yo? —preguntó Mira.

—No había oído tu nombre —dijo Joe—. Pero ha visto un dibujo de tu rostro. Parece que los ejecutores tienen bastante claro que estamos aquí. Uno de sus mejores hombres va a venir personalmente a supervisar la búsqueda. Le llaman Hunter, y tiene fama de cazador implacable. La mayoría de los ejecutores se limitan a sus reinos respectivos. Hunter opera en los cinco. Lo más probable es que tenga un poder de forjado poco habitual.

—O de contraforjado —sugirió Cole.

—No me sorprendería —dijo Joe—. Vamos, tenemos que darnos prisa y disfrazarnos bien, y luego salir de la ciudad.

Capítulo 10

El ilusionista

—Me encantan los ilusionistas —dijo Twitch, tamborileando los dedos sobre las rodillas—. Con todos los problemas que tenemos, no puedo creer que vayamos a ver un espectáculo.

—No vamos para divertirnos —replicó Mira—. Si conseguimos un buen disfraz, podríamos evitarnos muchos problemas.

Habían subido a un coche frente a un museo, a varias travesías de su posada. Joe pensó que el vehículo los ayudaría a pasar desapercibidos al llegar y abandonar el teatro. No era el mismo coche que habían usado para su visita al salón de confidencias.

—Sí, pero, en todo caso, veremos un espectáculo —exclamó Twitch, encantado—. Me encantan los espectáculos de magia, desde que era pequeño. Hacen real lo imposible.

—Los ilusionistas fingen lo imposible —rebatió Jace, despreciativo—. Engañan la vista. Menuda cosa.

—Los buenos hacen que parezca de verdad —insistió Twitch—. Sabes que te están engañando, pero, aun así, es alucinante. Se trata de hacer espectáculo.

—Verilan cobra mucho por sus servicios —advirtió Joe—. El espectáculo será una muestra de la calidad de sus apariencias. Disfrutadlo, pero no os olvidéis de que el objetivo de hoy es conseguir disfraces para Mira y para Cole. Tenemos que estar atentos.

—Tengo ganas de verlo —dijo Cole—. Nunca he visto un espectáculo de magia protagonizado por un ilusionista de verdad.

—¿Y cómo ibas a montar un espectáculo de magia sin un ilusionista? —preguntó Jace.

—En mi mundo hay espectáculos de magia, aunque, en realidad, nadie pueda forjar nada —dijo Cole—. Hacen trucos simplemente usando su habilidad y un equipo especial.

Jace soltó un soplido:

—Pues esto deja en nada cualquier cosa que se pueda hacer sin forjar.

—Ya estamos —dijo Joe—. No os separéis de mí.

El coche frenó hasta detenerse. Joe abrió la puerta. Cole fue el último en salir.

La fachada de espejo del edificio lo reflejaba todo con una intensa luz eléctrica. Mientras caminaba hacia las puertas principales, Cole vio su reflejo en un color verde brillante. Todos los presentes se reflejaban en un tono diferente.

Una vez pasadas las puertas, atravesaron un vestíbulo cuyo suelo simulaba un estanque lleno de peces de colores. A pesar de que parecía auténtico, Cole no percibió ninguna sensación de humedad al cruzarlo. Aquello ya era más alucinante que cualquier espectáculo de magia de los que había visto en la tele. A Chelsea siempre le habían gustado. Se preguntó qué le parecería aquello.

En la sala había numerosas filas de butacas rodeando un escenario semicircular. La platea era lo suficientemente pequeña como para que no hubiera asientos malos, pero Joe los llevó hasta unas localidades justo en el centro, a unas diez filas del escenario. El público empezaba a congregarse, expectante, charlando unos con otros. A Cole le habría gustado poder compartir aquel ambiente de expectación, en lugar de intentar pasar desapercibido. Cada persona que le veía la cara representaba un riesgo potencial. Cuando ocupó su butaca, se echó hacia delante y bajó la cabeza. En un prin-

cipio le preocupaba que el aspecto de Twitch, con sus antenas y sus alas, atrajera las miradas, pero, prácticamente, uno
de cada diez de los asistentes tenían un aspecto igual de extraño que Twitch, o más aún. Un tipo a pocos asientos de
distancia tenía una boca enorme, sin labios, con unos dientes triangulares como los de los tiburones.

Aún estaba entrando público en la sala cuando un tipo
salió al escenario. Aunque no era un tipo corpulento, su
chaleco de falsa piel de leopardo dejaba a la vista un torso y
unos brazos esculturales. Llevaba una larga melena rubia
recogida en una cola. Su piel, más que bronceada, parecía
casi quemada por el sol. El público lo aplaudió.

Tras dedicar unos momentos a recibir adulaciones, el
ilusionista levantó los brazos para calmar al público.

—Busquen sus asientos tranquilamente —dijo—. La
hora de inicio programada no era para ustedes. A nadie le
molesta que hayan llegado tarde.

El público se rio, y él mostró una sonrisa seductora. Extendió un brazo y en la mano le apareció un gran aro.
Cuando movió el aro por delante de su cuerpo, todas las
partes de su cuerpo que se veían en el interior del círculo co-
rrespondían a las de una mujer de pronunciadas curvas. Levantó el aro hacia un lado, luego lo hizo bajar de golpe y una
morena espectacular apareció a su lado, saludando al público. La joven saludó, pero con una sonrisa impersonal.

—Les presento a Madeline, mi preciosa ayudante esta
noche —dijo el hombre—. Y yo soy… —Se colocó una
mano tras la oreja.

—¡Verilan, *el Increíble*! —gritó el público.

—¿El qué? —preguntó Verilan, frunciendo el ceño,
como si no entendiera.

—¡El Increíble! —rugió el público. Twitch era de los
más emocionados.

Verilan y su ayudante procedieron a hacer sus magnífi-
cas demostraciones. Unas espadas lanzadas en un juego de
malabares se convirtieron en nubes de mariposas. Verilan

fue haciendo saltar agua de un contenedor a otro hasta que, cubo a cubo y barril a barril, obtuvo una elaborada fuente. En un enorme lienzo, pintó pájaros que cobraron vida y revolotearon por toda la sala. Madeline y Verilan bailaron juntos sobre un mar de llamas. Cole estaba seguro de que Chelsea habría disfrutado como una loca. ¡Lástima que no tuviera un teléfono para grabarle un vídeo!

En un momento dado, Verilan pidió voluntarios. Joe tuvo que mirar con dureza a Twitch para que bajara la mano. Verilan cogió al hombre elegido de entre los voluntarios y lo metió dentro de un armario. Luego procedió a doblar el armarito hasta convertirlo en un minúsculo cubo, y se lo tragó. Siguió con el espectáculo, y más adelante talló un enorme bloque de madera para darle luego vida, convertido en el miembro del público desaparecido. El hombre, confundido, regresó a su asiento.

Cole estaba encantado con la calidad y la variedad de las ilusiones creadas. Entendía por qué le gustaban tanto aquellos espectáculos a Twitch. Desde luego no podía compararse con ningún espectáculo de la Tierra.

Tras innumerables y maravillosos trucos, Verilan anunció el más peligroso. La luz se volvió más tenue. Trajeron tres jaulas vacías al escenario, bastante separadas la una de la otra. Verilan acompañó a Madeline a una de ellas, y la metió dentro. Tras un fogonazo, un enorme leopardo apareció en la jaula en lugar de Madeline, y ella apareció en otra. Otro fogonazo, y Madeline apareció en la tercera jaula, dejando otro leopardo en su lugar. Un tercer fogonazo, y Madeline desapareció del escenario, en el que solo quedaron Verilan y tres leopardos enjaulados.

El aplauso se interrumpió cuando uno de los leopardos se lanzó contra el lateral de una jaula. Verilan intentó mantener la sonrisa, pero parecía preocupado. De las mandíbulas del leopardo manaba una baba espumosa. Con los músculos en tensión, el leopardo reventó la jaula y se lanzó hacia Verilan; lo mordió en el pecho y lo agitó con violencia.

Cole quiso ponerse en pie, pero Joe extendió el brazo y le hizo quedarse donde estaba.

—Espera —le ordenó.

Dejando atrás un enorme reguero de sangre, Verilan consiguió liberarse del feroz leopardo. Los otros dos animales también consiguieron salir de sus jaulas. Verilan cayó al suelo y los leopardos se lanzaron encima y le desgarraron la carne hasta que no quedó nada más que su chaleco hecho jirones.

Madeline apareció corriendo en el escenario con el aro del inicio del espectáculo en la mano. Un leopardo cargó contra ella, y ella levantó el aro a modo de escudo. Cuando el leopardo saltó por el aro, desapareció. Madeline usó la misma técnica para acabar con los otros dos leopardos.

Tras dejar el aro a un lado, Madeline se agachó sobre los ensangrentados restos del chaleco de Verilan. Recogió los jirones y los apretó con las manos, creando un pequeño cubo.

Entonces metió el cubo en el armario de antes, lo abrió y del interior salió Verilan, sin chaleco, pero, por lo demás, ileso.

El público enloqueció. Cole aplaudió y silbó como todos los demás. Fuera una ilusión o no, era el mejor truco que había visto nunca.

Verilan pasó la mano a través del aro y sacó del otro lado un chaleco de falsa piel de leopardo. Se lo puso, le pasó el aro por encima a Madeline, y esta desapareció. Saludó con la mano, levantó el aro sobre su cabeza, a modo de aureola gigante, y lo dejó caer. Al caer el aro, Verilan desapareció.

Las jaulas explotaron y de su interior salieron bandadas enteras de pájaros de origami. Los cisnes, gorriones, búhos y águilas de papel se elevaron, estallaron en llamas de colores y desaparecieron. Un presentador rechoncho salió al escenario, les dio las gracias a todos por haber venido y pidió al público que saliera despacio y sin crear aglomeraciones.

—Ha sido impresionante —le dijo Cole a Twitch.

121

—El mejor espectáculo que he visto nunca —dijo Twitch, emocionado—. Ese tipo puede hacer cualquier cosa.

—Es bueno —concedió Mira—. Todos los ilusionistas tienen un límite en cuanto a la cantidad de ilusiones que pueden generar, y lo elaboradas que pueden ser. Verilan tiene un gran talento.

—Estoy de acuerdo —dijo Jace.

—¿Te ha gustado? —preguntó Cole, sorprendido.

Jace se encogió de hombros.

—Yo me esperaba trucos de cartas y luces moviéndose. Cosas más sencillas. Ha sido mejor de lo que me esperaba.

—¿Y ahora qué? —preguntó Mira, girándose hacia Joe.

—Esperaremos —dijo Joe—. Seguid hablando entre vosotros. Que parezca que estamos charlando sin más, hasta que salga todo el mundo.

Cole y Twitch se pusieron a hablar de lo que más les había gustado. Cole había visto pocas veces tan emocionado a Twitch, y dejó que fuera él quien más hablara. Al poco, la sala se había vaciado, salvo por Cole y sus amigos. El presentador rechoncho se les acercó:

—El espectáculo se ha acabado, amigos.

—Tengo una cita con Verilan —dijo Joe, poniéndose en pie.

—¿Ah, sí? —preguntó el presentador, mirándolo de arriba abajo—. Para estas cosas usamos contraseñas.

—Ver para creer —respondió Joe.

El presentador se quitó un brazalete de la muñeca y, de pronto, se convirtió en Verilan.

—Ahora hablas mi idioma —dijo Verilan, con una sonrisa llena de dientes—. ¿Y quiénes son estos jovencitos?

—Este es tu mayor fan —respondió Jace señalando a Twitch, que se vino abajo al convertirse en el centro de la atención.

—Me ha gustado mucho el espectáculo —dijo en voz baja, evitando el contacto visual directo.

—Me alegro. Eso es lo que intento —replicó Verilan, con un tono cálido—. Deberíamos ir a mi camerino.

Twitch le lanzó una mirada emocionada a Cole.

Siguieron a Verilan hasta el escenario, y pasaron por un extremo hasta la parte de atrás del telón. Había pasarelas en lo alto. Cole dejó atrás voluminosos equipos de utilería, altos cortinajes negros y numerosas cuerdas que se elevaban hasta el techo.

Verilan los llevó hasta una puerta normal y corriente. Detrás encontraron un camerino desordenado iluminado con bombillas blancas. Madeline los esperaba con su vestido aún puesto. Entraron, y Verilan cerró la puerta.

—¿Estos son tus clientes de última hora? —preguntó Madeline.

—Sí —dijo Verilan—. Creo que queréis dos disfraces permanentes, ¿no?

Joe echó una mirada desconfiada a Madeline.

—Tranquilo —le dijo Verilan—. Somos un equipo.

—Para dos de los niños —explicó Joe, señalando a Cole y a Mira—. Necesitamos apariencias que soporten una inspección detallada de cualquier encantador experimentado.

Verilan chasqueó la lengua.

—Ninguna apariencia es perfecta, amigo. Pero las mías están a la altura de las mejores.

—Por eso hemos venido a ti.

—Mis servicios no son baratos —dijo Verilan—. Dos de platino cada uno.

—¿Dos cada uno? —exclamó Joe—. Mi contacto me dijo que sería caro, pero eso es una barbaridad.

—Nadie os ha obligado a venir —respondió Verilan, con una gran sonrisa—. Si queréis ir a buscar algo más económico a otra parte, no me opongo.

—Puedo pagar —dijo Joe, que suspiró—. Adelante.

—¿Y para qué quieres gastarte tanto dinero en un par de niños? —preguntó Madeline.

—Nuestros asuntos son privados —dijo Joe.

—No si me veo implicado en ellos —replicó Verilan—. Si descubren mi obra, me convertiré en un fuera de la ley. Necesito saber con quién estoy trabajando y por qué. ¿Vas a usar a estos niños como espías? ¿Son fugitivos? Si se meten en un lío, ¿podrían llevarles hasta mí? ¿De qué va esto?

Tanta curiosidad incomodó a Cole, que cruzó la mirada con Joe y con Mira.

—Si te contamos toda la historia, correrás más peligro —dijo Joe—. Yo soy miembro de los Invisibles. ¿No podemos dejarlo ahí?

—Me temo que no —dijo Madeline—. Hemos oído que los ejecutores están buscando a cuatro niños que viajan con un adulto. Pero no sabemos más.

—Nos buscan a nosotros. Buscan a los niños. ¿No os basta con eso?

—No, si vamos a hacer negocios juntos —dijo Verilan—. Preferimos los riesgos del conocimiento que los de la ignorancia.

Joe se giró hacia Mira, que dio un paso adelante.

—Yo soy Miracle Pemberton, hija de Stafford, forjador supremo de los Cinco Reinos. Tengo la misma edad que cuando mi padre me robó mi poder de forjado, fingió mi muerte e intentó encerrarme. Llevo escondiéndome muchos años. Y tenemos que huir.

Madeline se giró hacia Verilan.

—¿Es eso cierto? —Frunció los ojos y se quedó mirando a la niña—. Desde luego tienes el aura de una poderosa forjadora.

—Hace poco recuperé mi poder —dijo Mira—. Aunque es más útil en Sambria.

—¿Y tus hermanas? —preguntó Madeline.

—No lo sé. Llevamos años escondiéndonos por separado. Estoy aquí porque Honor tiene problemas. Creemos que pueden haberla capturado.

Madeline meneó la cabeza, estupefacta.

—¿Puedes demostrar tu identidad?

—La mayoría de las personas que me conocían son ancianas o están muertas —dijo Mira—. Aún tengo mi sello real. Todas las hermanas teníamos uno. Mi madre nos lo hizo llegar furtivamente antes de mandarnos al exilio.

Mira sacó un disco de oro grabado con minúsculos diamantes que colgaba de una cadena. Era la primera vez que Cole oía hablar de él.

Madeline cogió el sello, pasó una mano por encima y luego lo observó con atención. Se lo pasó a Verilan, que también lo miró prolongadamente.

Verilan hundió una rodilla y agachó la cabeza. Madeline le siguió.

—Alteza —dijo él, muy serio—. No teníamos esperanzas de que hubierais sobrevivido.

—Es el secreto mejor guardado del forjador supremo —dijo Joe—. Ahora que lo sabéis probablemente hayáis acortado vuestra esperanza de vida.

—Habéis intentado advertirnos —dijo Madeline, pensativa.

—Por favor, levantaos —les pidió Mira—. Y habladme de tú. Estamos todos en el mismo bando.

Verilan y Madeline se pusieron en pie.

—¿Y tú quién eres? —le preguntó Verilan a Cole, que, tras la presentación de Mira, tenía la impresión de que cualquier cosa que pudiera decir de él le haría quedar mal.

—No soy una princesa, desde luego.

—Es un esclavo que vino del Exterior, y también lo buscan —explicó Joe.

—Está con nosotros —añadió Mira—. Es un aliado de confianza.

—Esto es lo más increíble que he oído desde hace años —dijo Madeline, casi sin aliento de la emoción—. Yo estoy en el núcleo duro de los Invisibles, pero nunca había oído hablar de esto.

—Vamos con mucho cuidado a la hora de explicarlo —dijo Joe—. La madre de Mira se guardó el secreto du-

125

rante mucho tiempo. Hace muy poco que lo compartió con unos pocos de los Invisibles. Muchos de nuestros miembros más leales no tienen ni idea. Solo compartimos esta información en los casos de máxima necesidad. Ahora mismo yo soy su protector.

—¡Y pensar lo que podría significar esto para la revolución! —murmuró Verilan.

—Somos conscientes de ello —dijo Joe—. Nuestra máxima prioridad es cerciorarnos de la seguridad de las otras princesas. ¿Tenéis alguna información sobre alguien de Elloweer que hayan hecho prisionero recientemente, con los máximos niveles de secretismo y seguridad?

—El castillo de Blackmont —dijo Madeline, llevándose una mano a la boca.

Verilan asintió.

—En Edgemont. Tienen un prisionero bajo estricta vigilancia. Nadie sabe quién es.

—Edgemont está a las afueras de Merriston —le dijo Joe a Mira—. Coincide con el indicador que nos guiaba al principio.

—¿Indicador? —preguntó Madeline.

—Hasta hace poco, teníamos un indicador que nos señalaba la ubicación de Honor —explicó Joe—. Ya no funciona.

—Nuestros mejores espías saben que el prisionero existe realmente —dijo ella—. Pero nadie ha podido confirmar su identidad. Se ha especulado mucho sobre quién podría ser, para que se tomen tantas precauciones. Debe de ser ella.

—Es nuestra primera pista fiable desde hace mucho tiempo —dijo Joe—. Gracias.

Cole se sintió aliviado al ver que la pista los llevaba cerca de Merriston. Eso significaba que podía seguir planteándose como prioridad encontrar a Dalton, sin obligar a los demás a desviarse de la búsqueda de Honor.

—Es lo menos que podemos hacer —respondió Madeline—. Vuestros secretos requieren más confianza de lo que pensaba. Ahora compartiré yo los míos con vosotros.

—¿Estás segura? —dijo Verilan.

—Segurísima —respondió—. No me llamo Madeline. Soy Skye. Cambio de aspecto cada pocos meses, como si Verilan fuera contratando nuevas ayudantes. Son personajes que interpreto.

—Sin ella no podría hacer el espectáculo —confesó Verilan—. De los dos, yo soy el aprendiz. Casi todas las apariencias que habéis visto esta noche las ha creado ella.

—Un momento —dijo Joe—. Skye. ¿Eres Skye Ryland?

Ella hizo una leve reverencia.

—A tu servicio —respondió Joe, que no daba crédito a lo que oía—. ¡Eres una leyenda! ¡Una de las mejores ilusionistas de todo Elloweer! Y una de las grandes líderes de la resistencia.

—Los Invisibles. El núcleo duro —dijo ella, abriendo los brazos—. No os mentía.

—¿Y cuál es tu aspecto real? —le dijo Jace a Verilan.

—Yo soy así —respondió él, separando las manos y mostrando una sonrisa de su repertorio.

—Bueno, yo le ayudé un poco con el bronceado —susurró Skye, cubriéndose la boca.

—El bronceado me lo ha puesto ella —confesó Verilan—. Y, en realidad, me llamo Alan. Aunque no es que eso importe. En todas partes me conocen como Verilan.

Skye se acercó a Mira y le cogió una mano.

—Tenemos el mismo problema. A mí también me buscan. No tanto como a ti, pero tengo muchos enemigos, entre ellos tu padre. Este espectáculo es mi camuflaje. Soy una fugitiva.

—No queremos poneros en más peligro aún —se disculpó Mira.

—No me entiendes —dijo Skye—. Quiero compartir el peligro que corres tú. No os cobraré por mis servicios. No solo quiero ayudaros con los disfraces: también quiero que encuentres a tu hermana.

—¿Y el espectáculo? —preguntó Verilan, algo agitado.

—Podrías actuar con Mandy —dijo Skye—. Preséntala como tu nueva ayudante. Ella es capaz de ejecutar la mayoría de mis ilusiones. O podrías tomarte unas vacaciones. Hemos ganado mucho dinero. Nunca dijimos que nuestro acuerdo fuera permanente.

—¿Quieres unirte a nosotros? —le preguntó Joe.

—Nunca he tenido una oportunidad tan evidente —dijo Skye—. No todos los días tengo ocasión de asestar un buen golpe al rey supremo. ¿Me aceptáis en el grupo?

Joe se giró hacia Mira.

—Por supuesto —dijo ella—. Pero queremos salir de Carthage enseguida.

Cole suspiró con fuerza. Había visto las apariencias creadas por Skye. Sería una gran ventaja contar con alguien de su talento.

—Bien —dijo Skye—. La mayoría de los que te buscan no tienen ni idea de quién eres realmente, pero ha corrido la voz de que estás por aquí. Debería envejecerte. La gente busca a una niña y tres niños.

—También deberías hacer mayor a Cole —dijo Mira.

—¿Cuál es tu historia? —le preguntó Skye.

—Me cambiaron la marca de esclavitud por una marca de libertad —dijo Cole, levantando la mano para que la viera—. Pero el cazador de esclavos que me capturó me ha visto y me está persiguiendo.

—¿Qué cazador de esclavos?

—Ansel Pratt.

—Es un canalla implacable —dijo Skye, con una mueca—. Pero esta noche solo puedo arreglaros a uno de los dos. Una apariencia duradera consume mucha energía, y ya estoy fatigada después del espectáculo.

—¿Cómo haces para conservar la energía? —preguntó Mira—. Esta noche has creado muchísimas apariencias.

—Muchas cosas las tengo ya preparadas. Hago encanta-mientos previos para crear determinadas ilusiones, como el aro o el brazalete que convierte a Verilan en el presentador. Verilan me ayuda con varias de las apariencias. Pero, aun-que muchas cosas las preparemos antes, el espectáculo re-quiere igualmente un gran esfuerzo y mucha concentra-ción. Si me esfuerzo más allá de mis límites, podría acabar enferma, muerta o loca, y cualquiera que estuviera cerca podría sufrir daños. Pero creo que podría ocuparme de uno de los dos esta noche.

—Pues cambia a Mira —dijo Cole—. Ella es la que co-rre más peligro.

—Muy bien —aceptó Skye—. Mañana me ocuparé de Cole. ¿Cuándo queréis salir de la ciudad?

—Yo querría que nos pusiéramos en marcha antes de mañana por la noche —respondió Joe—. O al día siguiente, como muy tarde.

—Entonces vamos a ocuparnos de Mira, para que os va-yáis cuanto antes. ¿Os importa dejarme a solas con ella? Este trabajo requiere concentración. Podéis esperar fuera.

Mira asintió, y Cole, Jace, Twitch, Joe y Verilan salieron del camerino. Verilan los condujo al escenario. Se sentaron en el borde, en fila, con las piernas colgando.

—¿Crees que Skye podría broncearme un poco? —pre-guntó Jace.

—Podría darte cualquier aspecto —dijo Verilan—. Pero tú ya estás bastante moreno. Mi tono natural de piel es bas-tante pálido.

—¿Tú también formas parte de la resistencia? —le pre-guntó Cole.

—Sí. También formo parte de los Invisibles, pero Skye está más implicada.

—Te toca las narices perderla, ¿eh? —preguntó Jace.

—¿Tú qué crees? —dijo Verilan—. Esa mujer tiene un talento incomparable. Su poder para crear apariencias es impresionante.

—¿Qué tal se te da el combate? —preguntó Jace—. Quizá podrías venir con nosotros tú también.

Verilan chasqueó la lengua.

—No soy un guerrero. Me tomaré unas vacaciones y prepararé un nuevo espectáculo con otra ayudante. Tenéis suerte de contar con ella. Conoce bien Elloweer. Vuestras probabilidades de éxito se acaban de multiplicar.

Cuando Skye salió por fin, iba acompañada de una mujer de mediana edad, más bien baja y llenita, con el cabello castaño recogido con un pañuelo. Tenía un rostro anodino y ropas sencillas.

—¿Eres tú, Mira? —preguntó Cole.

—¿Tú qué crees? —preguntó la mujer, con una voz que no se parecía en nada a la de Mira.

—Perfecto —dijo Joe—. No hay nada en ti que destaque.

Cole estaba de acuerdo. La mujer no era ni fea ni guapa, ni alta ni baja, ni gorda ni flaca. Tenía un aspecto muy normal.

—Skye es un genio —dijo la mujer.

—Me alegro de que estés satisfecha —dijo ella—. Estoy agotada, Joe. ¿Por qué no nos vemos mañana en la plaza Trellis? ¿La conoces?

—La encontraré.

—Buscadme allí hacia la tercera hora del día —dijo Skye—. Verilan os enseñará la salida de artistas. ¿Habéis venido en un coche?

—Sí.

—Pues debería estar junto a la acera del lado norte —dijo Skye—. Los agentes no dejan que los coches de caballos se queden esperando si no llevan pasajeros. Hasta mañana.

Verilan los llevó al otro lado del escenario, hasta una puerta sencilla y sin marcas. Su coche los esperaba en la callejuela, no mucho más allá, junto a otros dos o tres. Los faroles daban la suficiente luz como para que no se vieran la mayoría de las estrellas en el cielo. Por la callejuela no pasaba mucha gente, pero Cole avanzó con la cabeza gacha, por si acaso. Al cabo de menos de un día tendría un disfraz que lo haría invisible a sus enemigos. Sería agradable poder caminar por la calle sin ese temor constante a que lo descubrieran.

En el coche, Joe le hizo unas cuantas preguntas triviales a Mira para asegurarse de que era ella. A Cole no le extrañó. Mira tenía el aspecto y la voz de una completa desconocida.

Bajaron del coche a unas travesías de la posada y se metieron en sus habitaciones sin problemas. Una vez en la cama, Cole repasó los acontecimientos del día con satisfacción. ¡Sabía dónde encontrar a Dalton! Casi no se lo creía. ¿Cuántos días tendrían que pasar hasta que pudiera ver de nuevo a su amigo? También tenían una pista sobre Honor, y una guía que los ayudaría a llegar. Mientras se dejaba llevar por el sueño, Cole se preguntó qué apariencia le daría Skye por la mañana.

Capítulo 11

Atrapado

—Cole —susurró Twitch, agitado—. ¿Lo oyes?

Cole lo oyó sumido en una nube de cansancio y confusión. Twitch y su cama no eran más que formas difusas en la oscuridad. Estaba cómodamente instalado en la calidez de las sábanas y lo único que quería era olvidarse de aquello y dejarse llevar otra vez por el sueño. Pero, al fin, levantó la cabeza y se apoyó en un codo.

—¿Eh?

—Escucha —susurró Twitch.

Twitch nunca le había despertado así. ¿Qué creía haber oído? ¿Se estaba volviendo paranoico? Solía mostrarse prudente, pero no era tonto.

De la puerta les llegó un leve sonido de metal rascando algo.

—¿Eso? —dijo Cole, tenso.

—Oh, no —exclamó Twitch, sacando sus patas de saltamontes de la cama.

Con un clic final, la puerta se abrió del todo. Un farol iluminó las siluetas furtivas que entraban a la carrera en la habitación. Cole apenas había podido levantar la espalda de la cama cuando unas toscas manos le agarraron y le pusieron un trapo contra la nariz y la boca.

Cole se debatió, pero aspiró la sustancia química de la que estaba empapado el trapo. Los vapores le quemaban las fosas nasales y la garganta; al instante sintió que se le iba la cabeza. Tosiendo desesperadamente, Cole pataleó y se revolvió mientras unos brazos fuertes le sacaban de la cama. Un asaltante le agarró los brazos, apretándoselos contra el torso, mientras el otro le agarraba de las piernas.

Aún tenía el trapo contra la cara. Sin aire que respirar, Cole inhaló aquel olor irritante. Los sentidos empezaron a fallarle. Le pareció oír algún cristal roto. Una voz ronca daba voces confusas e ininteligibles. Se lo llevaban. ¿O estaba flotando? No podía resistirse más. Le costaba moverse. Sentía que perdía la conciencia e intentó plantar cara, pero ya tenía la mente muy lejos de allí. Perdió por completo la percepción de su entorno.

—El chico se está despertando —dijo una voz áspera.

—Ya era hora —respondió otra.

Cole decidió que era mejor seguir fingiendo que dormía. Estaba sentado, atado a una silla, y sentía un dolor intenso en el centro de la frente. Mantuvo la cabeza caída y los ojos cerrados.

—No te hagas el dormido —dijo la primera voz—. Sé que nos oyes. Te ha cambiado la respiración.

Cole reconoció la voz. Aterrado, abrió los ojos.

—¡Espantapájaros! —le saludó Ansel, sonriendo y echándose el sombrero ligeramente hacia atrás—. Sabía que volveríamos a vernos.

Estaban en una habitación vacía y lúgubre con paredes de ladrillo. Ansel y Ham estaban sentados en sillas de madera junto a una vieja mesa. Por lo que parecía, habían estado jugando a las cartas. La habitación no tenía más que una puerta de madera maciza, y ninguna ventana. La luz procedía de un par de faroles que revelaban unas manchas oscuras en las paredes y el suelo, quizá de alguna inundación.

Cole comprobó que aún tenía ambas manos. Aquello

era un alivio. Pero Ansel podía cumplir con su amenaza en cualquier momento. Cole intentó no pensar en la hoz.

—¿Dónde estamos? —preguntó Cole.

La sonrisa de Ansel desapareció.

—Las preguntas las haré yo.

Cole se retorció, poniendo a prueba sus ataduras. Una cuerda gruesa y rasposa le envolvía y le apretaba con fuerza. Tenía el torso atado al respaldo de la silla; las piernas, sujetas a las patas de madera.

—No vas a ir a ninguna parte —dijo Ansel—. Más vale que te quites de la cabeza cualquier esperanza de libertad. Eso es pasado. Has durado más que la mayoría de los fugitivos. Y aún conservas la mano.

—Ya lo he notado.

—La marca de libertad de tu muñeca es notable. Parece completamente auténtica. No hay ni rastro de tu antigua marca de esclavo. ¿De dónde la sacaste?

Declan estaba oculto muy lejos. Decir la verdad no le causaría ningún problema al gran forjador de Sambria. Cole tragó saliva. Quizás Ansel mostrara alguna compasión si era sincero.

—Me la hizo Declan —dijo—. Uno de los grandes forjadores.

Aquella respuesta hizo que Ansel chasqueara la lengua, divertido:

—Si vas a contar una bola, lo mismo da que sea enorme, ¿no?

Cole apretó los dientes. La sinceridad no valía de mucho si Ansel no le creía.

—¿Conoces a mucha otra gente que pueda convertir una marca de esclavitud en una marca de libertad sin dejar rastro?

Ansel se frotó la barbilla, escrutándolo atentamente.

—Muy bien, Espantapájaros, ahora cuéntame cómo es que un esclavo fugitivo ha conseguido llegar hasta el gran forjador de Sambria en el exilio.

—Hui de Puerto Celeste en una nave —dijo Cole—. Adam Jones lo sabía. Me metí en la Pared de Nubes del Este y encontré a Declan en el otro lado. Me ayudó. Pero ya no está allí. Los legionarios que me perseguían le hicieron huir a otro sitio.

Ham golpeó la mesa con su carnosa mano:

—¡Ya basta! No quiero oír más mentiras. Cuéntale la verdad al jefe o te la sacaré yo.

Aquella explosión de rabia hizo que Cole cerrara los ojos. Cuando los abrió de nuevo, vio que Ansel tenía un brazo extendido en dirección a Ham, haciéndole callar.

—Puede que el chico no esté mintiendo.

Ham abrió los ojos como platos, incrédulo, pero no replicó.

—No estoy diciendo que su historia parezca creíble —precisó Ansel—. Solo digo que podría ser verdad. Ve a buscar a Secha.

Ham se puso en pie, cruzó la sala y salió por la puerta. Cole vio unas oscuras escaleras mugrientas al otro lado de la puerta. Nada más. Se preguntó si tendría ocasión de subir aquellas escaleras. No parecía que tuviera muchas probabilidades. Y, si lo hacía, sería como esclavo tullido. Tenía que mantener la calma. Cuando la puerta se cerró, Ansel se lo quedó mirando un buen rato.

—¿Con quién viajas?

—Con otros esclavos de Puerto Celeste —dijo Cole—. Huimos juntos. Un hombre que encontramos por el camino nos ayuda.

Ansel asintió lentamente.

—Una niña y dos niños. Y un miembro de los Invisibles.

Cole se sorprendió de que supiera aquello.

—He estado informándome sobre vosotros —dijo Ansel, en respuesta a la expresión de sorpresa de Cole—. Hay más gente buscando a un grupo que huyó de Puerto Celeste. Dos y dos son cuatro.

—¿Cómo me has encontrado? —preguntó.

—No olvides quién hace las preguntas —dijo Ansel—. Hay quien busca a la niña. Gente muy importante. ¿Quién es?

—No te conviene tenerla en contra —respondió Cole.

Ansel le miró sin expresión en el rostro.

—Eso lo decidiré yo. ¿Quién es?

—No lo sé —dijo Cole.

Ansel se puso en pie y meneó la cabeza muy serio.

—Ahora estás mintiendo —dijo, levantando la hoz y mostrándole la siniestra hoja. La agarró con fuerza; las venas del dorso de la mano se le hincharon.

Cole lo miró en silencio. Mira le había confiado su secreto. Ansel había raptado a Cole de la misma posada donde se alojaba ella: quizás aún tuviera hombres observando el lugar, listos para llevársela a ella si así lo ordenaba. Cole no podía revelar su identidad.

—Es una forjadora de gran poder.

—Puede que eso sea parte de la verdad —dijo Ansel—. Pero piensa que también es posible que no salgas vivo de esta habitación, Espantapájaros.

—Lo sé.

—O de una pieza —añadió Ansel, amenazante—. He oído hablar de una esclava del rey supremo que se escapó. Una esclava que el rey quiere recuperar como sea.

Aquella era la versión que habían dado los legionarios al presentarse en Puerto Celeste buscando a Mira. No era cierto, pero si Ansel pensaba que era una esclava fugitiva, podría decidir devolvérsela a su dueño.

—No es ninguna esclava —replicó Cole.

—Supongo que tiene una marca de libertad —dijo Ansel—. Y estoy seguro de que es tan genuina como la tuya. El rey supremo es mi mejor cliente.

La puerta se abrió y entró Secha, la mujer de piel morena que le había puesto a Cole su marca de esclavitud. Ham apareció tras ella y cerró la puerta.

La mujer se acercó a Cole.

—¿El gran forjador deshizo mi marca?

—Sí —dijo Cole.

Secha se agachó, observando con detalle la marca. La frotó y la olió. Murmuró unas palabras.

—¿Tú qué dices? —preguntó Ansel.

—Podría ser obra del gran forjador —admitió Secha—. No le veo otra explicación. Es como si mi marca no hubiera existido nunca. No debería ser posible hacer una transformación así de perfecta.

—Déjanos solos —dijo Ansel—. El chico y yo tenemos asuntos que discutir.

De pronto, la puerta se abrió y entró Joe con el arco preparado. Jace entró tras él, con la cuerda dorada en la mano. Cole recobró la esperanza. ¡Le habían encontrado!

Ham cargó contra ellos y la cuerda se extendió como un látigo, le rodeó el torso y lo lanzó hacia arriba, haciéndole chocar contra el techo y rompiéndole el cuello con un crujido desagradable. El voluminoso cuerpo cayó inerte al suelo.

—¡Quietos! —gritó Joe, con una flecha lista para salir volando.

Ansel, con una expresión lúgubre pero serena, dejó la hoz lentamente y levantó las manos:

—Ya has oído a ese hombre, Secha.

Ella levantó las manos y se situó junto a Ansel.

—Ahí está bien —dijo Joe—. Al suelo, boca abajo, los dos.

Obedecieron sin oponer resistencia.

Twitch y Mira entraron tras Joe y Jace. Cole apenas podía creer que todos estuvieran allí. Al despertarse atado a la silla, pensaba que, en el mejor de los casos, perdería una mano y acabaría como esclavo. En el peor, le torturarían y le matarían. No se le había ocurrido pensar en la posibilidad de un rescate.

Mira corrió a su lado y usó su espada saltarina para cortar las ataduras.

—¿Estás bien?

—Sí —respondió Cole, asombrado de que así fuera—. Pensaba que estaba frito. ¿Cómo me habéis encontrado?

—Twitch —dijo Jace—. Salió por la ventana cuando fueron a por ti. Los siguió hasta aquí, y luego vino a buscarnos. Para hacerlo más fácil, te han traído a Carthage este —añadió, agitando la cuerda dorada como demostración.

Cole se puso en pie, frotándose los brazos por las partes donde las cuerdas le habían cortado la circulación. Ahora entendía por qué Mira ya no tenía el aspecto de una mujer de mediana edad. Al no estar en Elloweer, su apariencia había desaparecido. Ansel levantó la vista desde el suelo.

—Cuidado con Ansel —dijo Cole—. Es peligroso. Y sabe que somos los que todos buscan.

—¿Cuánto sabe? —preguntó Joe.

—Sabe que huimos de Puerto Celeste —dijo Cole—. Que nos estás ayudando. Ha oído que uno de nosotros es un esclavo que huyó del rey supremo.

—Sois unos delincuentes —dijo Ansel, con voz ronca—. Yo me hice con Cole legalmente. Él cambió su marca de esclavo.

—Deberías rezar para que no fuéramos delincuentes —respondió Joe—. Aquí es cuando los delincuentes empiezan a matar para no dejar testigos.

—¿No vamos a matarle? —preguntó Jace.

Joe se lo quedó mirando.

—¿Así? ¿Después de que se ha rendido?

—¿Demasiado fácil? —dijo Jace, encogiéndose de hombros.

—Nos perseguirá hasta darnos caza otra vez —les advirtió Cole.

—Raramente me encuentro en desventaja —dijo Ansel—. No puedo decir que me guste, pero tampoco puedo hacer mucho por cambiar la situación, mientras ese chico tenga la cuerda y tú tengas ese arco. —Puso una cara de disgusto y luego apretó la mandíbula—. Os diré qué podemos hacer. Si nos dejáis ir a Secha y a mí, os devolveremos el favor. No os perseguiremos. Tan fácil como eso. Esto no ha ocurrido.

Secha miró a Ansel, estupefacta.

—¿Qué pasa? ¿Tienes alguna idea mejor? —Volvió a mirar a Joe—. La oferta sigue en pie.

—Si miente, esto puede acabar mal —señaló Twitch.

Ansel soltó una risotada:

—Los mercaderes que mienten no duran en el negocio. He reclamado a Cole porque estaba en mi derecho. No me culpéis por seguirle la pista. Para mí es como hacer gárgaras de vinagre, pero tengo que aceptar que me habéis ganado la mano. No tengo ninguna prisa por morir. Ahora solo puedo retirarme e intentar seguir adelante. Os doy mi palabra de que lo haré. ¿Secha?

—Yo también —dijo Secha—. Dejadnos vivir, y esto quedará olvidado.

—¿Cómo me habéis encontrado? —preguntó Cole.

—¿Eso importa?

—Ya no eres tú el que hace preguntas —insistió Cole.

Ansel le echó una mirada fulminante.

—No ha sido magia. Hice un dibujo a mano de tu rostro. Se me dan bien los retratos. Contratamos a unos artistas para que hicieran copias, y encargué a unos cuantos hombres que fueran por la ciudad enseñándolas, ofreciendo una recompensa por la información. Alguno de los porteros del espectáculo de anoche te reconoció. Me llegó el aviso a tiempo para hacer que os siguieran tras la actuación. Al principio pensaron que os habían perdido, pero luego os vieron salir de una puerta lateral. Cuando supimos cuál era vuestra posada y vuestra habitación, el resto fue fácil.

Joe se agachó junto a Ansel.

139

—No eres un buen hombre. Sea legal o no, tu negocio es despreciable. Pero eres un comerciante, y aceptaré tu palabra. Si te dejamos aquí, nunca más volverás a perseguir a Cole, y no dirás a las autoridades que has visto al grupo que andan buscando.

—Lo prometo —dijo Ansel—. Yo seguiré con mi vida, y vosotros con la vuestra. Es un trato beneficioso para ambas partes. Fin de la historia.

—Sería más seguro matarlo —apuntó Jace—. Hemos eliminado a sus hombres. Puede que cambie de opinión.

—Mantendrá su palabra —dijo Joe.

—Os pillarán a todos —soltó Ansel—. Habéis llamado demasiado la atención. Es solo cuestión de tiempo. Pero no tendremos nada que ver ni yo ni los míos. Habéis matado a Ham, y probablemente a alguno más de mis hombres de camino. Era de esperar. El fragor del combate, o vosotros o ellos. Ahora ya no tiene importancia. Ya no se puede hacer nada al respecto. No queréis matarme a sangre fría. Yo no quiero morir por hacer mi trabajo. Os estoy dando la solución. Sigamos cada uno con lo nuestro.

—El tío es bueno… —dijo Jace.

Ansel escupió hacia un lado.

—Me gusta hablar claro —dijo.

Joe se giró hacia Mira, que miró a Cole. Él se quedó mirando a Ansel, tendido sobre aquel sucio suelo. El cazador de esclavos había secuestrado a sus amigos. De no haber sido por Ansel, Cole ahora mismo estaría en su casa, yendo al colegio, jugando a los videojuegos o en la calle. Jenna y Dalton estarían bien, igual que los demás.

Sin embargo, si la esclavitud era legal, ¿tenía excusa Ansel? ¿Estaba haciendo su trabajo, sin más? Era una mala persona, pero no había matado a ninguno de los niños. Si prometía no perseguirlos nunca, Cole no podía dejar que lo mataran sin más, pese a las cosas horribles que había hecho.

—Yo le creo —dijo por fin, afirmando con la cabeza.

Mira también asintió.

—Muy bien —concluyó Joe—. Aceptaremos tu palabra. No quiero volver a verte.

—El sentimiento es mutuo —le aseguró Ansel—. A partir de ahora seremos desconocidos. Dejadnos aquí y marchaos donde queráis. Nos quedaremos aquí una hora, y no os perseguiremos. ¿Os parece razonable?

Joe hizo un gesto rápido a modo de despedida.

—Hasta nunca.

141

Capítulo 12

Caravana

—He reservado pasajes para todos en una caravana que sale mañana al amanecer. Es la primera que he encontrado —dijo Skye.

Estaban sentados en una habitación de hotel que habían alquilado no muy lejos de la plaza Trellis, donde habían encontrado a Skye sin problemas. El rescate se había producido a primera hora de la mañana, lo que les había dado suficiente tiempo para llegar a su cita.

—¿Una caravana es el mejor medio para viajar? —preguntó Joe.

—Llamaremos mucho menos la atención que si vamos por nuestra cuenta —dijo Skye—. Las carreteras secundarias de Elloweer no son seguras. Aquí la mayoría vive cerca de un castillo o en ciudades amuralladas, y sus buenos motivos tienen. En este reino hay extrañas criaturas rondando por ahí. La gente desconfía de los extraños. Teniendo en cuenta la amenaza que supone el Caballero Solitario, yo voto por una caravana.

—¿El Caballero Solitario no está luchando contra el Gobierno? —preguntó Cole—. ¿Eso no lo pone de nuestro lado?

—Ojalá —dijo Skye—. Por lo que he oído, el Caballero Solitario no parece muy interesado en la identidad de sus víctimas, mientras tengan dinero. No se encarga de dar un gobierno a las ciudades que conquista. No se alinea con ninguna causa. Su único objetivo claro es derrotar a los campeones y repartir el botín. Sus métodos son implacables. Parece buscar la anarquía.

—La anarquía acabaría con el rey supremo —dijo Jace.

—El caos que sembraría en Ciudad Encrucijada podría ayudarnos —respondió Skye—. Pero los campeones solo deciden las guerras en Elloweer, de modo que el Caballero Solitario solo ataca ciudades de este reino. Pensad en lo que significa abolir los impuestos: nada de vigilancia, ni mantenimiento de las ciudades, ni servicios públicos. El rey supremo y sus gobernadores son una alternativa mejor que el caos absoluto.

—Una mujer con la que hablé me dijo que el Caballero Solitario podría ser el duque de Laramy —dijo Cole.

Skye puso los ojos en blanco.

—Todo el mundo tiene una teoría. Yo sé de buena tinta que el duque de Laramy está muerto. Era el sobrino de Callista, nuestra gran forjadora. Después de que Callista se escondiera, fue él quien se pronunció contra la toma de poder del rey supremo. Intentamos reclutarlo para los Invisibles, pero él prefería protestar por aquel abuso en público. No tardó mucho en desaparecer. Ahogado, según he oído.

—¿Y qué fue de Callista? —preguntó Mira—. ¿Sabemos cómo encontrarla? Probablemente nos ayudaría.

Skye chasqueó la lengua, escéptica.

—Créeme, los Invisibles ya la han buscado. Nadie hace modificaciones y apariencias como Callista. Podría ser un gran activo para nuestra causa. Pero si quiere ocultarse, es imposible encontrarla. Haría falta un milagro.

—Nosotros tenemos a Mira —dijo Jace.

—¿No hay ninguna pista? —preguntó Mira, haciendo caso omiso al comentario—. ¿Quizás algún modo de enviarle una señal para que salga de su escondrijo?

—Callista abandonó su fortaleza hace décadas —dijo Skye, meneando la cabeza—. No se llevó ningún aprendiz ni asistente ni dejó mensajes a sus encantadores. Simple-

143

mente desapareció. Aunque la encontráramos, ¿quién sabe qué podríamos esperarnos? Callista siempre fue excéntrica.

—¿Ya nos has inscrito en la caravana? —preguntó Joe.

—Sí. Tendremos dos coches, cada uno con cuatro caballos y un conductor. El viaje debería ser muy cómodo. Yo usaré mi disfraz de Madeline, la ayudante contrariada buscando empezar de nuevo en otra ciudad. Vosotros podéis fingir que sois mis acompañantes. La caravana que he escogido la dirige Monroe Sinclair, que siempre ha simpatizado con la rebelión. Podemos dejarla en cualquier momento. Perderé mi fianza, pero tengo dinero de sobra. El viaje en caravana es algo más lento y más estructurado que en un grupo pequeño de carruajes, pero creo que, en general, es más seguro.

—Tú conoces el lugar —dijo Mira—. Y llevas mucho tiempo esquivando a las autoridades de Elloweer. Nos fiamos de tus decisiones.

—Me parece bien —confirmó Joe.

—Muy bien —dijo Skye—. Tengo que hacer otros preparativos. Mira, ven a mi habitación en una hora, y volveré a activar tu apariencia. Esta noche crearé una nueva identidad para Cole. Tenemos las habitaciones pagadas para tres noches, pero la idea es marcharse con la caravana mañana al amanecer.

Después de que Skye dejara la habitación, Cole se acercó a Twitch. No sabía qué decir para expresar su gratitud, pero tenía que intentarlo.

—Gracias por seguirme. Pensaba que era el fin. No sé qué habría hecho sin ti.

—Te habrías convertido en un esclavo muy diestro —dijo Jace—. Dale también las gracias a Mira. Ella insistió en que fuéramos a buscarte.

Mira le dio una palmada a Jace en el hombro:

—Tú habrías ido a buscarle aunque hubieras tenido que ir solo.

—Quizá —reconoció Jace—. Nunca lo sabremos.

Cole estaba demasiado agradecido como para replicarle.

—Gracias a todos —dijo—. Siempre estaré en deuda con vosotros.

—Ahora que Ansel no le va a seguir, ¿sigue Cole necesitando un disfraz? —preguntó Jace.

—Más vale prevenir que curar —respondió Joe—. Yo espero que Ansel mantenga su palabra, pero no está de más tomar precauciones. Además, están buscando a tres niños y una niña. Si uno de los niños se convierte en un adulto, será más difícil que se fijen en nosotros.

—Estoy de acuerdo —dijo Mira.

—Dado que Twitch me acaba de rescatar —siguió Cole—, tengo que deciros algo antes de que se me olvide. A Twitch no le iría mal que le ayudáramos con un problema.

Twitch abrió los ojos desmesuradamente, presa del pánico, y sacudió la cabeza con fuerza.

—Me preocupa que tú nunca lo pidas personalmente —dijo Cole.

Twitch se cubrió los ojos.

—Bueno. De acuerdo.

—¿Ayuda? ¿Con qué? —preguntó Mira.

Cole explicó lo de los habitantes de los pantanos, que habían invadido el pueblo de Twitch. Este recordó los nombres y los detalles que Cole había olvidado. Incluso Jace escuchó respetuosamente.

—Estoy seguro de que podemos encontrar a un mercenario que os ayude —dijo Joe—. Yo mismo combatiría con Renford, pero no soy bueno en los duelos con espada. Me temo que perdería. Soy luchador, pero suelo recurrir a trucos… y a la sorpresa, y a la rapidez de movimientos para retirarme.

Twitch agitó las manos, rechazando la oferta.

—No quiero causaros ningún problema suplementario. Todos tenéis más que suficiente con lo vuestro. Pero quizá podríais ayudarme a encontrar al luchador que me hace falta.

—¡Twitch! —dijo Mira, casi regañándolo—. ¡Claro que te ayudaremos!

—¿Podemos esperar hasta llegar a Merriston? —preguntó Joe.

—Sí, puede ser incluso después —dijo Twitch.

—Primero quiero ayudar a Mira a encontrar a Honor, y a Cole a dar con Dalton —dijo Joe, acercándose a Twitch y estrechándole la mano—. Trato hecho. De momento, descansad. Mañana a primera hora nos pondremos en marcha.

La caravana estaba lista para partir antes del amanecer. Dos docenas de carros y carretas esperaban a que se abriera la puerta del Este en el ambiente frío y húmedo previo al alba. Varios jinetes acompañaban los coches de caballos, entre ellos Monroe Sinclair y cinco soldados privados que llevaban una armadura ligera.

Monroe era un hombre corpulento de entre cincuenta y sesenta años. Tenía el pelo corto y gris, y un largo abrigo de cuero abierto por detrás. Del cinto le colgaba una espada envainada en una funda negra. Su ancha mandíbula y sus rasgos toscos le recordaron a Cole las fotografías antiguas de los pioneros americanos. Parecía cómodo en su papel de líder, recorriendo la caravana arriba y abajo para dar instrucciones en voz baja.

Sentado en uno de los ocho coches de pasajeros, Cole se cubrió los hombros con una manta para protegerse del frío. Se miró las manos. Parecían normales, aunque un examen prolongado frente a un espejo le había dejado claro que los demás lo verían como un hombre normal y corriente, bajito y con el cabello mal cortado.

Skye había creado la apariencia la noche anterior, con Cole sentado en un taburete bajo, en un procedimiento que básicamente había consistido en dar vueltas a su alrededor mientras él estaba inmóvil, levantando de vez en cuando un brazo o girando la cabeza según le indicara ella. A veces,

Skye se le acercaba y cerraba un ojo. En ocasiones se lo quedaba mirando desde el otro extremo de la habitación. Él no había sentido nada raro, salvo un leve cosquilleo una o dos veces. Cuando se había presentado ante los demás, Jace había soltado una carcajada y había exclamado: «¡Y yo que pensaba que ya eras feo antes!». Cole se lo tomó como una prueba de que el disfraz funcionaría.

El amanecer bañó de color aquella sombría mañana. Jace, Twitch y Joe estaban sentados junto a Cole, vestidos como sirvientes. Mira iba en el coche más elegante, con Skye.

Varios jinetes se acercaron al trote a la caravana, a la altura del coche de Cole. A la cabeza del grupo iba un hombre con armadura completa y el rostro oculto tras el yelmo. Los otros iban vestidos de guardias. Tras ellos iba un coche de caballos señorial con dos cocheros uniformados. Monroe se acercó con su caballo para saludar a los recién llegados.

Cole observó con interés. No parecía que los guardias vinieran en busca de Mira, pero, aun así, se le quedó la boca seca. Joe también observaba atentamente.

—¿Puedo ayudarlos? —preguntó Monroe.

—Buenos días, Monroe —dijo el hombre de la armadura—. Nos unimos a tu caravana

—No sabía nada —soltó Monroe, evidentemente molesto.

—Órdenes del prefecto —respondió el hombre—. Escoltamos a su hija Lucinda, que va a Merriston. El prefecto Cronin pensó que viajaría más cómodamente con tu caravana, pero no quería que corriera la voz antes de la salida. Se te pagará la tarifa completa, y contarás con el doble de guardias, entre ellos el mejor caballero de Carthage.

Cole no quería parecer demasiado interesado, así que miró hacia otra parte. Con un caballero y unos guardias de la ciudad en la caravana, aumentaba el peligro de que los descubrieran. Escuchó nervioso, esperando que Monroe se negara.

—No me gustan las sorpresas —dijo Monroe—. Cronin tenía que haberme avisado. Sé guardar un secreto.

—Yo solo cumplo órdenes —respondió el caballero—. Tú tendrías que hacer lo mismo.

—La autoridad del prefecto llega hasta las murallas de Carthage —adujo Monroe—. No más allá.

—Oficialmente, su jurisdicción acaba en las murallas —reconoció el caballero—. Pero controla a todo el que entra y sale por esa puerta.

—Soy consciente de ello —dijo Monroe, suspirando—. No quiero problemas innecesarios. No tengo intención de enfrentarme a Cronin, pero no me gusta que me mangoneen.

—¿Eso me lo puedo tomar como un consentimiento?

—Más guardias armados supone más seguridad para todos —dijo Monroe—. Pero esta sigue siendo mi caravana.

—Todos los coches salvo uno, y todo el personal salvo el mío —apuntó el caballero—. Preferiríamos situarnos hacia el centro.

—Colocaos donde queráis —gruñó Monroe.

Cole miró a Joe, que se encogió levemente de hombros, como si la presencia de los guardias no le molestara tanto. Cole supuso que eso evitaría que otros guardias o legionarios quisieran examinar demasiado la caravana. Al estar disfrazados con sus apariencias, Skye, Mira y él mismo tenían bastantes posibilidades de que el caballero y los soldados no se dieran cuenta de que eran fugitivos.

—Gracias —le dijo el caballero a Monroe—. ¿Nos ponemos en marcha? —Se giró hacia la muralla e hizo una señal con una mano levantada.

Un momento después, la puerta empezó a abrirse.

Al poco, los coches y las carretas se pusieron en marcha. Cole se acomodó en su asiento. ¡Iban de camino a Merriston… y en busca de Dalton!

Capítulo 13

Noticias inquietantes

Al tercer día, Cole ya se había acostumbrado a la rutina de viajar con la caravana. En su papel de sirviente, podía moverse arriba y abajo por la fila de carrozas cada vez que acampaban, por la noche, o cuando se detenían a comer. Mientras realizaba tareas, reales o fingidas, mantenía los ojos y los oídos bien abiertos. Mientras tuviera leña entre las manos o un cubo de agua que llevar, la mayoría de la gente actuaba como si fuera invisible.

Se pasaba gran parte del tiempo en el coche, con Jace, Twitch y Joe. Aparte de ir a buscar leña y agua, sus únicas obligaciones eran las de llevar las comidas a lady Madeline y ayudarla a subir y bajar del coche. Tenía mucho tiempo para dejar volar la imaginación y pensar en la sorpresa que se llevaría Dalton al verle.

Las carrozas llevaban mercancías para comerciar en Merriston. Dos de los mercaderes iban en coches de caballos, mientras que sus mercancías ocupaban múltiples carrozas. Los menos prósperos conducían sus propias carrozas. Los otros coches de pasajeros eran de gente que volvía a Merriston, que se mudaba allí o que viajaba por negocios. Por lo que parecía, Lucinda era la única que iba como turista.

Konley, el caballero que la acompañaba, parecía tener claro que era ajeno a cualquier obligación, salvo la de pasearse arriba y abajo con su armadura. Por la noche se quitaba la coraza de hierro y dormía en una tienda mientras sus hombres hacían guardia. Cole había salido a recoger leña con Mory, su escudero. El chico, que era un par de años mayor que Cole, actuaba como si fuera el presidente del club de fans de Konley. Aparentemente, el caballero era muy diestro en el combate y uno de los fieles seguidores de Henrick Stroop, campeón de Carthage.

Cole casi nunca veía a Lucinda. Era una chica más o menos guapa, de poco menos de veinte años. Tenía el cabello oscuro, muy rizado; en opinión de Cole, se ponía demasiado maquillaje. Se pasaba la mayor parte del tiempo en el coche. Las veces que la había visto, llevaba un vestido y un sombrero elegantes.

El tercer día, tras el almuerzo, Cole ayudó a Skye a subir a su coche, y ella le invitó a que entrara a pasar la tarde con ella y con Mira. Cole aceptó encantado. Los asientos de su coche eran más acolchados, y cambiar de compañía probablemente ayudara a que los kilómetros pasaran más rápido. Dado que cada vez que estaban juntos tenía que hacer el papel del sirviente, Cole no había tenido ocasión de hablar con Skye o con Mira desde su salida de Carthage.

—¿Cómodo? —preguntó Skye, en el momento en que el coche se puso en marcha.

—Sí, *lady* Madeline —respondió Cole, sin pensarlo.

Skye se rio.

—Aquí puedes dejar de fingir. He creado una apariencia que mezclará todos los sonidos que salgan de este compartimento. Pero, incluso sin ese encantamiento, dudo que el conductor nos pudiera oír con el ruido del camino.

—Lo siento —dijo Cole—. Me sale casi sin querer.

—Probablemente, eso sea una buena cosa —respondió Skye.

Cole se giró hacia Mira, a la que ya se había acostumbrado a ver como una mujer de mediana edad.

—¿Cómo te va?

—Ser Gayline es fácil —contestó Mira—. La gente casi no se fija en la criada de *lady* Madeline.

—¡A mí me pasa igual! —respondió Cole—. Es un modo estupendo de enterarse de cotilleos.

—¿Has oído algo útil? —preguntó Skye.

—Nada extraordinario. ¿Y vosotras?

—Algunos de los guardias de Konley me conocían del espectáculo de magia —dijo Skye—. He flirteado un poco, y uno de ellos me ha confesado que parte de su misión tiene que ver con el Caballero Solitario. Henrick quiere saber más de él. Si Konley tiene ocasión, se supone que debe matarlo.

—¿Y puede hacerlo? —preguntó Cole.

—Ese tipo es bueno en la lucha —dijo Skye.

—Por lo que dice su escudero, podría tumbar a un oso caminando sobre el agua —dijo Cole.

Skye sonrió.

—Konley siempre queda muy bien en los torneos de Carthage. Solo hay un par de caballeros que puedan plantarle cara. Fue el campeón de la ciudad de Rudberg. Algunos pensaban que desafiaría a Henrick, pero renunció a Rudberg para convertirse en uno de sus caballeros.

—¿Crees que el Caballero Solitario vendrá a robarnos? —preguntó Mira.

—Casi lo espero —dijo Skye—. En parte siento lo mismo que Henrick. Me gustaría verlo de cerca, saber más de él. Nunca ha hecho daño a las personas a las que ha robado. He escondido dinero en efectivo en compartimentos secretos y llevo la mayoría de mi capital en billetes que solo yo puedo canjear.

—No sé —intervino Mira—. Yo preferiría evitar al Caballero Solitario. ¿Quién sabe lo que podría hacer? Es demasiado impredecible.

—Es la persona más impredecible de Elloweer —dijo Skye—. La mayor parte de lo que sé de él no son más que rumores.

Cole sin duda pensaba como Mira. No tenía ningunas

ganas de cruzarse con un hombre que había matado a montones de campeones y que tenía por costumbre robar a viajeros inocentes. Solo les faltaba eso: ¡más peligros que afrontar!

Cole escuchó el paso rítmico de los caballos que tiraban del coche, y pensó en lo que esperaban conseguir en Merriston.

—¿Cómo es Honor? —se preguntó Cole en voz alta.

Mira sonrió.

—Nori es la segunda de mis hermanas, y la más independiente. En Ciudad Encrucijada, las mujeres nobles llevan el cabello largo, pero Nori siempre lo llevaba corto. Siempre estaba al aire libre (montando a caballo, escalando, de caza, practicando la lucha). Es una apasionada de la esgrima y también es buena con el arco. Se entrenó con la guardia de élite de mi padre; cuando apenas era una adolescente, ya era capaz de derrotarlos a la mayoría en duelos.

—¿De verdad? —dijo Cole.

Mira se encogió de hombros.

—Bueno, quizá con ella no se esforzaran mucho. ¿Quién sabe? —dijo, con la mirada perdida—. Nori tenía quince años cuando mi padre detuvo el paso de los años para nosotras. Mi hermana Elegance es alta, y Nori era casi tan alta como ella, pero más fuerte. Puede ser dura, especialmente si discutes con ella. Nori siempre piensa que tiene razón. Pero era divertido verle plantar cara a mi padre. Le desafiaba más que el resto de nosotras.

—Creo que esa chica me gustaría —comentó Skye.

—Probablemente —dijo Mira—. Honor es una amiga muy leal. Da buenos consejos y conoce todo tipo de juegos. Se le da bien escuchar y guardar secretos. La quiero muchísimo. No puedo soportar imaginármela encerrada. Lo suyo es el aire libre. ¿Quién la habrá atrapado? De mis hermanas, es la última que pensé que pudiera necesitar que la rescataran.

—Parece algo aventurera —dijo Cole—. Quizás arriesgó demasiado.

—Podría ser —respondió Mira—. No hay desafío que la detenga, y nunca se calla si algo le parece mal.

—Una chica de honor; parece que su nombre le queda que ni pintado —observó Skye.

—A todas, de un modo o de otro, nos pasaba —dijo Mira, con una mueca divertida—. Solíamos hablar de ello con Costa.

—¿Constance? —dijo Skye.

—Sí. Costa pensaba que nuestros nombres habían influido en nuestras personalidades. Yo creo que debió de ser un presentimiento de mamá. Ella tenía un don especial para saber cosas. Elegance era la más graciosa y femenina. Honor era la más coherente con sus palabras y sus actos. Constance era la más equilibrada y fiable. Y la pequeña Destiny solía sorprendernos con reflexiones que no parecían propias de alguien de su edad.

153

—Sí, mi madre también pensaba que me gustaría mucho el colegio —dijo Cole.

—Supongo que tu madre también era muy perspicaz —respondió Mira, con una risita.

—¿Y tú qué? —preguntó él.

Mira se sonrojó.

—He tenido extraños accidentes, pero hasta ahora siempre he sobrevivido.

—¿Como qué?

—¿Aparte de verme atrapada en un castillo flotante con un cíclope homicida? ¿O aparte de que un torbellino de vacío terminal me absorbiera? ¿O aparte de caer por un despeñadero en un autocarro?

—Sí —dijo Cole, riéndose—. Aparte de todas las cosas que sé.

—Mi madre y yo casi no sobrevivimos al parto. Nací de forma prematura. Mamá después tuvo a Destiny, pero solo lo hizo porque mi padre insistió en que quería un hijo.

—¿Qué más? —insistió Cole, intrigado.

Mira suspiró, resignada.

—Cuando tenía cinco años, me caí por una ventana y aterricé tres pisos más abajo, en un carro de heno. En otra ocasión, me comí unas bayas venenosas, pero las vomité antes de que me mataran. Otra vez, un perro me salvó de morir ahogada. Cuando tenía tres años, me escapé por la calle y me fui contra un coche de caballos. Tropecé, y el coche me pasó justo por encima. Los cascos de los caballos y las ruedas no me pisaron por muy poco. Esas son las más graves.

—Qué locura —exclamó Cole.

—Esperemos que los milagros no paren —dijo Mira, cruzando los dedos.

—¡Y que sean contagiosos! —añadió Skye.

Cole observó el paisaje que iba pasando por la ventanilla. Atravesaron pequeñas aldeas. En lo alto de una loma se levantaba una torre de piedra gris con las ventanas oscuras y misteriosas. Campos y bosques iban y venían. Cruzaron un viejo puente de madera.

A última hora de la tarde, los coches frenaron hasta detenerse. El sol aún estaba demasiado alto como para acampar, salvo que hubieran adelantado el horario con respecto a los días anteriores. ¿Quizás hubiera algún obstáculo en el camino?

Alguien llamó a la puerta de su coche. Skye abrió y se encontró a Monroe junto a un extraño.

—Este hombre dice que tiene un mensaje para usted —dijo Monroe.

—Un mensaje urgente —dijo el tipo—. De Verilan.

—¿Cómo me ha encontrado? —preguntó Skye, poniendo los ojos en blanco.

El mensajero se encogió de hombros.

—Me dijeron que la encontraría aquí.

—Dígale que no voy a volver.

El hombre negó con la cabeza y le entregó un papel enrollado y sellado con cera roja.

—Yo no conozco a esa persona. No tengo ni idea de lo que dice el mensaje.

Skye le cogió el papel con un gesto brusco.

—Me lo puedo imaginar. Antes pensaba que había algo entre nosotros. Pero ya ha acabado. Si quería que siguiera con él, debería haberme tratado mejor cuando estábamos juntos.

El mensajero levantó las manos como defendiéndose.

—Yo no tengo ninguna opinión sobre esos asuntos. Me pagaron por entregar un mensaje.

—Pues ha retrasado una caravana sin motivo —dijo Skye, despachándolo con un gesto de la mano.

—He cabalgado dos días sin parar —alegó el mensajero.

—Gracias por cumplir con su deber —dijo Skye, dándole un rondel de plata—. Estoy seguro de que es una persona maravillosa. —Luego se dirigió a Monroe—. Podemos ponernos en marcha.

—¿Está segura? —preguntó el jefe de la caravana.

—Absolutamente —respondió Skye, cerrando su puerta.

Unos momentos más tarde, el coche reanudó su camino. Skye rompió el sello y desenrolló el papel. Leyó el texto.

—Me piden que vuelva. No lo ha escrito Verilan, pero han intentado imitar su caligrafía.

—¿Y quién lo escribió? —preguntó Cole.

Skye pasó una mano por encima del papel. Cole vio unas palabras brillantes escritas en una caligrafía diferente, pero desde donde estaba no podía leer el mensaje. Skye contuvo una exclamación.

—¿Qué pasa? —preguntó Mira.

Skye escrutó el mensaje secreto hasta el final antes de responder.

—El mensaje falso de Verilan estaba ahí por si el papel llegaba a quien no debía. El mensaje de verdad procede de otro miembro de los Invisibles, un amigo de confianza. Verilan ha desaparecido hace dos días. En su apartamento no había indicios de lucha, pero en la pared han encontrado su marca secreta de peligro en la pared. Significa juego sucio. Y podría suponer un problema para nosotros.

—Si alguien le ha encontrado… —dijo Mira.

—Podrían estar tras nuestra pista —añadió Skye, acabando la frase por ella—. Y, aunque Verilan no diga nada, podrían ir a por mí igualmente.

—Lo cual los llevaría hasta nuestra caravana —dedujo Cole.

Justo lo que necesitaban: un escuadrón de ejecutores siguiéndoles la pista mientras ellos avanzaban lentamente en una caravana. ¡Serían unas presas fáciles!

—No de inmediato —dijo Skye—. Le pagué de más a Monroe para que nos registrara con un nombre falso. Le dije que no quería que Verilan supiera adónde iba. No hay papeles que vinculen a Madeline con esta caravana. Solo un par de miembros de los Invisibles conocen mis planes. Y son gente de confianza.

—¿Y si Verilan suelta prenda? —preguntó Cole.

—Él sabía que me iba de la ciudad. No especifiqué cómo, e hice todo lo posible por darle una idea errónea de adónde me dirigía. Siempre intento eliminar mi rastro. Aun así, a pesar de la manipulación de los papeles, en esta caravana todos me conocen como Madeline. Habrá testigos que me hayan visto partir. Es posible que nos encuentren.

—El mensajero te ha encontrado —señaló Cole.

—El mensajero contaba con ayuda de los Invisibles —dijo Skye—. Habrán usado a alguien que simpatice con nuestra causa.

—Eso no significa que vaya a soportar cualquier tortura por nosotros —observó Mira.

Skye asintió.

—Pero debería tardar un par de días en volver a Carthage.

—¿Es por eso por lo que la gente suele disparar al mensajero? —preguntó Cole.

—A veces —dijo Skye—. Pero tendrían que investigar muy a fondo para vincular al mensajero con nosotros.

—¿Ese tal Hunter no tiene fama de implacable? —preguntó Cole.

—Hunter es uno de los mejores —confirmó Skye, suspirando con rabia—. Desde luego es mejor que lo evitemos. Espero que no sea él quien se ha llevado a Verilan.

—¿Y si nos vamos por nuestra cuenta? —propuso Cole.

—Eso levantaría sospechas entre Monroe, Konley y el resto —dijo Skye, frunciendo el ceño—. Y nos plantearía muchos peligros nuevos. Lo hablaré con Joe cuando paremos.

—¿Qué hacemos de momento? —preguntó Cole, que, de pronto, veía que no podría salir de aquel coche.

Skye le dio una palmadita en el hombro a Mira.

—Esperar que se produzca uno de esos milagros.

Capítulo 14

El Caballero Solitario

Tras un largo debate, Joe y Skye decidieron arriesgarse a seguir con la caravana en lugar de llamar la atención marchándose. Mira aprobó la decisión, así que prosiguieron como antes, solo que mirando hacia atrás más a menudo.

Cole pasaba mucho tiempo observando la carretera vacía tras la caravana. No estaba seguro de si vería legionarios, guardias de la ciudad o ejecutores en extrañas monturas, pero no quería que los enemigos los cogieran por sorpresa.

El grupo de Cole se fijaba cada vez más en la carretera que dejaban atrás, pero Konley y sus hombres estaban cada día más atentos a la carretera que tenían delante. A la séptima noche de viaje, mientras recogía leña, Cole observó que Konley se dirigía a sus hombres. Procurando mirar a otra parte, Cole se acercó lo suficiente como para oír lo que se decía en torno a la hoguera.

—Los próximos dos días serán los más críticos —dijo Konley, dándose un puñetazo en la otra palma de la mano para dar más énfasis a sus palabras—. Todos los robos se han registrado cerca de Merriston, así que, o nos encontramos al Caballero Solitario esta noche, o mañana o pasado. Después llegaremos a la capital. Quiero al menos tres hombres de patrulla a todas horas.

—¿Cree que se presentará? —preguntó uno de sus hombres.

—¿La verdad? —dijo Konley, girándose hacia él—. Yo

espero que vea no solo a Monroe y a sus cinco mercenarios, sino también a un caballero y siete guardias de uniforme, y que se retire, a la espera de una presa más fácil. Pero si esa sabandija aparece, quiero estar listo.

Cole se alejó mientras Konley daba instrucciones específicas a los guardias. Si estaban a dos días de Merriston, eso significaba que él y sus amigos estaban a dos jornadas de poder irse por su cuenta sin dejar rastro. Cuando dejaran la caravana, sería mucho más difícil seguirles la pista.

A la mañana siguiente, cuando apenas llevaban una hora de viaje, diez jinetes salieron a su encuentro por la carretera, todos ellos vestidos con armadura. Cuatro se quedaron en el camino para obligar a detenerse a la caravana, mientras seis avanzaban al trote por los campos junto a la carretera para dirigirse a los viajeros. Uno de los caballeros tenía el tamaño de un niño y montaba un robusto poni, en lugar de un caballo. El resto eran figuras imponentes que montaban sobre poderosos sementales. Incluso los caballos llevaban armadura.

El caballero a la cabeza del grupo era el más grande y montaba un caballo enorme. Su sofisticada armadura brillaba a la luz del sol. A la espalda llevaba un espadón envainado. Un par de cuernos decoraban su yelmo bruñido.

A Cole se le hizo un nudo en el estómago. Solo les faltaba aquello, con todo lo que tenían por delante.

Pero tenía que ser él, el hombre que todos temían tanto encontrarse de camino a Merriston.

El Caballero Solitario.

—Es él, ¿no? —preguntó Cole, asustado—. Es el Caballero Solitario.

—Tiene que serlo —dijo Jace, con un leve temblor en la voz—. ¿Qué otros bandidos iban a tender una emboscada a una caravana ataviados con armaduras?

Cole sintió escalofríos solo de ver el grupo.

—¿Cómo pueden moverse cargando con todo ese peso? Parecen blindados. No se les ve ni un centímetro de piel.

—Deben de ser fuertes —observó Twitch—. Y los caballos también.

—¿Por qué los cuernos? —preguntó Cole.

—Un tipo como él puede ponerse lo que le dé la gana —respondió Jace.

Al frente de la caravana, Monroe y sus mercenarios alinearon sus caballos, cerrando el paso a los carros. Konley y sus cinco guardias montados se apostaron entre los caballeros y el regio coche de Lucinda, donde había otros dos hombres en el pescante.

—Saludos, viajeros —dijo el caballero, con una voz potente, algo ensordecida por su yelmo.

—¿Por qué habéis detenido mi caravana? —preguntó Monroe.

—Buena pregunta —respondió el caballero—. Soy el campeón conocido en todo el territorio como el Caballero Solitario.

Aunque aquello no era una sorpresa para Cole, oírselo decir en alto le impresionó igualmente. Los campeones de las ciudades más poderosas urdían planes contra aquel hombre. La gente de todo el reino hablaba de él con miedo, y ahí estaba, a apenas treinta metros de ellos.

—De acuerdo con el orden establecido —prosiguió el Caballero Solitario—, he desafiado a duelo a Rustin Sage, campeón de Merriston, desafío que el muy indigno se niega a reconocer. Para presionar a ese cobarde a que cumpla con su deber, estoy confiscando sus riquezas a todos los que viajan a/y desde Merriston. El día que Rustin se enfrente a mí, tal como prescribe la ley, todas las mercancías les serán devueltas a sus dueños.

—¿Quieres decir que vas a robarnos? —confirmó Monroe.

—Correcto. Voy a llevarme los objetos de valor que Rustin debería proteger. No voy a gastarme ni un rondel del oro capturado. Todo se les devolverá a sus dueños, con intereses, después del duelo.

—Esto va a ponerse feo —murmuró Twitch.

—Y tenemos asientos de primera —añadió Jace.

—¿Y si al final no somos solo público? —preguntó Cole, inquieto.

¿Y si se veían involucrados? Sus espadas saltarinas allí no funcionarían. Ni la cuerda dorada.

—Tú fíjate en el caballero diminuto —dijo Jace—. Si al final hay combate, me lo pido.

Aquella broma no tranquilizó mucho a Cole; la idea de un combate real le resultaba aterradora.

—Yo llevo una carreta llena de pieles y artículos de lujo —dijo un mercader, con la voz casi quebrada—. Representan la mayor parte de mi capital. Si lo pierdo, será la ruina.

—Quéjate a Rustin Sage —replicó el Caballero Solitario—. Vuestros carros ahora son míos. Los conductores deben venir conmigo para ayudarme a transportar la carga; luego serán liberados, al igual que los caballos. Los coches de pasajeros y el resto de los caballos pueden quedarse, para llevaros a los demás a vuestros destinos. Cada individuo puede quedarse una cantidad de dinero igual o inferior a dos rondeles de plata. No quiero dejaros desvalidos. No me llevaré vuestras ropas o zapatos, a menos que sean mercancía para el comercio. Pero me llevaré el resto: rondeles, joyas, letras, bonos, etcétera.

—¿Y si no te lo entregamos? —respondió Monroe, con firmeza.

—No confundas mi cortesía con debilidad —dijo el Caballero Solitario—. No deseo hacer ningún daño a nadie, pero quien decida resistirse morirá, al instante.

—La peor de sus armaduras es mejor que la de Konley —murmuró Jace, al lado de Cole—. Y esos caballos son increíbles.

Monroe miró a sus soldados.

—Muy bien, muchachos, es hora de ganarse el sueldo.

Cuatro de los cinco mercenarios espolearon a sus caballos. Uno desmontó y sacó un arco.

Konley hizo una seña a tres de sus guardias y les indicó que salieran a luchar. Ellos cargaron junto a los mercenarios. El Caballero Solitario desenvainó. Uno de sus compañeros sacó una maza; el otro, un hacha de guerra; el tercero agarró su lanza; y el cuarto, un mayal con una bola de pinchos al final de la cadena. El caballero enano sacó una espada pequeña. Cole se estremeció al ver a los caballeros saliendo al encuentro de los mercenarios y los guardias. El aire se llenó con el fragor de impactos devastadores. El caballero de la lanza destrozó un escudo de madera, y un mercenario salió despedido de su montura y cayó de espaldas al suelo. El caballero del mayal golpeó a un guardia en el pecho; este quedó plegado como un muñeco grotesco. Mandobles de espada, crujir de huesos, pisadas de caballos, salpicaduras de sangre, gritos de hombres y relinchos de caballo se sucedieron, al tiempo que se levantaba una nube de polvo.

Al cabo de un momento, solo los seis caballeros seguían sobre sus caballos. Una flecha impactó contra la pechera del Caballero Solitario, donde rebotó sin más. El Caballero Solitario hizo un gesto hacia el mercenario del arco, y el caballero enano salió corriendo hacia él.

Al acercarse el pequeño caballero, el mercenario tiró su arco al suelo y sacó una espada. Cuando estuvo cerca, el pequeño jinete saltó de su poni a galope tendido, apuñaló al arquero en el mismo momento del impacto y cayó al suelo rodando con gran estrépito.

—¿Aún quieres enfrentarte al pequeñajo? —le preguntó Cole a Jace.

De los cuatro mercenarios y los tres guardias que había en el suelo, dos de los mercenarios se pusieron en pie, jadeando, sangrando pero aún con el arma en la mano. El Caballero Solitario hizo un gesto al del hacha de guerra, que desmontó y se acercó a los dos mercenarios con la implacable confianza de la Parca. Cole no quería mirar, pero no pudo resistir la tentación.

Uno de los mercenarios saltó hacia él golpeándole con la

espada. El caballero agarró la hoja con la mano, cubierta con un guante de malla, y lo abatió de un golpe certero. El otro mercenario se echó atrás, y la espada se le cayó de entre sus manos temblorosas.

—Arrodíllate y ríndete —dijo el caballero del hacha, con voz profunda.

El hombre echó una mirada desesperada a Monroe y cayó de rodillas.

—¿Acaba aquí vuestra resistencia? —inquirió el Caballero Solitario en voz alta.

Monroe miró hacia atrás, en dirección a Konley.

—¿Qué dice usted, caballero?

Konley levantó la visera de su yelmo y se aclaró la garganta.

—Yo te desafío, Caballero Solitario, a combate singular.

Aquello sí que sorprendió a Cole. Por todo lo que había visto, dudaba de que Konley tuviera muchas oportunidades contra el caballero de los cuernos.

—¿Quién eres tú para desafiarme? —respondió el Caballero Solitario.

—Soy Konley, segundo caballero de Henrick Stroop, campeón de Carthage.

—¿Dónde está Henrick? —preguntó el Caballero Solitario—. Su desafío sí lo aceptaría. Me llamarán «Caballero Solitario», pero soy el campeón de nueve villas y cinco nobles ciudades. No tienes derecho a desafiarme, pero cualquiera de mis ocho caballeros y medio estará encantado de batirse contigo, si lo deseas.

—¿Ocho y medio? —repitió Konley.

—Ocho caballeros de tamaño normal, y Mínimus, el medio caballero, que acaba de matar al arquero.

El pequeño caballero ya estaba de nuevo en pie.

—Dejadme que me ocupe yo, señor —le rogó el pequeño, con una vocecita bastante aguda.

—No voy a luchar con subalternos —dijo Konley—. A los ojos del reino no eres más que un forajido que asalta a los viajeros. Tus delitos te desposeen de cualquier derecho que pueda tener un verdadero campeón. Quizá te dé miedo enfrentarte a mí.

Cole y Jace se miraron.

—Está más que muerto —articuló Jace, sin voz.

—Te conozco, Konley —dijo el Caballero Solitario—. He estudiado a todos los campeones y a sus caballeros. En otro tiempo, fuiste campeón de Rudberg.

—Es cierto —dijo Konley.

—Te ganaste esa posición cuando el campeón anterior dejó el cargo —prosiguió el Caballero Solitario.

—Yo era su primer caballero —replicó Konley.

—Heredaste el cargo —dijo el Caballero Solitario—. ¿Por qué no eres ya campeón de Rudberg?

—Henrick me ofreció una posición entre sus caballeros —dijo Konley—. Lo dejé.

—¿Y por qué renunciaste a ser un campeón para ponerte al servicio de otro? —preguntó el Caballero Solitario, acercándose lentamente con su caballo.

—Rudberg es una población pequeña —dijo Konley—. Era mejor ser caballero a las órdenes de Henrick.

—¿Fue por conseguir una posición mejor?

—Sí.

—Y, entonces, ¿por qué no le disputaste el puesto de campeón a Henrick? ¿No habría sido eso más noble?

—Me pareció un riesgo innecesario.

El Caballero Solitario seguía acercándosele.

—Estoy confundido, Konley. ¿No debería avergonzarse un caballero de dejar su cargo por otro motivo que no sea el retiro? ¿No lamentaste abandonar un cargo de campeón que no te habías ganado mediante el combate para servir a otro?

—Un poco, supongo —respondió Konley, con el rostro rígido—. Pero era una oferta muy generosa.

—Y con menos riesgo que si te enfrentabas a Henrick.

—Sí.

El Caballero Solitario detuvo a su caballo a unos pasos de Konley.

—¿Sabes cómo llegué a ser campeón de tantas ciudades, Konley?

—He oído algunas historias.

El Caballero Solitario levantó la espada.

—Primero intimidé al campeón de una población pequeña y le obligué a que dejara el cargo y me nombrara su sucesor. Fue la única población de la que conseguí ser campeón sin tener que recurrir a la violencia. Desde entonces, once campeones han muerto bajo mi espada, entre ellos Gart, *el Verdugo*, y Tirus de Wenley. Yo inicié todos esos duelos, y mis mejores oponentes cayeron sin ofrecer gran resistencia. Así que, en primer lugar, te pregunto en qué te basas para decir que tengo miedo, y en segundo, por qué deseas combatir conmigo.

—Intentaba provocarte —dijo Konley, con la voz no demasiado firme.

165

—Eso no responde la segunda pregunta. Tú sirves a Henrick. Tirus de Wenley era mucho mejor luchador que él. Gart, *el Verdugo*, le superaba mucho más aún. Si el riesgo de combatir contra Henrick te parecía excesivo, ¿por qué me provocas?

Konley parecía pálido.

—Estoy aquí siguiendo órdenes. Me debo a mi honor.

—Solo te has enfrentado en duelos por deporte —dijo el Caballero Solitario—. ¿Alguna vez has matado a un hombre en combate?

—No —respondió Konley, bajando la voz.

—¿Cuáles eran tus órdenes exactas?

Konley dudó antes de responder:

—Se me había ordenado evaluar la amenaza que supones. Y, si tenía ocasión, matarte.

—No tienes ninguna posibilidad —dijo el Caballero Solitario, sin más rodeos—. Eres muy inferior. Ese hecho te libera de la obligación. No hace falta que mueras hoy.

—Ya he lanzado mi desafío —insistió Konley.

El Caballero Solitario envainó la espada.

—No tienes derecho a desafiarme. Pero soy un hombre justo. Si realmente lo deseas, lucharé contigo a muerte. Sin cuartel. O puedes seleccionar a uno de tus hombres para que luche conmigo en combate singular, de modo que puedas observar la amenaza que supongo, volver e informar. O puedo olvidar tu desafío, y puedes rendirte. Tú eliges.

—No luchará, de ningún modo —murmuró Jace—. Se está meando encima.

—Yo no lo haría, desde luego —respondió Cole—. Si pierde, ¿serán más duros con el resto de nosotros?

—Solo nos faltaba eso… —se quejó Jace.

Konley se quedó mirando al Caballero Solitario, con el rostro cubierto de sudor. Se humedeció los labios y tragó saliva. Miró hacia un lado y chasqueó la lengua.

166

—Danforth. Tú siempre dices que quieres tener ocasión de demostrar que mereces un ascenso.

Uno de los guardias abrió los ojos como platos.

—¡Perdone, señor, pero no quería decir así!

—Ahora tienes ocasión de demostrar tu valía —dijo, forzando una sonrisa.

—Ninguno de nosotros estamos a su altura, señor —dijo Danforth—. Ya ha visto lo que les ha pasado a los hombres que los han atacado. No necesitamos más ejemplos. Si quiere mi consejo, yo voto por la rendición.

—¿Algún voluntario? —dijo Konley, mirando alrededor.

Los guardias se quedaron todos inmóviles. Konley bajó la visera de su yelmo.

—¿Qué tipo de caballero sería si me echara atrás?

—Uno prudente —respondió el Caballero Solitario—. No disfruto quitando vidas. Entiendo el sentido del deber, pero no tienes órdenes directas de atacarme. ¿Por qué quieres morir? No mueras porque te dé vergüenza evitar el combate conmigo. Has vivido siempre evitando el combate real. Has evitado los riesgos. ¿Qué sentido tiene escoger morir hoy?

Konley abrió su visor.

—¿No le harás daño a nadie?

—No, si todos hacéis lo que os he dicho.

Konley miró por encima del hombro, hacia el coche de Lucinda.

—Te han encargado proteger a alguien —señaló el Caballero Solitario—. Ríndete y entréganos los objetos de valor, y las personas a tu cargo no sufrirán ningún daño; tienes mi palabra. Me llevaré tu espada y tu armadura. Tus hombres también deben entregarme sus armas. Ponéis en peligro a los ocupantes de ese coche si os resistís. Durante los combates, hay accidentes.

—Muy bien —dijo Konley—. Nos rendimos.

Capítulo 15

Veraz

El Caballero Solitario preguntó a Monroe, que también aceptó la rendición, y volvió al campo para dirigirse a toda la caravana.

—Sus líderes han aceptado mis términos —anunció—. Salgan de los coches de manera ordenada. Cualquiera que intente escapar será abatido. No intenten ocultar ningún objeto de valor. Conocemos todos los trucos. No es justo que algunos no pierdan sus bienes porque han podido pagarse compartimentos ocultos o botas con tacones huecos. No me importa si no puedo usar sus pagarés: los quiero igualmente. Mi objetivo no es gastarme su dinero. Quéjense a su campeón cobarde hasta que cumpla con su deber. Su comportamiento indigno es el que ha provocado el mío.

—¿Qué hacemos? —preguntó Cole, mirando a Joe.

Joe se quedó mirando a los chicos, pensativo.

—Nunca he visto a nadie como este Caballero Solitario. Lo tiene todo: la inteligencia, la habilidad, los mejores hombres y el mejor equipo. Creo que es mejor seguir sus órdenes y dar gracias si nos deja seguir nuestras vidas.

—Vengan aquí —insistió el Caballero Solitario—. Traigan sus objetos de valor y salgan de sus coches. Nadie resultará herido. Pónganse a este lado de la caravana. Todo el mundo: mujeres, niños, criados, mozos y oficiales.

—¿Y el dinero? —susurró Cole.

—Nuestros compartimentos secretos están ocultos con ilusiones —respondió Joe, también susurrando—. Dejémoslo así y veamos cómo va.

Cole salió del coche. Mira y Skye salieron del coche que tenían delante. Mira parecía consternada, pero intentó sonreír cuando vio a Cole.

—Eso incluye a los ocupantes del coche elegante que Konley escoltaba —recordó el Caballero Solitario—. No nos obliguen a sacarlos.

La puerta del coche regio se abrió, no muy lejos de donde estaba Cole; de dentro salió Lucinda, junto con una sirvienta mayor. Ambas mujeres lucían vestidos. Lucinda, además, llevaba un elegante sombrero de ala ancha con una flor de seda.

Cole se colocó en la fila, entre Twitch y Jace, de cara al Caballero Solitario. La brillante armadura del caballero tenía aspecto de haber sido bruñida apenas una hora antes de la emboscada. Cole hizo todo lo que pudo para no destacar. Con la cantidad de gente que había en la caravana era más fácil pasar desapercibido.

—Dime tu nombre —dijo el Caballero Solitario, señalando a Lucinda con su espada.

—Lucinda —respondió ella.

—¿Quién es tu padre?

—El prefecto Cronin —dijo ella, levantando la cabeza con orgullo.

—Interesante.

—A él no le hará ninguna gracia lo ocurrido hoy aquí —añadió Lucinda.

—Eso espero —respondió el Caballero Solitario—. A Rustin Sage no le iría mal que otros cargos públicos le presionen un poco.

—La rabia de mi padre no irá dirigida a Rustin Sage.

—El prefecto Cronin puede reaccionar como más le plazca —dijo el Caballero Solitario—. Dile que más vale que se dé prisa, porque, cuando acabe con Rustin Sage, iré a Carthage, mataré a Henrick y destituiré a tu padre de su cargo.

A Lucinda le temblaban los labios, pero no respondió. Cole sintió pena por ella.

El Caballero Solitario levantó la espada.

—Mi espada se llama *Veraz* —dijo—. Ni a ella ni a mí nos gusta la falsedad. Y eso incluye todo tipo de ilusiones mágicas. Antes de que recojamos vuestros objetos de valor, ¿por qué no eliminar todas las apariencias?

Agitó la espada horizontalmente, y Cole sintió un breve cosquilleo. Al mirar al lado, vio que Mira había recobrado su aspecto original, y Skye ahora era otra, diferente a como la había visto siempre. Seguía siendo una mujer atractiva, pero algo más delgada, con grandes ojos azules y el cabello corto rubio platino. Cole diría que tenía entre treinta y cuarenta años. En aquel momento, parecía estupefacta.

—Tu apariencia ha desaparecido.

—Tenemos un problema —dijo Cole, mirando en dirección a Konley.

Para su sorpresa, Lucinda, que aún llevaba su vestido y su sombrero, en realidad era una mujer anciana y flaca, con el cabello ensortijado y el rostro arrugado. Los guardias que tenía cerca parecían sorprendidos.

—Konley —dijo el Caballero Solitario—, ¿debo suponer que esta no es la hija del prefecto Cronin?

—Soy una de sus criadas —proclamó la arrugada anciana, con decisión.

—Explícate.

—Necesitábamos una excusa para unirnos a la caravana —dijo Konley—. No queríamos poner en peligro a la verdadera Lucinda. Mi misión era observarte si aparecías.

—Enhorabuena —respondió el Caballero Solitario—. Misión cumplida. Ahora mis caballeros tomarán en custodia los objetos de valor de todos ustedes. Por favor, ahórrennos tiempo y no escondan nada de interés. No lo conseguirán, y si lo hacen, nos llevaremos hasta el último rondel que tengan. Por ejemplo —dijo el Caballero Solitario, señalando hacia el coche de Cole y el de Skye—, estos dos vehículos tienen compartimentos secretos que hasta ahora quedaban ocultos por elaboradas apariencias. Esta es la última ocasión que tienen de sacar sus objetos de valor.

Cole miró a Joe, que asintió. En el momento en que los caballeros desmontaban y se acercaban a los pasajeros de la caravana, Cole y Twitch fueron corriendo a su coche. Skye también fue al suyo, al igual que algunos de los mercaderes.

—¿Crees que el Caballero Solitario habrá notado que mi apariencia ha desaparecido? —le preguntó Cole a Twitch, al encontrarse ambos dentro del coche.

—No creo que se le escape gran cosa —dijo Twitch, abriendo una pequeña compuerta secreta y sacando una bolsa de rondeles—. Esperemos que le dé igual.

—Estoy preocupado por Mira.

—Pues preocúpate por todos nosotros —respondió Twitch—. Si Konley o alguno de sus hombres tienen nuestras descripciones, las cosas no irán bien cuando el Caballero Solitario se haya ido.

Preocupado, Cole pensó en lo que podía ocurrir. Con lo cerca que estaba de encontrar a Dalton… ¡Y ahora esto! Al menos ya no le estaba escondiendo nada al poderoso caballero. Eso le alivió en cierta medida. Cogió los rondeles restantes y volvió con Twitch, a la espera de que los despojaran de sus bienes.

El Caballero Solitario se acercó a Skye:

—Tú y la niña viajabais tras una apariencia que os ocultaba —le dijo, con un gran saco de lona abierto en las manos.

Skye echó los rondeles y los papeles que llevaba en el saco.

—Era por nuestra seguridad —respondió, sumisa.

El Caballero Solitario le puso delante el saco a Mira, cuya imagen se reflejaba distorsionada en la brillante armadura.

—Algo en ti me resulta familiar —dijo.

Cole sintió un escalofrío.

—Me lo dicen a menudo —respondió Mira, entregando sus objetos de valor sin levantar la vista.

El Caballero Solitario se quedó delante de ella.

—Deberíais venir conmigo, mi señora.

—¿Cómo? —reaccionó Mira, levantando la vista.

—Partiréis con nosotros —dijo el Caballero Solitario—. De hecho, venid conmigo ahora. Mis caballeros pueden acabar esto sin mí. —Extendió la mano y la agarró de la muñeca.

Cole casi no podía creérselo. ¿Cómo es que el Caballero Solitario conocía a Mira? Habría querido hacer algo, pero ¿el qué?

—Entonces lléveme a mí también —dijo Skye, alargando la mano y agarrando la brillante guarda que cubría el antebrazo del caballero—. La niña y yo no debemos separarnos.

—Retira la mano, mujer —dijo el Caballero Solitario—. La niña me acompañará. Sola. No sufrirá ningún daño.

No muy convencida, Skye retiró el brazo y dio un paso atrás. El Caballero Solitario se llevó a Mira hacia su caballo. Cole miró a Joe, aterrado.

¿Es que nadie iba a hacer nada? De pronto, Jace abrió la puerta del coche, se asomó y salió con una espada saltarina. Gritando a pleno pulmón, corrió tras el Caballero Solitario, que detuvo uno, dos, tres mandobles de Jace, y acto seguido le dio una patada en el pecho con la suela de la bota, mandándolo por los suelos.

Cole esbozó una mueca de dolor. Atacar al Caballero Solitario había sido una iniciativa temeraria y sin esperanzas de éxito. Pero nunca había admirado tanto a Jace.

Los otros caballeros se detuvieron a mirar. Jace se puso en pie como pudo y embistió con la espada al Caballero Solitario, que paró el golpe y tiró a Jace de nuevo de un bofetón.

—Quédate en el suelo, chico —le advirtió.

Sangrando por la comisura de la boca, Jace se puso en pie de nuevo, al instante. Hizo dos fintas y luego atacó de nuevo con dureza. El Caballero Solitario desvió el golpe, dio un paso adelante y de un empujó tumbó de nuevo a Jace. Plantándole una bota sobre el pecho, se agachó, le arrancó la espada saltarina de la mano y la lanzó a un lado.

—Phillip —ordenó el Caballero Solitario, sin levantar el pie del pecho de Jace—. Ven y asegúrate de que este chico no se levanta.

El caballero que llevaba el hacha de guerra se acercó y le puso la bota encima a Jace. Después de acercarse a hablar con Phillip, el Caballero Solitario volvió junto a Mira y la cogió del brazo. Jace se revolvió desesperadamente, pero no sirvió de nada.

—¿Qué hacemos? —dijo Cole, mirando a Joe.

—Si morimos, no le serviremos de ninguna ayuda —susurró Joe.

Cole observó, desesperado, mientras el Caballero Solitario se llevaba a Mira hasta su gran caballo. Al ver a Jace forcejeando inútilmente, los ojos se le humedecieron. Era evidente que el Caballero Solitario conocía la identidad de Mira. ¿Para qué la quería? ¿La usaría como rehén? ¿Como moneda de cambio? ¿Comerciaría con ella para conseguir el duelo que quería? Cole tenía la terrible sensación de que si el Caballero Solitario se la llevaba, no volvería a verla.

Los ojos se le fueron a la espada saltarina, que yacía en el suelo, sin utilidad ninguna. ¿Por qué era Jace el único dispuesto a proteger a Mira? ¿Por qué no lo intentaba nadie más?

Sin pensárselo dos veces, Cole dejó caer su bolsa de rondeles y se lanzó adelante. Nadie hizo nada por detenerlo. Llegó hasta donde estaba la espada y la recogió.

El Caballero Solitario acababa de montar en su caballo. Demasiado furioso como para sentir miedo, Cole corrió hacia él. El caballero levantó a Mira del suelo y la sentó delante de él. Hasta aquel momento, Mira no vio venir a Cole.

—Cole, no lo hagas —gritó—. No puedes hacer nada.

El Caballero Solitario no le hizo ni caso; le hizo dar media vuelta al caballo y sacudió las riendas. El semental echó a correr.

Impulsado por la desesperación, Cole corrió con todas sus fuerzas. Consiguió llegar a unos cinco pasos del caballo, pero la distancia enseguida se alargó hasta diez, y luego veinte. La rabia y la frustración le corrían por las venas. Apretó el mango de la espada saltarina con todas sus fuerzas.

Y entonces notó que el mango vibraba. Unas llamas brillantes iluminaron la hoja de arriba abajo. Aunque aquel fuego fantasmagórico emitía luz, Cole no sintió ningún calor. Sabía, con una certeza que le venía del instinto, que la espada saltarina había despertado.

Con el arma vibrándole en la mano, Cole apuntó hacia el caballero que se alejaba y gritó: «¡Adelante!».

Sus pies se despegaron del suelo. Cole salió disparado en dirección al caballo, con el que habría impactado de no ser porque, al acercarse, la espada frenó un poco, lo suficiente para que Cole pudiera darle con ella en la espalda al Caballero Solitario.

El golpe no atravesó su armadura, pero tanto el caballero como Mira salieron despedidos por delante del caballo que corría al galope. Entre el estrépito de la armadura al caer al suelo, salieron rodando y rebotando, levantando la tierra a su paso, pero el caballero rodeó a Mira con los brazos para protegerla. Cole también cayó al suelo, pero enseguida se puso en pie, con la espada en guardia.

Oyó pisadas de caballo tras él. Otros dos caballeros habían montado y se estaban acercando. Desde su posición, en el suelo, con tierra y ramas pegadas al pelo, Mira lo observaba con los ojos como platos.

La armadura del Caballero Solitario, magullada, abollada y manchada de tierra, había perdido parte de su brillo.

—¿Quién eres tú? —preguntó, encarando a Cole.

—¡Vete de aquí, Cole! —gritó Mira.

La montura del Caballero Solitario volvía hacia ellos. Cole oyó los cascos de los caballos de los otros dos caballeros. La espada le permitía saltar lejos. No le convertía en un maestro espadachín ni le permitía atravesar una gruesa armadura. ¿Qué se suponía que tenía que hacer ahora?

—¡Corre, Cole! —le gritó Mira.

Los caballeros de atrás se estaban acercando. El Caballero Solitario estaba de pie, delante de Mira. Cole no podría derrotarlo en una lucha, pero con la espada probablemente podría seguirle. Eso sí, primero tenía que escapar.

Con los caballos acercándose al galope, Cole apuntó con la espada hacia los árboles al borde del campo y dio la orden. Surcó el aire, rozando la maleza con los pies. Al aterrizar junto a los árboles, se encontró con que todo el mundo le miraba. Apuntó con la espada hacia el bosque y volvió a saltar, abriéndose paso entre gruesos troncos. Aterrizó lo suficientemente lejos como para quedar fuera de la vista de los caballeros y de la caravana. Se agazapó y esperó a ver si venía alguien tras él.

175

Capítulo 16

Caminos divergentes

Cole esperó que los caballeros aparecieran abriéndose paso por el bosque con sus caballos. Se hizo un mapa mental de la vegetación que tenía alrededor, pensando dónde podría saltar. Si se hacía perseguir hacia el interior del bosque, quizá pudiera dar un rodeo y llegar de nuevo a la posición del Caballero Solitario. Con la espada saltarina, tenía posibilidades de seguirle la pista. Y si el Caballero Solitario se le escapaba, probablemente podría seguir a cualquiera de sus caballeros y llegar igual hasta Mira.

Pero no venía nadie.

Agazapado tras un tronco, notaba que el corazón iba recuperando su ritmo normal; al cabo de un minuto, más o menos, llegó a la conclusión de que no le perseguían. De pronto, se sintió como si siguiera jugando al escondite mientras el resto de los niños ya habían vuelto a casa.

Cole avanzó hacia el campo sin levantar mucho la cabeza, hasta que pudo ver más allá de los árboles. Los caballeros seguían recogiendo los objetos de valor de la caravana. Jace estaba de nuevo en pie. Un par de caballeros estaban distribuyendo a los conductores de las carrozas. No había ni rastro del Caballero Solitario ni de Mira. Si habían seguido en la misma dirección, quizá pudiera seguirlos y alcanzarlos. Si no los encontraba, siempre podía volver atrás y seguir a alguno de los otros caballeros. Los caballeros que estaban supervisando la carga de las carrozas estarían ocupados durante un buen rato.

Se dirigió al borde del bosque, apuntó con la espada y dijo «Adelante» sin levantar mucho la voz. No pasó nada.

—¡Adelante! —repitió, algo más fuerte, pero no sintió ni el mínimo movimiento.

Cole se quedó mirando la hoja. No había ni rastro del fuego que había visto antes. Las llamas habían desaparecido al ponerse a saltar. ¿Por qué había dejado de funcionar la espada otra vez?

Cuando había salido tras Mira, estaba realmente desesperado. Quizá la espada hubiera reaccionado a su necesidad. Cole se imaginó al Caballero Solitario alejándose al galope con su amiga. ¡Tenía que ayudarla! En Sambria nunca había visto llamas sobre la hoja de la espada. Se la quedó mirando, deseando que volvieran.

El fuego espectral no apareció. El mango no vibró.

Aguantó la respiración, tensó los músculos del vientre y mentalmente le ordenó a la espada que se activara.

—Venga —murmuró—. ¡Adelante! ¡Adelante!

No pasó nada. Cole le dio un manotazo al mango igual que haría con un mando a distancia inoperante. Nada. Frustrado y confuso, Cole apuntó con la espada hacia campo abierto y dio la orden gruñendo, con toda la convicción que pudo.

Una vez más, la espada no dio señal de ser nada más que una tira de metal afilado. Cole empezó a sentirse tonto. Si no había sido él el que había hecho que la espada funcionara, ¿qué había pasado? ¿No era más que un accidente inexplicable?

No. Recordaba lo que había notado cuando la espada había vibrado, volviendo a la vida en su mano. Algún tipo de energía o pasión había fluido de su interior, transmitiéndose al arma. Pero ahora aquella sensación había desaparecido del todo. Le quedaban otras emociones, pero no estaban conectadas en absoluto con la espada saltarina.

Cole volvió a adentrarse en el bosque, temiendo haberse dejado ver en exceso y haber levantado la voz demasiado al dar las órdenes a la espada. Ahora, si los caballeros iban tras él, sería presa fácil.

Se agazapó tras un arbusto, observando cómo se ponían en marcha las carrozas cargadas de artículos confiscados, y tuvo que aceptar que Mira ya no estaba. Había intentado ayudarla, pero no lo había logrado. No solo había perdido a sus amigos de casa, sino que ahora estaba perdiendo a sus nuevos amigos. Cole se sintió tan mal, tan vacío, que solo tenía ganas de tirarse al suelo y rendirse.

Pero no podía hacerlo. Debía aguantar. A Mira no le servía de nada su autocompasión. Necesitaba que la ayudara. Al igual que Jenna, Dalton y los demás.

Si el Caballero Solitario reconocía el valor de Mira como rehén, con un poco de suerte la trataría bien. Al menos no se había mostrado injusto o despiadado. Podía haber matado a Jace, pero se había limitado a retenerlo en el suelo. Debía de tener algo de decencia en su interior.

Seis de los caballeros escoltaban las carrozas de las mercancías montados en sus caballos. Los otros tres, entre ellos el pequeño, salieron al golpe en la misma dirección en que había ido el Caballero Solitario. Cole probó la espada saltarina por última vez, pero de nuevo falló. ¡Ojalá hubiera podido seguirlos!

Mientras las carrozas desaparecían traqueteando, Cole salió de entre los árboles. Los coches de pasajeros seguían inmóviles. Atravesó el campo a la carrera hasta llegar junto a sus amigos. Skye se le acercó y le agarró por los hombros.

—¿Estás bien?

—Sí, estoy bien —dijo Cole.

—¿Cómo has hecho eso? —le preguntó ella.

Cole soltó una risa incómoda.

—No lo sé. No estoy seguro siquiera de haberlo hecho yo.

—Vaya si lo has hecho tú —dijo ella—. Nunca he percibido en ti ningún poder para hacer encantamientos, pero, de pronto, te has puesto a irradiar un gran poder.

—Pues ya ha desaparecido —respondió Cole, suspirando—. La espada ha vuelto a su estado normal.

—Y tú también, por lo que yo veo —dijo ella, alborotándole el cabello—. ¿Es la primera vez que te ocurre algo parecido?

—Sí —contestó Cole—. Declan me dijo que un día quizá desarrollara poder de forjado.

—No sé lo que has desarrollado. Pero no era un tipo de forjado común. Esa espada no debería funcionar aquí. ¿Qué es lo que hiciste?

—Solo quería ayudar a Mira. No sé lo que sucedió.

—¿Y ahora, nada? —preguntó Joe, acercándose.

—Nada de nada —confirmó Cole—. Después de adentrarme en el bosque, intenté seguir a Mira, pero la espada estaba como muerta. Por mucho que lo intenté, no conseguí que volviera a funcionar.

Joe se quedó mirando el bosque y se frotó la mandíbula.

—Voy tras ella —decidió—. Los caballeros no se han llevado los caballos sobrantes. Y los mercenarios muertos no los van a necesitar.

—Yo también voy —dijo Jace.

—No —respondió Joe—. Te agradezco la oferta, pero harías que fuera más lento.

Jace hizo ademán de protestar, pero bajó la cabeza.

—Yo iré —dijo Twitch, extendiendo sus alas—. Ya pensaba seguir al Caballero Solitario. Me necesitarás.

Joe se quedó un momento en silencio, y luego asintió.

—Sí, claro. Podría venirme bien que me acompañaras.

—Podríamos ir todos —dijo Cole—. Hay suficientes caballos.

—No —respondió Joe, que miró a Skye—. Las apariencias no nos servirán de nada contra ellos. —Se dirigió a Cole—: Esos caballeros son grandes luchadores. A mí me sacan mucha ventaja, y a vosotros más aún. Habrá que acer-

179

carse furtivamente, y será más fácil si voy solo con Twitch. Esto no acaba aquí. Skye, llévate a Jace y Cole, y ved si podéis confirmar que Honor es la misteriosa prisionera del castillo de Blackmont. Cole quiere rescatar a su amigo. El chico trabaja en un salón de confidencias de Merriston. Tal vez tenga información útil.

—¿Qué salón de confidencias?

—El *nosequé* Plateado —dijo Cole.

Skye soltó un silbido, impresionada.

—El Forro Plateado, el salón de confidencias más antiguo de Merriston. Es el más prestigioso de todo Elloweer. ¿Nos ayudaría tu amigo?

—Cuenta con ello —dijo Cole—. Tengo que liberarlo.

Skye levantó las cejas.

—Ya pensaremos en eso cuando llegue el momento.

—Twitch y yo tenemos que ponernos en marcha —apuntó Joe—. No queremos acercarnos demasiado a ellos, pero tampoco podemos quedarnos muy rezagados. Cuando rescate a Mira, iremos en vuestra busca. ¿Dónde nos encontramos?

—En el Odre Hinchado —dijo Skye—. Es una posada cerca de Edgemont, en Harper's Crossing.

—Si no lo consigo, vosotros seréis la última esperanza de Honor —dijo, cogiendo a Skye de la mano—. Encontradla. Ayudadla.

Jace asintió.

—Salvad a Mira —dijo Cole.

—La encontraremos. Soy más rápido que sus caballos —le aseguró Twitch.

Al momento dio un salto y agitó las alas. Joe corrió hacia Monroe. Cole no oyó lo que le decía, pero Monroe se rascó la cabeza y señaló hacia los caballos. Joe corrió hacia uno de los caballos, se subió y se puso en marcha a galope tendido. Twitch ya había desaparecido entre los árboles.

—¿Adónde va? —preguntó una voz tras ellos.

Cole se giró y se encontró con Konley, que miraba a Joe mientras este se alejaba. El caballero no llevaba su espada ni su armadura.

—El Caballero Solitario se ha llevado a mi hija —dijo Skye.

—¿Su hija? —respondió Konley, desconfiado—. ¿Y usted quién es?

—Alguien que quiere viajar discretamente —dijo ella.

—Eso ya lo he observado —respondió Konley—. Iban ocultas tras elaboradas apariencias. ¿Cómo es que el Caballero Solitario no ha mostrado ningún interés por la hija del prefecto Cronin, ni por ninguna otra persona, y en cambio se ha llevado a su hija?

—Él sabía que no era realmente la hija del prefecto —dijo Skye—. Y no tengo ni idea de por qué se ha fijado en mi pobre hija. ¿Por qué no se enfrenta a él Rustin Sage?

—Eso es asunto suyo —respondió Konley—. ¿Cómo se llama?

181

—Me llamo Edna Vine. Soy dueña de una elegante tienda de cerámica y menaje en Carthage.

Konley, con las manos en las caderas, echó un vistazo a los árboles y, de nuevo, miró a Skye.

—Creo que conozco la tienda. Se llama Vineyard. No es de las tiendas que me gustan a mí, y no conozco al dueño. Supongo que podría ser usted. ¿Así que el Caballero Solitario ha secuestrado a su hija? ¿Y qué le pedirá como rescate? ¿Platos?

El gesto de Skye se endureció.

—¿Le parece divertido? —dijo con los ojos llenos de lágrimas.

Konley chasqueó la lengua.

—Si está actuando, es una gran actriz —dijo, y luego fijó la atención en Cole—. ¿Y tú quién eres, chico? ¿Cómo es que puedes volar?

—No lo sé —dijo Cole—. ¿Quizá porque no me daba miedo intentarlo?

Jace se giró, conteniendo una risa que hizo que los hombros se sacudieran en un espasmo incontrolado.

Konley frunció el ceño.

—¿Me estás llamando cobarde?

—¿Esperaba que le llamara héroe? —exclamó Cole—. ¡Le dio su espada! ¡Me sorprende que no le sacara brillo a su armadura!

Jace no pudo contenerse más y estalló en una carcajada.

—El chico tiene razón —dijo Skye—. Estos dos niños atacaron al Caballero Solitario. ¿Dónde estaba usted mientras tanto?

—Ese no es el asunto —se defendió Konley, incómodo—. Cumplí con mi deber como consideré mejor.

—Todo cobarde tiene sus motivos —murmuró Cole.

—¿Qué es eso que has dicho? —le inquirió Konley.

—Algo que me dijo una vez un soldado de verdad —respondió Cole.

—Hay gente importante que busca a un grupo que encaja con vuestra descripción —soltó Konley, apoyando las manos en las caderas—. Tenían un interés especial en la niña. Una esclava fugitiva.

—No se de qué está hablando —dijo Skye—. Ninguno de nosotros es esclavo. El Caballero Solitario eliminó nuestras apariencias falsas. ¿Ve alguna marca de esclavitud? ¿Ha visto la marca de libertad de mi hija? Estoy viviendo una pesadilla y usted nos acusa de…, ¿de qué?

Monroe se acercó, con la espada en la mano. Aparentemente, los caballeros le habían permitido quedársela.

—¿Hay algún problema aquí?

—Esta gente viajaba disfrazada —expuso Konley.

—Mucha gente prefiere viajar de incógnito —dijo Monroe—. Dos de los mercaderes también usaban apariencias falsas. Y una persona de su grupo. Estas personas han pagado por su pasaje y por mi protección.

Konley soltó una risa burlona.

—Pues buena protección les ha dado.

—Mis hombres murieron para protegernos —respondió Monroe—. El único que ha sobrevivido se rindió tras un ataque fallido. Fíjese más bien en los suyos. Esta sigue siendo mi caravana. No moleste a mis clientes.

—Estaba preguntando por la niña que se ha llevado el Caballero Solitario —dijo Konley—. Sin información no puedo ayudar a nadie.

—Si quiere ayudar a la niña —dijo Monroe—, sus hombres y usted pueden subirse a sus caballos e ir a rescatarla.

—Ahora mismo no estamos equipados como para poder combatir con esos forajidos. Necesitaré refuerzos antes de poder dar caza al Caballero Solitario —replicó Konley, que miró a Skye—. Por cierto, no he oído el nombre de su hija.

—Eleanor —dijo Skye, sin pensárselo—. Como su abuela.

Konley asintió.

—Bien. Pues sigamos adelante —dijo, dándole una palmada a Monroe en el brazo—. Pongámonos en marcha.

Konley se alejó. Skye se acercó a Monroe.

—En cierta medida, colaboré con la resistencia —dijo Skye—. Creo que lo sabe.

Monroe asintió.

—Sí. Si le dejamos, ese hombre nos meterá en problemas. ¿Qué piensa hacer con respecto a su hija?

—He enviado a dos criados para que intenten ayudarla. Es lo único que puedo hacer ahora mismo. Tenemos que llegar a Merriston.

—¿Necesita algo de su coche?

—Ya no.

—Pues coja el mío —dijo Monroe—. Le diré al conductor que vaya rápido; llegarán a Merriston a última hora del día. Después, lo que hagan dependerá de ustedes.

—Gracias.

—Es lo mínimo que puedo hacer —respondió Monroe, mirando alrededor—. Es el peor desastre de mi carrera. Esperemos que los agentes de Merriston pongan remedio.

Monroe los acompañó al coche, a la cabeza de la caravana. Cole y Jace subieron, mientras Skye y Monroe hablaban con el conductor.

—Has sido muy valiente —dijo Cole.

Jace cruzó los brazos sobre el pecho.

—Déjalo. No sigas.

—¿Cómo?

—¡Yo no hice nada! —dijo Jace—. Al menos tú le dejaste un recuerdo al Caballero Solitario.

—Yo tampoco conseguí nada.

—Ya —respondió Jace, apartando la mirada.

—Esto no acaba aquí —dijo Cole.

—Para mí, casi —dijo Jace—. Ya has oído a Joe. Solo le haría ir más lento. Habría empeorado las posibilidades de rescatarla. Y tenía razón. Por eso no discutí.

—Simplemente, pensó que serías más útil ayudando a Honor —argumentó Cole.

—Sí, claro —protestó Jace—. Apuesto a que sus guardias estarán aterrados al ver a un chaval que ni siquiera sabe usar una espada. Sin esa cuerda, no sirvo para nada.

—Eso no es cierto —dijo Cole—. Mira necesitaba ayuda, y tú diste un paso al frente.

—Necesitaba a alguien que la salvara —replicó Jace—. No a alguien que se dejara pisotear como una piltrafa. ¿Sabes lo que le dijo el Caballero Solitario al otro caballero que me retuvo? «No hay honor en hacer daño a un niño.» Y tenía razón. Ni siquiera era una amenaza para él. Era un crío con una rabieta. Si hubiera tenido mi cuerda, habría zarandeado a ese caballero como un bicho en una lata. No habrían podido contenerme y mostrarse compasivos conmigo. Estarían demasiado ocupados muriendo como para pensar en cuántos años tengo.

—Mira agradeció tu gesto.

—Pues no debí hacerlo. No basta con las buenas intenciones, Cole. ¿Recuerdas los castillos flotantes? ¿Cuántos de esos exploradores crees que querían morir? Te lo digo yo: ninguno. ¿Y cuántos sobrevivimos? Solo unos cuantos. Las intenciones no cuentan. Lo que importa es lo que puedes hacer.

—Encontraremos un modo de ayudarla.

—Yo lo intentaré —dijo Jace—. Aunque mis mejores esfuerzos se queden en una broma patética, no me rendiré. Ella es lo único que me importa. Pero yo no soy lo que necesita. Se merece mucho más.

—Lo que necesita es precisamente gente como tú —replicó Cole.

—¡Déjalo ya! No intentes animarme. Sé lo que ha pasado. Sé lo que significa. —Empezó a fallarle la voz—. Se han llevado a Mira, y yo no he podido hacer nada para impedirlo. —Apretó los dientes, con el rostro desencajado, pero luego recuperó la compostura—. Si quieres ayudarme, deja de darme la lata y piensa cómo conseguiste cargar esa espada. Eso sí sería de ayuda.

Capítulo 17

Lady Madeline

Cuando tuvieron Merriston a la vista, bajo tres lunas de diversos tamaños, Cole no estaba más cerca que antes de llegar a entender cómo había hecho que la espada saltarina funcionara. Se había pasado gran parte del trayecto intentando reproducir lo que había ocurrido en el campo, pero, por mucho que se concentrara, o por muchos juegos mentales que intentara, la espada saltarina permanecía inerte.

Jace se había pasado todo el día sumido en sus pensamientos. Respondía cuando se le preguntaba, pero no iniciaba conversaciones ni hacía bromas. Skye también parecía excepcionalmente taciturna y contemplativa.

Los fuegos de guardia iluminaron el camino cuando se acercaron a la imponente muralla. Las colosales puertas estaban cerradas. Cuando el coche se detuvo, Cole oyó que el conductor le contaba a un guardia el ataque del Caballero Solitario. Unos minutos más tarde, las puertas se abrieron con un crujido.

—¿Cuál es el plan? —preguntó Cole.

—Le he dicho al conductor que nos deje cerca de los jardines Fairview —dijo Skye—. Es un barrio agradable. Estoy intentando decidir cómo vamos a llegar hasta tu amigo Dalton.

Aquellas palabras le dieron a Cole su primer momento alegre desde la pérdida de Mira. ¡Estaba muy cerca! ¡Estaban haciendo planes para ver a Dalton!

—Estamos sin fondos —les recordó Jace.

—Casi todo mi capital estaba en el coche —dijo Cole—. Aún llevo unos rondeles en el bolsillo. Quizá sumen un rondel de oro o dos. Y tengo una joya que saqué de un castillo flotante.

—Yo tengo algún recurso para conseguir dinero —dijo Skye.

—¿Cuánto cuesta entrar en el Forro Plateado? —preguntó Cole.

—Por lo último que he oído, seis rondeles de oro por persona —dijo Skye—. Pero ese no es nuestro mayor obstáculo. No todo el mundo puede entrar en el Forro Plateado. Solo se puede entrar con invitación.

—¿Y puede ayudarte alguno de los Invisibles?

—Conozco a gente que nos podría ayudar a pasar por la puerta principal —dijo Skye—. Pero es que no queremos entrar por la puerta principal; si queremos encontrar a tu amigo, necesitamos entrar por la de atrás.

—Si Dalton me ve, intentará contactar conmigo —dijo Cole.

—Exacto, si te ve. El Forro Plateado es enorme y está construido como un laberinto. Al ser el mejor salón de confidencias y el más grande de Merriston, cuenta con muchísimo personal. Podríamos visitarlo muchas veces sin que tu amigo se enterara siquiera.

—¿Y cómo lo hacemos para llegar a la puerta de atrás? Skye frunció el ceño.

—Soy de los miembros más antiguos de los Invisibles. Y una buena encantadora. Debería de haber otro modo.

—¿Otro modo?

—En el Forro Plateado la seguridad es muy estricta. Mezclarse con el personal es mucho más difícil que entrar por la puerta principal. Cuentan con algunos de los mejores inhibidores de Elloweer.

—¿Qué son esos inhibidores? —preguntó Cole.

—Eliminan cualquier ilusión —dijo Skye—. La es-

187

pada *Veraz* era, básicamente, un inhibidor muy potente. En un salón de confidencias, antes de que el personal te asigne una apariencia, quieren saber con quién están tratando.

—Así que no se pueden usar disfraces.

—Apariencias, no —dijo Skye—. Al menos no para entrar. No podremos esquivar los inhibidores en los puntos de control.

—Sin los inhibidores, ¿un encantador puede saber cuándo estás usando una apariencia?

—No, si la apariencia está bien hecha —respondió Skye—. Yo no soy una novata, y un encantador hábil puede engañarme fácilmente. Solo puedo saber que lo que tengo delante es una apariencia si el encantador ha hecho un mal trabajo. Por eso son tan útiles los inhibidores.

—¿Y podría colarnos alguien por la puerta de atrás?

Skye se mordió el labio.

—De todos mis contactos, solo se me ocurre una persona que tenga alguna posibilidad de hacerlo. No es miembro de los Invisibles, no estará de acuerdo, y trabajar con ella es muy desagradable.

—¿Quién es? —preguntó Cole.

—Mi madre —contestó Skye, que suspiró.

El coche los dejó junto a unos frondosos jardines llenos de flores luminiscentes. Skye guio a Cole y a Jace por una serie de calles anchas y vacías flanqueadas por elegantes edificios con bonitos patios. No había ninguna luz en las ventanas.

—Dejadme que hable yo —dijo Skye—. Se que a los dos os gustan las bromas, pero mi madre nació sin sentido del humor. Os presentaré como huérfanos que he acogido bajo mi ala.

—Se acerca bastante a la verdad —observó Jace.

Cole lo miró. Quizá lo fuera para él. Pero Cole tenía padres que lo querían. Quizá no lo recordaran, y tal vez vivieran en otro mundo, pero seguían siendo sus padres.

Le resultaba extraño pensar que, en aquel momento, su madre, su padre y su hermana estarían viviendo sus vidas normales en Mesa. ¿Es que no verían sus cosas en su habitación? ¿No se preguntarían quién era el chico de las fotos de familia? Encontraría el modo de volver y hacerles recordar. Tenía que haber una forma.

—Hablad solo si ella os habla —prosiguió Skye—. Sed concisos y educados. No mencionéis mi espectáculo de magia. Ni la rebelión. Intentad parecer lo más inocentes que podáis.

—Parece como si le tuvieras miedo —dijo Cole.

—Y es verdad —reconoció Skye—. No me sorprendería que nos entregara.

—¿Y crees que nos va a ayudar a colarnos en el Forro Plateado? —preguntó Jace.

—No si cree que nos estamos colando. Tengo un plan.

Skye se paró frente a una verja y se quedó mirando la casa regia que había detrás. Echó los hombros hacia atrás, abrió la verja y los llevó hasta la puerta principal. Al igual que en las casas vecinas, las ventanas estaban oscuras.

—¿No es un poco tarde? —susurró Cole.

—Créeme —dijo Skye—, esto será igual de difícil a cualquier hora. Pillarla desprevenida quizá nos dé cierta ventaja.

Skye llamó con los nudillos, con decisión. Al poco se encendió una luz y apareció un mayordomo vestido con un traje oscuro; sostenía un frágil candil. Cole se preguntó si el tipo dormiría vestido así, aunque el traje parecía estar perfectamente planchado. Era algo calvo, tenía rasgos nobles y los miró con desdén.

—¿Es consciente de la hora que es?

—Sí, Jepson —dijo Skye—. He venido a ver a mi madre.

—*Lady* Madeline se ha retirado y está durmiendo —re-

189

puso Jepson, que asomó la cabeza y miró hacia la calle, arriba y abajo—. Como el resto del barrio.

Skye pasó a través de Jepson, como si no fuera más que un holograma. El mayordomo parpadeó, molesto, y luego se giró hacia ella. Cole oyó un gruñido contenido.

—Calla, *Kimber* —dijo Skye, agachándose para dejar que un perro la olisqueara y acariciándole luego la nuca.

—Es de mala educación invadir mis límites físicos —protestó Jepson.

—No tanto como dejar en la calle a la única hija de tu señora —replicó Skye—. ¿Crees que estaría aquí si no fuera importante? Por favor, despiértala.

—Como usted diga —respondió, con una leve reverencia, y se giró hacia la puerta—. ¿Debo entender que estos niños son su séquito?

—Vienen conmigo, sí —respondió Skye—. Entrad, chicos.

—¿Está segura de que son de fiar? —preguntó Jepson, echándoles una mirada desconfiada.

—Absolutamente.

Cole atravesó el umbral, con cuidado de no tocar al mayordomo. Jace entró tras él.

—*Kimber*, puerta —dijo Jepson.

El perro dejó a Skye y cerró la puerta empujándola con el morro.

Jepson se plantó frente a Skye, muy tieso.

—Pueden esperar en el salón. Por favor, asegúrese de que estos jóvenes caballeros no tocan nada.

El mayordomo subió las escaleras, llevándose el candil con él. Skye sacó una esfera luminosa que sostuvo en la mano para reemplazar la luz que se había llevado Jepson; luego condujo a los chicos por un pasillo que tenía el suelo de madera roja brillante. Cole pasó junto a un vistoso arreglo floral en un jarrón de color verde pálido. Una puerta corredera de madera daba acceso al salón.

El salón tenía techos altos artesonados, una enorme chimenea y el suelo hecho de estrechos tablones que formaban complejos patrones. Contra una pared había un alto reloj de péndulo. Todos los muebles parecían tan caros que daba miedo tocarlos.

Skye lanzó la esfera hacia arriba y esta se dividió en pedazos que salieron disparados hacia diversos objetos de cristal del salón, llenándolos de luz. Los objetos se convirtieron así en lámparas improvisadas, que iluminaban la habitación de forma homogénea.

—¿Cómo has podido pasar a través de Jepson? —preguntó Cole.

—Es un figmento —respondió Skye—. Una apariencia autónoma que imita a un ser vivo independiente. Es como un semblante sin sustancia, hecho de pura ilusión.

—¿Hay muchos figmentos por ahí? —preguntó Cole.

—No son frecuentes. Los figmentos son extremadamente difíciles de crear. Yo no soy nueva en esto de crear apariencias, y, sin embargo, no sé crear figmentos. Mi madre tiene cierta habilidad como encantadora, pero crear un figmento también queda más allá de sus posibilidades. No sé si ahora habrá alguien en Elloweer, aparte de la gran forjadora, que sea capaz de hacer un figmento lo suficientemente complejo como para imitar a un ser humano. Mamá heredó a Jepson de sus padres. Está con la familia desde hace generaciones.

—No ha sido él quien ha abierto la puerta —observó Cole.

—Exacto —dijo Skye—. La ha abierto *Kimber*. Jepson trabaja con perros adiestrados. Los adiestra él mismo, lo cual no es moco de pavo, ya que no puede acariciarlos ni darles de comer directamente. Todos los perros se llaman *Kimber*. El *Kimber* de ahora se está quedando viejo. Creo que es la tercera vez que lo veo. Probablemente, Jepson ya esté preparando un sustituto.

Se quedaron sentados en silencio. El reloj dio la hora: las seis y media, comprobó Cole.

—¿Significa eso seis horas y media desde la puesta de sol? —preguntó, señalándolo.

—Exacto —dijo Skye—. A veces se me olvida que eres de fuera. Los que tienen relojes han de ponerlos a las doce al amanecer y al anochecer. Algunas noches tienen ocho horas. Otras tienen catorce. Lo más habitual son unas once horas.

—¿De dónde ha sacado tu madre tanta pasta? —preguntó Jace.

—La mayor parte de su fortuna la heredó —contestó Skye—. Papá trabajaba en un banco de la ciudad. Murió hace más de diez años. Mi bisabuelo fue un prefecto muy respetado. Hizo mucho por Merriston y por Elloweer. Mamá tiene una agenda muy llena, pero, en realidad, no hace gran cosa. Eso sí, conoce a todo el mundo.

—¿Crees que nos ayudará? —preguntó Cole.

—Hay posibilidades; si no, no estaríamos aquí —dijo Skye—. Depende. Nos hará esperar antes de presentarse. Es parte de los juegos de sociedad a los que juega. Poneos cómodos.

192

Cole se sentó en un cómodo sillón. Jace se tumbó en un sofá. Apenas cinco minutos más tarde, Cole sintió que se le cerraban los ojos.

Se despertó al notar que Skye le sacudía el hombro.

—Viene —dijo ella—. Mostraos despiertos.

Cole se puso en pie y se frotó la cara, esperando borrar así cualquier rastro de sueño. Tenía la boca pastosa y le costaba enfocar con la mirada. Según el reloj, habían estado esperando casi una hora.

Lady Madeline entró lentamente en el salón y miró a su hija con frialdad. Era una anciana con las cejas pintadas y un moño de cabello gris cogido con horquillas en lo alto de la cabeza. Estaba más bien llena y llevaba un vestido oscuro con mangas y una falda larga que hacía ruido al moverse. En los dedos le brillaban numerosos anillos, y de los lóbulos de las orejas le colgaban piedras preciosas. Llevaba un bastón negro en la mano, aunque no parecía que le hiciera falta.

—Me parece una hora muy apropiada para recibir la visita de una espía —dijo *lady* Madeline, con voz digna y autoritaria, pronunciando con claridad cada sílaba—. Al menos así, probablemente, mis vecinos no te habrán visto entrar. ¿Qué te ha dado esta vez, hija?

—Acabo de llegar a la ciudad —dijo Skye—. Mi caravana fue atacada por el Caballero Solitario.

—Ah —respondió *lady* Madeline—. Ahora lo entiendo. Tras conseguir tantos éxitos y tanta fama, has venido a la capital a seguir triunfando, pero el Caballero Solitario te ha quitado todo tu dinero, así que seguro que necesitas un sustancioso préstamo para salir del apuro. ¿No has descubierto su identidad, por casualidad?

—No, mamá.

Lady Madeline meneó la cabeza.

—Pues si quieres ser espía, hija mía, al menos tendrías que aprender el oficio.

—Yo no soy espía —se defendió Skye.

—Claro que no —rectificó *lady* Madeline—. Eres una revolucionaria. Una de esos Invisibles. Me ha parecido que «espía» era un término más benevolente que «criminal» o «traidora». ¿Cómo preferirías que te llamara?

—Para empezar, soy tu hija —dijo Skye.

Lady Madeline negó lentamente con la cabeza.

—No se me da bien fingir. Si deseas que te vea como una hija, debes actuar como tal. Perdí la esperanza de eso hace mucho tiempo.

Cole cruzó una mirada con Jace. Su amigo abrió bien los ojos, en señal de perplejidad. ¡*Lady* Madeline parecía la madre más dura del mundo! ¿Qué le hacía pensar a Skye que podría ayudarlos?

Lady Madeline miró a Cole.

—Veo que has traído a algunos de tus compañeros anarquistas. ¿Es una impresión mía, o cada vez son más jóvenes? ¿Qué dirán sus pobres madres si se enteran de que los tienes despiertos a estas horas de la noche?

—Estos son Cole y Jace —dijo Skye—. No tienen padres. Los he contratado como criados. Iban en la caravana.

—¿Criados huérfanos? —exclamó *lady* Madeline, levantando las cejas—. ¡Qué suerte! Supongo que los padres resultan inconvenientes cuando pagas a niños para que espíen conversaciones o miren por las ventanas de la gente. Pero los padres no tienen por qué ser un obstáculo. La hija de *lady* Fink, Emilia, espera un niño. ¿Quieres que le informe de que estáis reclutando?

—Gracias por tu comprensión. Tus burlas son justo lo que todos necesitamos después de que nos hayan robado.

—Solo estaba comentando tu vida, querida —dijo *lady* Madeline—. Si eso te parece ridículo, quizá deberías replantearte tus decisiones.

Skye soltó un suspiro de hastío.

—Mi participación en la resistencia solo me ha traído problemas. He venido aquí en busca de un empleo honesto. Espero encontrar trabajo en el Forro Plateado.

Lady Madeline apoyó una mano en el estómago y echó la cabeza atrás para soltar una risa prolongada, pero nada alegre.

—Si ahora tu idea de un trabajo honesto es un salón de confidencias, lo único que podemos hacer es lamentar lo bajo que has caído.

—El Forro Plateado opera con la aprobación del campeón, del prefecto y del rey supremo —señaló Skye—. ¿Es que nunca has ido? ¿O es que tus amigos no van? El Forro Plateado necesita ilusionistas con talento, y yo soy una de las mejores.

—Tienes talento —reconoció *lady* Madeline, con tristeza—. Eso solo confirma todo lo que has echado a perder. Podrías tener a la gente importante de tu lado, pero, sin embargo, has preferido que sean tus enemigos. ¿Piensas que así creeré por un instante que has cambiado? Las dos sabemos que el Forro Plateado es donde acaban muriendo los revolucionarios. Llegan allí atraídos por su deseo de información, como las polillas a una hoguera, y allí perecen inevitablemente. Si vas a trabajar al Forro Plateado, acabarás en el castillo de Blackmont antes de que acabe la semana.

Su rechazo frontal al Forro Plateado hizo que Cole se sintiera inquieto, aunque intentó no demostrarlo. Skye no pensaba que pudieran llegar hasta Dalton sin la ayuda de su madre, pero *lady* Madeline no parecía dispuesta a ayudarlos. ¡Y estaban tan cerca! ¿Acaso el camino acababa allí, en un ostentoso salón, en plena noche?

—Quiero que me hagan una entrevista para trabajar allí —dijo Skye—. En Wenley me creé una mala reputación, y tampoco era muy buena la que obtuve en Carthage, pero aquí puedo usar mi nombre real y mostrar mi rostro.

—En otras palabras, en Merriston aún no te buscan —se burló *lady* Madeline—. No han puesto precio a tu cabeza. Al menos aún. Nadie confía en ti, Skye. Tu reputación es una mala tarjeta de presentación.

—No para todo el mundo —dijo Cole, que ya no podía contenerse más.

Lady Madeline lo miró con frialdad:

—Tus opiniones no tienen mucho valor, si te pagan por tenerlas. No olvides que también te pagan por mantener la boca cerrada en presencia de superiores.

—No pasa nada, Cole —dijo Skye—. No hace falta que me defiendas. Mamá, ¿me estás diciendo que Gustus no me tendría en cuenta?

—Podría concertarte una entrevista con Gustus cuando quisiera —dijo *lady* Madeline—. Quizás incluso te contratara. Pero te controlarían constantemente. Entrarías para espiar, pero ocurrirá lo contrario. Se enterarían de todos tus tejemanejes. Sería tu fin.

Skye se acercó a su madre y cogió una de sus manos con las suyas.

—Mamá, escucha, necesito tu ayuda. Ahora mismo es

importante para mí conseguir esa entrevista con Gustus. No soy una novata. No voy a ganar a los dueños del Forro Plateado jugando a su propio juego. Pero estoy planteándome seriamente volver a Merriston. Una entrevista con Gustus me ayudará muchísimo a hacerme una idea sobre mis posibilidades en la ciudad.

—Para eso no te hace falta una entrevista —dijo *lady* Madeline—. No estoy exagerando cuando te digo que tienes una reputación terrible. Usando tu identidad real, estarías bajo vigilancia constante cada hora del día y de la noche. Incluso podrían detenerte. ¿De verdad os asaltó el Caballero Solitario? ¿Me confirmarán esa historia terrible?

—Así es —dijo Skye—. Estos dos niños cogieron las armas y le plantaron cara. Él les perdonó la vida. Me quitó mis pagarés y mi dinero por valor de trescientos rondeles de platino. Aún tengo activos en Carthage, aunque bajo nombres falsos.

—¡Trescientos de platino! —exclamó *lady* Madeline—. ¿Es que has encontrado el tesoro de algún rey pirata?

—Por si lo quieres saber, hago un espectáculo de magia de mucho éxito.

Lady Madeline soltó un gruñido y se tapó los ojos.

—¡Skylark! Preferiría una docena de espías a una actriz de variedades.

—¡Es muy buena! —exclamó Cole—. La mejor. ¡Debería haber oído cómo aplaude la gente!

—Desde luego, el huérfano que has contratado es tu seguidor más entregado —dijo *lady* Madeline con tono lastimero—. Skylark, no me cuentes más.

—Usé identidades falsas —dijo Skye.

—Eso sin duda, o sería el hazmerreír de todo Elloweer. Hija, ¿cómo pudiste?

—A veces tenemos que hacer lo necesario para sobrevivir —dijo Skye—. Y a veces hacemos lo que debemos o lo que creemos. ¿De verdad le tienes tanto apego al rey supremo, mamá?

—¿Eso qué importa? —exclamó *lady* Madeline—. El sol luce en el cielo. A veces quema demasiado, a veces molesta a la vista, pero es una realidad inevitable, así que vivimos bajo su luz y nos protegemos de ella cuando hace falta. El rey supremo gobierna. No es perfecto, a veces asciende a bufones, a veces se deja llevar por la vanidad, pero este es el mundo en que vivimos. ¿Por qué no prosperar, a pesar de todo? ¿Debe ser una excusa para destruirnos a nosotros mismos?

—Hay quien puede cerrar los ojos ante las cosas que no están bien —dijo Skye—. Otras no pueden. Yo tengo mis defectos, mamá, pero te puedo decir honestamente que intento hacer lo que creo correcto.

—Eres de lo más irritante —se lamentó *lady* Madeline—. Necesitas menos opiniones y más sentido práctico.

—Lo que necesito es una entrevista con Gustus —dijo Skye—. Y quiero llevar a mis dos jóvenes criados conmigo. Podrían ayudarme tras los bastidores en el Forro Plateado.

—Muy por detrás de los bastidores, espero —soltó *lady* Madeline—. Con mordazas puestas.

—¡Que estamos aquí! —protestó Cole, pero la mujer hizo como si no lo oyera.

Dejó su bastón a un lado y le dio una palmadita a su hija en la mano.

—Me temo que Gustus te dará la cuerda necesaria para que te cuelgues tú misma.

—Lo que haga yo con ella quizá le sorprenda —replicó Skye.

—Supongo que no me dejarás en paz hasta que te haga este favor —dijo *lady* Madeline.

—Por supuesto. Tengo que conseguir esa entrevista.

—Al menos no me pides dinero, ni intentas contratar con mis amigos —añadió, temblando dramáticamente.

—Gracias, mamá —dijo Skye.

—Gracias —añadió Cole, sinceramente agradecido.

Ya se esperaba que *lady* Madeline rechazara su petición.

¡Iban a encontrar a Dalton! ¡De verdad! ¿Cuánto tiempo pasaría hasta que pudiera verlo cara a cara?

—Agradécemelo con tu silencio —le regañó *lady* Madeline abanicándose. Luego volvió a dirigirse a Skye—. ¿Debo entender que tú y tus fieles criados esperáis dormir aquí esta noche?

—Si no es demasiado problema.

—Desde luego no es ideal, pero tampoco puedo echarte —respondió—. Ya sabes dónde están las habitaciones de invitados. Procurad no llamar la atención. Por la mañana le mandaré un mensaje a Gustus. Normalmente tarda meses en responder, pero supongo que, tratándose de mí, te concederá la entrevista por la tarde. Espero que sepas lo que estás haciendo, Skylark.

Skye le dio un beso a su madre en la mejilla.

—Yo también.

Capítulo 18

El Forro Plateado

A última hora de la mañana siguiente, Cole, Jace y Skye bajaban de un coche de alquiler que los dejó en una sucia esquina. Todos vestían ropas nuevas que les habían entregado a domicilio esa misma mañana. Skye llevaba una invitación escrita a mano. Tenía un aspecto algo remilgado, con su falda de *tweed* y su camisa blanca. Cole y Jace llevaban camisas de botones, pantalones planchados y zapatos de cuero marrones.

Skye se encaminó hacia un callejón entre una vieja casa de empeños y el mostrador de un prestamista. Ambos negocios tenían las ventanas protegidas con rejas. La calzada estaba adoquinada, y el firme era tan irregular que Cole pensó que no sería difícil torcerse un tobillo.

Cuando llegaron a la entrada del callejón, un par de tipos duros les cortaron el paso. Uno de ellos llevaba una gorra chata y tenía un acento marcado. El otro lucía una gran cicatriz que trazaba una curva, desde debajo de una oreja hasta el labio superior.

—Los niños buenos no pasan por aquí —dijo el tipo con acento, con ambas manos en los bolsillos.

—Ninguno de nosotros es bueno —respondió Skye.

Los gorilas se hicieron a un lado y los dejaron pasar. Cole siguió a Skye de cerca sin quitarle el ojo a los irregulares adoquines.

El primer tramo del callejón trazaba una curva. Cuando

volvió a enderezarse, Cole vio que se alargaba hasta una distancia imposible, estrechándose hasta quedar cortado a lo lejos. Merriston era una ciudad grande, pero no tanto como para que aquel callejón tan largo cupiera dentro.

—No puede ser —dijo Jace.

—Es una ilusión —apuntó Skye—. Si avanzamos demasiado, pisaremos en falso y caeremos en un foso con pinchos. O algo igual de agradable.

Cole notó que Jace bajaba el ritmo, dejando que Skye y él mismo fueran un poco por delante. Desde luego, si había sobrevivido a tantas misiones con los Invasores del Cielo no era porque fuera un temerario.

Las ásperas paredes del callejón, construidas con bloques de piedra encajados, se elevaban hasta una altura irreal a ambos lados, sin puertas ni ventanas. En algunos lugares caía una cascada de hiedra desde lo alto. Skye tenía su invitación en la mano, y la miraba de vez en cuando mientras avanzaban.

—¿Eso es un plano? —preguntó Cole.

—No. Pero cuando nos acercamos al callejón, la tarjeta me dijo qué tenía que responder a esos matones que nos han pedido la contraseña. Mi madre me ha sugerido que la tenga a mano.

—¿Qué estamos buscando?

—Esto da a la entrada de servicio que buscamos —dijo Skye—. Apuesto a que algún trozo de estos muros es falso. Debe de haber defensas ocultas. Ya hemos pasado unos cuantos inhibidores. Sin duda, nos están observando.

Cole decidió no hablar demasiado por si los escuchaban. Tendrían que completar gran parte de aquella misión de oído. El Forro Plateado solo abría a última hora del día y por la noche. Como en ese momento el salón de confidencias estaría cerrado, los trabajadores estarían durmiendo, descansando, estudiando o haciendo tareas de mantenimiento. Cole, Jace y Skye intentarían meter la nariz en tantos sitios como pudieran, con la esperanza de dar con Dalton.

Cole apenas podía creer que estuviera a punto de ver a su mejor amigo. Dalton se llevaría una gran sorpresa. Se preguntó cómo se habría sentido él si fuera Dalton el que se hubiera presentado a rescatarlo de los Invasores del Cielo. No se atrevía ni a imaginárselo.

Skye se detuvo.

—¿Lo veis? —dijo, levantando la invitación, donde ahora solo se veía una flecha a la izquierda—. Esto acaba de aparecer.

Giraron a la izquierda y Skye puso una mano contra la pared. Atravesaron la apariencia y se encontraron en una oscura escalera que descendía hasta una puerta de hierro. Cole observó que la flecha desaparecía de la invitación y aparecía una frase: «Nadie más me merece».

De un agujerito de la puerta salía un cordón. Skye tiró de él, y sonó una campana. Un momento más tarde, se abrió una ventanilla.

—¿Por qué deberíamos dejarte entrar? —preguntó un hombre.

—Nadie más me merece —respondió Skye.

La puerta se abrió. Pasaron junto a unos guardias armados y llegaron a una segunda puerta de hierro. Un guardia repiqueteó sobre la puerta con un martillito, con un complicado ritmo. Se abrió, y siguieron adelante. Subieron unas escaleras y llegaron a un precioso patio.

Había un estanque poco profundo con flamencos junto a unos árboles con la corteza muy rugosa y retorcidas ramas. Unas mujeres preciosas y unos hombres muy atractivos vestidos con túnicas caminaban por unos senderos sinuosos tocando instrumentos diversos. Todo olía a musgo y a hierba húmeda.

Una mujer con la piel dorada y los ojos color naranja intenso se les acercó.

—¿Skye Ryland?

—Sí —respondió Skye, mostrándole la invitación—. Y mis dos jóvenes amigos.

—Por favor, sígueme —dijo la mujer.

Cruzaron el patio, atravesaron una pesada puerta de madera y entraron en un gran salón con grandes retratos. Cole vio unas cuantas personas paseando, todos vestidos con túnicas grises. Un chico tenía su edad más o menos. Ninguno era Dalton.

Atravesaron una chimenea inmaterial donde ardían varios troncos y se encontraron en otro pasillo. Dejaron atrás algunas puertas y la mujer les hizo pasar a través de un espejo al final del pasillo.

Estaban en un amplio despacho. Toda la pared del fondo era un enorme acuario por donde nadaban tres narvales blancos, con sus cuernos brillantes como la plata. En el escritorio que había delante del acuario había un hombre sentado. Era calvo por arriba, pero el cabello gris y largo le caía por los lados. Era como cualquier ser humano normal, salvo por sus ojos, unos bultos bulbosos con minúsculos orificios en el centro. Se movían como los de un camaleón.

El hombre se puso en pie al verlos entrar.

—Skye Ryland —dijo, abriendo los brazos y sonriendo—. Nunca pensé que te vería por aquí.

—Hola, Gustus —respondió ella—. Estos son Cole y Jace.

—Unos chicos espléndidos, sin duda —dijo, sin el mínimo atisbo de sinceridad—. La última vez que te vi, creo que fue en una fiesta de la que te echaron.

—Qué buena memoria.

—Creo que estás buscando trabajo —dijo, rodeando la mesa y situándose delante.

—Así es —asintió Skye.

—Imagínate qué sorpresa cuando *lady* Madeline se ha puesto en contacto conmigo esta mañana —dijo él—. Yo siempre le insinuaba que podrías venir a trabajar para mí, pero no parecía que te interesara.

—He estado ocupada con muchas cosas.

—Interesante —dijo Gustus, apoyándose en su

mesa—. ¿Y qué es lo que te ha llevado ahora a dar el paso? Por lo que se oye por ahí, has tenido que ver con los revolucionarios.

—Un poco, sí —respondió Skye—. He aprendido a golpes. Ahora quiero algo estable. Quiero trabajar con mis encantamientos. Aquí podría ser útil. He ido ganando en habilidad.

—Me lo creo —respondió Gustus, moviendo un dedo en dirección a Skye—. No me preocupa en absoluto tu talento. Me interesan más tus motivos. Lamentaría que tu querida madre sufriera otro desengaño. Si crees que puedes usar un puesto de trabajo aquí para ayudar a la resistencia, acabarás muy mal. Fulminada.

—No acudí a ti mientras tenía relación con esa gente —dijo Skye.

—¿Esa gente? —Gustus chasqueó la lengua—. ¿Y debo creer que has cortado todos tus vínculos, que has quemado todos los puentes?

—He hecho grandes cambios en mi vida. Sería una tontería presentarse aquí con un objetivo poco claro.

—Ha sido una tontería venir de todos modos —respondió Gustus—. Cuando le hablé al prefecto Campos del mensaje de tu madre, a punto estuvo de traer guardias para arrestarte. Discutimos sobre el asunto casi una hora. Al final, le pareció más interesante observarte. No es que espere que demuestres que te has corregido. Pero llegó a la conclusión de que esta iniciativa tuya es tan insólita que debe de estar motivada por una gran necesidad. Una necesidad que ninguno de nosotros consigue adivinar. ¿A qué juego estás jugando, Skye?

—Puede observar todo lo que quiera —dijo ella—. Y tú también. Lo único que verás es a una ilusionista de primera clase haciendo su trabajo.

—Sí, sí, supongo… —dijo Gustus, pasándose una mano por la calva—. No me imagino qué es lo que esperas conseguir. Ni tampoco Campos. Desde luego, resulta curioso.

Hasta ahora has sido la espía perfecta. Desapareciste. No se te ha visto por ninguna parte. Y, de pronto, vuelves a aparecer. Un observador neutral pensaría que has dado un patinazo tremendo.

—O que hablo en serio —replicó Skye—. Que no tengo motivos ocultos.

—Eso sí que estaría bien —dijo Gustus—. ¿Y los chicos? —Sus prominentes ojos se dirigieron a Cole y Jace—. ¿Tienen talento?

—No —dijo Skye—. Son mis criados. Les tengo apego. Vienen conmigo, en el mismo lote.

—¿Quién de vosotros es Cole? —preguntó Gustus, interesado.

—Yo —dijo Cole, más en guardia aún al ver aquella actitud sospechosamente amistosa.

—¿Qué intenciones tiene Skye? —le preguntó, casi divertido.

—Quiere trabajar aquí —dijo Cole.

—¿Qué ha estado haciendo hasta ahora?

—No mucho.

—¿Qué es lo que le haces tú?

—Ayudo —dijo Cole—. Sirvo las comidas, atiendo la puerta.

Gustus se acercó a Cole y se agachó, moviendo sus camaleónicos ojos cada uno por su cuenta.

—Detecto un rastro de poder de forjado en ti —dijo—. Algo… raro. No lo reconozco.

—Yo tampoco —reconoció Cole.

Gustus se dirigió a Jace.

—Dime el motivo real por el que está aquí Skye, y te haré más rico de lo que te hayas atrevido nunca a imaginar.

—Yo he trabajado para gente muy rica —respondió Jace—. Y tengo una imaginación muy viva.

—Te daré lo suficiente como para que vivas cómodamente el resto de tus días. Ella aquí no puede castigarte. Dime lo que quiero saber y tendrás la vida resuelta.

—¿De verdad?

—Sí.

—Pues es el dinero más fácil que he ganado nunca —dijo Jace, encogiéndose de hombros—. Está aquí porque quiere un trabajo.

Gustus lo miró fijamente.

—¿Dices que no hay ningún otro motivo?

—Sí.

—Esperemos cinco años. Si Skye cumple su palabra, yo te pagaré lo acordado. ¿Te parece?

—Es una oferta tan generosa por una pregunta tan fácil que puedo esperar —respondió Jace.

—O puedes venir a verme en privado —dijo Gustus—. Si tienes alguna información de calidad, la oferta sigue en pie. De ti depende. —Se dirigió a Skye—. Tus criados no son completamente inútiles. Ninguno de los dos ha sido del todo sincero conmigo, eso estaba claro, pero no estoy seguro de qué están ocultando. No está mal para dos chicos tan jóvenes.

—Tú siempre ves engaños en todo y en todos —dijo Skye.

—Todo el mundo engaña —respondió Gustus—. Entenderás que cuestione tus motivos. Si te hubieran encarcelado y luego hubieras presentado tu oferta, me costaría menos creerte, aunque tendría menos interés en concederte el puesto.

—¿Quieres decir que estoy contratada?

—Por supuesto —dijo Gustus—. Estás cualificada más que de sobra, y tengo una curiosidad enorme por saber de qué va esto realmente. —Se humedeció los labios y abrió bien los ojos—. Es difícil resistirse a un buen misterio como este.

—Antes de formalizar el trato quiero ver dónde tendré que trabajar, cómo se me compensará, y conocer a algunos de los encantadores que trabajarán conmigo. Supongo que el alojamiento está incluido.

—Todo el personal vive aquí —dijo Gustus—. Somos una familia muy unida.

—¿Cuándo puedo empezar? —preguntó Skye.

—Yo preferiría que fuera de inmediato.

—Hoy no —dijo Skye—. Tengo que despedirme de unas personas y zanjar algunos asuntos. Mañana podría ser, si me convencen el alojamiento y tus condiciones.

—Ten cuidado con esos asuntos que tienes que zanjar —le advirtió Gustus—. Habrá muchos ojos mirándote.

—¿Y los chicos?

Gustus se acercó y se situó entre Jace y Cole.

—¿Vosotros queréis vivir y trabajar aquí?

—Si Skye lo hace —dijo Cole.

—Vuestro jefe sería yo —les explicó Gustus—. Recibiríais órdenes de alguno de mis subordinados, no de ella.

—Yo quiero asegurarme antes de que esto me gusta —dijo Jace.

—Me parece bien. Echad un vistazo con Skye —decidió Gustus—. Por cierto, sin poder para hacer encantos, aquí es muy difícil ser competitivo, incluso entre los criados menos cualificados. Solo contratamos a las personas con más talento de las mejores familias de Elloweer.

—No te decepcionarán —le aseguró Skye.

—No os equivoquéis —añadió Gustus, mirando a Cole y a Jace alternativamente—. Skye es vuestro billete de entrada a este lugar, pero que os quedéis o no depende solo de vosotros. Seguid las órdenes, trabajad duro, sed educados y os irá bien.

—Gracias —dijo Cole, que no veía el momento de salir de allí.

Se sentía ridículo dando tantas vueltas a aquello, cuando sabía que no tenían pensado quedarse más que el tiempo necesario para encontrar a Dalton. Cole había esperado mucho tiempo para volver a encontrar a su amigo, y, ahora que lo tenía tan cerca, cada segundo de retraso le parecía una tortura.

Gustus volvió a su mesa y se sentó.

—Skye, ve a echar un vistazo y luego vuelve a hablar conmigo. La próxima vez deja a los chicos fuera —dijo, y agitó una mano.

La mujer de piel dorada entró en el despacho.

—Sí, Gustus.

—Leona, acompaña a estos tres a que vean las instalaciones —dijo—. Enséñales dónde se alojarían si se quedan a trabajar con nosotros. Preséntalos a los demás con prudencia. Y luego vuelve a traérmelos aquí.

—Como ordene —dijo Leona. Luego tocó a Skye en el codo—. Seguidme.

Salieron por el espejo y volvieron al pasillo. Leona iba delante.

—¿Cómo sabías que Gustus quería verte? —le preguntó Cole.

—Se encendió una luz en el pasillo —dijo ella—. Es una apariencia sencilla.

Atravesaron la chimenea y Leona inició el recorrido por las instalaciones. Vieron fuentes de lava fundida, tapices que se movían como pantallas de televisión, y un par de estatuas de piedra que gruñían y forcejeaban en un interminable combate de lucha. Cole no pudo apreciar las impresionantes apariencias o la belleza de las instalaciones. Estaba buscando a su amigo.

Los cuartos del servicio eran como dormitorios comunes, donde los criados de más categoría tenían habitaciones privadas. Y los más jóvenes compartían cuartos de dos o de cuatro camas.

Cole vio a mucha gente, joven y mayor. Nadie llevaba marcas de esclavitud. Ninguno era Dalton.

Pasaron por una cafetería y por una zona de recreo donde unos grupitos jugaban con bolas de madera de distintos colores en un jardín con el césped perfectamente cortado. Cole no podía imaginarse cuáles serían las reglas del juego. Tampoco vio allí a su amigo.

Los cuartos de los encantadores eran mucho más acoge-
dores que los de los sirvientes. Cada encantador tenía varias
habitaciones con elegantes muebles. Todos llevaban túnicas
y zapatillas grises. Leona presentó a Skye a varias personas.
Todos fueron bastante cordiales.

—Ya habéis visto la mayor parte del recinto donde vivi-
ríais —dijo Leona, cuando salieron de las dependencias de
los encantadores y se encontraron en un espacio verde con
frondosos árboles y arbustos—. El salón de confidencias
propiamente dicho no os lo puedo enseñar; eso solo pueden
verlo los que ya trabajan aquí.

—Yo ya he estado en este salón de confidencias muchas
veces —dijo Skye.

—No detrás de las paredes —le corrigió Leona—. ¿Volvemos con Gustus?

—¿Y los esclavos que hacen encantamientos? —preguntó Skye—. Creo que en el Forro Plateado están algunos
de los mejores.

—Cierto. Tienen sus propias dependencias por ahí
—dijo Leona, señalando un edificio de piedra bajo cubierto
en parte por los arbustos y los árboles—. No hay motivo
para que vayamos a verlos.

—Me gustaría ver una demostración de lo que pueden
hacer —dijo Skye.

Leona la miró con desconfianza.

—Ya hemos visto bastante. Si firmáis el contrato, ya
tendrás tiempo de sobra para conocerlos a todos.

Skye suspiró.

—De acuerdo. Vamos.

En cuanto Leona volvió a ponerse en marcha, Skye la
agarró por detrás con fuerza, tapándole la boca con la mano.
Un instante más tarde estaban las dos algo apartadas, con-
versando en voz baja.

—¿Qué está…? —quiso preguntar Cole.

—Una ilusión —dijo Jace—. Tú quédate aquí y pon cara
de que no pasa nada.

Tras un rato de conversación, Skye y Leona se fueron tras un arbusto. Ambas se agacharon tras el arbusto, lejos de ojos indiscretos. Entonces Leona salió, con su piel dorada brillando al sol.

—Muy bien —dijo Leona, con la voz de Skye—. Dentro de poco también seré una delincuente buscada en Merriston. Mamá estará muy orgullosa. Encontraremos a Dalton. Ahora o nunca.

—¿La has dejado inconsciente? —preguntó Jace.

—No puedo garantizar por cuánto tiempo —respondió Skye, caminando hacia el edificio bajo.

—Pensaba que este lugar estaba lleno de inhibidores —dijo Cole, sintiendo un nudo de preocupación en el estómago.

—Y lo está —contestó Skye—. Cada vez que la ilusión desaparezca tendré que rehacerla. Soy bastante rápida con apariencias temporales como esta, pero nadie es perfecto. No queremos que la gente se fije en nosotros cuando mi disfraz se desvanezca.

Llegaron a la puerta del edificio bajo de piedra.

—Las puertas son los lugares donde más suelen colocarse los inhibidores —advirtió Skye—. Aseguraos de que no mira nadie.

Cole abrió la puerta y vio que no había nadie.

—Vía libre.

Skye entró. Por un instante, su piel dorada y sus ojos naranja desaparecieron del todo. Volvió a ser ella. Pero, al cabo de menos de un segundo, volvió a lucir su disfraz.

Siguieron un pasillo hasta la sala común. Un par de adolescentes vestidos con túnicas gris jugaban al billar. Una mujer, también vestida con una túnica gris, leía sentada. Cole seguía sin ver a Dalton.

Los adolescentes dejaron de jugar cuando vieron a Skye.

—¿Quieres algo, Leona? —preguntó uno de ellos, incómodo al verla.

—Busco a Dalton —contestó Skye, con la voz de Leona.

—Creo que está en su habitación —dijo el otro adolescente.

—No recuerdo cuál es.

—La número veintitrés —informó el primero de los chicos, señalando hacia uno de los pasillos que salían del salón común.

—Gracias —dijo Skye, que se dirigió en la dirección indicada con Cole y Jace tras ella.

Emocionado, Cole fue leyendo los números de las puertas. ¿Estaría de verdad a punto de encontrarse con su amigo, por fin? No se había rendido nunca, pero ahora se daba cuenta de lo mucho que había dudado de que pudiera conseguirlo.

Llegaron a la veintitrés. Con un gesto, Skye le indicó a Cole que abriera. Lo hizo. Esperaron. Volvió a llamar, más fuerte. Oyeron un cierre que se corría, y la puerta se abrió. Al otro lado apareció Dalton, con ojos somnolientos y el cabello revuelto.

La última vez que Cole había visto a Dalton, su amigo tenía el aspecto de un payaso triste cubierto de polvo. Ahora llevaba una túnica gris, pero, por lo demás, parecía normal.

Dalton primero miró a Skye. Luego se quedó mirando a Cole, los ojos se le abrieron de golpe y se llevó las manos a la boca.

—No puede ser —susurró—. ¿De verdad eres tú?

Cole disfrutó al ver la expresión de asombro en aquel rostro tan familiar. Por un momento, se quedó sin habla. ¿Qué podía decir? ¿Cómo podía poner todos aquellos sentimientos en palabras?

—Sorpresa —consiguió decir—. ¿Podemos entrar?

Los ojos de Dalton volvieron a posarse en Leona.

—No es ella realmente —dijo Cole.

Con los ojos cubiertos de lágrimas, Dalton dio un paso atrás.

—Entrad.

Capítulo 19

Dalton

Al atravesar el umbral, Cole se detuvo un momento. Se lo habían arrebatado todo: su casa, su familia, su colegio, su barrio y sus amigos. Incluso había perdido a los otros desdichados que habían llegado a aquel lugar desde Arizona, como él. Las Afueras era un lugar inmenso. Podría no haber encontrado nunca a nadie de su vida anterior.

¡Pero ahí estaba Dalton! Ver a su mejor amigo hizo que se diera cuenta de lo aislado que se había sentido. Era un forastero en una tierra extraña, pero ver a Dalton hizo que gran parte de todo aquello pasara a un segundo plano.

Cole entró en la habitación. Skye le siguió, y también Jace, que cerró la puerta. Dalton intentó decir algo, se frenó y luego lo volvió a intentar.

—¿De verdad eres tú? —Miró a Skye—. ¿No es un truco?

Skye hizo desaparecer su disfraz, mostrando su aspecto real.

—No es ningún truco —dijo.

La sonrisa de Dalton irradiaba alegría.

—¡Lo sabía! —exclamó, golpeándose con el puño en la otra mano—. ¡Sabía que vendrías, pero, aun así, no me lo puedo creer! No parecía posible, pero yo seguía teniendo esperanzas.

Corrió hacia Cole y lo abrazó.

Su amigo le devolvió el abrazo, sintiendo un gran alivio.

Pasara lo que pasara, al menos había encontrado a Dalton. En cierto modo, era más de lo que esperaba.

Cole fue el primero que se separó. Se dio cuenta de que era la primera vez que abrazaba a su amigo, pero no le había parecido raro. Al estar tan lejos de casa, Dalton le parecía más un hermano perdido que un colega. Lo sentía como si fuera de la familia.

—Tenía miedo de que hubieras muerto —admitió Dalton—. Fuiste a los Invasores del Cielo. Todo el mundo decía que es un lugar increíblemente peligroso.

—Y lo es —dijo Cole—, pero escapé. Ahora formo parte de la resistencia. Vamos a sacarte de aquí.

—¿Y cómo habéis entrado? —preguntó Dalton—. Aquí el nivel de seguridad es alucinante.

—Skye tiene contactos.

—Pues deben de ser de los buenos —apuntó Dalton, que se quedó mirando a Cole—. Has venido a buscarme. Sabía que lo intentarías.

—Tienes que decidir rápido si vienes con nosotros —dijo Cole—. Hemos dejado inconsciente a la Leona auténtica.

Dalton cogió aire con un gesto de terror.

—¿De verdad? Caray, pues va a cabrearse muchísimo.

—Mucha gente va a cabrearse —dijo Cole—. Tenemos que darnos prisa. Es ahora o nunca. Vienes, ¿verdad?

Dalton vaciló.

—Esto es muy repentino.

—Lo sé —dijo Cole. ¿Y si a Dalton le pasaba lo que a Jill? ¿Y si quería quedarse allí? Intentó no alarmarse. Eso no iba a pasar. Se trataba de Dalton—. Probablemente aquí estés cómodo…, pero estás trabajando para los malos.

—Ya lo sé —dijo Dalton—. Solo que los malos son los que lo gobiernan todo. Si estás de su lado, te tratan bien. Soy esclavo, Cole. Estoy marcado.

—Yo también lo era —dijo su amigo, estirando el brazo para mostrarle la marca de libertad.

—¿Cómo has conseguido eso? —exclamó Dalton—. Las apariencias no funcionan con las marcas de esclavitud. Al menos no tal como las refuerzan en Elloweer.

—La resistencia es más fuerte de lo que crees —dijo Cole—. Están pasando muchas cosas. Ya te contaré. Pero ahora tenemos que irnos.

Dalton respiró hondo. Miró a Jace.

—Soy Dalton.

—Yo soy Jace. Estamos perdiendo tiempo.

—Dalton —dijo Skye—, soy miembro de una organización secreta de resistencia. Hemos ayudado a cientos de esclavos a recobrar la libertad. Podemos ayudarte.

—¿Eres de los Invisibles?

—Sí.

—De acuerdo, Cole —decidió Dalton—. Voy con vosotros. ¿Cuál es el plan?

Cole sonrió, y luego miró a Skye.

—¿Puedes adoptar mi aspecto? —preguntó Skye.

—Si me das un poco de tiempo —dijo Dalton—. Aquí prácticamente me paso el día haciendo que la gente adopte otro aspecto. He cogido mucha práctica.

Ella le señaló, y de pronto Dalton se convirtió en una copia idéntica a ella. Fue a mirarse al espejo de la pared.

—¡Qué rápido! —exclamó. Resultaba raro oír su voz saliendo de aquella réplica de Skye—. Es un trabajo impresionante. ¡Eres muy buena!

—¿Puedes replicarlo? —le preguntó Skye—. ¿Ves cómo lo he hecho?

—Creo que puedo copiarlo —dijo Dalton.

Ella agitó una mano. Dalton volvió a ser él mismo. Dalton cerró un ojo y arrugó el rostro. Al cabo de unos segundos, tenía el aspecto de Skye.

—¡Vaya! —exclamó Cole—. ¿Eso lo has hecho tú?

—No está mal —reconoció Skye—. ¿Lo puedes hacer más rápido?

—Quizás en dos segundos —dijo Dalton. Aunque tenía el aspecto de Skye, conservaba su propia voz—. ¿Quieres que lo vuelva a hacer cada vez que pasemos por un inhibidor?

—Esa es la idea.

—¿Y cómo vamos a salir? —preguntó Dalton.

—Por el único camino que conozco —dijo Skye—. El mismo por el que hemos entrado.

—No será por el túnel junto a los flamencos —dijo Dalton.

—¿Por qué no?

Dalton soltó una risita nerviosa y sacudió la cabeza.

—Ahí el nivel de seguridad es insuperable. Toda una sección de ese pasillo funciona como un inhibidor enorme. Además, el callejón es una pesadilla. Seguro que nos pillarían.

—¿Conoces otro camino? —preguntó Skye.

—Hay muchos lugares por donde entrar y salir del Forro Plateado —dijo Dalton—. Los jefes no quieren pasar por todos los puestos de seguridad. Hasta la semana pasada había una salida muy buena abierta, pero pillaron a unos esclavos usándola y la cerraron. Sé de otro paso que algunos de los chicos usan para salir de vez en cuando.

—¿Tú la has usado?

—No —dijo Dalton—. A algunos de los esclavos les gusta hacer escapadas a la ciudad. A mí no me parecía que valiera la pena el riesgo por ir a dar un paseo por ahí.

—¿No tiene vigilancia?

—Solo un puesto de guardia. Alguien saboteó el inhibidor. Funciona, pero lo han debilitado. Si te concentras mucho, puedes mantener la apariencia. Solo hay que adoptar el aspecto de alguien que tenga acceso, y se puede pasar sin problemas.

—¿Podemos llegar hasta allí? —preguntó Skye—. ¿Hay muchos inhibidores por el camino?

—No muchos —dijo Dalton—. Uno cuando salgamos de este edificio, y otro cuando entremos en el museo. Luego solo tenemos que pasar por el inhibidor dañado junto al puesto de guardia.

—¿Quién tendría acceso? —preguntó Skye.

—Leona, por ejemplo —dijo Dalton—. Os puedo enseñar la gente que usan los otros esclavos como imagen.

Dalton cambió de imagen, pasando de ser Skye a un hombre de mediana edad con entradas. Luego se convirtió en una mujer con la piel azulada y cuernos de cabra. Y, finalmente, en una anciana con el cabello rizado.

—Vale —dijo Skye—. Puedo imitar a esos. ¿Puedes hablar como alguno de ellos?

—Aún no se me dan bien las voces —confesó Dalton.

—¿Tienes alguna preferencia?

—Prefiero ser el hombre —dijo Dalton.

—Pues vosotros seréis las dos mujeres —les dijo Skye a Cole y a Jace—. Yo ya tengo la voz de Leona, así que seré ella. Dejad que sea yo la que hable. Vamos.

Dalton se puso a recoger cosas de la habitación a toda prisa y las metió en una mochila.

—Vale —dijo—. Os enseñaré el camino de salida más fácil.

Aún no llevaban sus apariencias, así que evitaron volver por la sala común. Dieron la vuelta a una esquina y salieron del edificio. Una vez en el exterior, Skye se convirtió en Leona, Dalton se convirtió en el tipo con entradas, Jace en la anciana de cabello rizado y Cole en la mujer con cuernos.

—Buen trabajo —le dijo Skye a Dalton, con la voz de Leona—. ¿Puedes encargarte de tu apariencia?

—Creo que sí —respondió Dalton—. Pero eso te deja a ti tres apariencias que crear y mantener. ¿Podrás aguantarlas al pasar por el inhibidor con guardia?

—Si está tan debilitado que la mayoría de los encantadores consiguen mantener una apariencia, yo podré con las tres.

—Por aquí —señaló Dalton.

Varias cabezas se giraron en su dirección al verlos atravesar un espacio abierto. Un hombre con túnica gris saludó con la mano. Cole le devolvió el saludo con discreción. Evidentemente, sus apariencias eran de personas muy reconocibles.

—Caminad con decisión —murmuró Skye.

Cole se sentía más que vulnerable. Veía las ilusiones que cubrían a los demás, pero no la suya. ¿Y si alguien se acercaba a hablarles a alguno que no fuera Skye? ¿Y si se cruzaban con las personas a las que habían copiado la imagen? Si alguien se daba cuenta, estaban acabados.

Dalton los llevó por un camino de grava a la sombra de unos árboles. Muy pronto dejaron de ver gente a su alrededor.

—El museo no se usa mucho —dijo Dalton—. Se emplea más que nada para alguna que otra visita organizada con grupos de gente importante. No debería haber mucha gente. Hay un guardia cerca de las puertas de entrada. No conozco otro modo de entrar.

—¿Hay algún inhibidor junto a las puertas?

—Sí.

—Tú abre las puertas —dijo Skye—. Luego sígueme. Recupera tu apariencia lo más rápido que puedas.

Vieron el museo delante. Era como un castillo bajo, sin grandes ornamentos, con almenas y dos modestas torretas. Las puertas de entrada, enormes, eran de madera oscura con remaches de hierro. No había nadie entrando ni saliendo del edificio, y los árboles que lo rodeaban hacían que no se viera desde las otras estructuras. Cole sintió que le aumentaban los nervios al acercarse a las puertas. ¿Qué harían si saltaba la alarma? Supuso que tendrían que dejar fuera de juego al guardia antes de que los pudiera delatar. Debía de ser por eso por lo que Skye quería ir delante.

Dalton se colocó delante, puso una mano sobre la puerta y se detuvo.

—Se abre hacia dentro —indicó.

Skye asintió.

—Seguidme todos —dijo ella.

Empujó la puerta y se metió dentro. Al mismo tiempo, Cole oyó un murmullo en el interior del edificio. Entró justo a tiempo para ver una bola de fuego del tamaño de una bala de paja rebotando de una pared a otra por uno de los pasillos, dejando tras de sí una oscura humareda.

La apariencia de Skye desapareció menos de un segundo, y luego volvió. La de Jace también regresó igual de rápido, así que Cole supuso que lo mismo habría pasado con la suya. En cuanto Dalton recuperó su apariencia, la bola de fuego desapareció, y con ella el humo, sin dejar ningún daño.

Skye, con la imagen de Leona, se acercó al guardia.

—¿Por qué mirabas hacia aquel pasillo?

El guardia, aturdido, respondió tartamudeando:

—Sí, bueno, había un ruido… y… esto…

—Eso ha sido una ilusión que he hecho yo desde la puerta —dijo Skye—. ¿Y si fuéramos enemigos, intentando distraerte? Ahora mismo tendrías una flecha en el cuello.

—Lo siento, Leona.

—¿Lo sientes lo suficiente como para proteger este museo algo mejor? Cada guardia emplazado en este recinto está aquí por un motivo.

—He aprendido la lección —respondió el guardia—. Iré con más cuidado. Me disculpo de nuevo.

—Muy bien —dijo Skye—. Esto quedará entre tú y yo. No te sorprendas si te vuelvo a poner a prueba.

—Entendido —respondió él, que miró avergonzado a Cole y a los otros.

Dalton se puso a la cabeza del grupo. Cuando entraron en la sala siguiente, varias armaduras empezaron a luchar entre sí. Al principio, Cole se quedó de piedra, pero luego se dio cuenta de que aquello formaba parte de la exposición.

Dalton cruzó la sala, luego atravesó una galería de arte con pinturas móviles y esculturas que se retorcían. Toma-

217

ron un pasillo, y Dalton pasó junto a una gran pintura de una laguna en una isla con un barco en el fondo.

Cole le siguió y se encontró en lo alto de una escalera estrecha y húmeda. Descendieron hasta una sala en penumbra con una serie de puertas en las paredes. Dalton pasó por una de las últimas puertas que había a la izquierda, y luego esperó a que los otros llegaran a su altura. Estaban apretados en un pequeño despacho atestado de muebles.

—Muy bien —dijo Dalton—. Por aquí saldremos a una puerta normal. Esa es la que tiene el inhibidor que funciona mal. Más allá hay una puerta de metal con un guardia, y luego otra puerta de metal. Siguiendo adelante, saldremos por una cripta del cementerio de Merriston. La cripta se abre desde dentro, pero no desde fuera. Cuando queremos volver, la dejamos abierta.

—No hará falta —dijo Skye—. No vamos a volver.

218

Dalton apartó un escritorio y se agazapó para pasar a través de la pared que había detrás. Cole tanteó con las manos para calcular las dimensiones de la abertura, y vio que el hueco era largo y estrecho. Se metió dentro.

Dalton los condujo por un mugriento pasaje iluminado por unas velas sueltas en las paredes. Solo había sitio para caminar en fila india. Cole observó que ninguna de las velas goteaba cera. Eran todas de idéntica longitud. Tenían que ser apariencias.

Dalton llegó a una puerta de madera, se paró y se giró.

—¿No quieres ir tú delante? —le dijo a Skye, susurrando.

—Tienes razón —dijo ella—. Debería ir la primera, para hablar con el guardia.

Dalton se apoyó en la pared, y Skye se apretujó para pasar delante. Abrió la puerta y salió. Al otro lado, Cole vio a un guardia que los miraba tras otra puerta de barrotes de hierro. La apariencia de Skye no se alteró lo más mínimo. Cuando Dalton pasó, soltó un leve gruñido, pero su falsa imagen también resistió bien. Cole fue el siguiente en pasar, seguido de Jace, que cerró la puerta.

—¿Leona? —dijo el guardia.

—Tenemos que salir —respondió Skye.

De pronto empezaron a sonar unas campanas desde lo alto y desde atrás. Las llamas de las velas de la pared se volvieron rojas. Cole intentó no reaccionar, pero sabía que todo aquel jaleo debía de ser por ellos. Leona se habría despertado, o quizá la habrían encontrado.

—Oh, oh —dijo el guardia desde detrás de la puerta—. Eso es la alarma general. No puede salir ni entrar nadie hasta que apaguen la alarma.

—Pero nosotros tenemos que salir —le contestó Skye, sin alterarse—. Vamos en busca de un esclavo que se ha escapado. Puede tener información sensible.

—Ya, pero mis órdenes vienen de arriba. El cierre de puertas es el modo más seguro para que nadie escape. Para abrir la puerta, necesito que me den vía libre.

La puerta de madera a sus espaldas se abrió, y Cole sintió que el corazón le daba un vuelco al ver aparecer a Gustus. El hombre de ojos de camaleón parecía sorprendido.

—¿Qué es esto? ¡Leona, te he dicho que te adelantaras!

—Alarma general, señor —intervino el guardia—. Este paso está cerrado. En las últimas dos horas no ha pasado nadie por aquí.

—Bien hecho —dijo Gustus—. Pero tenemos que hacer una excepción, siendo discretos. Tenemos motivos de peso para pensar que un esclavo ha huido. Hemos de salir a buscarlo. No hay tiempo que esperar. Cada minuto cuenta. Abre la puerta.

—Usted manda, señor —dijo el guardia, que abrió la puerta.

Skye pasó, y el guardia avanzó con ella hasta la puerta de hierro macizo, que abrió con una llave. Cole pasó con ella en silencio.

Gustus, que iba detrás de él, hizo una pausa junto al guardia.

—Aunque sea por un motivo justificado, alterar el protocolo de este modo puede sentar un mal precedente —dijo—. No hables de ello con nadie.

—Entendido, señor.

—Y no dejes pasar a nadie más. Por lo que a mí respecta, esto no ha pasado. Yo nunca lo admitiré.

—Comprendido, señor.

—Excelente. Mantén los ojos bien abiertos.

Siguieron adelante, con Gustus tras ellos.

Al girar por fin una esquina, Skye se dejó caer contra una pared, jadeando. Su apariencia se desvaneció, al igual que la de Jace. Gustus desapareció. Skye estaba bañada en sudor.

—¿Tú has improvisado eso? —preguntó Dalton, estupefacto—. ¿Has aguantado una apariencia libre a través de un inhibidor?

—Ha sido duro —reconoció Skye, con los ojos cerrados—. Casi se me escapa todo de las manos en el último momento.

—No sé si alguno de los encantadores de aquí habría sido capaz de hacer algo así —dijo Dalton—. Quizás el jefe de encantadores, en su mejor actuación. Incluso parecía que se abría la puerta.

—El guardia tenía que ver aparecer a Gustus a través del inhibidor —dijo Skye—. Así no había dudas de su autenticidad.

—No me puedo creer que lo hayamos conseguido —intervino Dalton.

—Aún no estamos fuera —le recordó Skye, separándose de la pared—. Han dado la alarma. No querrán dejarnos escapar —dijo, y reemprendió la marcha—. ¡Vamos!

Capítulo 20

Escondrijo

Salieron de la cripta sin problemas. El cementerio, lleno de tumbas viejas y monumentos diversos, tenía más aspecto de jardín escultórico olvidado que de camposanto.

Mientras las campanas del Forro Plateado aún sonaban a lo lejos, Skye los cubrió con nuevas apariencias, esta vez de mendigos andrajosos.

—Yo puedo hacerme la mía —se ofreció Dalton.

—Ya sé —dijo Skye—. Pero ahora que no hay inhibidores que interfieran, me gusta ver que puedo gestionar cuatro apariencias temporales desde mi lecho de muerte.

—¿Adónde vamos ahora? —preguntó Cole.

—Esta mañana he explorado un poco —dijo Skye—. Uno de mis antiguos escondrijos estaba intacto. No lo ha usado nadie en años. Iremos allí. Hasta que lleguemos, más vale que nos separemos. Estarán buscando a un grupo.

Jace se retrasó, y Cole se fue hacia un lado. Dalton se quedó cerca de Skye, y Cole resistió la tentación de unirse a ellos. Podía esperar un poco más antes de preguntarle a su amigo todo lo que le había ocurrido desde la última vez que se habían visto. Su máxima prioridad en aquel momento era evitar que los pillaran.

No había mucha más gente en el cementerio. Unos cuantos ancianos estaban de pie, en actitud contemplativa, junto a unas tumbas. Una mujer anciana avanzaba por un sendero apoyándose en un bastón. Cole se preguntó por qué allí solo había ancianos. ¿Sería porque no tenían que trabajar? A lo mejor tenían más amigos íntimos y familiares difuntos. O quizá fuera solo una coincidencia.

Skye y Dalton salieron del cementerio por una puerta pequeña. Cole dudaba de que fuera la entrada principal. Los siguió a través de la puerta y por un camino peatonal. Miró atrás, y vio que Jace los seguía de lejos.

Se adentraron en la ciudad, Cole en la acera opuesta de la calle respecto a Skye y Jace muy por detrás. A cada travesía que pasaban, Cole se sentía algo más tranquilo. Parecía que habían conseguido escapar sin problemas.

Más adelante, Skye y Dalton se pararon en una esquina. Skye le echó una mirada, y Cole supo que estaban esperándolo. Cruzó la calle y se les unió. Un momento más tarde, Jace llegó a su altura.

—Ya casi hemos llegado —dijo Skye—. No creo que nos estén siguiendo. No os alejéis.

222

Siguió adelante por la calle y luego giró por un callejón sombrío. Al poco, Cole observó que no tenía salida. Al final del callejón había un gran perro negro. Al acercarse Skye, el perro levantó la cabeza y gruñó. Ella siguió adelante, y el perro gruñó más fuerte, enseñando los dientes.

—¿Skye? —preguntó Cole, escamado.

—Confiad en mí —dijo ella, caminando a través del perro.

Levantó la mano derecha, que desapareció en la pared. Al retirarla, tenía una llave. Tanteó la pared por debajo, hundiendo la mano unos centímetros por los ladrillos, insertó la llave y abrió una puerta que estaba oculta tras aquella ilusión óptica.

—El perro está muy bien —dijo Dalton, atravesándolo.

—Lo hizo un amigo mío —respondió Skye—. Es permanente. No puedes abrir la puerta sin activarlo, y si alguien más lo hace, yo me enteraría. Pero eso no ha pasado.

—¿Quién querría meterse con un perro que gruñe? —preguntó Jace.

—Especialmente en un callejón sin entradas a casas o tiendas —dijo Skye.

—¿Y las sombras? —preguntó Dalton.

—Bien visto —dijo Skye—. Puse algunas sombras permanentes falsas, de modo que no se vea el final del callejón desde la entrada. Así es más fácil entrar y salir sin que se nos vea.

Al entrar se encontraron con un largo pasillo estrecho sin puertas ni ventanas. Skye sacó una esfera de luz que sostuvo en la mano. A mitad del pasillo se paró.

—Hay una escalera de mano fijada a la pared, oculta bajo una apariencia —explicó—. Subid hasta lo más alto, y poneos cómodos.

Cole puso las manos sobre la pared de yeso, pero se le hundieron hasta dar con unos travesaños. Subió, atravesando el falso techo, y llegó a una amplia sala iluminada por lámparas diversas. Estaba confortablemente amueblada, con una mesita baja, dos sofás y un par de mullidos sillones. Había cuadros colgados de las paredes, y gran parte del suelo de madera estaba cubierto de alfombras.

Skye fue la última en llegar a lo alto.

—Sentaos todos —dijo—. Es hora de que conozcamos a nuestro nuevo amigo.

Las apariencias que ocultaban sus identidades se desvanecieron. Todos volvían a tener su aspecto real. Solo el hecho de ver a Dalton de nuevo hizo que Cole sonriera de oreja a oreja.

—Gracias por rescatarme —dijo Dalton, algo incómodo.

—Dale las gracias a Cole —respondió Jace, dejándose caer en uno de los sofás—. Ahora lo único que esperamos es que sepas algo útil.

Todos se sentaron.

Cole sabía qué era lo primero que quería preguntarle:

—¿Has sabido algo de Jenna?

Dalton meneó la cabeza con tristeza.

223

—Vino con nosotros a Ciudad Encrucijada. No la he vuelto a ver desde que nos separaron y me pusieron en el grupo destinado a Elloweer. No sé en qué grupo acabaría. Pero la última vez que la vi estaba bien. Tratan bastante bien a los esclavos…, al menos a los que tienen el poder de forjar.

—¿Alguna noticia de por aquí? —preguntó Jace.

—Trabajaba en el Forro Plateado —dijo Dalton—. He oído todo tipo de cosas. ¿Qué es lo que quieres saber?

—Todo lo que sepas sobre un prisionero secreto que tienen en el castillo de Blackmont —dijo Skye.

—Vaya —exclamó Dalton—. No os andáis con tonterías. Eso es gordo. Casi nadie habla de ello. Nadie sabe quién es.

—¿Hay algún rumor sobre la prisionera? —preguntó Cole.

—¿Prisionera? ¿En femenino? —dijo Dalton.

—Eso creemos. ¿Has oído que fuera un hombre?

—No tengo ni idea. Nunca he oído a nadie que hablara del prisionero o prisionera directamente. Sigue siendo un secreto muy bien guardado. He oído algún cotilleo de los otros esclavos. Nada específico. En conjunto nos enteramos de muchas cosas. ¿Creéis que es alguien que conocéis?

—Sí —dijo Cole—. ¿Qué sabes de las hijas del forjador supremo?

—¿Es conveniente que hablemos de eso? —preguntó Jace.

—En Dalton podemos confiar —dijo Cole—. Ahora está con nosotros. Tiene que ponerse al día.

—Acabo de convertirme en un fugitivo —le recordó Dalton a Jace—. He confiado ciegamente en mi mejor amigo. Mucha gente me querrá encontrar. Llevo una marca de esclavo. Sin vosotros estoy perdido, así que estoy de vuestro lado. Cuanto más sepa, más podré ayudar.

—¿Has oído hablar de las hijas del rey supremo? —preguntó Cole.

—No mucho —respondió Dalton—. Todas murieron hace mucho, ¿no? No tiene herederos.

—Fingió la muerte de todas ellas para robarles su poder de forjado —dijo Cole—. Al quitárselo, ha dejado de envejecer.

—¿Qué? —respondió Dalton, sorprendido—. ¿Dónde has oído eso?

—Conozco a una de sus hijas. Y creemos que la prisionera secreta del castillo de Blackmont es otra de ellas.

Cole prosiguió, explicándole cómo había conocido a Mira, y cómo habían vencido a Carnag, lo que le había devuelto su poder. Le habló de los contraforjadores y de que el rey supremo planeaba hacer experimentos de contraforjado con los esclavos de más talento que le había comprado a Ansel.

—¿Puede manipular el poder de forjado? —preguntó Dalton, incrédulo.

—Si él no puede, tiene a gente que puede hacerlo —dijo Cole—. Carnag es la prueba. Conocimos a una de sus contraforjadoras. El rey supremo solo os quería a ti y a los otros que compró para que desarrollarais vuestro poder y luego poder manipularlo.

—¿Quiere robárnoslo?

—No lo sabemos —dijo Cole—. Quizá sí. La contraforjadora que conocimos no nos dio más detalles.

—¿Dónde está Mira ahora?

Cole le explicó que el Caballero Solitario se la había llevado, y que Joe y Twitch habían ido tras ellos.

—¿Y vosotros creéis que la mayor amenaza para el noroeste es de verdad el poder de Honor? —preguntó Dalton.

—Eso es —dijo Cole

—Encaja tanto que, si no podemos identificar al prisionero, consideraremos que es Honor y actuaremos en consecuencia —dijo Skye, echando el cuerpo adelante.

—¿Y qué vais a hacer?

—Liberarla.

Dalton soltó un silbido y meneó la cabeza.

—Pues buena suerte. —Miró a Cole—. Te has metido en un buen lío.

Cole se encogió de hombros.

—Después de que conociera a Mira y de que escapáramos juntos, la cosa fue así. Gracias a sus contactos encontré a Jill Davies, y fue ella la que me llevó hasta ti.

—¿Has visto a Jill?

—Está en Carthage —respondió Cole—. No quiso venir conmigo. Tenía demasiado miedo.

—Está claro por qué —dijo Dalton—. Si vais a ir al castillo de Blackmont, os estáis buscando un buen problema. Es la prisión más segura de Elloweer.

—Lo sé —dijo Skye—. He crecido aquí.

—Estamos hablando de su prisionera más vigilada —insistió Dalton—. Nadie la ha visto.

—Alguien la habrá tenido que ver —le corrigió Skye.

—Alguien que sabe cómo guardar un secreto —dijo Dalton—. El Caballero Temible es el campeón de Edgemont. Vigila el castillo de Blackmont personalmente.

—¿El Caballero Temible? —preguntó Cole

—El campeón más temido de Elloweer —dijo Dalton—. Nadie sabe su nombre real. Nadie lo ha desafiado desde hace casi veinte años.

—Todo eso es cierto —reconoció Skye—. Pero no podemos dejar que nos detenga. El rey supremo está perdiendo los poderes que robó. La gente se pondrá del lado de sus herederas agraviadas. Con la ayuda de sus hijas, por fin podremos derrocarlo y recuperar nuestras libertades de antes. Pero primero tenemos que liberar a Honor y ayudarla a recuperar sus poderes. Hasta entonces el monstruo del norte seguirá asolando el territorio.

—¿Qué sabes tú del monstruo? —preguntó Jace.

Dalton se encogió de hombros.

—Está haciendo que se extienda el pánico. Parece que se dirige en esta dirección. Las ciudades van vaciándose a media que se acerca. Todo el que no huye desaparece. Pero vosotros deberíais saber más que yo de eso.

—¿Por qué? —preguntó Skye.

—Ya sabéis. Por el soldado.

—¿Qué soldado?

—El guardia de Pillocks que vio al monstruo —dijo Dalton, como si fuera algo que todos sabían.

—No he oído nada —dijo Skye.

—¿No formas parte de los Invisibles? —preguntó Dalton.

—Sí, pero no he hablado con mis contactos desde hace días.

—Lo siento, pensaba que lo sabríais. Hubo un guardia que vio al monstruo y pudo escapar. Por lo que yo sé, es la única persona que consiguió acercársele y huyó. No estoy seguro de qué vio exactamente, pero, según parece, a algunos de los campeones y de los prefectos les preocupaba que sus historias pudieran provocar el pánico. Le enviaron al castillo de Blackmont.

—¿Es ahí donde meten «a todo el mundo»? —preguntó Jace.

—Solo a los prisioneros más importantes —dijo Dalton—. A los que no ejecutan. El caso es que unos miembros de la resistencia interceptaron al soldado de camino a Edgemont y lo liberaron. Rustin Sage y el prefecto Campos estaban furiosos. Nadie sabe dónde fue a parar.

—¿Cuándo fue eso? —preguntó Skye—. ¿Hace poco?

—Muy poco —dijo Dalton—. Como un par de días.

Skye se puso en pie.

—Eso nos ha resultado muy útil. Eres un jovencito muy atento.

—Gracias.

Cole no podía creerse lo mucho que parecía saber Dalton sobre la vida en Elloweer. Aunque, por otra parte, supuso que a otros les sorprendería saber cuánto había aprendido él sobre las Afueras en el poco tiempo que llevaba allí.

Tampoco era algo tan sorprendente: Dalton trabajaba en un salón de confidencias, donde la gente comerciaba con secretos a diario, y era un tipo listo. Al encontrarse atrapado en otro mundo, había aguzado el oído.

—Vosotros tres estaréis seguros aquí dentro —dijo Skye, mientras se dirigía a la salida—. Sé exactamente con quién contactar para saber más sobre ese guardia. Esa podría ser una pista crucial. Cuanto más sepamos sobre la forma que ha tomado el poder de Honor, más posibilidades tendremos de ayudarla a que lo recupere.

—¿Qué hacemos nosotros? —preguntó Cole.

—Quedaros aquí —dijo Skye—. Volveré enseguida.

Capítulo 21

Morgassa

—**E**sto es como hablar con un difunto —dijo Dalton—. Yo ya te daba por muerto. Pensé que te había perdido, como a todos los demás. Y aunque hubieras sobrevivido, sabía que las posibilidades de volver a verte eran básicamente inexistentes.

Dalton y Cole estaban sentados en uno de los sofás. Jace dormía en el otro, de cara a los cojines. Skye aún no había regresado.

—Podría haber muerto —dijo Cole—. Los castillos flotantes casi acaban conmigo. Y cuando nos enfrentamos a Carnag también pensé que estábamos fritos.

—No me puedo creer la de aventuras que has corrido —dijo Dalton—. ¡Sambria es una locura! Yo pensaba que me había ido mal, pero, comparada con la tuya, mi vida ha sido tranquila. Desde que salí de Ciudad Encrucijada, he trabajado en el Forro Plateado y he practicado la elaboración de apariencias. La verdad es que casi me resulta imposible de creer que me hayas encontrado.

—Te dije que vendría —le recordó Cole.

—Lo sé —dijo Dalton—. Y estaba seguro de que lo intentarías. Simplemente es que me parecía imposible. Aun así, muy en el fondo tenía la esperanza de que un día aparecieras. Me juré que, si me encontrabas, huiría. Ese es, en parte, el motivo de que me informara de los pasajes secretos.

—¿No has sabido nada de Jenna desde Ciudad Encrucijada?

—Desde entonces casi no he visto a nadie de los de casa —dijo Dalton—. No sé dónde los han enviado. Solo he visto a los otros cuatro que enviaron a Elloweer… y hace semanas desde que nos separaron. Ninguno de los otros está aquí, en Merriston.

—Yo vi a Jill Davis en Carthage —dijo Cole—. Fue ella quien me dijo dónde encontrarte.

—¿De verdad? ¿Y cómo está?

—Viva —dijo Cole—. Más o menos como tú; trabajando como esclava en un salón de confidencias. No quiso que intentara rescatarla. Tenía miedo de que la resistencia no pudiera protegerla.

—Y quizá tenga razón —dijo Dalton—. Probablemente, esté más segura allí.

—¿Habrías preferido que no viniera a por ti?

—Ni hablar —respondió Dalton, con entusiasmo—. Jill tal vez esté más segura trabajando en el salón de confidencias, pero eso no significa que esté mejor. En la vida no todo es seguridad. Escapar ha sido un riesgo, pero, si no hubiera querido hacerlo, no habría venido. Además, ¿cuál es la alternativa? ¿Quedarme aquí y ser esclavo el resto de mi vida?

—No lo sé —dijo Cole, muy serio—. Ya te he metido en problemas antes…. Siento haberos llevado a aquella casa encantada. Siento haber insistido en ver el sótano. Cuando bajábamos las escaleras, oíste que cerraban la puerta. Intentaste advertirme. Tenía que haberte escuchado.

—No fue culpa tuya —respondió Dalton—. Fue una tontería meterse en el sótano de un extraño, pero no fuiste el único que quería ir. Yo también tenía curiosidad. Deberíamos de haber pensado que allí pasaba algo raro, solo por el hecho de que «tuvieran» un sótano.

—¿Qué quieres decir?

—¿Cuántos vecinos había que tuvieran sótano? —preguntó Dalton—. Tú no lo tenías. Yo tampoco. ¿Sabes de alguien que lo tuviera?

—Nunca pensé en eso —reconoció Cole—. Cuando vivíamos en Boise, teníamos sótano.

—No es que los sótanos tengan nada de malo —dijo Dalton—. Simplemente es que en Mesa no son habituales. Yo pensé en lo raro que era que hubiera un sótano, y sabía que era una imprudencia meterse en la casa de un extraño, pero había un montón de chavales, así que pensé que no podía pasar nada malo. Cuando oí que se cerraba la puerta, era demasiado tarde. Una vez bajamos las escaleras, estábamos perdidos. Si hubiéramos vuelto atrás y hubiéramos intentado abrir la puerta, probablemente habrían hecho saltar la trampa más rápido.

—Quizá —reconoció Cole—. Pero ir a ver el pasaje del terror fue idea mía. Yo te convencí. Y también a Jenna.

—Fue con un puñado de amigos suyos —dijo Dalton—. Ella seguramente habría ido, la hubieras invitado o no. No te preocupes; es probable que tenga un trabajo cómodo. Sabe forjar. La tratarán bien.

—Hasta que empiecen a experimentar con ella —dijo Cole—. Por lo que dijo Quima, la contraforjadora, lo que esperaban hacer con vosotros no se limitaba a quitaros los poderes. Pero estaba bastante amargada porque le hubiéramos arruinado los planes. Quizá lo dijera solo para intentar asustarme.

—No puedo creer que formemos parte de una revolución —dijo Dalton—. El forjador supremo es muy poderoso. La resistencia necesitará muchos apoyos para derrocarlo.

—Lo conseguirán cuando todo el mundo sepa lo de Mira y sus hermanas. Si conseguimos derrocar al rey supremo, también liberaremos a los esclavos. Eso te incluye a ti y a nuestros amigos.

—Aunque la revolución tenga éxito, puede que no consigamos volver a casa. Si un guardián de los pasos nos manda a Arizona, volveremos a vernos atraídos a las Afueras. Además, en casa nadie se acordará de nosotros. Nuestras familias nos mirarán como si fuéramos extraños.

—Eso es también lo que yo he oído —dijo Cole—. Pero podría ser un truco para evitar que la gente intente huir.

—¿Crees que mienten?

—No lo sé. También Mira piensa que es así como funciona. Sea cierto o no, debe haber una solución. Hablaremos con los mejores guardianes de los pasos. Encontraremos a su gran forjador. Quizás hasta el contraforjado nos sirva de ayuda. Si puede alterar el poder del forjado, tal vez también podamos usarlo para volver a casa y no volver.

—Eso sería alucinante —dijo Dalton, meneando la cabeza—. Supongo que había perdido la esperanza de que pudiera pasar algo así. Todo lo relacionado con mi casa me sonaba a muy lejos. Pero ahora, al verte, vuelve a parecerme posible.

232   Cole sabía exactamente lo que quería decir. Después de reunirse de nuevo con Dalton, era difícil no centrarse al cien por cien en encontrar a los otros de su mundo y huir. Pero Mira le había apoyado una y otra vez; no podía irse sin más, mientras el Caballero Solitario la tuviera cautiva. Además, sin la ayuda y los contactos de Mira, ¿hasta dónde conseguirían llegar él y Dalton? Sin Mira no contarían con Skye ni con Joe. Sin ellos, Cole aún no sabría dónde ir a buscar a Dalton, y mucho menos habría podido rescatarlo.

—Al menos este lugar no está tan mal —dijo Dalton—. No es que pretenda quedarme —se apresuró a añadir—, pero es chulo hacer apariencias. Mucho más chulo que cualquier otra cosa que haya hecho en casa.

—Es divertido para ti, porque eres un mago —le respondió Cole.

—Tú devolviste la espada saltarina a la vida —le recordó Dalton—. Eso no pasa así como así. Tú también tienes poder.

—No lo sé —dijo Cole—. Esa fue la única ocasión en que lo he tenido. Y no soy capaz de volverlo a hacer. Declan, el gran forjador de Sambria, decía que algún día tendría poderes. Pensé que, cuando cambiaran las cosas, lo sabría. ¿Cómo fue en tu caso? ¿Aparecieron de golpe?

—Es difícil de explicar —respondió Dalton—. No había hecho ninguna aparición hasta que me enseñaron cómo. Mi poder es como imaginarse cosas de forma activa. ¿Sabes cuando te imaginas cosas mentalmente?

—¿Como una hamburguesa? —preguntó Cole—. Echo de menos las hamburguesas.

Una jugosa hamburguesa enorme apareció sobre la mesita, rebosando kétchup y queso fundido bajo la parte superior del panecillo. Parecía absolutamente real. Cole casi sentía el sabor en la boca.

—Eso es un golpe bajo —protestó Cole, y la hamburguesa con queso desapareció.

—Me enseñaron a imaginarme las cosas mentalmente —dijo Dalton—, hicieron que viera las imágenes con todo detalle, con la máxima intensidad. Entonces me dijeron que me las imaginara fuera de la mente.

—¿Y funcionó?

—Al principio no —dijo Dalton—. Pero conseguí alguna imagen efímera, por lo que supieron que tenía potencial. Tienes que imaginártelo perfectamente, y presionar de una manera determinada; es como flexionar un músculo en la mente. Requiere mucha concentración. Y una vez has hecho la aparición, tienes que seguir concentrado, o desaparece. A menos que lo hagas permanente, algo que ni siquiera me planteo aún.

Cole se imaginó a un bebé bailando *break dance*. Se imaginó al pequeñajo dando vuelta sobre la espalda, haciendo el gusano, dando vueltas sobre la cabeza. El bebé solo llevaba un pañal. Le pareció que lo veía claramente. Pero no tenía ni idea de cómo hacer que el pequeñajo apareciera sobre la mesita.

233

—Estoy intentándolo —dijo Cole—. ¿Por dónde empujas?

—Es difícil de explicar —respondió Dalton—. Plantéatelo como si quisieras verlo realmente con los ojos. Así es como empecé yo. Luego, cuando empiece a funcionar, es cuando debes aprender cómo empujar. Y cuando descubras cómo empujar, hay que practicar para ganar fuerza y poder empujar con más potencia. Dudo de que nunca pueda hacerlo como Skye.

—No llevas aquí mucho tiempo —dijo Cole—. Lo harás cada vez mejor.

—Fue alucinante lo bien que hizo a Gustus —recordó Dalton—. Es muy difícil hacer que una ilusión humana se mueva, a menos que la fijes a una persona. Si la anclas a una persona, la apariencia sonríe cuando sonríe esa persona, camina cuando camina esa persona. Cuando intentas hacerlo por tu cuenta, la apariencia se mueve, pero suele quedar mal. Te olvidas de hacer que respiren. Las articulaciones no se ajustan bien del todo. Los pies se hunden en el suelo o flotan un poco. Empiezas a sentirte como un titiritero patoso. Skye no solo estaba haciendo tres apariencias a la vez, sino que hizo una cuarta sin fijarla, la hizo caminar frente a un inhibidor y consiguió que quedara del todo natural.

—Es muy buena —dijo Cole—. Tendrías que haber visto su espectáculo de magia.

—Tampoco es nada fea —observó Dalton, con una mirada cómplice.

—Supongo —dijo Cole—. Pero es bastante mayor. Podría ser tu tía, o algo así. No me digas que te has enamorado de ella.

Dalton apartó la mirada.

—No, es solo que es…, bueno, muy agradable, es guapa y tiene talento.

—¡Es como lo de la señorita Montgomery! —exclamó Cole. Cuando iban a tercero, Dalton se había prendado completamente de aquella profesora—. ¿Vas a escribirle un poema?

—Ese poema no era para la señorita Montgomery —se defendió Dalton.

—Es verdad —recordó Cole—. Usaste su nombre de pila: Linda.

—Solo estaba practicando —aseguró Dalton—. Lo del nombre fue una coincidencia.

—¿Y también fue una coincidencia que siempre la esperaras después de clase, con un montón de preguntas preparadas?

—Eran preguntas de mates absolutamente legítimas —protestó Dalton.

—A lo mejor Skye podría darte algunas clases de forjado —sugirió Cole.

Dalton resopló y meneó la cabeza.

—Que una chica sea guapa no quiere decir que tenga que enamorarme de ella. Tienes razón. Es como una tía.

235

—Una tía guapa —bromeó Cole—. Olvídalo. No he dicho nada —añadió, viendo que su amigo se sentía realmente incómodo—. Vamos con otra cosa. Supongo que hacer voces será difícil, ¿no? Ya sabes, cuando creas una apariencia.

—Los sonidos son complicados —dijo Dalton, agarrándose al nuevo tema como a un salvavidas—. Yo aún no sé hacerlos. Lo mismo ocurre con los olores. Deberían funcionar igual que las imágenes, pero para la mayoría de nosotros son mucho más difíciles.

Cole volvió a concentrarse e intentó que su bebé bailarín saliera al exterior. Se esforzó en verlo, en lugar de solo imaginárselo. Recreó detalles —el ruido de los pañales, los rizos del pelo, la piel rosada con sus tiernos pliegues de grasa infantil—, pero no apareció nada.

—Te estás poniendo rojo —advirtió Dalton.

Cole se rio.

—Me parece que las apariencias no son lo mío.

—Yo preferiría tener una espada saltarina —dijo Dalton—. Eso sí que es chulo. Me encantaría ver una.

—Son impresionantes cuando funcionan —respondió Cole—. Skye las guardó en algún sitio esta mañana. No quería que nos las confiscaran en el Forro Plateado, ni tampoco deseaba dejarlas en casa de su madre.

Dalton se estiró y miró alrededor.

—Si tengo que quedarme atrapado en las Afueras, me alegro de que estés conmigo. No quiero decir que me alegre de que tú también lo estés, ya sabes…

—Lo entiendo —dijo Cole—. Yo siento lo mismo. Pensar que tú y Jenna estabais por ahí, en algún sitio, de alguna forma me ayudó a seguir adelante. No sé qué habría hecho si estuviera aquí solo. Es posible que hubiera sido menos valiente.

Jace se dio la vuelta.

—¿«Menos» valiente? ¡Pero si ya estabas batiendo récords!

—Pensaba que estabas durmiendo —dijo Cole.

—¿Cómo voy a dormir con vosotros dos parloteando sin parar? —gruñó Jace—. Dime algo más sobre la comida que echas de menos. ¿Es sobre todo la mantequilla de cacahuete? ¿O los cereales?

—No te reirías si la hubieras probado —dijo Dalton.

—Quizá —respondió Jace—. ¿Qué son las hamburguesas?

Dalton hizo que apareciera una hamburguesa perfecta sobre la mesa. Jace se acercó.

—¿Qué es eso de en medio? ¿Carne picada?

—Sí —dijo Cole—. De ternera.

—Vale —admitió Jace—. Tiene bastante buena pinta.

Cole oyó un ruido escaleras abajo.

—¿Es Skye? —dijo

La hamburguesa desapareció. Jace sonrió, socarrón.

—A lo mejor quieres peinarte un poco, Dalton.

—¿Qué?

—¿No quieres ser el sobrino preferido? —susurró Jace, con gesto inocente.

Cole oyó unas pisadas abajo. Dalton se pasó los dedos por el pelo. Jace se levantó del sofá, cogió una pesada lámpara y se acercó al lugar por donde salía la escalera de abajo. Se giró y se llevó un dedo a los labios.

—Por eso nos gusta tanto tener a Jace entre nosotros —susurró Cole.

La cabeza de Skye apareció a través del falso suelo. Por un momento se sorprendió al ver a Jace, pero luego le sonrió.

—¿Esperas a alguien?

Jace bajó la lámpara.

—Ya esperaba que nos atacaran. Lástima. Les habría dado lo suyo.

—Tengo noticias estupendas —anunció Skye, sin subir hasta el final—. Conozco a la gente que secuestró al guardia. Vamos a verle ahora mismo. No os dejéis nada. Puede que no volvamos aquí.

237

Recorrieron las calles de Merriston disfrazados de gente común. Desde la bodega vacía de una gran taberna, Skye los condujo por un laberinto de pasajes subterráneos. Tras pasar por una inteligente combinación de apariencias, llegaron a una pesada puerta de madera oculta tras una pared de ladrillo falsa. Skye se liberó de su disfraz y golpeó la puerta con la palma de la mano.

—¡Dejadnos entrar!

Una mirilla se abrió y tras ella aparecieron un par de ojos oscuros.

—¡Skye! ¡Qué alegría verte! Lo que sube debe…

—¡… de estar más alto! —respondió ella.

—Un rondel ahorrado es un rondel…

—… que no te da nada —dijo ella.

—Ver para…

—… engañar.

—¿La palabra del día?

—Limón.

La puerta se abrió. Un hombre alto de piel marrón con una gran sonrisa abrazó a Skye con fuerza.

—Últimamente, estás más invisible de lo habitual —dijo—. ¿Quiénes son tus amigos?

Skye le presentó a Cole, Jace y Dalton.

—Este es Sultan —dijo—. Uno de los mejores.

—Ben me ha dicho que vendríais —dijo Sultan—. Venid conmigo.

Pasaron por otras dos puertas y por un confuso laberinto de pasillos y cámaras. Cole vio a gente en las salas por las que pasaron, hombres y mujeres comiendo en una mesa larga, un anciano acariciando a un perro enorme, una mujer con un parche estudiando un mapa… Algunas puertas estaban cerradas.

238

Llegaron hasta un hombre musculoso que montaba guardia ante una pesada puerta. Se hizo a un lado, y Sultan la abrió. En el interior encontraron a un hombre joven y flaco con unos bigotes desaliñados y el pelo muy corto que se puso en pie al verlos entrar.

—¿Más visitantes? —preguntó.

—Dijiste que querías contar tu historia —respondió Sultan.

—Pero no a una persona cada vez —replicó el hombre—. Esto tiene que hacerse público. La gente no se está enterando de lo que se nos viene encima. Las ciudades que no se evacúan solo la hacen más fuerte. Nuestros líderes tienen que afrontar los hechos.

Cole no estaba muy seguro de que el tipo estuviera muy cuerdo. Su vehemencia y su intensidad parecían casi propios de un fanático.

—¿«La hacen»? —preguntó Skye—. ¿El monstruo es una mujer?

—Se llama Morgasssa —dijo el hombre.

—¿Qué tamaño tiene?

—El tuyo —dijo él—. Más o menos.

—¿Es una mujer? —preguntó Skye.

—Desde luego parece una mujer.

—¿La has visto?

—Claro que la he visto —respondió el hombre—. Y la he oído. Y he visto a su horda. Todos pasaron a mi lado, rodeándome —Echó una mirada a Sultan—. ¿Qué pintan en esto estos niños?

—Esta es Skye —dijo Sultan—. Es una de nuestros mejores agentes. Los chicos van con ella. Ella puede hacer que tu mensaje llegue a la gente.

—Yo trabajaba en el Forro Plateado —señaló Dalton—. No hay lugar mejor en Elloweer para difundir un rumor.

—Los chicos están bien donde están —dijo Skye—. No he oído tu nombre.

—Me llamo Russell —se presentó el hombre—. Mirad, yo no quiero ser maleducado, pero ahora os toca a vosotros difundir este mensaje. Yo he cumplido con mi parte. Sultan ya sabe todo lo que tengo que decir. Os lo puede contar igual de bien que yo.

—Danos ese gusto —insistió Sultan—. Quiero que Skye lo oiga de tu boca.

Russell soltó un suspiro de exasperación.

—¿Por dónde empiezo? Nadie puede pararla. No llegará aquí mañana, ni pasado mañana, pero viene hacia aquí, y Merriston es una ciudad grande. Si no empiezan a evacuar enseguida, va a ser una carnicería.

—Cuéntanos tu historia —dijo Skye—. Te juro que la daré a conocer. ¿Cómo pudiste ser testigo de todo eso y escapar? Pensaba que nadie conseguía huir.

Russell chasqueó la lengua.

—No fue mérito mío. Uno de esos ejecutores me ayudó. Los tipos de negro. La horda se acercaba. Mi unidad se retiró demasiado lentamente. Nos pasó por encima mientras intentábamos ayudar a los rezagados.

—¿Cómo te ayudó ese ejecutor?

—Me convirtió en piedra —aclaró Russell—. Me convertí en una estatua de piedra. Me dijo que esperara. ¡Como si tuviera otra opción! Seguía consciente, podía ver y oír, pero no podía moverme. No podía respirar. Tampoco lo necesitaba. Estaban a mi alrededor, por todas partes. Vi como atrapaban a algunos de los hombres de mi unidad.

—¿Cómo podías ver si eras una estatua? —preguntó Cole.

—Pregúntale al ejecutor —dijo Russell—. Yo no soy encantador. Fue una modificación, no una ilusión. No me podía mover en absoluto, pero veía.

—¿Viste si se llevaban a los hombres? —preguntó Skye.

—Morgassa no está sola. Viaja con toda la gente que ha atrapado y con su ejército de figmentos.

—¿Apariencias vivas?

—Más bien como apariencias sin personalidad —dijo Russell—. Ella los controla. Parecen personas, pero como borrosas, sin rasgos. Se ve un poco a través de ellas. No parece que corran mucho, pero son rápidas. Es como si se deslizaran. Cuando alcanzan a una persona, se funden con ella, y Morgassa se hace con el control.

—¿Sus figmentos se funden con la gente? —preguntó Skye.

—Tendríais que verlo para entenderlo. Las personas que ha atrapado corren en cabeza. Luchan contra cualquiera que se resista. Son más fuertes de lo que deberían. Retienen a la gente. Entonces llegan los figmentos y se hacen con ellos. Las mismas personas que huían se ponen entonces a ayudarla, como si hubieran perdido la cabeza completamente. Cambian. Cada una de las personas que atrapa pasa a aumentar su ejército.

—¿De cuántos figmentos hablamos? —preguntó Cole, no muy seguro de tener voz en aquella conversación, pero incapaz de contenerse.

—Una multitud —dijo Russell—. Tantos como quiera. Se la ve haciéndolos a montones, como si nada. Agita un brazo, y aparecen veinte. Agita el otro, y aparecen otros treinta. Ya se ha apoderado de miles de personas. Todos de ellos drones. Modificados. Cada vez hay más figmentos. Va a acabar controlando hasta el último rincón de Elloweer. No tardará mucho. Y sin ningún esfuerzo.

—¿A ti no te hicieron nada? —preguntó Skye.

—En absoluto —respondió Russell—. La horda pasó rodeándome, como si fuera un río, y yo, una roca. No se pararon siquiera a mirarme. Se llevaron a todos los demás. La ciudad quedó vacía. Era como si nunca hubiera vivido nadie allí. Cuando pasó todo, nadie se asomó por las ventanas. No salió nadie arrastrándose desde los sótanos. La ciudad de Pillocks estaba muerta. Un cementerio sin cuerpos. Todos los cuerpos se habían ido con ella.

—Entonces, ¿qué pasó? —preguntó Skye.

—Pasó el tiempo. Estaba ahí de pie, pero no me cansaba. No tenía sed. No podía mover la cabeza ni tampoco los ojos. Pero veía. Oía. Me preocupaba quedarme así para siempre.

—¿Cómo volviste a tu estado anterior? —preguntó Cole.

—Llegó otro ejecutor. Fue otro tipo. No creo que el que me transformó en piedra consiguiera escapar. El nuevo ejecutor volvió a darme mi aspecto normal.

—¿Te dijo algo? —dijo Skye.

—Me preguntó qué había visto. Yo se lo dije. Me dio un caballo. Me dijo que Morgassa y la horda se dirigían hacia Glinburg. Me dijo que fuera al sudeste, a Ambrage, y que los advirtiera. Hice lo que me pedía. Los advertí. Les hablé de Morgassa y de la gente que controla, y de los figmentos. Me enviaron a Westridge para que advirtiera a la guarnición que había allí destacada. Hablé con el campeón y el prefecto. Entonces fue cuando todos se volvieron en mi contra. Me arrestaron. Les asustaba que cundiera el pánico. Y yo les dije que era necesario que cundiera el pánico. La horda de Morgassa no dejará de crecer.

—Es terrible —exclamó Skye.

—No tienes ni idea. Por mucho que diga, me quedaré corto. Nunca he tenido ningún aprecio por la resistencia. Me parecían un puñado de pirados que combatían en una guerra que acabó hace décadas. Pero fue la resistencia la que me liberó de camino al castillo de Blackmont. Ya como prisionero, había repetido mi historia a algunos mandos de la legión y a altos cargos de las ciudades. ¿Y cómo me lo agradecieron? Me enviaron a Blackmont. Querían encerrarme. No me importa vuestras intenciones políticas: es necesario advertir a la gente de Elloweer. No hay tiempo para organizarse. No hay tiempo para valorar alternativas. Lo único que podemos hacer es intentar limitar los daños. La gente de Elloweer tiene que huir. Si la resistencia difunde el mensaje, serán los verdaderos héroes de Elloweer.

242

—Estamos poniendo en marcha nuestro plan —dijo Sultan.

—Necesitáis algo más que un plan —insistió Russell—. ¿Vosotros os hacéis llamar los Invisibles? Pues ha llegado la hora de ser bien visibles. Tenéis que enviar jinetes por donde yo vine, que le digan a todo el mundo que deje todo lo que les pueda hacer ir más despacio y que huyan. Para muchos ya es demasiado tarde.

—Ya hemos empezado a hacerlo —dijo Sultan.

—¿Y tú? —le preguntó Skye—. ¿Tú qué vas a hacer?

—¿Quieres decir una vez que mis rescatadores decidan que ya le he contado mi historia a suficientes personas? —respondió, llevándose los puños a las sienes—. Cuando me dejen, me iré. Les agradezco que me liberaran. No me gustaría nada estar encerrado en Blackmont con Morgassa libre por ahí. Pero ya he hecho todo lo que podía. He contado lo que sabía. Ahora les dejo a ellos el problema. Ahora soy un fugitivo. Pero no soy el único. Todos somos fugitivos.

—Bienvenido al club —dijo Jace.

—Se refiere a todo el reino —precisó Skye—. Ahora todo el mundo es fugitivo.

Russell cerró los ojos, frunciendo los párpados.

—La mayoría aún no lo sabe. Yo tendré que huir, pero no de los campeones o de los prefectos, ni de la legión. Lo único que quiero es una apariencia que me haga irreconocible, y luego me iré de Elloweer para siempre. Cualquiera que tenga un gramo de sentido común haría lo mismo. Plantar cara a Morgassa es unirse a ella. La única defensa posible es esquivarla. ¿Quiere Elloweer? ¡Que se lo quede! Elloweer está sentenciado. Ahora solo hay un líder. Sus seguidores repiten su nombre como un mantra: Morgassa.

243

Capítulo 22

Desafío

La serpiente negra subió dando vueltas por la pata de la mesa, girando y flexionando el cuerpo con precisión. Extendió la cabeza hacia el exterior y la apoyó en lo alto de la mesa, seguida por el resto de su cuerpo sinuoso. Con gran elegancia y agilidad, cruzó la superficie en dirección a Cole, que observó con los ojos bien abiertos cómo echaba la cabeza atrás y mostraba un par de finos colmillos.

—Tiene un aspecto muy real —comentó.

—Gracias —respondió Dalton.

De pronto, tenía la cabeza de un pollo. El cuerpo se convirtió en un fino globo rosa. La cabeza de pollo picoteó el globo que componía el cuerpo, que reventó sin hacer ruido.

—Eso ya queda algo menos real —dijo Cole.

La apariencia desapareció. Cole y Dalton estaban sentados en unos jergones, en una pequeña habitación húmeda. Una mesa endeble, una hamaca y unas cajas de madera completaban el mobiliario. Al menos tenían puerta. Algunas de las habitaciones del escondrijo de los Invisibles solo tenían una mísera cortina. Ya habían dormido una noche en los jergones. Skye tenía pensado pasar una noche más allí antes de partir hacia el Odre Hinchado para reunirse con Joe y Twitch.

—¿Tú no te preguntas por qué no se han puesto ya en marcha los Invisibles? —preguntó Dalton.

—Quizá lo hagan pronto —dijo Cole—. Tiene pinta de que la cosa se va a poner fea muy pronto.

—Las cosas también se pusieron feas en Sambria —recordó Dalton, cruzándose de brazos—. ¿Querrá ir Skye a por Morgassa?

—Quizá —respondió Cole—. Si Morgassa es el poder de Honor, la única posibilidad para vencerla podría ser encontrar a Honor.

Dalton se quedó mirando a Cole, apretando los labios.

—¿Qué pasa? —preguntó Cole.

—¿Tú estás seguro de que quedarnos con Skye sea el mejor modo de ayudar a Jenna? ¿Crees que la encontraríamos antes si fuéramos por nuestra cuenta?

—Quizá —dijo Cole—. Ya lo he pensado. Pero el Caballero Solitario tiene a Mira. No puedo abandonarla sin más. Mira es genial. Es una amiga de verdad.

—Pero ¿no han ido a por ella esos otros dos?

—Joe y Twitch —dijo Cole—. Le siguen la pista, pero yo no me iré de aquí hasta que sepa que está bien. Tampoco te abandonaría a ti. He pensado mucho en ello. Y, aparte de todo lo demás, de verdad creo que quedarse con Mira es el mejor modo de ayudar a Jenna y a los demás. No me malinterpretes: oigo hablar de Morgassa, y me entran ganas de salir corriendo.

Dalton asintió.

—Quizá no fuera una mala ocasión de salir a buscarla por otros reinos.

—Desde luego —reconoció Cole—. Pero, si estamos con Mira, la resistencia nos ayuda allá donde vamos. Y si Mira consigue derrotar a su padre, quizá logremos liberar a todo el mundo. No creo que pudiéramos hacerlo sin su ayuda.

—También podrían pillarnos al intentar colarnos en Blackmont —señaló Dalton—. O incluso podría matarnos algún monstruo horrible.

—Yo no dije que no hubiera riesgos. Pero si queremos

ayudar a Jenna, tenemos muchas más posibilidades estando con Mira que avanzando a ciegas sin ninguna ayuda. No olvides que, gracias a que estaba con ella, conocí a la gente que me ha ayudado a encontrarte.

La puerta se abrió sin previo aviso. Jace entró, con los ojos brillantes de la emoción.

—¡Eh! ¿Habéis oído las noticias?

—¿Qué noticias? —preguntó Cole.

—El Caballero Solitario ha desafiado a duelo al Caballero Temible —anunció Jace—. Y el Caballero Temible ha aceptado. Mañana combatirán por el dominio de Edgemont.

—¡Hala! —exclamó Cole—. ¿En serio?

—Todo el mundo habla de ello. Supongo que se ha extendido la voz por toda la ciudad. Se supone que solo los vecinos de Edgemont pueden asistir al combate.

—¿Has hablado con Skye? —preguntó Dalton.

—No la encuentro —respondió Jace—. Debe de haber salido para informarse de las novedades. Entenderéis lo que eso significa, probablemente.

—Que el Caballero Solitario, probablemente, se haya enterado de lo de Honor a través de Mira —dijo Cole—. ¿Crees que se lo diría a propósito?

—Puede ser. A lo mejor ha decidido que el Caballero Solitario era la herramienta perfecta para entrar en el castillo de Blackmont. O quizás el Caballero Solitario le haya sacado la información a la fuerza y quiera añadir otra princesa a su colección. En cualquier caso, es muy probable que Mira esté en el duelo.

—También es muy probable que sea una trampa —dijo Dalton.

—¿Qué quieres decir? —preguntó Jace.

—Rustin Sage quiere al Caballero Solitario fuera de combate. Pero no quiere arriesgar sus dominios. Si Rustin sabe dónde estará mañana el Caballero Solitario, sería una oportunidad estupenda.

—Tenemos que ir —decidió Cole—. Será nuestra mejor ocasión para ayudar a Mira.

—Esperemos que Skye esté en ello —dijo Jace.

Skye volvió a media tarde. Entró en la habitación de Cole con Sultan. Los chicos habían estado jugando a los dados, un juego que Jace les había enseñado para pasar el tiempo.

—¿Habéis oído las noticias sobre el duelo de mañana al amanecer? —dijo ella.

—Vamos a ir, ¿no? —preguntó Jace.

—Sultan nos ayudará —dijo Skye—. Será complicado. Tenemos información de nuestros contactos infiltrados entre la guardia de Merriston.

—Rustin Sage piensa rodear Edgemont mañana, durante el duelo —explicó Sultan—. Dejará que se batan en duelo, porque, si alguien puede vencer al Caballero Solitario, ese es el Caballero Temible. Si el Caballero Solitario pierde, problema resuelto. Si el Caballero Solitario gana, Rustin Sage y sus caballeros irán a por él, con sus guardias y un batallón de legionarios.

—¿Y eso no va contra las normas? —preguntó Cole.

—Tienen una excusa —respondió Sultan—. Debido a los robos, acusan al Caballero Solitario de ser un delincuente. Le negarán sus derechos como campeón y lo tomarán por la fuerza. El gobernador secunda el plan, y también el prefecto Campos.

—Tenemos que estar allí —dijo Skye—. Si el Caballero Solitario pierde, rescataremos a Mira y huiremos. Si gana, puede que tengamos ocasión de liberar a Honor. Si el Caballero Temible cae, el Caballero Solitario será temporalmente señor del castillo de Blackmont.

—Hasta que los guardias de Merriston y los legionarios lo prendan —precisó Dalton.

—Será peligroso, pero no creo que se nos vaya a presentar una ocasión mejor —dijo Skye—. Descansad un poco. Saldremos de noche. Quiero llegar antes del amanecer.

Para cuando los primeros rayos de luz del sol empezaban a iluminar el cielo, Cole estaba acurrucado bajo una manta en el estadio de Edgemont. Muchas personas ya se habían colocado en las gradas que rodeaban el campo de batalla. Skye y Sultan se habían disfrazado y habían disfrazado a los tres chicos, imitando el aspecto de una familia de vecinos de Edgemont que simpatizaba con la rebelión y les habían dejado su puesto. Cuando Cole y los demás llegaron al estadio, los agentes les preguntaron sus nombres, la ocupación del padre y su dirección, a modo de comprobación. Sultan les dio todas las respuestas correctas, y les dejaron pasar sin más problemas.

Cole llevaba su espada saltarina. Jace portaba la de Mira. Dalton iba armado con un cuchillo. Sultan y Skye también llevaban armas. Los ilusionistas las habían ocultado con apariencias.

La mañana era tan fría que Cole se veía el propio aliento. Se arropó con la manta y escrutó con la mirada por si veía a Mira.

Como no habían tenido mucho tiempo, no pudieron intentar ponerse en contacto con Joe y Twitch. Skye suponía que Joe se presentaría en el combate. Hasta el momento, Cole no los había visto entre la multitud.

El cielo empezó a tomar color. Las murallas del castillo de Blackmont se elevaban por encima del estadio, al igual que sus torres, afiladas y angulares. Por la dura silueta del castillo, recortada contra el cielo, daba la impresión de que este estuviera hecho de hierro oscuro. Cole supuso que buena parte de ello no sería más que una ilusión.

Al acercarse el momento del alba, el estadio se llenó de

espectadores. Cole se quedó apretujado entre Dalton y Jace según iba colocándose cada vez más gente en su banco. Los últimos en llegar se quedaron de pie en las escaleras o allá donde encontraban un sitio.

El sol estaba a punto de salir. El Caballero Solitario apareció en la arena, con su brillante e impecable armadura. Desenvainó *Veraz* y saludó al público. La mayoría le jalearon, aunque alguno le abucheó con fuerza. Tras él salieron ocho caballeros; en último lugar, apareció el pequeño Medio Caballero, que fue objeto de algunas mofas.

Los caballeros se situaron en formación a un lado de la arena. Directamente por encima, en la primera fila de las gradas, Cole vio a Mira. Llevaba una capa escarlata y parecía ilesa.

—¿La ves? —le preguntó Cole a Jace.

—¿Dónde?

—Justo por encima de los caballeros.

—¡Tienes razón! —exclamó Jace—. Está…, parece que está bien.

Cole pensó que Jace se había frenado para no decir «guapa» o «preciosa». Lo cierto es que tenía muy buen aspecto. Cole estaba demasiado aliviado al verla como para meterse con él.

Jace se lo hizo saber a Skye, que asintió en el momento en el que le señalaba a Mira. Cole le explicó a Dalton dónde estaba. La capa escarlata le ayudó a localizarla.

—No tiene pinta de prisionera —observó Cole.

—No —coincidió Skye—. Pero las apariencias engañan.

En aquel momento, todo el estadio enmudeció, justo cuando apareció, por el otro extremo, el Caballero Temible. Su armadura oscura hacía juego con el aspecto tenebroso del castillo de Blackmont. De su casco y de las anchas hombreras le salían unos pinchos. De los brazales y las grevas le salían unas crestas cortantes. El Caballero Solitario tenía una imagen imponente, pero el Caballero Temible le sacaba

249

al menos una cabeza. Llevaba un espadón casi del tamaño de un hombre. La hoja parecía lo suficientemente gruesa como para talar un árbol.

Los doce acompañantes del Caballero Temible salieron y formaron detrás de su líder. Desde luego ninguno daba tanto miedo como él.

El Caballero Solitario enfundó la espada y caminó hacia el centro del campo de batalla, a esperar a su oponente. El Caballero Temible sostenía su enorme arma con una mano. Cole sospechó que la mayoría de los hombres habrían tenido que arrastrarla, aunque usaran las dos manos.

Del yelmo del Caballero Temible salieron unas llamaradas, haciendo que gran parte del público se estremeciera. Unas volutas de humo negro se elevaron por encima de su cabeza.

—¿Eso es de verdad? —preguntó Dalton, meneando la cabeza.

Cole lo miró, aliviado de tener por fin alguien al lado que entendiera lo desquiciadas que eran todas aquellas experiencias.

—Es como las justas del festival del Renacimiento —dijo Cole—. Solo que seguro que estas son algo más intensas.

El Caballero Solitario volvió a desenvainar.

—No hace falta que montes tal espectáculo —gritó, agitando la espada *Veraz* en el aire.

Las llamas y el humo desaparecieron, algunas de las púas desaparecieron de la armadura, y el Caballero Temible se encogió un poco, aunque aún le sacaba media cabeza al Caballero Solitario. Su espada seguía siendo enorme.

El Caballero Temible se detuvo a unos diez pasos del Caballero Solitario.

—¿Osas desafiarme por el control de Edgemont? —preguntó el Caballero Temible, con una voz que era más bien un grave rugido.

—Preferiría que me lo cedieras voluntariamente —respondió el Caballero Solitario—. Respeto tus numerosos años de servicio como campeón de la ciudad. Admiro tu habilidad en el combate. Pero tu mejor momento ha pasado. No hay necesidad de que perezcas hoy. ¿Por qué no te retiras y disfrutas del fruto de tu trabajo?

—Por ese insulto haré que tu muerte sea más lenta y dolorosa —bramó el Caballero Temible.

—No te molestes si mi muerte es tan lenta que no acaba de llegar —respondió el Caballero Solitario—. ¿Empezamos?

El Caballero Temible se lanzó adelante, levantando el espadón con las dos manos, y lo hizo caer como si fuera un martillo pilón. El Caballero Solitario se echó a un lado y saltó adelante para contraatacar, pero la hoja del Caballero Temible no se había hundido en el suelo como parecía indicar la fuerza de su golpe. Detuvo la hoja de su espadón y la lanzó hacia el lado, dándole al Caballero Solitario en el costado y lanzándolo al suelo.

Cole se mordió el labio tan fuerte que casi sangró. ¡Si querían acceder al castillo de Blackmont, necesitaban que ganara el Caballero Solitario! Si no, tendrían que hacerse con Mira y huir a la carrera.

El impacto había deformado el costado de la armadura del Caballero Solitario. No se veía sangre, pero el brutal impacto podía haberle roto la columna.

El Caballero Temible avanzó hacia su oponente, que estaba en el suelo. Aún tumbado, el Caballero Solitario desvió un mandoble brutal y le dio una patada al Caballero Temible con ambas piernas. Su enorme rival saltó para evitar la patada, cambió el agarre del espadón y lanzó la punta hacia el suelo, en el lugar donde estaba la cabeza del Caballero Solitario.

Cole estuvo a punto de apartar la mirada en el momento en que la punta de la espada gigante rozó el yelmo y se hundió en la tierra. El Caballero Solitario se había girado lo mínimo necesario para que el espadón le pasara ro-

251

zando. Rodó hacia un lado y se puso en pie apoyándose en las manos y las rodillas. El Caballero Temible le dio una tremenda patada en el costado. *Veraz* salió volando, y el Caballero Solitario, salió rodando.

Desarmado y mareado, se puso a cuatro patas, intentando levantarse, mientras el Caballero Temible se preparaba para soltar el golpe de gracia y rebanarle el cuello. Cole no creía que el Caballero Solitario fuera a ver siquiera la hoja que se acercaba; se encogió al ver que la espada caía, cortando el aire, en lo que sería el golpe definitivo. Sin embargo, el Caballero Solitario lo esquivó, perdiendo uno de sus cuernos, pero no la cabeza. Entonces cargó contra las piernas del Caballero Temible, envolviéndolas con ambos brazos como un jugador de rugby. El Caballero Temible cayó pesadamente, aterrizando de espaldas. Con su armadura mellada y deformada, y el yelmo asimétrico tras haber perdido un cuerno, el Caballero Solitario se puso en pie y recuperó a *Veraz*. Con la espada en la mano, se giró hacia el Caballero Temible mientras su rival usaba el espadón como apoyo para ponerse en pie.

—Quiero que sepas —le dijo el Caballero Solitario— que has sido mejor rival que ningún otro campeón al que me haya enfrentado.

De nuevo en pie, el Caballero Temible se puso firme y levantó la espada.

—Tienes agallas —dijo—. Eso tengo que reconocértelo.

Con la espada baja, el Caballero Solitario caminó en dirección a su rival, con paso acompasado.

—Si te unes a mí, te perdonaré la vida. Casi nunca hago una oferta así. Sé uno de mis caballeros. Ayúdame a arreglar todo lo que no funciona en Elloweer.

Rugiendo, el Caballero Temible se lanzó adelante. Su oponente, a la defensiva, desvió un potente embate, luego otro y otro más. El Caballero Temible atacaba de forma implacable: a diestra, siniestra, diestra, siniestra. Aunque el Caballero Solitario conseguía desviar los golpes, no tenía tiempo de contraatacar entre uno y otro. El Caballero Temible fue haciendo retroceder a su oponente. A cada choque de las hojas, Cole se preguntaba cómo conseguían aquellos hombres para no perder el arma.

Al quedar acorralado contra la pared del campo de batalla, el Caballero Solitario cambió el agarre, sosteniendo a *Veraz* igualmente, pero girando la mano para que la hoja quedara orientada hacia la palma de la mano. En lugar de desviar el golpe siguiente, el Caballero Solitario lo bloqueó. Por un momento, ambos caballeros se quedaron inmóviles, atrapados en un pulso interminable. Entonces el Caballero Temible intentó darle una patada. El Caballero Solitario soltó la espada y le cogió la pierna con ambas manos.

Cole se echó adelante y se quedó sentado al borde del banco. Se hizo una pausa. El Caballero Solitario no tenía su espada, pero tenía a su oponente en una posición muy complicada.

253

—El equilibrio es importante cuando llevas armadura —dijo el Caballero Solitario, agarrando con fuerza la pierna y haciendo caminar hacia atrás a su rival Temible. El enorme guerrero iba saltando a la pata coja para evitar caer al suelo—. Intenta atacarme.

El Caballero Temible echó el brazo atrás para preparar el ataque, pero, en aquel momento, el Caballero Solitario le retorció la pierna, y su enorme rival estuvo a punto de caer al suelo. El Caballero Temible tuvo que dar un salto para mantenerse en pie; no pudo asestar el golpe con la espada.

—Esto se ha acabado —dijo el Caballero Solitario—. Una última oportunidad. Únete a mí, y olvidaremos nuestra enemistad.

—Has perdido la espada.

—Tú has perdido el combate.

—Como mucho estamos empatados.

—Muy bien. Te he avisado.

Cole pensó que el Caballero Solitario aprovecharía que

le tenía agarrada la pierna al Caballero Temible para hacerle caer de espaldas, pero, en lugar de eso, cambió el agarre, le pasó una mano por la cintura y le hizo caer pesadamente de espaldas. El público soltó una exclamación de sorpresa contenida, como si todas las gargantas fueran una sola.

El Caballero Solitario recogió el espadón del Caballero Temible, lo puso en vertical, lo levantó con las dos manos y lo hizo caer con fuerza: lo clavo entre el casco y la pechera. El Caballero Temible quedó tendido, inmóvil, mientras el Caballero Solitario se apartaba para recoger a *Veraz*. El espadón del Caballero Temible sobresalía del campeón como si de una lápida se tratara.

Capítulo 23

El prisionero

El público se quedó mirando en silencio mientras el Caballero Solitario se agachaba y recogía su espada. Con una floritura, levantó a *Veraz* en alto, y el público estalló en un aplauso. Cole estaba de pie, como todos.

—¡No puede ser! —gritó Jace, asombrado—. ¡Eso no puede haber sido verdad! ¿Has visto?

Cole lo había visto. El Caballero Temible había perdido, y de qué manera. El Caballero Solitario se dirigió al centro del estadio y disfrutó de los vítores un rato, pero luego envainó la espada y levantó las manos para que la gente se callara. Las voces fueron apagándose. El público se sentó. Los doce caballeros del séquito del perdedor rodearon su cuerpo inerte. Le extrajeron la enorme espada y le quitaron el yelmo. El estadio se quedó en silencio. Con la distancia y con toda aquella gente alrededor, Cole no pudo ver bien los rasgos del Caballero Temible, pero sí que tenía el cabello gris. Al desaparecer la tensión del combate, Cole cayó de pronto en que acababa de ver morir a un hombre. Aquello no era una película de acción: había ocurrido realmente, delante de sus propias narices. Echó una mirada rápida a Dalton y vio que su amigo parecía encontrarse mal.

—Ahora él es el Caballero Temible —murmuró Jace.

El Caballero Solitario levantó una mano para hablar:

—Caballeros del Caballero Temible —dijo—. ¿Confirmáis que he ganado este desafío?

Uno de los caballeros se quitó el casco. Tenía el cabello castaño y más bien largo, y una barba bien cuidada.

—Soy Desmond Engle, primer caballero de los caballeros de Edgemont. El Caballero Temible ha caído. Eres el nuevo campeón de Edgemont, Caballero Solitario. ¿Tienes un nombre?

—El pueblo me ha asignado el nombre de Caballero Solitario —respondió él—. Por ahora lo acepto. El prefecto de Edgemont y todos sus subordinados quedan relevados de sus cargos. Querría hablar con los hasta ahora caballeros de Edgemont para discutir la posibilidad de seguir contando con ellos. Los guardias de Edgemont están ahora a mis órdenes, y defenderán esta ciudad de cualquier incursión externa. Hasta nueva orden, no se cobrarán impuestos a la gente de Edgemont.

Aquella declaración provocó vítores y gritos de entusiasmo. El Caballero Solitario esperó a que el público se calmara de nuevo.

—No me ha pasado desapercibido —prosiguió el Caballero Solitario— que, durante la noche, guardias de las ciudades vecinas, sobre todo de Merriston, acompañados por un gran grupo de legionarios, han tomado posiciones a las afueras de nuestra ciudad. El cobarde Rustin Sage quiere detenerme como si fuera un delincuente, en lugar de afrontar el desafío que le hice hace más de seis semanas. Yo he ganado todos mis duelos legalmente, pero cuando intenté presionar a Rustin para que cumpliera con su deber y combatiera conmigo, me declaró un proscrito. Rustin Sage pretende escapar a la justicia y, al hacerlo, amenaza con destruir nuestro sistema de gobierno.

Un murmullo generalizado se extendió por el estadio. Algunos parecían apoyar al Caballero Solitario. Otros protestaban en voz baja.

—A todo el que no sepa combatir, le sugiero que vuelva a su casa —dijo el Caballero Solitario—. Caballeros, guardias y luchadores de Edgemont, os imploro que cumpláis con vuestro deber y defendáis Edgemont de cualquier agresor. Merriston aquí no tiene autoridad. Ni siquiera el rey supremo tiene derecho a presentarse aquí y despojar a vuestro campeón de su cargo.

La multitud parecía bastante airada, pero Cole tuvo la impresión de que aquello no bastaba. Muchos murmuraban, no muy convencidos. Algunos hombres y mujeres meneaban las cabezas. Muchos empezaron a abrirse camino hacia las salidas.

—Espero que las ciudades vecinas no vayan en serio —dijo el Caballero Solitario—. Si se presentan aquí dispuestas a violar las leyes del territorio y a desafiarme, les plantaremos cara. Ahora me retiraré al castillo de Blackmont con mis caballeros y los del Caballero Temible. Estaremos preparados.

—Solicitamos permiso parar retirar los restos del Caballero Temible antes de unirnos a vosotros en el castillo —preguntó Desmond.

—Concedido —respondió el Caballero Solitario—. Pero necesitaré a alguien que nos garantice el acceso a Blackmont.

—Entendido —dijo Desmond—. Enviaré a Oster con vosotros para que os abran las defensas y podáis entrar en el castillo. Has luchado bien, Caballero Solitario. Ha sido una victoria merecida.

Aquella observación levantó unos cuantos y dispersos aplausos. La mayoría estaba ya marchándose. Cole se preguntó con cuánto apoyo contaría el Caballero Solitario para enfrentarse a los soldados que querían capturarlo.

El Caballero Solitario se dirigió a sus caballeros. Hizo un gesto en dirección a Mira, que seguía en la grada. Cole la vio bajar por una escalera para unirse a ellos en la arena. Parecía obedecer de buen grado.

—Tenemos que bajar —propuso Cole—. Podría ser nuestra única posibilidad de alcanzarlos.

—De acuerdo —dijo Jace—. Vamos.

257

Mientras una marea de cuerpos caminaba hacia las salidas, Cole, Jace, Dalton, Skye y Sultan se abrieron paso hacia la arena. Ahora Mira estaba de pie junto al Caballero Solitario. Varios guardias se le acercaron, quizá para recibir órdenes. Cuatro caballeros combinaron sus fuerzas para llevarse al Caballero Temible. Un quinto recogió su espadón con gran reverencia.

—Vamos a quitarnos estas apariencias —anunció Skye—. Aquí nadie nos busca. Y si Mira nos ve, puede que nos ayude a llegar a ellos.

De pronto, los otros recuperaron su aspecto, por lo que Cole supuso que él también lo había hecho. El Caballero Solitario y Mira fueron hacia una puerta que llevaba de la arena a la tribuna. Cole intentó darse prisa, pero la aglomeración de gente en la arena se lo ponía difícil. Vio que Mira escrutaba la multitud, pero sus ojos no miraron en dirección a ellos. ¡Si se iba con el Caballero Solitario, sería difícil alcanzarlos! El castillo quedaría cerrado a cal y canto, a prueba de intrusos.

Por el rabillo del ojo, vio algo que se movía en un lado. Se giró y se topó con una figura alada que se elevaba por encima de la multitud para bajar después a la arena. Un par de caballeros echaron mano de sus armas en el momento en que la figura aterrizaba con un murmullo de alas de insecto. Mira salió corriendo hacia Twitch y alejó a los caballeros.

Twitch se giró y señaló hacia las gradas. Siguiendo la dirección que indicaba su dedo, Cole vio a Joe abriéndose paso hacia Mira. Cuando Joe llegó a la base de la tribuna, Cole y sus compañeros también estaban allí. Mira se giró por fin en dirección a Cole, la cara se le iluminó y le indicó con un gesto que se acercara.

Cole encontró una escalera que bajaba a la arena. Él, Dalton, Jace, Skye y Sultan llegaron a donde estaba Mira al mismo tiempo que Joe. Mira estaba radiante.

—¡Qué contenta estoy de que todos me hayáis encontrado! —dijo—. ¡Os estaba buscando!

—¿Estás bien? —preguntó Cole, que aún no tenía claro si tendrían que salir corriendo aprovechando que la multitud seguía invadiendo la arena.

—Bastante bien, sí —respondió Mira, girándose brevemente en dirección al Caballero Solitario—. Al menos tenemos un modo de entrar en el castillo de Blackmont.

—¿No eres su prisionera?

—Sí que lo soy —dijo Mira, después de pensárselo un poco—. Pero el Caballero Solitario no es tan malo. De momento, estamos trabajando juntos…, más o menos. ¿Es ese…? ¿Eres Dalton?

—Sí —respondió él, sonriente.

—Lo encontramos en el salón de confidencias —la informó Cole, sonriendo, encantado—, y ahora viene con nosotros, para ayudarnos a encontrar a Honor.

—Ya te lo explicaremos todo más tarde —atajó Jace—. ¿Dónde estabais vosotros? —le preguntó a Twitch.

—Joe y yo no pudimos entrar antes del duelo —explicó Twitch—. Pero cuando la gente empezó a marcharse, dejaron de controlar quién entraba.

—Mira, tenemos que irnos —dijo el Caballero Solitario, acercándose.

—Estos son mis amigos —señaló Mira.

—Los recuerdo a todos, salvo a estos dos —respondió el Caballero Solitario, señalando a Sultan y Dalton.

—Estoy aquí para ayudar —dijo Sultan.

—Nos irá bien toda ayuda. Espero un ataque dentro de menos de una hora. Algunos de vosotros son algo más de lo que parecen —añadió el Caballero Solitario, señalando a Cole—. Mira, ¿quieres que vengan con nosotros?

—Sí.

—Muy bien, pues acompañadnos al castillo. Hay mucho que hacer.

Rodeado de caballeros, Cole salió de la arena por un túnel que había bajo las gradas. Se puso al lado de Mira.

—¿De verdad estás bien? —le preguntó, bajando la voz.

—Ahora estoy mejor. Tenía miedo de no encontraros nunca más.

—¿Sabe quién eres? —susurró Cole, haciendo un gesto con la cabeza hacia el Caballero Solitario.

—Sí —dijo Mira—. Lo supo desde el momento en que se me llevó. Yo no se lo negué.

—¿Cómo es?

—Aparte del hecho de que me raptara, se ha portado muy bien. Es considerado y protector, razonable y justo. Fue idea mía venir aquí.

—¿Sabe lo de tu hermana?

Mira asintió.

—Así es como le convencí. Fue el principal motivo de que viniéramos. Él también quiere encontrarla.

—¿Y si os hace prisioneras a las dos?

—Es una posibilidad —dijo Mira—. Mejor con él que en el castillo de Blackmont. Está en contra del rey supremo. Tendremos que ir improvisando. ¡Estoy contentísima de que hayáis encontrado a Dalton!

Cole se giró y le hizo un gesto a Dalton para que fuera con ellos. Dalton echó una carrera y saludó a Mira moviendo la mano.

—He oído hablar mucho de ti.

—Lo mismo digo —dijo Mira—. Me alegro de que Cole te encontrara. Era su máxima prioridad.

—Las cosas se han puesto mucho más emocionantes desde que llegó —respondió Dalton, sonriendo.

—Pues agárrate fuerte —respondió Mira—. Se pondrán aún peor.

Cole no pudo evitar sonreír. Resultaba raro ver cómo chocaban aquellos dos mundos: su mejor amiga de Elloweer hablando con su mejor amigo de casa. Salieron de la arena y subieron por una amplia carretera pavimentada en dirección al castillo de Blackmont. Cole observó que Jace se quedaba atrás. Intentó cruzar la mirada con la suya, pero Jace evitaba deliberadamente el contacto visual.

El Caballero Solitario estaba hablando con el caballero que Desmond había enviado para acompañarle. Cole se adelantó para oír mejor.

—… la mayoría de ellos no quieren tener nada que ver contigo —decía Oster—. Anoche se nos acercaron hombres que hablaban por Rustin Sage. En caso de que el Caballero Temible perdiera, nos prometieron que todos seguiríamos siendo caballeros del séquito de un nuevo campeón, si le ayudábamos a derrotarte. El Caballero Temible se los quitó de encima. Nos dijo que, si caía, debíamos servir al nuevo campeón. Pero la mayoría de los caballeros se reunieron con esos emisarios en privado. A muchos no volverás a verlos, a menos que te ataquen. El mismo nivel de lealtad me espero de los guardias. Desmond cumplirá con su deber, igual que yo; por eso me ha enviado para acompañarte. Raul también lo hará. Es probable que los demás no.

—Es menos de lo que deseaba, pero más de lo que me esperaba —dijo el Caballero Solitario—. Aprecio tu honestidad y tu lealtad. Serán recompensadas. Lo primero que haremos será visitar al prisionero secreto.

—Hay más de uno —dijo Oster.

—Uno es más secreto que los demás —señaló el Caballero Solitario.

—Quizá, pero ese prisionero…

—Ahora está bajo mi control —dijo el Caballero Solitario—. No podemos ganar la batalla por la fuerza. Puede que necesitemos negociar.

—Bien pensado —concedió Oster, tocándose el lateral de la nariz—. No eres un inconsciente impetuoso.

—Ese no suele ser uno de mis defectos. ¿Puedes confirmarme la identidad del prisionero?

—No tengo ni idea de quién es —dijo Oster—. Solo lo sabía el Caballero Temible, junto con esos pocos ejecutores que van y vienen. Los demás ni siquiera lo hemos visto. Pero tienes razón. Ahora tienes autoridad para saberlo.

—Que ese sea nuestro primer destino —le ordenó el Caballero Solitario.

Atravesaron las enormes puertas del castillo de Blackmont y entraron en un patio construido para intimidar. Jace señaló una fila de calaveras amarronadas montadas sobre estacas. Cole observó una colección de cajas torácicas amarillentas. El Caballero Solitario ordenó que cerraran las puertas tras ellos, y envió a tres de sus caballeros a asegurarse de que permanecían así.

Oster se puso en cabeza y penetraron en el interior del castillo. Subieron escaleras y atravesaron pasillos. Los guardias los saludaron al pasar. Al final llegaron a una puerta de hierro maciza vigilada por dos hombres con armadura.

—Este es el Caballero Solitario —les dijo Oster a los guardias—. Es el nuevo campeón de Edgemont.

—Abrid la puerta y haceos a un lado —ordenó el Caballero Solitario.

Los guardias se miraron el uno al otro, incómodos. Uno de ellos se aclaró la garganta antes de hablar.

—No podemos dejarle pasar.

—Soy el campeón de esta ciudad y el dueño de este castillo —dijo el Caballero Solitario, con una mano en la empuñadura de su espada—. Echaos a un lado, o seréis ejecutado por traición.

—Nuestras órdenes vienen de una autoridad superior —explicó uno de los guardias.

Cole observó que Dalton retrocedía, e hizo lo mismo. Se acercaba un combate.

El Caballero Solitario desenvainó.

—No hay autoridad superior en mi ciudad ni en mi castillo —dijo con voz tranquila pero inflexible—. Último aviso.

Los caballeros que estaban tras el Caballero Solitario también sacaron sus armas.

—Acaba de matar al Caballero Temible en un combate —les dijo Oster—. ¿De verdad queréis desafiar sus órdenes?

—Será campeón solo unos minutos —dijo uno de los guardias—. ¿Estás seguro de que quieres ponerte de su lado y arriesgarte a que te liquiden los ejecutores?

—En virtud de nuestras leyes y tradiciones, el Caballero Solitario es nuestro campeón —insistió Oster—. ¿Insistís en una muerte inmediata? ¿Tan fieles sois a los perros de presa del rey supremo?

—Conocemos nuestro deber —dijo el otro guardia—. El Caballero Temible tenía permiso para acceder al prisionero. Ninguna otra persona, salvo los ejecutores, ha recibido autorización.

—Admiro que penséis en vuestro deber. Desgraciadamente, dirigís vuestra lealtad hacia la persona equivocada. Os declaro culpables de traición —dijo el Caballero Solitario, e hizo un gesto con dos dedos.

Cole apartó la mirada, pero vio a dos caballeros que se adelantaban. Oyó el choque de las armas un par de veces. Cuando volvió a mirar, los guardias estaban en el suelo. Oster se agachó y recogió un manojo de llaves.

Dalton se quedó mirando a los guardias muertos con los ojos bien abiertos. Cole lo miró y vio su propia repulsión reflejada en los ojos de Dalton. Jace, por su parte, no parecía afectado por tanta violencia. Cole se preguntó hasta qué punto sería todo fachada.

—¿Cuántos guardias más hay? —preguntó el Caballero Solitario.

—Diez, creo —respondió Oster, que introdujo una llave en la puerta de hierro y la empujó para abrirla.

—¿Se rendirán?

—Lo dudo. Habrán recibido las mismas órdenes que estos dos.

El Caballero Solitario se dirigió a sus caballeros:

—Adelantaos. A todos los guardias que encontréis dadles la oportunidad de rendirse. Explicadles mi victoria y cuáles son mis intenciones. Si insisten en la traición, ejecutadlos.

—Déjame acompañar a tus caballeros —le pidió Oster—. Los guardias me conocen. Como segundo caballero, era el tercero en la cadena de mando de este lugar. Si lo oyen de mis labios, sabrán que tu victoria ha sido de verdad.

—Muy bien —accedió el Caballero Solitario.

—Encontrarás al prisionero en lo alto de las escaleras —dijo Oster—. Yo te esperaré allí.

Oster y otros seis caballeros atravesaron la puerta a toda prisa y subieron por las escaleras de piedra, dejando al Caballero Solitario a solas con Mira, Cole, Dalton, Jace, Twitch, Joe, Skye y Sultan. El Caballero Solitario se giró hacia ellos.

—Algunos tenéis poder para los encantamientos.

—Yo sí —respondió Skye—. Y Sultan. Ese chico, Dalton, también tiene cierta habilidad.

—Es solo cuestión de tiempo antes de que nos ataquen, desde dentro y desde fuera —dijo el Caballero Solitario—. En caso necesario, puedo abrirme paso y huir de aquí con mis caballeros, pero no podré proteger a Mira y a Honor del ejército que supongo que habrán reunido. Puede que tengáis que hacer uso de vuestros talentos para poner a salvo a las princesas.

—¿Nos dejarás marchar? —preguntó Mira.

—Nunca tuve ninguna intención de hacerte daño —respondió el Caballero Solitario—. Esperaba que tu presencia aumentara mis posibilidades de conseguir los duelos que tanto deseo. Pero, si hoy te quedas conmigo, podrías resultar herida.

—¿Qué intentas conseguir con tus duelos? —preguntó Mira.

El Caballero Solitario hizo una pausa antes de responder.

—Quiero recuperar Elloweer. Del mismo modo que tu padre os trató injustamente, ha tratado injustamente a los reinos sometidos a su poder. El cargo de forjador supremo no se creó para que lo ocupara un dictador. Tu padre obligó a esconderse a cuatro de los cinco grandes forjadores y reclamó la propiedad de unos reinos que, en realidad, debían beneficiarse de su protección. Invoca poderes arcanos muy cuestionables para asegurar su posición y conseguir sus objetivos. Lo que hemos visto hasta ahora no es más que una pequeña muestra de la destrucción que producirá su codicia. Alguien tiene que pararle.

—¿Y por qué no colaboras con la resistencia? —preguntó Skye—. ¿Con los Invisibles?

—Vosotros tenéis vuestros métodos —respondió el Caballero Solitario—. Yo tengo los míos. Hoy colaboraré con vosotros si vosotros protegéis a las princesas.

—Estamos aquí para servirlas —le aseguró Skye.

—Eso espero —dijo el Caballero Solitario—. Si os confío su cuidado, os haré responsables personalmente de su bienestar.

—¿Qué sabes de la amenaza del noroeste? —le preguntó Skye— ¿Del monstruo Morgassa?

—No he oído ese nombre —confesó el Caballero Solitario—. Sí he oído hablar del monstruo. Aunque viene en esta dirección, está a varios días de distancia.

Cole oyó voces escaleras arriba, seguidas del entrechocar del metal. Luego se hizo el silencio.

—Por aquí —dijo el Caballero Solitario.

Subieron las escaleras, que desembocaban en una gran sala donde yacían muertos varios guardias. Había una puerta de hierro abierta que daba a otra escalera. Se oyeron más voces arriba. Un momento más tarde, unos pasos acelerados bajaron a la carrera por las escaleras. Apareció el Medio Caballero.

—El camino a la celda más alta está despejado —informó el caballero enano—. Los tres guardias de arriba se han rendido y los estamos encerrando en una celda.

—Bien hecho —dijo el Caballero Solitario—. Muéstranos el camino, Mínimus.

Siguieron al pequeño caballero por la escalera curva, dejando atrás varias puertas de hierro con mirillas que se abrían desde el exterior. Cole se preguntó quién más estaría preso en aquella torre de alta seguridad. ¿Habría algún posible aliado que pudiera ayudarlos? ¿Podría ser que alguno de los chicos de Arizona hubiera acabado allí?

Cuando llegaron a lo más alto de las escaleras, Cole ya sentía los muslos cargados de la fatiga. Oster y los otros caballeros los esperaban allí.

—Ahora mis caballeros volverán al pie de la torre y evitarán que suba nadie. Yo bajaré muy pronto para disponer nuestras defensas.

En cuanto los caballeros se pusieron a bajar las escaleras, el Caballero Solitario se dirigió a Oster:

—¿Tienes la llave?

Oster abrió la cerradura de la puerta de hierro en lo alto de las escaleras, y Cole se echó a un lado para echar un vistazo. ¿Tendrían a Honor encadenada? ¿Habría oído la lucha de los guardias? ¿Sabría que llegaban sus rescatadores?

Oster empujó la puerta para abrirla del todo y el Caballero Solitario pasó por delante de Cole, tapándole la vista. Le hizo un gesto a Oster para que se echara a un lado y dejara pasar a Mira:

—Después de ti.

Mira atravesó el umbral, seguida por el Caballero Solitario. Cole entró tras ellos.

La celda no era lo que Cole se esperaba. Había alfombras en el suelo, tapices en la pared, y una cama con dosel. Una pared estaba cubierta de estantes llenos de libros de colores. Había muchos juguetes por el suelo: un caballito de madera, una espada falsa, varias marionetas, decenas de canicas, un ejército de soldados de juguete, un tambor y unos cuantos animales de peluche. Una serie de cofres y arcones contenían otros misterios.

En el otro extremo de la sala, sentado junto a una mesa baja, había un niño de seis o siete años dibujando sobre una pequeña pizarra con un trozo de tiza. Levantó la vista y se quedó observando a Mira y al resto de los intrusos, más intrigado que asustado.

Cole y Dalton se miraron, extrañados. ¿El prisionero era un niño?

—Hola —dijo Mira, con voz amable.

—Hola —respondió el niño—. ¿Tú quién eres?

—Yo soy Mira —respondió ella—. ¿Estás aquí solo?

—Casi todo el tiempo —dijo el niño—. Zola me trae la comida. Vince se pasa alguna vez. Y esos otros tipos, de vez en cuando. ¿Vamos a algún sitio?

—Quizá —contestó Mira—. ¿Por qué lo preguntas?

—Por toda esa gente nueva —dijo el chico, que señaló al Caballero Solitario—. Ese es un guerrero, como Vince.

—Sí —dijo Mira.

—¿Matas a gente? —le preguntó el niño al Caballero Solitario.

—A veces —dijo él.

—Tienes el costado de la armadura abollado —observó el crío—. Alguien ha intentado matarte.

—Es cierto.

—¿Tú eres bueno o malo? —preguntó el pequeño.

—Es bastante bueno —le aseguró Mira.

—Hoy Vince tiene que luchar contra un tipo —dijo el niño—. A veces los buenos tienen que luchar.

Cole se dio cuenta de que Vince debía de ser el Caballero Temible. Esperaba que nadie le dijera al niño lo que acababa de ocurrir.

—¿Cuánto tiempo llevas aquí? —le preguntó Mira, con dulzura.

—Un montón de días —respondió el niño, que se puso a dibujar otra vez.

—¿Y te gusta?

Él se encogió de hombros.

—Es mejor que el otro sitio. Pensaba que volvería a casa, pero aún no.

267

—¿Dónde está tu casa? —le preguntó Mira.

—En Ohio. Mi pueblo se llama Springboro —dijo.

Cole levantó las cejas de golpe. Dalton y él se miraron otra vez. ¡Otro niño de su mundo!

—¿Y cuál era el otro sitio? —preguntó Mira— ¿El que era peor?

—La Tierra de los Sueños —dijo el niño—. Daba miedo. Los esqueletos querían comerme.

Mira hizo una pausa.

—¿Cómo te llamas?

—¿Yo? Brady.

Capítulo 24

Los presos

Cole no podía creer lo que estaba oyendo. ¿De verdad ese era el niño que había creado un mundo lleno de esqueletos asesinos y pasteles de queso gigantes? Un semblante, la niñera de Brady, les había dicho que estaba muerto. Que los monstruos le habían pillado.

—¿Alguna vez ha habido aquí una niña que se llamara Honor? —le preguntó el Caballero Solitario.

—¿O Nori? —añadió Mira.

—No —dijo Brady, arrugando la nariz—. No, la única señora es Zola.

—¿Cuántos años tiene Zola? —le preguntó Mira.

—Tiene aspecto de mamá —respondió Brady.

—¿Cómo llegaste aquí?

—Fueron a la Tierra de los Sueños a buscarme —explicó Brady—. Al principio pensé que eran los ciegos. Pero no me mataron. Se me llevaron de la Tierra de los Sueños.

—Nosotros también hemos estado allí —intervino Cole—. En la Tierra de los Sueños. La gente lo llama «la Tierra de Brady». Conocimos a Amanda.

—¿La visteis? —exclamó Brady, emocionado.

—Nos ayudó —dijo Cole.

—¿Está bien?

—Sí, está bien.

—Yo no quería irme sin ella —dijo Brady—. Pero los tipos que se me llevaron no quisieron volver.

—¿Te trajeron aquí desde la Tierra de los Sueños? —preguntó Mira.

—Al principio no. Me dijeron que, si los dejaba, podían poner fin al sueño. Yo ya no quería aquellos sueños. Dejé de soñar. Pensaba que me despertaría y volvería a estar en casa.

—¿Consiguieron que no soñaras más? —preguntó Mira.

—Funcionó —dijo Brady—. Mis sueños ya no se materializan. Nada de galletas gigantes. Nada de juguetes mágicos. Pero tampoco malos que me persiguen. Ya no pasa nada de todo eso.

—Le quitaron su poder —murmuró Twitch.

—Después de que te quitaran tus sueños, ¿te trajeron aquí? —preguntó Mira.

—Sí. Aún no me pueden llevar a casa. Dicen que está demasiado lejos —dijo, pero luego acercó la cabeza y susurró—: Tengo la impresión de que quizá sean secuestradores.

—Sí que lo son —respondió Mira—. Pero no te preocupes. Hemos venido a ayudarte. —Mira se giró y bajó la voz—. ¿Alguien puede distraerle?

Dalton se adelantó, se arrodilló y se puso a preguntarle a Brady sobre el dibujo que estaba haciendo. El niño parecía muy contento con la atención que le prestaban de pronto. Mira se dirigió a los otros:

—Ese niño tenía un gran poder. Puede que hayan creado otro Carnag en Sambria.

—¿No nos habríamos enterado? —preguntó Twitch.

—A lo mejor ha sucedido hace poco —sugirió Joe—. ¿Cuánto tiempo lleva aquí Brady?

—Unas semanas —dijo Oster—. Pero puede que lo retuvieran en algún otro lugar antes. No conozco la historia.

—Quizás esta vez tengan un mayor control de la criatura —especuló Joe—. A lo mejor ahora no arrasa todo lo que toca.

—¿Y para qué han traído aquí a Brady? —preguntó Jace.

—Sea lo que sea lo que han hecho con su poder, no puede volver a él mientras esté aquí, en Elloweer —respondió Mira—. Solo funcionaría en Sambria. Quizá quisieran mantenerlo lejos.

—Probablemente le arrebataron todo su poder de forjado —apuntó Cole—. Como Carnag intentó hacer contigo, Mira. Si Brady colaboró, puede que le hayan separado por completo de su poder.

—¿Y ahora para qué lo quieren? ¿De qué les sirve sin poder?

—No lo sé —dijo Mira—. Debe de haber un motivo. Tenemos que investigar sobre cómo funciona el contra-forjado.

Oyeron un ruido de pasos en las escaleras. Mínimus entró en la sala, respirando afanosamente.

—Nos atacan —anunció el Medio Caballero, jadeando—. La ciudad ofreció poca resistencia. Los guardias están intentando abrir las puertas del castillo desde ambos lados.

—¡Maldición! —exclamó el Caballero Solitario, que se dirigió a Oster—. ¿Conoces a los otros prisioneros que hay aquí arriba?

—Solo hay unos pocos —dijo Oster—. Esta torre es para presos anónimos. No conozco a ninguno de ellos.

—¿Ayudarás a Mira y a sus amigos a escapar? —le preguntó el Caballero Solitario—. ¿Puedes sacarlos de Edgemont sin que nadie se entere?

—Conozco tres caminos secretos para salir del castillo —señaló Oster.

—Nosotros podemos ayudar —dijo Skye—. Sultan y yo podemos crear apariencias que nos oculten.

—Eso nos podría dar una oportunidad para combatir —observó Oster.

El Caballero Solitario apoyó una mano sobre el hombro del caballero enano.

—Mínimus, quédate con Mira hasta que volvamos a

271

vernos. Sírvela bien. Protégela a toda costa. Oster, ayúdalos a escapar, pero, cuando hayan huido, vuelve conmigo.

—Tenemos que ver quiénes son los otros prisioneros —dijo Mira, agitada—. Por si acaso.

—Muy bien —intervino el Caballero Solitario—. Pero no perdáis el tiempo. Son muchos más que nosotros. En breve nuestros enemigos arrasarán el castillo.

—Nos daremos prisa —prometió Mira.

—Debo reunirme con mis caballeros —dijo el Caballero Solitario, desenvainando la espada.

Salió corriendo de la sala y bajó las escaleras. Cole sospechó que cualquier otra persona que intentara correr con una armadura como aquella habría acabado hecho un montón de chatarra abollada al pie de la escalera.

—¡Vamos, Brady! —le dijo Mira.

El chico levantó la vista desde su mesa, donde estaba con Dalton.

—¿Nos vamos?

—Sí.

—Un rehén podría ser útil —comentó Oster.

—No es un rehén —le corrigió Mira—. Vamos a liberarlo.

—¿Estás segura? —dijo Skye.

—Si se uniera a nuestro grupo, el chico podría pasarlo muy mal.

—Está claro que tiene un gran valor para nuestros enemigos —dijo Sultan—. Y que no es de los suyos.

—No podemos dejarlo aquí —insistió Mira—. Quién sabe lo que le harían.

—Estoy de acuerdo —respondió Sultan—. Yo lo cuidaré.

Cogido de la mano de Dalton, Brady salió de la celda. Bajaron las escaleras, y se detuvieron en la siguiente puerta de hierro. Oster probó varias llaves antes de encontrar la adecuada. La celda estaba vacía.

Tras la siguiente puerta encontraron a un hombre encadenado a la pared, con los ojos tapados y amordazado; tenía el cabello largo y enmarañado.

—A este lo conozco —dijo Oster—. Era un ejecutor y un poderoso encantador. Perdió la cabeza. No queremos nada con él.

Cerraron la puerta y siguieron adelante. A lo lejos, a través de las ventanas cerradas, Cole oyó el fragor del combate. Un hombre chilló de dolor. Otras voces gritaban órdenes.

Cole entendía que Mira quisiera comprobar las celdas, pero el castillo estaba cayendo. ¿Y si no conseguían escapar? Intentó no hacer caso de los nervios que le atenazaban el estómago.

Oster abrió otra puerta que daba a una celda vacía. Al abrir la siguiente se encontraron con una mujer de piel oscura sentada ante una mesa de madera. Cuando vio a Cole, se quedó atónita.

—¿Tú? —gruñó.

—¿Secha? —exclamó Cole—. ¿Qué haces tú aquí?

Ella se apartó el cabello del rostro.

—¿Dónde están los ejecutores?

—Estabas en Carthage, con Ansel —recordó Mira.

—Sí, señorita, hasta que los ejecutores vinieron a por nosotros. ¿Dónde están?

—Aquí no hay ejecutores —respondió Joe—. Ahora nosotros estamos al mando. Juraste no seguirnos.

—Quizá lo hiciera —admitió Secha—. Pero nunca pensé que nos arruinaríais la vida. Unos ejecutores se presentaron unos días después de que os fuerais. Muy galantes. Uno llamado Hunter estaba dispuesto a matar a Ansel para sacarle información sobre Miracle Pemberton. Y Ansel estaba dispuesto a morir por cumplir con el juramento que os había hecho. Así que intervine yo. Me presenté voluntaria para ir con ellos y ayudarlos a encontraros.

—¿Hunter está aquí? —preguntó Joe, alarmado.

—Ahora mismo no —dijo Secha—. Viene mucho por

273

aquí. Os habéis ganado un buen enemigo. Y me habéis arruinado la vida.

—Ansel te arruinó la vida —precisó Cole—. Tendría que haberme dejado en paz.

—Seguramente piensa en ello mientras se pudre en una mazmorra de Carthage —dijo Secha, taciturna—. Tú has cambiado un poco —añadió, mirando a Cole y arrugando la nariz—. Has desarrollado algo de poder. —Luego se fijó en Mira—: ¿Eres tú la princesita que andan buscando?

—¿Cuánto tiempo llevas aquí? —le preguntó Mira.

—Desde ayer.

—Puede ser verdad —dijo Oster—. Al menos ayer trajeron a un prisionero nuevo.

—¿Qué pensaban hacer contigo? —dijo Mira.

—Conozco vuestras caras —respondió la marcadora—. Querían que los ayudara a localizaros. Pero no estaba al tanto de sus intenciones a largo plazo. Esto no ha sido agradable. Estoy presa.

—El tiempo se nos echa encima —les recordó Oster a todos.

—Sigamos mirando —decidió Mira—. Déjala. No es importante.

Salieron de la celda. Oster cerró la puerta.

—Rompió su juramento —señaló Joe—. Podría seguir causándonos problemas.

—Ahora mismo tenemos otros más graves —dijo Mira, bajando las escaleras.

—La puerta siguiente es donde metimos a los guardias que se rindieron —dijo Oster.

—Solo queda una más.

Oster probó con un par de llaves hasta conseguir abrir la última puerta de hierro, tras la que apareció un anciano con el cabello blanco enmarañado y los ojos fatigados. Estaba sentado al borde de un sencillo jergón. Una pierna le acababa a medio muslo, la otra justo por debajo de la rodilla.

—¿Un motín? —preguntó el hombre, intrigado.

—No conozco a este hombre —dijo Oster.

—¿Quién eres? —le preguntó Mira, acercándose.

El prisionero echó el cuerpo adelante, frunciendo los ojos.

—No puede ser…

—¿Perdón?

—¿Miracle?

—¿De qué me conoces?

—Yo era un niño cuando nos conocimos —dijo él—. Era algo más joven que tú. Soy Reginald Waters.

—¿Reggie? —dijo Mira, conteniendo un grito de asombro—. Sí, ahora lo veo. ¿Qué te ha pasado?

—He estado al cuidado de Honor durante años —dijo él—. Al principio no. Pero estuvo a mi cuidado los últimos cincuenta años. Hasta que le fallé.

—¿Cuándo? ¿Cómo?

—No hace mucho —dijo él—. Semanas más que meses.

—Su estrella estaba en el cielo —dijo Mira.

—Apareció el día en que me la arrebataron —respondió él—. Yo tenía un medio para contactar con tu madre. Le informé de que había perdido a Honor.

—¿Nori está bien? ¿Dónde está? La ayudaremos.

—No estoy seguro de que nadie pueda ayudarla —dijo Reginald—. Se la llevaron los hombres de Trillian.

—¿El torivor? —exclamó Dalton, abriendo los ojos como platos.

—¿Quién? —preguntó Cole.

Estaba claro que Dalton sabía lo suficiente sobre aquel tal Trillian como para estar asustado, pero era la primera vez que Cole oía aquel nombre.

—El demonio enjaulado —dijo Oster, apesadumbrado—. La pesadilla de Elloweer. Trillian, el torivor.

—Sus hombres me cortaron las piernas —informó Reginald—. Me dejaron agonizando y se llevaron a Honor. Los ejecutores nos seguían la pista. Me encontraron y me curaron las heridas. Me trajeron aquí. Unos días después, su estrella se apagó.

Cole intentó no mirarle los muñones a Reginald. El hombre no parecía frágil, pero, desde luego, se veía viejo. Quizás en su juventud hubiera ganado el combate. Oster se dirigió a una ventana. Estirando el cuello, miró a través de los barrotes.

—Han reventado las puertas —informó.

—Ven con nosotros —le dijo Mira a Reginald—. Están atacando el castillo. Tenemos una oportunidad de escapar.

—Puedo crear cualquier apariencia —dijo Reginald—, pero transformar estos muñones en piernas está fuera de mi alcance. Haced correr la voz sobre la suerte de tu hermana.

—¿Podemos llevarlo con nosotros? —preguntó Mira.

—¡Marchaos! —le exhortó Reginald—. Dejad la puerta abierta, y yo me las arreglaré. Le he fallado a una princesa. No quiero ser un lastre para vosotros. No es negociable. ¡Corred!

—Se nos acaba el tiempo —los advirtió Oster.

—De acuerdo —dijo Mira—. Gracias, Reggie. Cuídate.

—Dejaré las puertas de la base de la torre abiertas —dijo Oster.

Salió de la celda y se lanzó escaleras abajo. Los demás le siguieron.

276

Capítulo 25

Huida

Cole se concentró en bajar las escaleras lo más rápido que pudo para no tropezar. Por delante iba Sultan, que bajaba los escalones de dos en dos, con Brady cargado sobre un hombro.

—¿Por qué corremos? —preguntó Brady, que levantó la cabeza y miró a Cole.

—Es un buen ejercicio —le dijo Cole.

Brady no parecía muy convencido.

—Creo que me han encontrado los malos.

—Todo se arreglará —le aseguró Sultan, mientras bajaban dando saltos—. No nos pillarán.

Llegaron a la puerta de hierro, a los pies de la torre. Un caballero corpulento montaba guardia, con una gran maza en la mano. Por el pasillo había varios cuerpos desmembrados.

—¿Por dónde? —le preguntó Mínimus al caballero.

Este señaló con dos dedos en dirección al pasillo. Cole oyó un ruido de lucha en el otro extremo.

—Sí, funcionará —dijo Oster, apresurándose—. Seguidme.

A diferencia de los hombres que acompañaban al Caballero Solitario, Oster no llevaba una armadura completa. Vestía una camisola larga con escamas de metal, casco, y guardas de cuero sobre los brazos y las piernas. Viéndole correr por delante, Cole llegó a la conclusión de que la armadura le habría supuesto un peso excesivo, lo que le habría dificultado la carrera. Mínimus corría al lado de Cole, pero, a pesar de llevar armadura de pies a cabeza, el Medio Caballero se movía como si no llevara nada.

Llegaron al final del pasillo, giraron, atravesaron una puerta y luego bajaron unos escalones. Luego embocaron otro pasillo que llegaba a una bifurcación en forma de T. Al parecer de Cole, todos los pasillos, hechos de bloques de piedra oscura, eran iguales. Sabía que estaban a varios pisos de altura sobre el suelo, pero, por lo demás, se sentía completamente desorientado.

Al pasar junto a una ventana, Cole vio a dos caballeros en el patio, presionados por atacantes que llegaban por todos los lados. Había un montón de cuerpos amontonados a su alrededor. La mayoría de los atacantes llevaban el uniforme de la guardia de Merriston.

Oster giró a la izquierda en la bifurcación, pero luego se frenó de golpe y salió corriendo en dirección contraria. Cuando Cole llegó a la bifurcación, se encontró con que tenían un gran grupo de legionarios enfrente. Cole echó a correr con todas sus fuerzas mientras los legionarios los perseguían.

Más adelante, el pasillo hacía un codo, y del otro lado vieron al Caballero Solitario con otros tres caballeros que cargaron, cruzándose con ellos, en dirección a los legionarios. Cole echó la mirada atrás y vio que los legionarios se paraban de golpe. Los cuatro caballeros se plantaron en el pasillo con las armas en ristre, hombro con hombro, bloqueando el paso. Cole siguió a Oster, que giró otra esquina, y los perdió de vista.

—Buen trabajo —le dijo Sultan a Skye.

—Aunque eso no los detendrá mucho tiempo —dijo ella.

Hasta entonces Cole no se dio cuenta de que el Caballero Solitario y sus tres compañeros eran ilusiones. Eso tenía mucho más sentido. ¡Era demasiada casualidad que hubieran aparecido justo en aquel momento!

Oster los llevó por diferentes pasillos, algunos estrechos, otros anchos. Mientras los demás corrían, Twitch saltaba y revoloteaba. Atravesaron un comedor con largas mesas y se metieron en un pasillo que nacía en el extremo opuesto. Al girar una esquina se encontraron con varios guardias con arcos. Mientras los hombres apuntaban, apareció una pared de piedra en medio. Cole dio media vuelta y se agachó. En ese mismo momento, una andanada de flechas impactó en la pared que tenía delante. Al menos así los arqueros no habían podido apuntar.

Mientras corrían por los pasillos y giraban esquinas, iban apareciendo paredes tras ellos, fundiéndose con las paredes auténticas del castillo, para desorientar a sus perseguidores. Cole estaba sin resuello, pero no dejaba de correr con todas sus fuerzas.

—Te han disparado —dijo Brady desde su posición, sobre el hombro de Sultan.

Cole observó que Brady miraba una flecha enterrada bajo el hombro libre de Sultan.

—He pasado cosas peores —dijo Sultan.

Brady intentó alargar la mano hacia la flecha.

—¡No! —le advirtió Cole—. Sería peor.

Doblaron otra esquina; otra pared falsa se levantó tras ellos.

—Necesitamos disfraces —dijo Skye, jadeando—. No pensaba que encontraríamos tantos soldados.

—¿De legionarios? —preguntó Sultan.

—Algo que evite que nos convirtamos en un blanco instantáneo —respondió Skye.

—Tendré que eliminar algunas de las paredes —dijo Sultan.

—Deja solo la última —le sugirió Skye—. Si no conocen el castillo de memoria, eso debería bastar para confundirlos.

Cole observó, mientras todos los componentes del grupo se convertían en legionarios. Los chicos y Mínimus se volvieron mucho más altos. En lugar de hacer de Brady un legionario, el niño se fundió en el personaje de Sultan.

—Pensaba probar la salida de las mazmorras —dijo Oster desde la cabeza del grupo—. Pero esa vía está cortada. Tendremos que usar las dependencias del campeón. Encontraremos guardias.

—No tenemos por qué huir de todos los enemigos —protestó Mínimus, con una voz aguda que contrastaba con su apariencia, de gran tamaño—. Dejadme que me ocupe yo de los guardias.

—Solemos enviar a algunos de nuestros mejores guardias a las dependencias del campeón —dijo Oster—. Su misión es evitar la entrada de cualquiera que no sea el campeón. Lamentaría causarles algún daño.

—Entendido —respondió Mínimus—. No los mataremos.

—¿Yo qué puedo hacer? —preguntó el legionario con la voz de Dalton.

—Si nos encontramos con más problemas —dijo Skye—, puede que tenga que cancelar alguno de nuestros disfraces para crear apariencias defensivas. Puedes cubrirme.

—¿Por qué os habéis convertido todos en soldados? —preguntó Brady.

Resultaba raro oír su voz sin verle.

—Es un truco —dijo Cole—. Como los arcoíris.

—Los arcoíris no son un truco —protestó Brady.

—Quiero decir una imagen falsa, como los arcoíris, que no son sólidos —respondió Cole, sin aliento por la carrera—. Estamos usando disfraces mágicos.

—¿Aún estamos en la Tierra de los Sueños? —preguntó Brady.

—Más o menos. Pero no como antes. No hay dinosaurios.

Al pasar por una puerta, los disfraces desaparecieron.

—Un inhibidor —anunció Skye.

—Estoy en ello —dijo Sultan, y enseguida recuperaron sus apariencias de legionarios.

Subieron unas escaleras hasta llegar a un vestíbulo con dos puertas enormes en el otro extremo. Dos guardias protegían las puertas, armados con alabardas.

—El antiguo campeón ha muerto —declaró Oster—. El nuevo ha huido. Tenemos órdenes de asegurar el control de estas dependencias.

—Alto —exclamó uno de los guardias, apuntando a Oster con la hoja de su alabarda—. Estas dependencias están controladas. Las puertas solo se abren por orden expresa del campeón.

—Ahora mismo no tenemos campeón —dijo Oster.

—Hasta que no se resuelva eso, aquí no entra nadie —insistió el guardia.

—Quitadme el disfraz —ordenó Oster.

Al momento su apariencia desapareció.

—¿Oster? —dijo el guardia—. ¿Qué pasa?

—Cumplo órdenes. Ahora que el Caballero Temible ha muerto y que el Caballero Solitario está ausente, Desmond es el nuevo señor de Edgemont. Quiere que proteja nuestros documentos sensibles de los intrusos de Merriston.

—¿Quiénes son todas estas personas? —preguntó el guardia.

—Usamos apariencias.

Oster se giró e hizo un gesto con la cabeza. Algunas de las apariencias desaparecieron. Tres de ellas cambiaron. Ahora, Mínimus parecía un niño enfermizo. Joe era como una adolescente. Sultan se convirtió en una mujer anciana jorobada. Cole supuso que Brady era la joroba.

—Estas personas están a mi cuidado —dijo Oster—. Mujeres y niños. Desmond quiere que vele por su seguridad.

Los guardias se miraron el uno al otro.

—Muy bien, Oster. Solo hace falta que confirmes tu identidad con la contraseña del día.

—Río abajo —dijo Oster.

—¿Y tu lema de identidad?

—No pases nada por alto.

Los guardias se hicieron a un lado. Oster les hizo un gesto a los demás para que pasaran.

—No dejéis pasar a nadie más, aparte de Desmond —les ordenó a los guardias—. Y no le contéis que me habéis visto a nadie más que a él.

—Entendido —dijo el guardia.

Oster entró y cerró la puerta con llave. A diferencia de todo lo que había visto hasta entonces del castillo de Black-mont, las dependencias del campeón eran amplias y estaban decoradas con gusto. Las pieles de oso del suelo y los trofeos de caza de las paredes sugerían que el Caballero Temible se-ría un buen cazador.

Oster los condujo por una serie de estancias elegantes hasta un dormitorio. Se dirigió hacia la enorme cama, hecha de madera barnizada, y se puso a empujar.

—¿Alguien me ayuda?

Mínimus enseguida fue hacia allí, y entre los dos la co-rrieron hacia un lado. Las apariencias de Mínimus y Sultan desaparecieron. Joe ya no era una niña adolescente.

—El suelo bajo la cama es una apariencia —dijo Os-ter—. Hay unas escaleras hacia abajo.

—Id todos —decidió Mínimus—. Yo volveré a poner la cama en su sitio para que no sepan que nos hemos ido por ahí. Luego me meteré por debajo y os seguiré.

—La cama pesa mucho —le advirtió Oster.

—He sentido su peso —dijo Mínimus—. Soy pequeño, pero forzudo. Puedo hacerlo.

—¿Quieres que lleve yo al chico? —le preguntó Oster a Sultan.

—Ya lo llevo yo —dijo Sultan, con el rostro brillante del sudor—. Puede que nos haga falta tu espada más adelante.

—Sabéis que puedo caminar, ¿no? —dijo Brady.

—Quiero asegurarme de que vamos rápido —le explicó Sultan.

—Pero estás herido —señaló Joe—. Dame al chico.

Sultan le pasó el niño a Joe, que lo puso sobre su hombro. Jace y Twitch atravesaron el suelo falso. Cole los siguió. A cada paso, aquel suelo intangible iba subiéndole más por el cuerpo hasta que le cubrió la cabeza. Unas esferas de luz tenue junto a las paredes iluminaban el camino. A los pies de las largas escaleras, Cole se encontró a Dalton al lado.

—¿Qué? ¿Divertido? —le preguntó.

—Ha sido la primera vez que me han disparado —dijo Dalton—. Lo siento por Sultan. ¡Eso debe de doler!

—Venga, vamos —les apremió Oster.

Cole se puso en marcha; en lo alto, oyó el ruido de la cama que volvía a su posición original. Siguió mirando atrás hasta que vio que Mínimus alcanzaba al grupo.

—Deberíamos estar a salvo —dijo Oster—. Solo hay un par de caballeros más que sepan de la existencia de este pasaje, y estarán muy liados con el Caballero Solitario. Cuando salgamos del castillo, deberíamos dirigirnos a los establos inferiores. Si conseguimos buenos caballos, espero que podáis alejaros de aquí sin problemas. ¿Alguna idea de adónde iréis?

—En busca de Trillian, el torivor —dijo Mira.

Cole echó una mirada rápida a Dalton, intrigado por lo que pudiera saber su amigo sobre Trillian. Dalton se le acercó.

—Es un monstruo encerrado —le susurró—. Como una especie de diablo de Elloweer.

Oster se paró por fin.

—Hoy he oído algunas cosas que no estaban destinadas a mis oídos —dijo. Extendió una mano en dirección a Mira—. Entiendo que eres Miracle Pemberton. Y parece que Trillian tiene a tu hermana Honor. Pero si Trillian se ha hecho con ella, la historia acaba aquí. El torivor está encerrado en el Palacio Perdido por un buen motivo. Es uno de los seres más poderosos de los Cinco Reinos. Quizá «el más» poderoso. Trillian puede enviar a sus sirvientes más allá de sus fronteras, pero él no puede salir. No obstante, si entráis en sus dominios, estaréis a su merced.

—Agradezco el consejo —dijo Mira—. Pero vamos a ir en esa dirección. Ya iremos pensando qué hacer.

Oster meneó la cabeza y se puso a caminar de nuevo.

—Si evitáis el Palacio Perdido, emprender ese camino supondrá una ventaja para vosotros. No habrá mucha gente que os quiera seguir al noreste. Por mi propia tranquilidad, por favor, pensáoslo mucho antes de acercaros al Palacio Perdido. Hablad con los lugareños. Informaos de los peligros que os esperan. Planteaos alternativas.

—Yo puedo explicarle a Mira todo lo que hay que saber de Trillian —dijo Skye—. No nos precipitaremos.

Siguieron hacia delante. Oster se giró hacia Mira de nuevo.

—¿De verdad eres hija del rey supremo? ¿No murieron todas sus hijas?

—Él escenificó nuestras muertes y nos robó nuestro poder de forjado —le explicó Mira—. Eso impidió que envejeciéramos.

Oster no hizo más preguntas.

Cole alcanzó a Dalton y le habló en voz baja:

—¿Qué es lo que pasa con ese Trillian?

Su amigo suspiró.

—Oster os ha dicho lo básico. Yo no sé mucho más, solo cosas que he oído en el Forro Plateado. En Elloweer les encantan los secretos: se ocultan tras apariencias mágicas, usan contraseñas, comercian con rumores… Pero no quieren saber más sobre el torivor. Solo quieren que siga encerrado. Por lo poco que he oído, ese tipo es como una película de terror personificada.

—¿Y nosotros vamos a su encuentro? —dijo Cole—. Genial.

¿Qué iban a hacer cuando encontraran a Trillian? ¿Es que no podían recuperarse de una crisis antes de lanzarse a la siguiente? Al plantearse lo que tenían por delante, Cole sintió una tensión que ya le resultaba demasiado familiar.

—Quiero caminar —protestó Brady, al cabo de un rato.

—Tenemos prisa —dijo Joe.

—¡Yo puedo ir deprisa! ¡No soy un bebé!

Joe lo dejó en el suelo.

—Si caminas despacio, volveré a subirte —le advirtió.

Brady echó una carrerita hasta colocarse justo detrás de Oster. El suelo del pasillo hacía pendiente hacia abajo. Algunos ladrillos rotos y el fango seco en partes del suelo daban a entender que aquel pasaje no se usaba a menudo. Algo se escabulló por un rincón que estaba a oscuras.

—Ya estamos —dijo Oster.

Habían llegado a una enorme puerta de hierro corroído con el marco cubierto de óxido. Oster corrió tres pestillos.

—No podemos estar seguros de qué nos encontraremos al otro lado. ¿Estáis listos?

Todos se convirtieron en legionarios.

—Mejor así —dijo Oster, que se apoyó contra la enorme puerta y la empujó.

Mínimus le echó una mano, y la puerta se abrió con un chirrido quejumbroso. Al otro lado, Cole solo veía oscuridad. Skye extendió una mano y apareció una esfera de luz tenue que flotó, entrando en la sala y dejando a la vista un suelo sucio y un puñado de arados viejos y aperos de labranza.

—¿Dónde estamos? —preguntó Skye.

—Es el sótano de una planta de ahumados —respondió Oster—. Esta puerta está oculta tras una apariencia, al igual que la trampilla de arriba.

Entraron en el sótano, que olía a polvo, hollín y metal. Oster subió por unas frágiles escaleras de madera.

—No hay nadie a la vista —anunció—. No han venido

a saquear la ciudad. Buscan al Caballero Solitario, y él los tiene ocupados en el castillo.

Sultan cayó al suelo. De pronto, la mitad del grupo dejaron de ser legionarios, incluido él. Yacía inmóvil, boca abajo. Joe se agachó, situándose junto al ilusionista caído, y le examinó la herida que tenía bajo el hombro. El asta de la flecha se le clavaba prácticamente por encima de la axila.

—Ha perdido un montón de sangre —observó Joe—. Tiene la camisa empapada. La apariencia no nos dejaba ver la gravedad de la herida.

Usando un cuchillo, cortó la tela alrededor de la cabeza de la flecha. Jace se acercó todo lo que pudo, mirando por encima del hombro de Joe. Twitch mantuvo la distancia.

—Debe de haber alcanzado un vaso sanguíneo. Con un poco de suerte, no será la arteria principal, pero está grave.

—Necesita tiritas —dijo Brady.

—Ven aquí —dijo Cole, alejando a Brady de Sultan.

—No me gusta nada este sitio —le susurró Brady—. Siempre muere gente.

—Intentaremos ayudarle —dijo Cole, observando la escena con preocupación.

Joe se acercó más y tanteó la carne junto a la herida. Sultan se encogió del dolor y soltó un gruñido. Irguió la cabeza, apoyándose en un brazo, y miró alrededor con los ojos bien abiertos.

—¿Qué ha pasado?

—Te has desmayado —dijo Joe—. Has perdido mucha sangre.

—Más vale que os vayáis —soltó Sultan—. No hay tiempo para esto.

—Si te dejamos, morirás —respondió Joe, sacando varias vendas de una bolsa. Envolvió con cuidado la herida—. No quiero intentar quitarte la flecha aún. Rompería el asta, pero es demasiado corta y gruesa como para partirla en dos fácilmente. Maldita sea. Procura no mo-

286

verla. —Fijó las vendas con un cordel—. Esperemos que con la presión sangres menos.

—Gracias —dijo Sultan.

—Venga —respondió Joe, ayudándole a ponerse en pie—. Vamos a buscar esos caballos.

—¿Puedes hacerte una apariencia de legionario? —le preguntó Skye a Dalton.

—Sí —respondió Dalton, que tras un momento de esfuerzo la creó—. Probablemente también pueda hacer la de otro.

—Vale, pues haz la de Cole —dijo Skye—. Yo puedo hacer las de los otros.

—¡Son nueve personas! —exclamó Dalton.

—Ocho —precisó Skye—. Llevaré a Brady y haré que sea parte de mi soldado.

Lo cogió, y todos volvieron a transformarse en legionarios.

—¿Has hecho tú mi apariencia? —le preguntó Cole a Dalton.

—Tienes buen aspecto, Cole —dijo Skye—. ¿Vamos?

—No corráis demasiado —les aconsejó Oster—. Tiene que parecer que somos una patrulla que está investigando. No pasa nada porque Sultan esté herido. Podríamos habernos visto envueltos en un combate anteriormente. Con estos uniformes, la mayoría no debería hacernos caso, salvo quizás algún oficial de la legión. No he visto a nadie en las inmediaciones. Seguidme.

Salieron del ahumadero y se abrieron paso entre otros edificios, hasta llegar a unos establos junto a unos corrales muy grandes. El castillo de Blackmont se elevaba tras ellos. El fragor de la batalla se oía amortiguado por la distancia.

Cole tuvo que hacer un esfuerzo para ir despacio. Se dedicó a mirar alrededor, como si buscara a alguien. Sus disfraces de legionarios eran diferentes a los de antes. Ahora que nadie hablaba, no tenía muy claro quién era cada uno, salvo por el legionario que ayudaba a su camarada herido.

Los establos parecían cada vez más cerca. Toda la zona estaba desierta. Cole supuso que la mayoría habría optado por esconderse hasta que acabara la lucha.

Una vez dentro del establo más cercano, encontraron dos largas filas de compartimentos con caballos dentro. Skye eliminó las apariencias de legionarios. Oster echó una carrera hasta un armario y empezó a sacar sillas.

—Todo el que sepa de esto, que eche una mano.

Cole había aprendido a cuidar las mulas cuando le habían sacado de la caravana de esclavos. Se imaginó que ensillar un caballo no podía ser muy diferente, y tenía razón.

Todos ayudaron a preparar los caballos, salvo Dalton y Brady, que se sentaron con Sultan.

El ilusionista herido descansó sentado en el suelo, con un hombro apoyado en la pared y la cabeza caída. A Cole no le gustaba la cara que tenía. Parecía ausente.

Una vez que los caballos estuvieron listos, todos montaron. Skye se puso a Brady delante, rodeándolo con los brazos. Joe ayudó a Sultan a subirse a un caballo. El ilusionista iba encorvado y tenía que apoyarse en la mano que tenía libre, pero consiguió sostener las riendas y mantenerse sobre la silla. Mínimus había seleccionado el caballo más pequeño que pudo encontrar.

Oster también montó.

—Cuando os hayáis ido, tengo órdenes de volver junto al Caballero Solitario —dijo—. Sus probabilidades de supervivencia no son muy grandes, pero mientras aguante, yo estaré con él. Cabalgad rápido.

—No estoy seguro de que Sultan pueda hacerlo —señaló Joe—. Y me preocupa Brady. No queremos que tenga que afrontar nuestros problemas.

—Yo iba a decirle a Sultan que se llevara a Brady —dijo Skye—. Pero eso ahora no puede ser.

—Alguien debería llevárselos a los dos —respondió Joe—. ¿Tú puedes?

—Mira necesitará de mi ayuda con el torivor —dijo

Skye—. Y parece que tú tienes ciertos conocimientos médicos.

—Algo sé —contestó Joe—. Muy bien. ¿Adónde vamos?

Skye se quedó pensando un momento.

—Id al norte hasta el pueblo de Rygel's Forge. Luego seguid al noroeste hasta Sutner's Ferry. Alojaos en el Golden Goose. Son simpatizantes. Intentaremos reuniros con vosotros allí. Estad atentos. En cuanto los ejecutores descubran que Brady se ha ido, se pondrán a buscar.

Joe acercó el caballo al de Skye y le cogió a Brady. El niño no parecía muy contento, pero no protestó.

—Yo no he montado a caballo nunca —dijo Dalton, algo nervioso.

—Tú quédate con nosotros —le respondió Skye—. Afloja un poco las riendas. Agárrate con las piernas. No te caigas.

Todos salvo Oster se convirtieron en legionarios.

—Yo puedo hacerme mi apariencia —dijo Dalton.

—Tú preocúpate de no caerte del caballo —respondió Skye.

—No os pongáis a galopar —les advirtió Oster—. Llamaréis menos la atención si os tomáis vuestro tiempo. Yo os observaré desde aquí hasta que estéis lejos.

Se pusieron en marcha, dejando a Oster, y se alejaron del castillo al trote. Cole siguió a Skye sin perder de vista a Dalton, que parecía aterrado incluso con su aspecto de legionario. Joe y Sultan se separaron del grupo.

Mirando hacia delante, Cole vio el camino hacia el que se encaminaba Skye. Cuando se giró otra vez en dirección a Joe, Sultan estaba en el suelo. Joe había desmontado y estaba intentando subirlo de nuevo al caballo, pero el grandullón estaba inconsciente y Joe no podía levantarlo.

—¿Skye? —dijo Cole.

—Ya los veo —dijo ella.

Sultan se puso en pie tambaleándose. Joe le ayudó a subirse a la silla de través, con los pies en un lado y la cabeza en el otro. Sultan no parecía muy despierto. Cole esperaba que Joe consiguiera llegar pronto a donde pudieran darle asistencia médica. ¿Cómo serían los médicos de Elloweer? Su tecnología parecía bastante primitiva. Llegaron al camino sin problemas. Muy pronto, Joe, Brady y Sultan habían desaparecido de la vista.

Cole se encontró trotando junto a Mira, que parecía preocupada.

—¿Estás bien? —le preguntó.

—¿Tú crees que el Caballero Solitario tiene alguna posibilidad de escapar? —dijo ella—. Había muchísimos legionarios y guardias. Sé que es un buen luchador, pero no puede vencer a todos los guerreros del reino él solo.

—Si alguien tiene alguna posibilidad, es él —señaló Cole—. No hace falta que gane la batalla. Solo tiene que conseguir escapar.

—Salvo por el hecho de que se me llevó a la fuerza, no me trató mal —dijo Mira—. Espero que lo consiga.

Mientras avanzaban, Cole se volvía de vez en cuando hacia el castillo de Blackmont. No podía saber si el combate habría acabado o si simplemente se habían alejado demasiado como para oírlo. Tenía la impresión de que, en cualquier momento, aparecería un grupo de jinetes persiguiéndolos. Quizá guardias. Quizá legionarios. O quizás alguno de los hombres del Caballero Temible.

Pero pasó el tiempo, y no apareció nadie.

Capítulo 26

El camino rojo

No había pasado mucho tiempo cuando Mira mencionó que tenía sed, y entonces se dieron cuenta de que no habían traído provisiones. Skye había cogido mantas con las sillas, pero no tenían nada de comer ni de beber. Mínimus se ofreció voluntario para ir en busca de alimento y agua, y se alejó solo a lomos de su caballo.

A medida que avanzaba el día, el camino que seguían fue convirtiéndose en un sendero. No se encontraron a nadie que fuera en dirección contraria, ni se les acercó nadie por detrás. Para cuando se puso el sol, el camino se veía tan mal que les costaba seguirlo.

Mínimus los alcanzó cuando estaban acampando a un lado del camino, junto a una arboleda. La visión de aquel pequeño caballero alivió a Cole. Lo último que había comido era un tentempié ligero de madrugada, antes del duelo. Tras una larga jornada a caballo, tenía la boca seca y el estómago le hacía tanto ruido que daba la impresión de que había empezado a comerse a sí mismo.

El Medio Caballero traía un segundo caballo cargado con provisiones: galletas, salchichas, queso, frutos secos y recipientes con agua. Skye, Cole, Mira, Jace, Twitch, Dalton y Mínimus se sentaron en círculo para compartir la comida.

—¿No deberíamos encender un fuego? —preguntó Jace.

—No lo sé —respondió Skye—. Los ejecutores eran los

que atendían a Brady. Harán batidas de búsqueda. No queremos atraer la atención.

—La noche no es fría —señaló Mínimus—. Y la comida no requiere cocción. Sería más seguro evitar el fuego.

—¿Dónde has encontrado todo esto? —preguntó Cole—. ¡No esperábamos este festín!

—He tenido que volver casi hasta el castillo de Blackmont —explicó Mínimus—. Por aquí no vive nadie.

—Es cierto —observó Skye—. Con un poco de suerte, será el último sitio donde crean que vayamos a ir. Todo el mundo sabe que conviene mantenerse alejado del torivor.

—Pero tiene sirvientes, ¿no? —preguntó Cole.

—La Guardia Roja —respondió Skye—. Son los que se deben de haber llevado a Honor. Si los legionarios o los guardias de la ciudad pillan a un miembro de la Guardia Roja, la pena es la muerte. No hace falta que haya cometido ningún delito. Los Invisibles les dispensan el mismo trato. Son sirvientes de un mal arcano. No es fácil encontrárselos. Pero las probabilidades aumentan a medida que te acercas al Palacio Perdido.

—He oído hablar de Trillian —dijo Dalton—. La gente habla de él como si fuera la criatura más temible de la historia. Pero nunca he oído quién es en realidad.

—Eso es porque, en realidad, no lo sabemos —dijo Skye, meneando la cabeza—. Los que van al Palacio Perdido raramente regresan. Si lo hacen, es que se han unido a la Guardia Roja y se han convertido en siervos devotos de Trillian.

—¿No habéis interrogado a ningún miembro de la Guardia Roja? —preguntó Jace.

—Yo solo he visto a uno —dijo Skye—. Por aquel entonces acababa de unirme a los Invisibles. No llegué a hablar con él, pero, por lo que sé, se negó a responder a cualquier pregunta, ni siquiera bajo tortura. Francamente, creo que la mayoría prefiere evitar al torivor. No necesitamos entenderlo, mientras se quede ahí. Nadie quiere zarandear ese avispero. Es el monstruo con el que nos asustaban nuestros padres cuando queríamos que nos comportáramos.

—«Vete a la cama o llamo al torivor, y te comerá» —bromeó Cole.

—Exactamente —dijo Skye—. Trillian ha sido la imagen del miedo para generaciones de niños de Elloweer. Como no puede salir del Palacio Perdido, la gente de Elloweer mantiene la distancia y procura evitarlo.

—Y ahí es justo donde tenemos que ir —señaló Twitch.

—Es donde yo tengo que ir —le corrigió Mira—. Nadie más está obligado a seguirme. Yo tengo que intentar ayudar a mi hermana.

Cole ya había visto antes aquella cara. Le recordaba cuando Mira había insistido en ir a por Carnag. Él sabía que, de no haberla acompañado ellos, habría ido sola.

Pero ¿era lo mejor? Por supuesto, Mira quería ayudar a su hermana, pero ¿de qué le serviría a Honor si al final Mira también acababa capturada? Si la gente tenía miedo de acercarse siquiera al lugar donde vivía el torivor, no podía ser muy recomendable. Oster había dado a entender que era una suerte de suicidio.

Cole frunció el ceño. Si la misión era tan increíblemente peligrosa, ¿debía renunciar? Si le apresaban o le mataban, ¿quién iba a ayudar a Jenna? Cole echó una mirada a Dalton, que parecía pensativo. Se preguntó cómo reaccionaría si el torivor se hubiera llevado a su hermana, o a sus padres, o a Jenna. A regañadientes supuso que haría todo lo necesario para ayudarlos, fuera peligroso o no.

—Yo no te dejaré —le aseguró Mínimus a Mira—. Cumplo órdenes.

—Quizá yo sea un inútil —dijo Jace—, pero soy leal.

—¿Inútil? —exclamó Mira—. ¿Qué hay de cuando atacaste al Caballero Solitario? ¡Eso fue una de las cosas más valientes que han hecho por mí!

—Ya —dijo Jace, malhumorado—. Desde luego le hice morder el polvo. No volverá a meterse conmigo.

Atacarle fue la parte leal. Fracasar fue donde entró en acción el inútil.

—Perder ante el Caballero Solitario no es ninguna vergüenza —dijo Mínimus—. Dudo de que ningún guerrero de los Cinco Reinos pudiera vencerle.

—No es que perdiera —aclaró Jace—. Ni siquiera consideró que valiera la pena luchar conmigo.

—Considérate afortunado. Demostraste un gran arrojo, pero la lucha no era justa. Él era un guerrero experimentado, perfectamente armado. Tú eras un chaval con una espada corta. Tienes un corazón valiente. Eso puede ser más importante que el tamaño o la fuerza.

—Para ti es fácil decirlo —respondió Jace—. Eres muy fuerte.

—Ninguno nace fuerte —dijo Mínimus—. Y nadie tiene exactamente los mismos puntos fuertes.

—Cole, gracias a ti también —dijo Mira—. Cuando nos seguiste volando, no me lo podía creer. ¿Cómo conseguiste que funcionara la espada saltarina?

—No lo sé —señaló Cole, agradecido de que reconociera su acción igual que la de Jace, pero también violento—. Estaba desesperado, y sucedió. No lo he vuelto a conseguir.

—Ya has encontrado a Dalton —dijo Mira—. Y sé que tenéis otros amigos por ahí. No tenéis que sentiros obligados a seguir conmigo.

Cole miró a su mejor amigo. ¿Quería realmente exponer a Dalton a aquella nueva amenaza?

—Cole me encontró gracias a que fue contigo —dijo Dalton—. Intentaremos ayudar.

Cole se preguntó si Dalton se había dado cuenta de sus dudas. Su amigo tenía razón: si estaban con Mira, eso suponía estar con ella para lo bueno y para lo malo.

—No vamos a dejarte —dijo Cole.

—Hemos llegado hasta aquí juntos —añadió Twitch.

—Pero eso no significa que vayamos a sobrevivir a lo que se nos presente —planteó Mira.

—No me malinterpretes —puntualizó Twitch—. Yo no descarto salir corriendo si llega el momento.

—Yo también estoy contigo, Mira —dijo Skye—. Con un poco de suerte, quizá no tengamos que entrar siquiera en el Palacio Perdido. Quizá podamos tratar con el torivor a través de su Guardia Roja. Honor podría ser nuestra única esperanza de detener a Morgassa. Esperemos que Trillian atienda a razones.

—¿Morgassa? —preguntó Mira.

—Tenéis que ponernos al día —dijo Twitch.

Skye les explicó lo que habían averiguado sobre Morgassa y su horda. Mira y Twitch escucharon con los ojos bien abiertos.

—¿Cuánto tiempo tardará en llegar a la capital? —preguntó Mira cuando acabó Skye.

—El Caballero Solitario calcula que está a nueve o diez días de Merriston —intervino Mínimus—. No sigue un camino recto. Va haciendo eses para atacar cualquier población cercana a su trayectoria.

295

—¿El Caballero Solitario le sigue la pista a Morgassa? —preguntó Skye.

—Es consciente de la amenaza que supone —dijo Mínimus—. Sabe que utiliza figmentos para cambiar a la gente. La semana pasada envió a un par de sus caballeros a investigar.

—¿Y regresaron? —preguntó Skye.

—Nunca ha perdido a un caballero —respondió Mínimus—. No somos presa fácil. Cualquiera de sus hombres podría derrotar a los mejores campeones de Elloweer.

—¿Y cómo se las arregló para encontrar a caballeros de tanto talento?

—Es un hombre único, seguido por hombres únicos.

—¿Hasta qué punto lo conoces? —insistió Skye.

—Sé de él más de lo que puedo contar.

—¿Y qué puedes contar? —preguntó Cole.

—Que el Caballero Solitario es el hombre más recto

que conozco —dijo Mínimus—. Para mí es un orgullo servirle.

—¿Tú cuántos años tienes? —le preguntó Jace.

Mínimus se rio.

—¿Por qué? ¿Porque todos vosotros sois más altos que yo? No te preocupes, me lo preguntan mucho. Algunos suponen que soy un niño. Tengo más del doble de años que cualquiera de vosotros, salvo Skye. Nunca he tenido una gran estatura. Pero acepto mis humildes dimensiones. De ahí vienen mi nombre, Mínimus, y mi título, el Medio Caballero.

—¿Te lo pusiste tú mismo? —preguntó Dalton.

—Cuando nací, nadie sabía que sería tan pequeño. El nombre habría sido una coincidencia. Mis padres eran ambos de estatura normal. Tengo un hermano, y también es enano.

—¿Y también es caballero? —preguntó Jace.

Mínimus chasqueó la lengua.

—A su manera —respondió—. Como he dicho antes, todos tenemos diferentes talentos. Pero mi tamaño cuenta con ventajas. Mis oponentes tienden a infravalorarme.

—¿Tú no vas a comer? —preguntó Cole—. Nos estamos comiendo todo lo que has traído.

—Ya he comido bastante de camino. Estoy satisfecho. Entre otras cosas, mi juramento de fidelidad al Caballero Solitario me obliga a llevar la armadura puesta en todo momento mientras esté en público. Debo mantener en secreto mi verdadera identidad. Ninguno de nosotros usamos nuestros nombres de nacimiento.

—¿Crees que podrías enseñarme un poco a usar la espada? —le preguntó Jace—. Tal vez así resultaría menos inútil.

—Mientras viajemos juntos, será un placer —respondió Mínimus, que se puso en pie—. Y haré guardia de noche.

—No puedes hacer guardia toda la noche —objetó Twitch—. ¿Cuándo descansarás?

—La falta de sueño no me suele afectar —replicó Mínimus—. Si empiezo a fatigarme, os lo diré. Id a dormir. Os despertaré si acecha algún peligro.

—Crearé una apariencia que dure toda la noche —intervino Skye—. Si alguien mira hacia aquí, nos verá como arbustos y arbolillos.

—¿Y podrás mantenerla mientras duermes? —le preguntó Dalton.

—Usaré alguno de los principios que se aplican para hacer apariencias de larga duración. Solo durará hasta el amanecer, a menos que la refuerce.

—Descansar me parece una idea estupenda —dijo Twitch, bostezando—. Ha sido un camino muy largo.

—Mañana lo será más aún —respondió Skye.

—Si nadie visita nunca el Palacio Perdido —dijo Cole—, ¿cómo sabes que vamos por el buen camino?

—Nadie va nunca por ahí, pero todo el mundo conoce el camino. Solo tenemos que encontrar el Camino Rojo.

—¿El qué? —preguntó Cole.

Skye esbozó una sonrisa.

—Ya lo verás.

A la mañana siguiente, el sol parecía elevarse en todas direcciones, pero no acababa de aparecer sobre el horizonte. En cambio, la luz cálida y suave duró todo el día.

Llegaron al Camino Rojo a las dos horas de ponerse en marcha. El sendero que seguían se había ido difuminando hasta casi desaparecer; de pronto, se toparon con el inicio de un ancho camino con el firme rojo y liso. A los lados había arcenes de color marrón. No había ninguna grieta en la superficie. Era como si lo hubieran construido el día antes.

Hicieron parar a los caballos justo antes de embocar el camino, que seguía hasta perderse en el horizonte.

—¿Ves por qué no me preocupaba no encontrarlo? —le dijo Skye a Cole.

—¿Sabías que el sendero que seguíamos se convertiría en el camino?

—Me lo imaginaba. Si no hubiera sido así, podríamos haber ido adelante y atrás por la zona. El Camino Rojo es muy largo, y no debe de ser difícil dar con él.

—¿Cuál es el motivo de su existencia? —preguntó Dalton.

—Nadie lo sabe —dijo Skye—. La teoría más popular dice que es la influencia de Torivor la que lo mantiene. El camino traza una línea recta de muchos kilómetros y conduce directamente a la entrada del Palacio Perdido.

—¿Vamos a recorrerlo, o lo seguimos por el exterior? —preguntó Twitch.

—¿Por qué no íbamos a ir por el camino? —intervino Jace.

—Trillian no puede ver más allá de su palacio —dijo Skye—, pero hay quien cree que sí ve este camino.

—Entonces vayamos por fuera —decidió Mira.

Cole no podía apartar la vista del camino, aparentemente tan fuera de lugar en aquel sitio salvaje y despoblado.

—¿Y si nos encontramos con la Guardia Roja? —preguntó Twitch—. ¿Tenemos un plan?

—Intentaremos negociar con ellos —dijo Skye—. Nos iría bien que nos ayudaran a contactar con Trillian.

—Quizá solo quieran apresarnos o matarnos —advirtió Jace.

—Si quieren lucha, yo se la daré —sentenció Mínimus—. El resto de vosotros usad apariencias y corred.

Había algo en el Camino Rojo que impedía que mantuvieran las conversaciones distendidas del día anterior. Cole supuso que aquello hacía que Trillian, el torivor, estuviera más presente. Si recorrían el camino hasta el final, llegarían a su palacio. Los árboles y los arbustos a veces los obligaban a alejarse bastante. Aunque ir por el camino habría sido menos fatigoso, nadie lo sugirió. Pararon a comer un par de veces. Por fin la penumbra empezó a extenderse por el terreno a partir de todos los horizontes a la vez. Skye los llevó bastante lejos del camino para que montaran el campamento. Mínimus se ofreció voluntario de nuevo para hacer guardia toda la noche.

Echando la cabeza atrás, Cole contempló las estrellas y pensó en Jenna. ¿Y si ya le había perdido el rastro? ¿Y si estaba en Sambria? Podría haber pasado por el pueblo donde la tuvieran recluida sin enterarse siquiera. Si fuera así, podría recorrer todos los demás reinos, pero nunca la encontraría.

Había encontrado a Dalton. Eso significaba que había esperanza. Cole cambió de postura, tendido en el suelo, intentando ponerse cómodo. Con la ayuda de Mira y de los Invisibles, antes o después encontraría a Jenna, aunque aquello supusiera visitar más de una vez cada uno de los reinos. ¿Dónde estaría aquella misma noche? ¿Tendría miedo? ¿Sufriría? ¿Estaría cómoda? ¿Aburrida? ¿Qué tipo de magia forjaría? ¿Y si ya había conseguido liberarse? ¿Estaría huyendo?

Se había prometido que la encontraría. ¿Esperaría ella aún que se presentara? Se imaginó la escena: él estaba lejos, quizá en Creón o en Necronum. Jenna estaba en un edificio en llamas, donde la habían encerrado sus malvados dueños. La Espada Saltarina cobraba vida en sus manos y se lanzaba a rescatarla, saltando de un sitio a otro hasta escapar del edificio en llamas justo antes de que se hundiera.

¡Ella se quedaría asombrada! ¡Le parecería un superhéroe!

Aquella ensoñación le provocó un escalofrío. ¿De verdad quería rescatarla para gustarle más? Quizá sí, un poquito. Pero imaginarse aquellas escenas era más divertido cuando no se estaban enfrentando a un peligro real. Sería un gran alivio encontrarla sana y salva, reunirse con otra amiga de casa.

¿Aún le gustaba Jenna? Claro, pero lo realmente importante no era eso. Lo más importante era su amistad. Cole recordó algo que Jace había dicho sobre Mira: solo porque fuera un niño, no quería decir que sus sentimientos no fueran de verdad.

El día siguiente empezó con un amanecer de verdad. Hacia mediodía, un denso bosque los obligó a apartarse considerablemente del Camino Rojo. Mientras rodeaban los árboles, apareció a lo lejos el Palacio Perdido.

—Oh, no —murmuró Dalton.

La estructura en ruinas era como el esqueleto chamuscado de un castillo, fino y retorcido, como si hubiera sobrevivido a un prolongado ataque de artillería. Alrededor se extendía un terreno mucho más amplio cercado por una alta valla formada por barrotes de hierro acabados en punta y rodeados de púas. Una niebla húmeda flotaba en el aire, formando remolinos sobre el terreno pedregoso e irregular, acumulándose en las hondonadas. A pesar de lo luminoso que era el día, la bruma gris cubría todo el lugar, lo que daba un aspecto tenebroso a las precarias torres.

—Parece abandonado —dijo Dalton.

—No —le corrigió Jace—. Parece como si alguien hubiera masacrado a todos sus habitantes y luego hubiera arrasado el lugar.

—Qué reconfortante —murmuró Twitch.

—No veo a la Guardia Roja —observó Mira.

—Yo no veo a nadie —añadió Cole.

—No os equivoquéis —dijo Skye—. Trillian está ahí dentro.

El Camino Rojo llevaba hasta la puerta de hierro negra. Al otro lado se extendía un camino oscuro e irregular, del color que adquieren las costras viejas.

—¿Qué hacemos? —preguntó Dalton.

—Echemos un vistazo más de cerca —propuso Cole.

Siguieron hasta donde acababa el Camino Rojo, en el exterior de la puerta del Palacio Perdido, y desmontaron. A través de los barrotes de la valla, Cole vio una nube de vapor que salía formando volutas por una grieta entre las rocas, como si un monstruo enorme respirara en su interior.

De entre las fisuras de la roca crecían a duras penas unas míseras hierbas, como agarrándose a la vida desesperadamente. Un moho espumoso moteaba de marrón las rocas, y en los huecos se habían formado pequeños charcos.

—¿Hola? —gritó Mira, poniendo las manos alrededor de la boca para hacerse eco.

La voz de Mira rompió el silencio de aquel lugar sin vida. Cole se estremeció. No hubo eco. Era como si aquella única palabra hubiera caído al suelo, como si se la hubiera tragado la nada. No hubo respuesta desde el Palacio Perdido.

Pasaron unos minutos vacíos.

—No creo que vaya a venir nadie —dijo Cole por fin.

—Pues no va a ser fácil subir por ahí —observó Dalton, mirando la valla—. Esos pinchos parecen afilados.

—Probablemente, yo podría saltar por encima —dijo Twitch, no muy entusiasmado.

—Yo probaré el camino —decidió Jace—. El resto quedaos atrás.

—¿Estás seguro? —le preguntó Skye.

—Si queremos negociar con este tipo, habrá que asegurarse de que sabe que estamos aquí —respondió Jace—. Pero no tiene sentido que nos juguemos la vida todos.

Jace se situó en el camino y cayó de rodillas, apoyó las manos en el suelo y se puso a temblar. Se giró lentamente y alargó una mano temblorosa.

—Matadme, por favor… —dijo, con la voz entrecortada.

Luego se echó a reír.

—Eres un payaso —respondió Mira, enfadada.

—No he podido resistir la tentación —dijo Jace, poniéndose en pie.

—Esto… Chicos… —dijo Cole.

—¿Qué? —respondió Jace.

—La puerta está abierta.

Capítulo 27

El Palacio Perdido

—¿**H**as visto cómo se abría la puerta? —preguntó Skye.

—No —respondió Cole—. Estaba mirando a Jace. Tampoco he oído nada.

—Desde luego estaba cerrada hace un minuto —dijo Twitch.

—¿Alguien ha visto cómo se abría? —preguntó Skye de nuevo.

Nadie respondió.

—Esperemos a ver quién viene —propuso Jace—. Quizá sea mejor que os escondáis.

—¿Y dejarte ahí solo? —preguntó Mira.

—El torivor sabe que estoy aquí. Pero puede que no sepa que estáis vosotros.

—¿Estamos seguros de que Trillian te ha visto? —preguntó Dalton—. A lo mejor es que está a punto de salir alguien.

—Se abrió en el momento en que me situé en el Camino Rojo —dijo Jace. Levantó la vista y miró hacia delante—. No veo que venga nadie.

—Esperaremos contigo —decidió Skye—. No tengo claro que escondernos sirviera para algo. Hemos venido aquí a negociar. No queremos parecer débiles.

—No os preocupéis. No dejaré que os pase nada —saltó Mínimus, desenvainando la espada.

Cole no dijo nada, pero le habría gustado que el Medio Caballero fuera algo más alto.

Esperaron. Al otro lado de la puerta abierta, Cole observó los tentáculos de niebla que fluían como serpientes aletargadas por encima del accidentado camino. Se giró de nuevo en dirección al Camino Rojo, pero no vio que se acercara nadie.

—Voy a entrar —decidió Jace, haciendo un gesto con la cabeza en dirección a la puerta.

—No, no vas a hacerlo —respondió Mira.

—Y, si no, ¿qué vamos a hacer? El torivor no va a enviar a nadie.

—No vamos a colarnos en sus terrenos, sin más.

—Ha abierto la puerta —dijo Jace—. Es una invitación.

—Según las historias que se cuentan, Trillian es un encantador muy poderoso —dijo Skye—. Le encerraron por algo. Si entramos en su prisión, quedaremos sometidos a su poder.

—No vamos a entrar todos —le corrigió Jace—. Solo yo. Veré qué pasa. Trillian ha abierto la puerta. Sabe que estoy aquí. Queremos hablar con él. Es nuestra ocasión de descubrir algo más sobre Honor. Volveré y os diré cómo ha ido. Si no vuelvo, sabréis que la negociación será más dura de lo previsto.

—Debería ir yo —dijo Twitch de pronto—. Si cierran la puerta, tengo la posibilidad de salir saltando la valla.

—No —insistió Jace—. Si este torivor es la mitad de poderoso de lo que dice todo el mundo, no podrás escapar porque tengas alas. O me deja volver, o no me deja. Y lo mismo le pasaría a cualquiera. Yo soy el que ha pisado el camino. Lo lógico es que siga adelante.

—Jace, no lo hagas —dijo Mira—. Honor es mi hermana. Soy yo la que debería correr el riesgo.

—Si ella va, yo también voy —saltó Mínimus, sin dudarlo.

—Tú eres demasiado valiosa, Mira; no podemos

arriesgarnos a perderte —dijo Jace, sonriendo de medio lado—. El torivor quería a tu hermana, así que probablemente también te quiera a ti. Puede que yo no signifique nada para él, que no tenga ningún interés en apresarme.

—Puede que tampoco le importe nada matarte —soltó Cole.

—Bueno, no pasa nada —respondió Jace, sin inmutarse—. Desde que salimos de Sambria me he sentido inútil. Al menos esto puedo hacerlo. No es más que otro castillo flotante al que sobrevivir.

—Pero no tienes tu cuerda —señaló Mira.

—Sobreviví a mis primeras misiones sin ella —respondió, encaminándose ya hacia la puerta abierta.

—Ten cuidado —dijo Skye, con un hilo de voz.

Jace hizo una pausa en el punto en que el Camino Rojo se volvía negro, pasada la línea de la valla. Cole contuvo el aliento. Tenía la desagradable sensación de que el siguiente paso que diera su amigo podría ser el último. Quiso gritar y decirle que no lo hiciera. Mira se había girado hacia otro lado tapándose la boca con las manos, pero no pudo evitar girarse de nuevo en dirección a Jace.

Jace la miró y agitó la mano en un saludo informal. Luego dio un paso adelante.

Y desapareció.

—¿Qué ha pasado? —preguntó Cole, girándose hacia Skye.

—Es difícil de decir —respondió Skye—. Aquí hay encantamientos muy poderosos. Percibo la energía. Todo lo que vemos podría ser un encantamiento. O quizá lo que estoy percibiendo son los encantamientos que tienen recluido al torivor. Solo podemos esperar y ver si vuelve Jace.

—Eso ha sido muy valiente por su parte —dijo Dalton.

—A Jace no le falta el valor —respondió Mira.

Cole cogió un guijarro del suelo. Se acercó a la valla sin pisar el Camino Rojo y lanzó la piedra a través de la puerta abierta. La piedra desapareció en cuanto cruzó la línea divisoria.

—Yo creo que es una ilusión —dijo—. Estará bien. Solo que no lo vemos.

—Será eso, o que todo lo que entra se vaporiza —respondió Twitch. Mira lo reprendió con la mirada—. ¿Qué pasa? O es una cosa, o es la otra. Todos lo estábamos pensando.

—¿Qué hacemos si Jace no vuelve? —preguntó Dalton.

—Yo iré tras él —respondió Mira.

—No puedes entregarte a Trillian —dijo Skye—. Sin una hija del rey supremo, la revolución está condenada. Antes de que tú entres, lo haré yo.

Jace apareció, como materializándose de la nada, dejó atrás la valla abierta, y pisó el Camino Rojo.

—¡Eh!

—¿Qué ha pasado? —preguntó Mira.

—El torivor quiere que todos os situéis sobre el Camino Rojo —dijo Jace—. Si no lo hacéis, no habrá negociación.

—¿Has hablado con él? —le preguntó Skye.

—No. Con uno de sus sirvientes. Se supone que no os lo puedo explicar —dijo él, girándose, volviendo a atravesar la valla y desapareciendo de nuevo.

Mira se situó en el Camino Rojo.

—Venga —les dijo a los demás—. Hemos venido hasta aquí por esto.

—Y quizá es la manera ideal para que acabe con todos a la vez —murmuró Twitch.

—Sus sirvientes nos podrían haber atacado en cualquier momento, y no lo han hecho —respondió Mira.

—Por lo menos parece que Trillian está dispuesto a hablar —dijo Skye—. Eso ya es mucho.

Cole se situó en el Camino Rojo, como todos los demás. No tuvo ninguna sensación de que el camino fuera mágico o de que les hiciera algún efecto. Cole observó que Twitch se situaba junto al borde del camino, a un par de palmos del exterior, algo agachado, listo para saltar en cualquier momento. Hubo una tensa espera hasta que Jace regresó.

—El torivor quiere que Cole y Mira entren conmigo.

—¿Tú crees que deberían? —preguntó Skye.

—No debería dar detalles —dijo Jace, lentamente—. Pero ¿qué más da? Creo que sería una estupidez que Mira viniera. Una vez pasas, es precioso. Puede que sea todo una ilusión, y desde luego también podría ser una trampa.

—Yo voy —dijo Mira, dirigiéndose hacia la puerta abierta.

—No —negó Cole, agarrándola de la muñeca—. No tenemos que darle a este tipo todo lo que pida. Iré yo. Tú quédate.

—Pero… —protestó Mira.

—Tienes que quedarte —insistió Cole—. ¿Y si lo único que quiere es tenerte a su merced? No tendremos ninguna posibilidad de negociación.

—Mira, es imposible saber qué nos puede pedir el torivor a cambio de Honor —dijo Skye—, pero Cole lleva razón. Si te tiene en su poder, estaremos en una posición de desventaja.

Mira se quedó pensando, asimilando lo que le decían.

—Quizá tengáis razón.

Jace se cruzó de brazos.

—Cole, si vienes, deberíamos ponernos en marcha ya. Están esperando.

Con un nudo en el estómago, Cole se acercó al punto donde acababa el Camino Rojo. Miró más allá.

—¿Por qué yo?

—No me lo han dicho —dijo Jace, que dio un paso adelante y desapareció.

Cole se giró hacia Mira y asintió. Saludo a Twitch con un gesto de la mano y cruzó una mirada con Dalton. Luego dio un paso él también.

Cole sintió como si pasara una membrana de electricidad estática. Era algo apenas perceptible, pero le erizó el vello de los brazos. La imagen que tenía delante cambió espectacularmente. El Camino Rojo se extendía hacia delante, con un color tan rico y vibrante que Cole tuvo la impresión de que era la primera vez que veía el color rojo. El terreno circundante se componía sobre todo de enormes cristales atravesados por vetas luminosas. Elegantes arboledas rodeaban unos estanques claros. Bandadas de pájaros grandes como cometas sobrevolaban el lugar en perfecta sincronía. El castillo se había convertido en un reluciente monumento de platino y madreperla.

Cole se encontró delante tres personajes. Había una mujer sentada sobre un caballo castaño robusto como un toro. Tenía el cabello como de plata fundida, y su belleza era de una perfección tal que parecía más una obra de arte que una persona. A los lados había dos hombres fornidos, de pie, cubiertos por una armadura ajustada al cuerpo compuesta por anillos de diversos tamaños solapados. Los hombres llevaban largas alabardas con elaboradas hojas de hacha en la punta, y la mujer tenía una daga al cinto.

—¿Dónde está Mira? —preguntó la mujer, con voz clara y sonora.

—No viene —dijo Cole.

La mujer cerró los ojos por un momento.

—Eso no nos gusta.

—Me ha enviado para que le cuente qué es lo que quiere el torivor.

La mujer echó la cabeza atrás y se rio, con una risa tan plácida y genuina que Cole tuvo que hacer un esfuerzo para no reírse él también.

—¿Es que cree estar más segura que tú, esperando donde se encuentra ahora?

—Sí —respondió Cole—. ¿Quién eres tú para darle órdenes?

—Tengo autoridad para hablar por Trillian —dijo la mujer.

—Y yo puedo hablar por Mira —respondió Cole.

—¿De verdad? —preguntó la mujer.

—Por eso me ha enviado.

La mujer cerró los ojos por un momento.

—Cierto, supongo. Muy bien, seguidme. Mi señor os recibirá —dijo, dio la vuelta a su caballo y se puso en marcha por el Camino Rojo hacia el brillante palacio.

Los hombres la siguieron a paso regular. Cole miró a Jace, que se encogió de hombros. Miraron hacia atrás, donde estaba la valla. Más allá solo había una oscuridad impenetrable.

—¿Tiene que venir Jace? —preguntó Cole.

—Los dos —respondió la mujer, sin girarse.

Cole se acercó al lateral del camino, se agachó e intentó coger uno de los cristales más pequeños. La mayoría estaban pegados unos a otros, pero al rato encontró uno suelto. Se giró y se dispuso a lanzarlo a través de la cerca abierta.

—No lo tires —dijo la mujer—. Y no te entretengas.

Cole miró a Jace, que miró hacia la valla y asintió. Cole lanzó el cristal, pero justo antes de que llegara a la oscuridad que se extendía tras la valla, apareció uno de los guardias y lo atrapó al vuelo.

—¿Se ha teletransportado? —murmuró Cole, dirigiéndose a Jace.

—Desde luego tiene ciertas habilidades —respondió este.

El guardia les hizo un gesto con su alabarda para que siguieran a la mujer y al otro guardia. Cole y Jace obedecieron. La mujer siguió adelante sobre su robusto corcel, con uno de los guardias al lado. El otro guardia seguía tras ellos. Estirando el cuello, Cole observó que el cielo era como un remolino de nubes opalescentes. No vio sol, ni luna, ni ninguna otra fuente de luz en particular, pero había cierta luminosidad en el ambiente: brillaba desde arriba, desde los cristales y desde el propio aire.

—¿Cómo te llamas? —le dijo Cole a la mujer.

—Yo soy Hina —respondió ella, sin girarse.

—¿Hace mucho que vives aquí?

—Guárdate tus preguntas para Trillian —replicó ella.

El Camino Rojo acababa en una cascada de escalones que bajaban desde las puertas de espejo del palacio. Hina desmontó, y el guardia cogió las riendas del caballo.

—Seguidme —ordenó.

Hina subió con elegancia las escaleras hasta las puertas del castillo, que se abrieron con el contacto de su mano. Cole tuvo que darse prisa para no quedarse atrás. El interior del castillo brillaba tanto como el exterior. Atravesaron unas estancias sin apenas mobiliario, decoradas con mármol blanco y cromados. Todas las superficies eran lisas y bruñidas. La única decoración eran unos cristales de extraños tamaños y formas. Todo estaba tan limpio y tan blanco que Cole no sabría decir si se parecía más al cielo o a un lujoso manicomio.

Después de subir una larga escalera, Hina le señaló una puerta a Cole:

—Puedes esperar a mi señor aquí —dijo—. No podrás salir de esta sala hasta que él te dé permiso.

Cole cogió el pomo, y Jace quiso seguirle, pero Hina le puso una mano en el hombro.

—Tengo una sala diferente para ti.

Cole y Jace se miraron con suspicacia.

—¿No podemos estar juntos? —preguntó Cole.

—No podéis —dijo Hina.

—Su casa, sus reglas —apuntó Jace.

Cole entró por la puerta, que se cerró tras él al momento. El suelo, blanco y liso, se curvaba al llegar a los extremos, transformándose en paredes blancas que a su vez se curvaban en lo más alto dando paso al techo, igual de blanco y liso. La habitación no tenía bordes ni esquinas. Había una mesa de cristal rodeada de cojines, en lugar de sillas. En un lado de la sala había una enorme cama redonda con mullidos cojines sobre las sábanas de seda blanca.

Cole cruzó la estancia y se acercó a una pequeña ventana que había en el otro extremo. Desde allí podía ver el terreno cubierto de cristales que rodeaba el castillo, así como la inmensa oscuridad que impedía ver nada más allá de la valla exterior. Era como si alguien hubiera creado un reino de luz en medio de la mayor oscuridad.

Cole se sentó en un cojín, junto a la mesa. Al apoyar las palmas de la mano notó el frío de la superficie de cristal. Se preguntó cuánto tiempo le haría esperar el torivor. ¿Vendría Trillian a aquella sala, o lo mandaría llamar? ¿Y qué era un torivor, a fin de cuentas? ¿Y si tenía el aspecto de una araña gigante? ¿O de una babosa viscosa? ¿Hablaría la lengua de Cole? ¿Estaría ya hablando con Jace?

Al ir pasando el tiempo, Cole empezó a sentir sueño. No había mucho que hacer en aquella habitación desnuda. Se acercó a la cama y la probó. ¡Era increíble lo blanda que le pareció! Se tumbó y sintió una comodidad y una relajación como nunca había experimentado. Aunque el colchón cedía ante su peso, pero no acabó en una posición incómoda que hiciera que le doliera el cuello. Más que estar tumbado, era como estar flotando.

La comodidad de la cama le arrastraba hacia el sueño. Los ojos le pesaban. ¿Cómo reaccionaría el torivor si entraba y se lo encontraba durmiendo? Pero ¿qué otra cosa se suponía que debía hacer? ¿Quedarse sentado junto a una mesa vacía? Trillian le había ofrecido una habitación con una cama. ¿Por qué no echar un sueñecito? Aquella cama era la más cómoda que había probado nunca. Habría sido un pecado desperdiciarla.

Algo en su interior le decía que no debía bajar la guardia de ese modo en un castillo enemigo. Pero aquella idea quedó arrinconada en un lugar remoto de su mente, en una esquina de su conciencia. Suavemente, sin esfuerzo, Cole fue cayendo en brazos de Morfeo.

Capítulo 28

Trillian

Cole se encontraba de pie, en una sala elegante, cálida y llena de color, no aséptica como otras estancias del castillo. El suelo estaba decorado con metales preciosos y piedras de un azul intenso que formaban un elaborado patrón. Unas gruesas vigas de madera daban mayor personalidad a los techos, y de las paredes colgaban pinturas y tapices. En el centro de la sala había mucho espacio, pero el perímetro estaba decorado con muebles de formas y materiales exóticos.

Cole no vio al hombre hasta que se movió. Era difícil calcular su edad, a medio camino entre la de un joven y un abuelo. Llevaba una túnica dorada holgada, rematada con pieles en el cuello y al final de las mangas. Parecía una mezcla de diversas etnias, en la que destacaban los rasgos asiáticos. La piel le brillaba como si tuviera luz propia. El hombre caminó lentamente, casi con cautela, sin dejar de mirar a Cole con unos ojos penetrantes y una sonrisa críptica.

—Hola —dijo Cole—. ¿Cómo he llegado hasta aquí?

—Piensa en tu llegada al castillo —dijo el hombre.

Cole oía las palabras con los oídos, pero también con la mente, como si el mensaje hubiera podido llegar igualmente aunque hubiera tenido las orejas tapadas.

—Estoy dormido —dijo Cole, recordando la cama.

—Te estaba esperando —se limitó a responder el hombre.

—Tú eres Trillian —dedujo Cole.

El hombre inclinó levemente la cabeza.

—Tengo ese honor. Y tú eres Cole Randolph.

El chico sintió cierto alivio al constatar que Trillian no tenía el aspecto de una araña gigante. También agradeció que pareciera educado.

—No tengo la sensación de que esto que veo sea un sueño —dijo Cole—. Me siento despierto. Esta sala casi parece más real que la habitación en la que estaba antes.

—Quizá sea más real —dijo Trillian.

—Pero es un sueño —respondió Cole.

—¿Es que un sueño tiene que ser menos real que el mundo consciente? —preguntó Trillian.

—Los sueños desaparecen cuando te despiertas —dijo Cole, muy seguro.

—¿Debe ser permanente una cosa para que sea real? —le planteó Trillian—. Tú vives en una realidad temporal. Un día, todo lo que conoces (tu cuerpo, tus posesiones, el mundo en que naciste) dejará de existir en su forma presente. ¿Significa eso que tu vida no ha sido real?

—Supongo que algún día todo acabará —admitió Cole—. Pero dura más que un sueño.

—¿Ah, sí? —preguntó Trillian—. Hay mucha gente que se apoya en sus sueños durante toda la vida. Para algunas personas, los sueños son sus posesiones más personales y permanentes. El mundo del que procedo se parece mucho más a un sueño que lo que tú consideras la realidad. Mi mundo existió mucho antes que el tuyo, Cole, y seguirá ahí mucho después de que el tuyo desaparezca. El mío es un mundo eterno, y yo soy un ser eterno.

—¿Tú vives desde el origen de los tiempos? —preguntó Cole, incrédulo.

—En el lugar de donde provengo, el tiempo es irrelevante. Yo he existido siempre, lo que significa que existo de verdad.

—¿Estás diciendo que yo no existo? —respondió Cole, dispuesto a discutir.

—Al contrario —dijo Trillian—. Tu forma actual tendrá un fin, pero parte de ti es eterna y pasará a otros estados del ser cuando muera tu cuerpo. Esa parte de ti existe en la misma medida en que existo yo.

—¿Quieres decir que iré al Cielo?

—Mi planteamiento no alcanza aspectos tan específicos —respondió Trillian—. Pero la realidad es más de lo que tú ves en este momento. En según qué circunstancias, una conversación en un sueño puede dejar una impresión más profunda que una conversación en el mundo consciente. Y esta es una de esas circunstancias.

Trillian movió una mano, y las paredes y el techo desaparecieron. La sala se transformó en un barquito. Navegaban en aguas tranquilas de color turquesa; a un lado se veía una costa montañosa cubierta de jungla, y al otro, unas islas distantes.

—¿Lo ves? —dijo Cole—. Los sueños cambian con demasiada facilidad.

—¿Es que no oyes el agua que golpea contra la proa? ¿No sientes la brisa en el rostro? ¿No hueles la sal del aire? ¿No te flota un poco la cabeza? ¿Te parece que la experiencia no es completa?

—Parece muy real, y me siento despierto —admitió Cole—. Pero los encantadores también hacen que las ilusiones parezcan reales.

—¿Y quién dice que no lo sean? —preguntó Trillian.

—Yo —respondió Cole—, cuando paso por en medio de ellas.

—Ya veo —dijo Trillian—. Las cosas tienen que ser tangibles para ser reales. La luz no es real. Ni tampoco el conocimiento. Ni tampoco el amor.

Cole suspiró, exasperado.

—¿Me estás diciendo que los suelos y las ilusiones son reales?

—No hay nada más importante que lo que pasa en nuestras mentes —respondió Trillian—. Tus experiencias en lo que consideras la vida real en tu mundo real solo existen en tu mente y en las mentes de los demás. La mente lo es todo. Y los sueños son el terreno de juegos de la mente.

—¿Tu mundo es un sueño? —preguntó Cole, escéptico.

—Es el símil más ajustado que puedo darte —dijo Trillian—. Cuando quieres cambiar algo en lo que consideras que es el mundo real, primero tienes que pensar bien el asunto y tomar una decisión; luego emprendes la acción física. Cuando yo quiero hacer un cambio en mi mundo, simplemente aplico mi voluntad. Lo que puedo forjar aquí es como una leve sombra de lo que podría hacer en el lugar de donde vengo yo.

—He oído que eras forjador —dijo Cole.

Trillian movió el brazo. El barco desapareció. Estaban en un invernadero cálido y húmedo, con el techo y las paredes de cristal. El aire olía a hojas y flores frescas. Al otro lado de las ventanas se extendía una tundra nevada interminable.

—Yo soy «el» forjador —precisó Trillian—. En el lugar de donde vengo yo, el forjado es un modo de vida, tan intuitivo y natural como lo es para ti respirar.

—¿Dónde está Jace? —preguntó Cole.

—Luego vendrá. De momento prefiero que esto quede entre nosotros dos.

—Me sorprende un poco que hables mi idioma —dijo Cole.

Trillian se rio.

—No deberías sorprenderte. ¿Has conocido a alguien en las Afueras que no hable tu idioma?

—No —dijo Cole—. Algunos lo hablan con acentos raros, pero todas las personas que he conocido aquí hablaban inglés.

—En las Afueras, todos oímos nuestro idioma nativo —dijo Trillian—. Es muy difícil que no te entiendan. Sé por qué has venido a mí.

—¿Lo sabes?

—Esperas llevarte de aquí a Honor —contestó Trillian.

—¿Te lo ha dicho Jace?

—Estás buscando los mejores argumentos posibles. Pero no te esfuerces. Piensa que yo sé todo lo que sabes tú. Sé lo de Morgassa y la amenaza que supone. Sé lo que Stafford les hizo a sus hijas. Sé lo de los contraforjadores y Jenna, y lo de tu familia, en Mesa.

—¿Y cómo sabes todo eso? —preguntó Cole, desconcertado.

Trillian sonrió.

—Esto es un encuentro de mentes. La tuya está abierta a la mía. Se abrió en cuanto entraste en mis dominios.

—¿Puedes leerme la mente?

—Sin ningún esfuerzo —repuso Trillian—. En mi lugar de origen no hay verbalización. No es como aquí. Toda comunicación es de mente a mente. No hay secretos. No hay mentiras. Cole, yo sé detalles de cosas que tú hace tiempo que olvidaste: lugares, eventos, personas. Y también cosas que tú no reconoces, o que te niegas a admitir. Por favor, siéntete libre de hablar abiertamente. A mí no me puedes ocultar nada.

Cole odiaba pensar que alguien podía hurgar con toda libertad en el interior de su cerebro. ¿Qué cosas embarazosas habría podido ver Trillian? Todos sus pensamientos egoístas, cobardes. Todos sus miedos. Todas sus fantasías sobre Jenna. Todo, expuesto y a la vista.

—Pero también los pensamientos valientes —dijo Trillian—. Los recuerdos más bonitos. Las buenas intenciones. Por no hablar de tu poder oculto.

—¿Qué ves tú de mi poder? —preguntó Cole, realmente intrigado. Había empezado a dudar de que estuviera ahí realmente.

—Está ahí —contestó Trillian—. Y es considerable. Tu poder es mucho más interesante que el de Mira o el de Honor. Su don no es pequeño, pero el tuyo es único. En otras circunstancias, intentaría liberar ese potencial.

—¿Qué quieres decir?

315

—Yo he entrenado a todos los encantadores de cierto calado de Elloweer de los últimos siglos, incluida la gran forjadora Callista. Tú serías un alumno fascinante.

Cole recordó las advertencias que le había hecho Skye con respecto a Trillian. Era malvado y llevaba años atrapado en aquel lugar. ¿Por qué iba a ayudar a formarse a los forjadores? ¿Le estaba diciendo la verdad? ¿Estaba mostrándose amable y razonable solo hasta que llegara el momento de desplegar su trampa?

—Adelante —dijo Trillian, con expresión grave—. Pregúntame.

Cole no estaba muy seguro de cómo plantearlo.

—¿Por qué? Ya sabes lo que estoy pensando.

—Estamos teniendo una conversación —dijo Trillian—. Pregúntame.

—Tú estás prisionero aquí —le soltó Cole—. ¿No eres peligroso? ¿Por qué iba a permitir nadie que le entrenaras?

—Soy extremadamente poderoso —reconoció Trillian—. ¿Peligroso? Supongo que eso es lo que implica el poder. Si hubiera llegado a las Afueras en esta época, gobernaría el lugar sin posibilidad de disputa. Pero la suerte quiso que, en el momento de mi llegada, ya hubiera forjadores de enorme poder aquí, entre ellos algunos de los que participaron en la creación de los diferentes reinos. Yo tenía mucho poder, pero este lugar era diferente a mi mundo, y antes de que llegara a dominar mi potencial, me sometieron.

—¿Hay otros como tú?

—Muchos —dijo Trillian—. Todo un mundo. Solo otro torivor viajó hasta aquí conmigo: Ramarro. También debieron de capturarlo, o estaría gobernando el reino. En el momento en que me atraparon dejé de percibirlo, y los que envié en su busca no encontraron ni rastro de él. Yo no puedo ver más allá de mi prisión, salvo un poco, en el Camino Rojo. Lo que sé es a través de los viajes de mis siervos, o de gente que viene aquí, como vosotros.

—¿Por qué no han venido más torivores?

—Los forjadores que me apresaron bloquearon el acceso a mi mundo —dijo Trillian—. No espero que ninguno de los míos encuentre el camino hasta aquí en un futuro cercano.

—¿Y por qué te apresaron? —preguntó Cole—. ¿Atacaste a los forjadores?

—Conecté con ellos —dijo Trillian—. Algunos se pusieron a prueba conmigo. Temían mi poder. Reaccionaron con hostilidad. Intentaron hacerme daño. Yo respondí. No pudieron acabar conmigo, pero sí apresarme.

—¿No puedes salir? —preguntó Cole.

—No es que no lo haya intentado. Los forjadores sabían lo que se hacían. No solo forjaron una prisión para recluirme. También me forjaron a mí. Yo no soy como tú me ves. Estoy arraigado a las profundidades, por debajo de este lugar. Pero mi poder permanece activo en el interior de mis dominios.

Cole se preguntó hasta qué punto sería cierto lo que estaba oyendo.

—Yo no puedo mentir —dijo Trillian—. Puedo evitar preguntas, o desviar la conversación, pero solo puedo decir la verdad. No es una cuestión de honor. Es parte esencial de lo que soy, del origen de mi poder. Si mintiera, dejaría de ser yo. Si pudieras percibir mi auténtica naturaleza, lo verías.

—Si no te hubieran apresado, ¿te habrías hecho con el control de las Afueras? —preguntó Cole, poniendo a prueba su honestidad.

—Sí —respondió Trillian—. Me habría unido al otro torivor y habría gobernado sin competencia hasta el fin de este mundo, o hasta que decidiera irme a otro lugar. Lo habría reforjado todo, hasta convertirlo en un paraíso. Todos mis siervos habrían prosperado bajo mi gobierno. Sospecharás que te digo esto porque quiero que me liberes. No te preocupes, no podrías hacerlo.

—Si consiguieras la libertad, ¿qué harías?

—Gobernaría como el forjador más grande que se ha conocido en las Afueras —respondió Trillian—. Cualquiera que osara plantarme cara caería. Trazaría nuevas fronteras entre los reinos. Desataría el verdadero potencial de este reino entre reinos.

—¿Se pueden cambiar las fronteras entre los reinos? —preguntó Cole.

—Ya viste la posibilidad al usar la espada saltarina contra el Caballero Solitario. Y no eres el primero que pone a prueba tal posibilidad. No siempre ha habido Cinco Reinos, ni han vivido siempre mortales en ellos. Los Cinco Reinos son una creación. Pueden volver a hacerse.

Cole intentó imaginarse qué pasaría si Trillian quedara libre. ¿Lo aceptaría la gente como su rey? ¿Sería bueno? Con el poder que estaba describiendo, sería un dictador. Dependía, básicamente, de si era realmente bueno o no.

—Sería exigente, pero también podría hacer la vida más fácil a la gente —dijo Trillian—. Confieso que no siento especial devoción por los mortales. Sois muy volubles, aunque unos cuantos me intrigáis. No sería vuestro siervo, vuestro genio. Vosotros me serviríais, y trabajaríais para hacer de las Afueras el paraíso que imagino. Una mente superior os gobernaría. Algunos se mostrarían resentidos respecto a mí, y puede que jugara con ellos. Me gustaría poder tomar alguna medida de venganza por mi encarcelamiento. No puedo predecir con exactitud hasta qué punto os gustaría mi gobierno. Procedo de un reino eterno donde vivía entre iguales. Aquí estaría en un reino temporal, gobernando sobre seres inferiores.

—¿Y por qué viniste? —preguntó Cole.

—Todos los torivores sentimos la necesidad de salir de nuestro mundo, en diferente medida. La vida allí es perfecta, salvo por una cierta… inmovilidad. No soy el primero que se fue. Abandonar la eternidad para entrar en el tiempo cambió mi propia existencia. De pronto, el concepto de secuencia se hizo relevante: el ayer, el hoy y el mañana. En un reino de principios y fines, podría morir. ¿Qué le pasa a un ser eterno que muere en una realidad temporal? ¿Desaparecería? ¿O una parte de mí seguiría su viaje?

—Tú has dicho que yo seguiría viviendo —dijo Cole.

—Una parte sí —respondió Trillian—. Eso lo veo claro. Pero ¿puedes reconocerlo en tu interior?

—La verdad es que no —dijo Cole—. Espero que sea verdad.

—Yo veo el componente eterno en tu interior, pero no puedo percibir nada en mí mismo, salvo lo que soy aquí y ahora. No querría correr el riesgo de morir aquí. Si viera que mi vida corre peligro, preferiría volver a casa.

—Pero de momento estás bloqueado —constató Cole.

—Efectivamente —reconoció Trillian—. Y tú también estás bloqueado en este mundo.

—Yo quiero encontrar a mis amigos y volver a casa —dijo Cole—. Nosotros no queríamos venir aquí.

—Lo sé.

—¿Sabes dónde puedo encontrar a Jenna?

—No.

—¿Y podrías descubrirlo?

—Probablemente. Llevaría tiempo. Pero no tengo ningún interés en descubrir su paradero. Ese problema debes resolverlo tú.

—¿Tengo…? —quiso preguntar Cole, pero se quedó atascado. La pregunta era demasiado importante para él como para completarla.

—¿… alguna posibilidad de volver a casa? —sugirió Trillian.

—No, si te quieres quedar aquí. Ni tampoco tal como están las cosas ahora mismo.

—¿Y se podrían cambiar? —preguntó Cole.

—Alguien con suficiente poder podría hacerlo —dijo Trillian.

—¿Tú?

—Desde luego, si fuera libre. O quizás otros.

—¿Quién? —preguntó Cole, pero Trillian obvió la pregunta con un gesto de la mano.

—Ya basta de preguntas irrelevantes.

Cole habría querido sacarle más información al torivor, pero estaba claro que él ya había dado el asunto por concluido. ¡Al menos sabía que había un modo! No veía el momento de contárselo a Dalton.

—Tú ya sabes para qué hemos venido —dijo Cole—. No hay mucho que te pueda decir. ¿Vas a ayudarnos?

Trillian sonrió.

—Esa pregunta lleva reconcomiéndote desde que iniciamos nuestra conversación. Aunque puedo ver tu mente, Cole, sigue habiendo en ti un elemento de misterio. Es el gran principio que hace que los mortales sigáis siendo interesantes. Tengo claro tu pasado, al igual que tus pensamientos presentes, pero no puedo estar seguro de qué decidirás mañana. No sé cómo puedes reaccionar a una información nueva. No lo sé porque tú mismo no lo sabes. Puedo intentar adivinarlo, pero no puedo estar seguro. Los seres temporales podéis protagonizar unos cambios asombrosos. Vuestras opiniones y actitudes evolucionan. Os mentís a vosotros mismos. Vuestras emociones fluctúan. Esos conceptos son extraños para mí. Veo innumerables ejemplos en tu memoria, pero no tengo expectativas de llegar a comprender del todo vuestra naturaleza fundamental.

—¿Tú no cambias? —preguntó Cole.

—No sustancialmente —respondió Trillian—. Al menos en mi mundo de origen. En este estado temporal puede haber posibilidades inexploradas. Pero cualquiera que sea el estado en que me encuentro, no puedo engañarme. Lo que soy y lo que quiero son dos cosas que están de acuerdo.

—¿Qué es lo que intentas adivinar de mí? —preguntó Cole—. ¿Tienes una oferta que hacerme?

—A mí me interesan los Cinco Reinos. No estaré encerrado para siempre. Este mundo tuvo un inicio, y también llegará a su fin. Pero este tiempo me resulta tedioso. Me gusta influir en el reino a través de la gente que formo y que mando fuera de aquí.

—¿Quieres que haga algo? —preguntó Cole.

Trillian agitó un brazo, y se encontraron en una plataforma circular en lo alto del cielo. Una gran luna blanca los iluminaba. Sobre sus cabezas brillaban las estrellas, y un aire fresco soplaba a su alrededor.

La plataforma empezó a descender. Trillian se acercó al borde. No había barandilla. Cole le siguió con cuidado y miró abajo.

Muy por debajo, a lo lejos, una ciudad sufría un ataque. Unas personas minúsculas huían de una multitud formada por otras personas minúsculas.

—La amenaza de Morgassa y su horda es real —advirtió Trillian, muy serio—. Estas imágenes me las trajo la semana pasada uno de mis siervos alados. La situación me intranquiliza. Hay elementos peculiares en juego. Han liberado poderes que no pueden controlar. He enviado muchos exploradores a investigar el problema. Gracias a tu conversación con el soldado que presenció el ataque de la horda de cerca, me has aclarado la situación mucho más que los pocos siervos que me han traído visiones lejanas como esta.

—Honor puede ayudarnos a detener a Morgassa —dijo Cole.

Trillian se lo quedó mirando en silencio. El torivor agitó una mano y volvieron a encontrarse en la cálida habitación de antes, con el elegante suelo y los muebles exóticos.

—Si no se hace nada, Morgassa arrasará Elloweer dentro de menos de un mes —dijo Trillian—. Yo no deseo ver Elloweer destruido. Un reino vivo es un lugar mucho más interesante que uno muerto, aunque sea solo para estar preso en él.

—¿Y si Morgassa llegara aquí? —preguntó Cole.

—No estoy seguro —dijo Trillian, dándose un golpecito con un dedo en la mejilla—. Su poder difiere del mío. Incluso aquí, supondría una amenaza para mí. Sería un desafío interesante.

—¿Por qué no nos entregas a Honor y nos dejas ir a por Morgassa?

Trillian ladeó la cabeza.

—¿Podríais conseguirlo? Quizá. Es hora de traer a tu amigo.

Trillian dio una palmada, y apareció Jace. Este miró a Cole, sorprendido.

—Este es Trillian —dijo Cole—. Estamos soñando.

—Lo sé —respondió Jace—. He estado hablando con él.

—He estado hablando con los dos por separado —dijo Trillian—. Es hora de poner las cosas en común. Ambos queréis a Honor. Igual que Mira. Yo he traído aquí a Honor por mis propios motivos. Dada la amenaza que supone Morgassa, no descarto del todo la posibilidad de liberarla. Pero no será a cambio de nada. Un premio tan grande hay que ganárselo, y me encantan las pruebas.

—¿Por qué no nos ayudas, sin más? —respondió Cole.

—Daros la oportunidad ya es suficiente ayuda —dijo Trillian—. Tú, Jace y Mira debéis participar en la prueba juntos, o no hay trato. Si ganáis, Honor se va con vosotros. Si gano yo, todos quedaréis bajo mi poder.

—Deja fuera a Mira —dijo Jace.

—No —respondió Trillian—. Cole irá a buscarla. Si no vuelve con ella, no hace falta que vuelva. Pedí veros a los tres, e hicisteis caso omiso a mi petición. Es hora de que me hagáis caso. Os preocupa que la prueba sea imposible de superar. Será difícil, pero posible. Si no tuvierais ninguna posibilidad de éxito, no tendría ninguna gracia.

—¿Para qué has traído aquí a Honor? —preguntó Cole.

—Tú trae a Mira —insistió Trillian—. Eso es todo.

El torivor agitó una mano, y Cole abrió los ojos. Estaba en la cama redonda blanca, en la salita sin esquinas. No tenía ninguna sensación de sueño. La puerta estaba abierta. Hina le estaba esperando.

Capítulo 29

La prueba

Cole encontró a Mira, Dalton, Twitch, Skye y Mínimus esperando en el Camino Rojo, junto a la valla. Mira y Dalton corrieron a su encuentro en cuanto apareció. Parecían ansiosos y aliviados.

—¿Estás bien? —preguntó Mira.

—Estoy bien —contestó él, sin muchas ganas de darle el mensaje de Trillian.

—Has tardado horas —dijo Twitch.

—¿Qué ha pasado? —le preguntó Dalton.

—¿Dónde está Jace? —dijo Mira.

—Lo tiene el torivor. Hemos hablado con él.

—¿Y cómo es? —preguntó Skye.

—No lo sé —dijo Cole—. Me visitó en un sueño. Es de otro mundo, pero en el sueño parecía humano. Tiene muy buena opinión de sí mismo. Podía leerme la mente.

Cole echó un vistazo al tétrico castillo del otro lado de la valla.

—Ese sitio tiene un aspecto muy diferente desde el interior. Quizá lo que veamos desde aquí sea una aparición. O quizá sea todo una gran aparición cuando entras por la puerta.

—¿Da mucho miedo? —preguntó Dalton.

—No es como un escorpiés gigante —dijo Cole—. Da miedo porque es listo y muy poderoso. Se te mete en la cabeza. Sabe mucho. Dijo que teníamos alguna posibilidad de volver a casa. ¡Nuestras esperanzas podrían no ser una locura total!

—¿En serio? —preguntó Dalton, iluminándose—. ¿Dónde tenemos que ir? ¿Qué tenemos que hacer?

—No me lo ha explicado, pero me ha dicho que alguien con suficiente poder podría cambiar el mecanismo de todo esto, que podría arreglar las cosas para que pudiéramos volver a casa y quedarnos allí.

—Cole, es una noticia estupenda —dijo Mira—. ¿Y has visto a Honor? —añadió, con la voz menos firme de lo que habría querido.

—No —dijo Cole, deshinchándose un poco—. Lo siento, no la he visto. Pero la tiene Trillian, eso seguro. Dice que nos la dará si superamos una prueba.

—¿Qué tipo de prueba? —preguntó Dalton.

—No me lo ha dicho —respondió Cole—. Tenemos que hacerlo Jace, Mira y yo juntos. Lo único que me ha prometido es que no será imposible superarla.

—¿Y si perdemos? —preguntó Mira.

—Se nos queda —dijo Cole—. Igual que tiene a Honor.

—¿Y mientras tanto tiene a Jace de rehén?

—Más o menos.

—Pues tengo que intentarlo —dijo Mira, levantando las manos al cielo.

Skye dio un paso adelante.

—¿Estás segura? Sin ninguna hija del rey supremo, la revolución no tiene ninguna posibilidad.

Mira se encogió de hombros.

—Tengo otras tres hermanas. Sin Honor, Elloweer está condenado. No voy a abandonar a mi hermana si hay alguna posibilidad de salvarla.

—Entonces debo insistir en acompañarte —dijo Mínimus—. El Caballero Solitario te dejó a mi cuidado.

—No creo que estés invitado —señaló Cole—. Trillian dejó claro que la prueba es solo para mí, para Jace y para Mira.

—Quizás el mejor modo de protegerme sea ir con Cole

—dijo Mira—. No queremos que Trillian se enfade. Tenemos suerte de que nos dé una oportunidad.

—Quizá no sea una oportunidad —planteó Twitch—. ¿Cómo sabéis que el torivor no miente sobre la prueba para hacer que entréis? Puede que no os deje escapar a ninguno.

—Dice que nunca miente —respondió Cole—. Aunque, por supuesto, eso también podría ser mentira.

—Yo estoy dispuesta a correr el riesgo —decidió Mira—. ¿Y tú, Cole?

Él cerró los ojos y se llevó los puños a la frente. No estaba seguro de qué debían hacer, pero Mira necesitaba que al menos lo intentara.

—No lo sé —dijo, abriendo los ojos—. Creo que es una prueba de verdad. Por supuesto, también podría ser que eso fuera lo que el torivor quiere que piense. Trillian parece muy listo. Fue casi educado. Parece aburrido. Me ha dicho que quería darnos una oportunidad de ganárnoslo. Estoy convencido de que lo decía de verdad, pero no tengo ni idea de lo dura que puede ser esa prueba. Tú decides, Mira. Si tú te animas, yo estoy contigo.

—Si no volvéis dentro de un día, iré a por vosotros —prometió Mínimus.

—Allá tú —dijo Mira—. Nadie está obligado a venir a por nosotros. Dudo de que sirviera para algo. Con un poco de suerte, nos veremos pronto.

Cole y Dalton chocaron los puños.

—Ten cuidado —dijo Dalton, preocupado.

—Prométeme algo —respondió Cole, que le pasó un brazo por encima de los hombros.

—Claro.

—Si no vuelvo, encuentra a Jenna. Ayúdala. No te rindas hasta que consigáis volver a casa.

—De acuerdo —dijo Dalton con decisión.

Cole miró a Twitch.

—Y tú salva a tu pueblo.

—Lo haré —prometió Twitch.

—¿Estás listo? —preguntó Mira, al borde del Camino Rojo.

Cole dio una palmadita a su espada saltarina, que llevaba colgada del cinto.

—No. Pero vamos —dijo.

Se colocó a su altura y ambos pasaron juntos.

Hina los esperaba con dos guardias en el otro lado, junto a un bonito carruaje con piedras preciosas brillantes. Unos arneses de cuero rojo y dorado unían seis caballos blancos al vehículo.

—Bienvenida, Miracle Pemberton —dijo Hina.

Hizo un gesto, y uno de los guardias abrió la puerta del carruaje.

—¿Por qué no había carruaje esperándome a mí? —protestó Cole.

—Tú no eres de la realeza —respondió Hina.

Cole miró a su amiga, que contemplaba aquel espléndido entorno con ojos de asombro.

—Esa mujer es guapísima —susurró Mira.

—Sí —respondió Cole—. La otra vez tuve que ir a pie.

Mira subió al carruaje. Cole la siguió a paso ligero, algo preocupado de que no le dejaran subir con ella. Hina iba en su robusto caballo, mientras que los guardias conducían el carruaje. El paisaje cristalino brillaba al deslizarse el coche por encima del camino, de un rojo intenso.

Pararon frente a aquel etéreo palacio. Hina los condujo al interior. Los guio por unas escaleras brillantes, y pararon junto a una puerta muy elaborada.

—Aquí hay una habitación para ti, Miracle —dijo Hina, insinuando una reverencia.

—Déjame adivinar —soltó Cole—. ¿A qué es más bonita que la mía?

Mira le guiñó un ojo. Hina no le hizo caso.

—Échate a dormir —le dijo Cole—. Nos vemos en sueños.

Mira entró. Hina cerró la puerta.

—A una princesa hay que tratarla con más respeto —le amonestó Hina.

—¿Encerrándola en un castillo, por ejemplo? —replicó Cole.

Sin inmutarse siquiera, Hina lo llevó ante otra puerta y se la señaló.

—Puedes esperar aquí.

La habitación era parecida a la anterior. Cuando se cerró la puerta, Cole se dirigió a la cama. Se preguntó cuánto tardaría en dormirse. La cama era cómoda y lujosa, pero no estaba cansado, así que se quedó mirando al cielo.

Cole se preguntó a qué tipo de prueba se enfrentarían. ¿Supondría combatir? ¿Sería algo intelectual, como adivinanzas o preguntas de curiosidades? ¿Sería un juego de azar, como el póker, o algo así? Se sonrió al imaginarse haciendo pareja con Jace, jugando contra Trillian y Mira en una carrera de carretillas.

Al cabo de un rato, lo invadió un intenso sopor. La sensación fue demasiado repentina como para ser natural, pero no intentó resistirse. Cerró los ojos y cayó redondo.

327

Volvía a estar en la habitación del suelo elegante y los muebles exóticos. Trillian estaba de pie, con las manos a la espalda, y le saludó con un gesto de la cabeza. Mira y Jace también estaban allí.

—Bienvenidos, Cole y Jace —dijo Trillian.

—¿Estás bien? —le preguntó Jace a Mira.

—He estado mejor —respondió ella.

—Miracle Pemberton podría llegar a ser reina de las Afueras un día —constató Trillian—. Por supuesto, hay obstáculos. Tres de ellos son sus hermanas mayores, Elegance, Honor y Constance. Otro es su padre, que fingió haberla matado a ella y a sus hermanas, y que probablemente desee matarla de verdad, ahora que ha perdido todo el poder de forjado que le había arrebatado.

—Yo nunca he querido ser reina suprema —dijo Mira—. Por mí puede serlo Elegance.

—Es cierto. Ves el legado real como una carga desagradable, la fuente de la mayoría de los problemas de tu vida.

—Me he pasado toda la vida huyendo —dijo Mira—. He visto cómo iba muriendo la gente que me rodeaba. Incluso en Ciudad Encrucijada, la vida nunca fue fácil.

—Ninguna vida es fácil —dijo Trillian—. Aunque admito que la tuya ha supuesto un desafío poco común, que en parte te has infligido tú misma. Entiendo que estás aquí para intentar rescatar a una de tus rivales en la carrera por el trono.

—Honor no es mi rival —le corrigió Mira.

—Si no fuera por su padre, Elegance sería reina suprema —apuntó Trillian—. Sin Stafford y sin Elegance, el título pasaría a Honor. ¡Y sería una reina estupenda! Tiene mucho carácter.

—Quiero verla —dijo Mira.

—Estoy a punto de daros esa oportunidad —respondió Trillian—. Si la encontráis, solo tenéis que tocarla, decir su nombre, y no solo volverás a tenerla a tu lado, sino que seréis libres de iros.

—Eso parece fácil —dijo Mira.

—Puede que su aspecto haya cambiado —precisó Trillian.

—¿Qué le has hecho? —le increpó Mira.

El torivor sonrió.

—La he… ajustado.

—¿Cómo? —preguntó Mira, airada.

Trillian la señaló.

—Eso tienes que descubrirlo tú. Yo me reservo el derecho de alterarla más aún a medida que avanza la prueba. Cada uno de vosotros tiene una oportunidad de tocar algo y decir: «Honor». He preparado tres escenarios en los que podéis buscar. Cole buscará en el primer escenario, luego Jace, y, por último, tú, Mira. Podéis debatir entre vosotros.

—¿Podría ser cualquier cosa? —preguntó Cole.

—Cualquier ser vivo —especificó Trillian—. Plantas no. Solo animales, incluidos seres humanos. He creado una aparición personalizada para evitar que reconozca a Mira o perciba vuestras formas reales. A sus oídos, vuestras voces sonarán confusas si le preguntáis sobre su identidad, si intentáis revelar las vuestras o si mencionáis algo referente a esta prueba. Honor no tiene ni idea de lo que estáis haciendo.

—¿Qué pasa si no acertamos? —preguntó Jace.

—Con cada fallo pasaréis al escenario siguiente —dijo Trillian—. Si falláis en los tres escenarios, me perteneceréis. Para motivaros y para que no os quedéis pensando demasiado, en cada escenario hay una amenaza. Mientras buscáis a Honor, habrá algo que irá a por vosotros. Cada amenaza intentará mataros a todos. Si alguno de vosotros muere antes de que propongáis vuestra respuesta, habéis perdido esa oportunidad. Naturalmente, si morís los tres, acaba la prueba.

Cole se sintió traicionado. El torivor no había mencionado que la prueba podría resultar letal. Tal como lo había planteado, los tres acabarían siendo sus prisioneros. Cole echó una mirada a Mira, sintiéndose fatal por haberla arrastrado a aquello.

—No nos habías dicho que podíamos morir —protestó Cole.

—Os lo estoy diciendo ahora. Todas las vidas están siempre en peligro. Si sentís que la amenaza es inminente, proponed una respuesta y pasaréis al siguiente escenario. Tenéis muchas oportunidades de sobrevivir.

—¿Y si nos negamos a participar? —preguntó Mira.

—La puerta ya está cerrada —dijo Trillian—. Esta prueba es el único modo de salir.

—¿Será aquí? —preguntó Cole—. ¿En este sueño?

Trillian chasqueó la lengua.

—No, os despertaréis para la prueba. Tendrá lugar

en el exterior de mi palacio. Cuando salgáis al recinto, empezará el juego.

—¿Será todo una ilusión?

Trillian sacudió la cabeza.

—Crearé la mayoría de las cosas con modificaciones, grandes y pequeñas. Todos los elementos de la prueba serán perfectamente tangibles. Mi poder de forjado no tiene parangón en los Cinco Reinos. Dejad que sea yo quien se preocupe de cómo hacerlo. Vosotros concentraos en ganar.

—¿Tú quieres que perdamos? —preguntó Mira.

—No especialmente —respondió Trillian—. Lo más probable es que fracaséis. La prueba será difícil, pero no está amañada. Podéis ganar. Y, si lo hacéis, os dejaré libres, tal como os he prometido. Estoy impaciente por ver qué tal se os da.

—¿Cuándo empezamos? —preguntó Mira.

Trillian dio una palmada. Cole abrió los ojos y miró al techo. La puerta de su habitación se abrió y vio a Hina en el pasillo.

—En marcha —dijo ella.

Él la siguió hasta la puerta de al lado, donde recogieron a Jace. Luego fueron a buscar a Mira, que se unió a Jace y a Cole, tras Hina.

—¿Tú qué eres, Hina? —preguntó Cole—. ¿Eres una apariencia? ¿Cómo un figmento? ¿O un semblante?

—Soy una mujer de Elloweer —respondió ella—. Llevo muchos años sirviendo a Trillian.

—No pareces muy mayor —observó Mira.

—Es una de las ventajas de vivir aquí —contestó Hina—. Si sobrevivís a la prueba, puede que os unáis a nosotros.

—Yo ya hace demasiado tiempo que tengo esta edad —dijo Mira.

Hina los llevó hasta la puerta principal del castillo.

—Ya estamos —dijo, cogiendo el pomo para abrirla—. Que empiece el juego.

Capítulo 30

Las Pemberton

Con la mano en el pomo, Hina observó a Mira.

—¿Listos? —preguntó Mira.

—Morid con valentía —dijo Jace.

—Otra vez lo mismo —murmuró Cole.

Mira asintió, e Hina abrió la puerta. Salieron al patio de un castillo. No se parecía a ninguna de las versiones del Palacio Perdido que Cole había visto antes, ni al del lugar calcinado y en ruinas ni al del reluciente y cubierto de perlas.

Aquel castillo era inmenso. Solo veían un lado, pero un muro enorme con pasarelas y torres rodeaba el enorme patio. El lado del castillo que veía Cole era amplio y sólido; tenía varios pisos y estaba cubierto de almenas, balcones, torres y torretas. Unos guardias, vestidos con uniformes inmaculados, montaban guardia en las murallas y por todo el perímetro del patio.

—¡Mira, date prisa! —la apremió una mujer desde el otro extremo del patio.

Era alta y elegante, tenía el cabello color caoba y una expresión risueña. A su lado había una joven, igual de alta y tan encantadora como ella. Tenía el cabello ligeramente más oscuro, sujeto con pequeñas peinetas. También había una chica más joven y menuda, con el cabello largo y lacio, y expresión de aburrimiento. Estaba de pie, con los brazos cruzados, y parecía un año o dos mayor que Cole. La más pequeña del grupo debía de tener un par de años menos que

Cole. Llevaba un vestido liso con un delantal y tenía los ojos oscuros y dulces.

Mira soltó un suspiro ahogado.

—No, no, no… —murmuró.

Sorprendido, Cole observó que Mira tenía el cabello largo y llevaba un bonito vestido. Jace y él también iban elegantemente vestidos. De pronto cayó en lo que estaban viendo. Aquellas mujeres y niñas que miraban en dirección a Mira se le parecían todas. ¡Tenían que ser su madre y sus hermanas!

—¡Date prisa! —le dijo la hermana mayor—. Tendremos que ir todas para convencer a Honor de que venga.

—Un momento —respondió Mira, que se giró hacia Cole y Jace.

Cole nunca la había visto tan agitada. Ella se limpió los ojos con dedos temblorosos.

—Es tu familia —dijo Cole.

Mira asintió en silencio.

—O sea, no son ellas realmente —dijo, como intentando convencerse a sí misma—. Pero es que todo está perfecto.

—¿Esa es tu madre? —preguntó Jace.

—Mi madre y mis hermanas —confirmó Mira, recomponiéndose un poco—. La reina Harmony, Ella, Costa y Tessa. Llamad a mi madre «majestad». Es igual al día en que se suponía que íbamos al Festival de Otoño de Lindenwood. El día en que mi padre fingió nuestras muertes.

—Diles a tus amigos que tienes que irte, querida —insistió la reina Harmony.

—Me acompañarán hasta que nos vayamos —respondió Mira.

—¿Quieres mejor compañía que nosotras? —dijo Costa, mirando a Ella.

—Me gusta ese —dijo Tessa, señalando a Jace—. Nos protegerá.

—De acuerdo —accedió Harmony—. Venid.

La familia de Mira esperó mientras ella, Cole y Jace se acercaban a la carrera. La chica tenía la mirada perdida.

—Es increíble que nos hayamos encontrado —les dijo Harmony a los chicos.

Por el rabillo del ojo, Cole vio que Mira le indicaba con un gesto que hiciera una reverencia.

—Soy Cole Randolph, un amigo de Mira —se presentó, inclinándose.

Jace lo imitó:

—Yo soy Jace.

—¿Cómo habéis conocido a mi hija? —preguntó Harmony; su tono no era de censura, sino de interés.

—Sus padres son actores. Actúan en la ciudad —dijo Mira—. Tienen mucho talento. Ya sabes cómo me gusta el teatro.

—Muy bien —respondió Harmony, mirando a los niños—. De momento venid con nosotras. Si a Mira le gustáis, seguro que no sois nada aburridos, aunque me temo que no podréis ir a Lindenwood en su coche.

—Tampoco os lo recomiendo —dijo Mira—. Ese coche acabará en el río.

—Deja de decir tonterías —le espetó Ella—. Madre, ¿no debería despedirse Mira de sus amigos? Nori ya nos está haciendo llegar tarde.

—No los eches todavía —dijo Mira—. Me portaré bien.

—Venid, pues —decidió Harmony, que cruzó el patio.

Ella se puso a la altura de su madre. Costa y Tessa las siguieron de cerca. Mira disminuyó el ritmo de su paso como para darles unos metros de ventaja.

—Aquí es cuando mi padre nos prende —les susurró Mira, agitada—. En el patio de prácticas, mientras buscamos a Nori. Nos lleva a las mazmorras, se hace con nuestros poderes y envía hacia el coche unas dobles, que son las que se ahogarán. Podría estrangular a Trillian por recrear esta escena en el juego.

—¿Quieres que me escabulla y vaya a buscar a Honor?

—preguntó Cole—. Es el primer escenario, así que aquí soy yo quien tiene que proponer una respuesta.

—Se supone que ahora vamos a encontrarnos con Honor —dijo Mira—. ¿Podría estar interpretando su propio papel en esta recreación?

—Trillian no lo haría tan evidente —respondió Jace.

—¿Quién sabe? —dijo Mira—. Deberíamos comprobarlo. Honor no seguiría el juego en una recreación de este día. Si es ella de verdad, actuará raro.

Costa se rezagó para ponerse a la altura de Mira. No era mucho más alta que su hermana menor.

—¿Qué cuchicheáis vosotros tres?

Mira esbozó una sonrisa.

—Cole y Jace se van mañana a otra ciudad.

—No deberías trabar amistad con actores —dijo Costa—. Siempre están de paso.

—¿Cuánto falta para el patio de prácticas? —preguntó Cole.

—Esa puerta da a un pasillo —dijo Mira, señalando hacia delante—. El patio de prácticas está en el otro extremo.

—¿Hay que ir allí? —preguntó Jace.

—Si quieres venir con nosotros —respondió Costa.

—¿Tenemos que seguirles el juego? —se quejó Jace, dirigiéndose a Mira y haciendo caso omiso de su hermana.

—¿Qué quieres decir? —preguntó Costa.

—Supongo que no —respondió Mira.

—¿No es un poco estúpido meterse en una trampa si sabes que está ahí? —preguntó Jace.

Mira se detuvo.

—Todo depende del lugar donde puede haber escondido a Honor. ¿La pondría en el camino que seguí yo aquel día, o la escondería en algún lugar oscuro? El castillo es inmenso.

—¿De qué estáis hablando? —preguntó Costa, levantando la voz.

Harmony, que estaba adelantada, se detuvo y se giró.

—¿Hay algún problema?

Ella y Tessa también se dieron la vuelta.

—He oído que nos han tendido una trampa —respondió Mira, en voz alta—. Papá tiene pensado capturarnos en el patio de prácticas y arrebatarnos nuestro poder de forjado.

Harmony pareció preocuparse de pronto.

—Miracle, ¿qué te ha dado de pronto, para que me salgas con ese cuento?

—El patio de prácticas está aislado —dijo Mira—. Nori estará allí, practicando con Galin. Intentaremos convencerla de que venga al festival. Mamá le dirá que no hace falta siquiera que se cambie de ropa y le dará permiso para participar en el torneo de tiro con arco. Ella se resistirá. Entonces un puñado de hombres de papá nos capturará. Galin morirá intentando defendernos con una espada de prácticas. Owandell estará allí.

—Sabía que hoy sería el final del principio —dijo Tessa, pellizcando una arruga de su delantal.

Harmony dio un paso hacia Mira.

—¿De dónde viene todo esto? ¿Cómo puedes saber que Galin morirá?

—Mamá —protestó Ella—. No harás caso a todas estas tonterías, ¿no? Mira lo que pasa cuando dejas que tu hija juegue con actores. ¡Cuentos de hadas e historias fantásticas!

—¿Es esto algún tipo de juego? —preguntó Harmony.

—Lo digo en serio —insistió Mira—. Tenemos que ocultarnos. Deberíamos dispersarnos. ¡No dejéis que nos quite el poder de forjado!

—Mirad —dijo Tessa, señalando con el dedo—. Es Owandell.

Todos los ojos siguieron la dirección que apuntaba su dedo, a lo alto de la muralla del castillo, donde un hombre con túnica marrón de monje se paseaba decidido, con la cabeza baja, dejando a la vista su rostro carnoso y su calva. Observaba fijamente a Mira.

—¿Quién es? —preguntó Cole.

—Un asesor que trabajaba para mi padre —respondió Mira—. Dirigía a los hombres que nos capturaron. Supongo que la amenaza es él.

De las puertas del muro y del patio salieron varios hombres con armaduras negras. Sin detenerse un momento, cargaron contra los guardias del castillo que tenían más cerca y los degollaron.

—¡Ejecutores! —exclamó Cole, reconociendo sus uniformes, iguales a los del ataque en el desfiladero.

—¡Están por todas partes! —dijo Jace.

—Excepto por delante —observó Mira—. Nos están conduciendo al patio de prácticas.

—¿Qué está pasando? —preguntó Ella, horrorizada.

Los guardias del castillo seguían muriendo. Tras un principio en que caían como moscas, empezaban a plantar cara, pero era evidente que los ejecutores les superaban en destreza.

—¡Traidores! —declaró Owandell desde lo alto del muro, señalando con su espada en dirección a Jace y Cole—. ¡Quieren atacar a la familia real!

—¡Él es el traidor! —replicó Mira, levantando la voz y señalando a Owandell con un dedo—. ¡Está matando a nuestros guardias!

—¡Mentirosa! —respondió Owandell, lívido—. ¡Estos intrusos son cosa tuya!

—¡Por aquí! —dijo Harmony, corriendo hacia la puerta que daba al patio de prácticas.

—¿Vamos? —preguntó Cole, dirigiéndose a Mira.

—O lo hacemos, o nos matan. No veo a nadie que pueda ser Honor.

Los guardias iban cayendo por todos lados mientras ellos corrían hacia la puerta. Cole sacó su espada saltarina. Harmony y Ella corrían más que los demás e hicieron pasar al resto por las grandes puertas. Una vez dentro, Ella cerró bien la puerta y la bloqueó con un par de gruesos travesaños.

Harmony miró la espada de Cole.

—¿Seguro que estás de nuestra parte? —preguntó.

—Sí, majestad —aseguró Cole.

—Por aquí —dijo Harmony, sacando una daga corta y afilada.

Recorrieron un amplio pasillo de techo abovedado, con soportes en las paredes donde ardían unas voluminosas antorchas. Sus pasos resonaban en los muros desnudos. Al final del pasillo apareció otra puerta. Ella fue la primera que llegó, y la abrió de golpe.

Alrededor del patio de prácticas había una pasarela elevada rodeada por una balaustrada. Dos personas luchaban en el centro del patio, vestidas con armadura de cuero y blandiendo espadas de madera. Sus armas seguían entrechocando pese a la intrusión.

—¡Nori, están atacando el castillo! —gritó Harmony.

Los combatientes pararon y se giraron.

—Muy graciosa, mamá —dijo una de las figuras, con la espada de prácticas apoyada sobre el hombro—. No voy a ir al festival.

—Honor, nuestras defensas están comprometidas —replicó Harmony, muy seria—. Los guardias están cayendo a decenas.

—¡Lo dices en serio! —dijo Honor, que se quitó el casco. Tenía el cabello, corto y sudoroso, pegado a la cabeza.

—¿Qué puedo hacer yo? —preguntó su compañero de prácticas.

—Empieza por conseguirte una espada de verdad, Galin —sugirió Harmony.

—¿Es ella? —le preguntó Cole a Mira en voz baja.

—No lo creo —respondió ella—. Está siguiendo demasiado el juego. No puedo imaginar que Honor se prestara a seguirlo tan fácilmente.

337

—¿Adónde vamos? —preguntó Ella.

—Por aquí —propuso Galin, que corrió hacia el otro extremo del patio de prácticas.

La puerta a la que se dirigía se abrió; de ella surgieron soldados que vestían un uniforme oscuro. Se abrieron también otras puertas, por las que entraron otros ejecutores, la mayoría de ellos armados con espadas, pero otros con mazas o hachas.

Agobiado y confuso, Cole intentó combatir su desesperación apuntando con su espada saltarina a un balcón y gritando «¡Adelante!», pero la espada no le impulsó.

De una de las puertas salió Stafford Pemberton. Era un hombre de mediana altura, con las mejillas hundidas y el cabello oscuro con una sombra plateada en las sienes. Cole lo reconoció gracias a la imagen del rey supremo creada por Carnag, que había hablado a Mira cuando habían combatido al monstruo. Stafford levantó ambas manos pidiendo paz.

338

—Por favor, calmaos todos. Todo esto es un terrible malentendido.

Los ejecutores se detuvieron. Más de veinte de ellos habían entrado ya en el patio de prácticas.

—¿Qué está pasando, Stafford? —preguntó Harmony, con un tono elevado de voz que demostraba que no creía en su inocencia.

—Me disculpo por la exagerada demostración de fuerza —dijo Stafford—. Tenemos traidores entre nosotros. —Señaló a Mira—. Esa no es un miembro de nuestra familia. ¡Es un elaborado disfraz! Nos han traicionado. ¡Owandell! Ejecuta a estos espías inmediatamente.

Las puertas por las que habían entrado al patio Cole y los demás se abrieron. Por allí apareció Owandell, espada en mano.

—Será un placer —dijo, seguido por varios ejecutores.

—¿Cómo que no es Mira? —replicó Honor, dando un paso adelante—. ¿Y todos estos soldados, solo para coger a tres niños?

—El poder del forjado —dijo Stafford—. Atrás, Honor.

Los ejecutores se acercaron con las armas en ristre y les cortaron toda vía de escape. Honor miró a su madre como dudando.

—Estamos perdidos —dijo Mira—. Prueba con Nori.

Owandell avanzó hacia ellos con gesto severo y la espada en la mano. Cole se lanzó hacia Nori, le agarró de la muñeca y gritó:

—¡Honor!

Capítulo 31

El señor Barrum

Era de noche. En el cielo brillaban las estrellas. Cole, Jace y Mira estaban agazapados en un gran campo de hierba enorme, frente a una valla de madera erosionada por el tiempo; debía de tener unos quince metros de alto. Al girarse, Cole observó que una lavadora vieja, más grande que un camión de basura, le tapaba gran parte de la visión. Una fuente de luz desconocida, situada detrás de la lavadora, iluminaba el campo. A un lado de donde estaba Cole crecía un puñado de dientes de león de un metro de altura; al otro había una concha de caracol casi del tamaño de un balón de fútbol.

—Supongo que no era Honor —dijo Cole—. Una menos. Quedan dos.

—No hables de lo que queda —soltó Jace—. Ganemos esta, y basta. Esto es lo que hay. —Hizo una pausa y miró alrededor—. ¿Dónde estamos?

—No lo sé —dijo Mira—. Pero mejor esto que el escenario anterior.

—¿Fue así como ocurrió? —preguntó Cole—. ¿Vinieron los ejecutores y os prendieron?

—La versión de Trillian ha sido demasiado dramática —dijo Mira, meneando la cabeza—. No hubo ataque ni murieron los guardias. Todo ocurrió en el patio de prácticas. Los guardaespaldas de mi padre nos cogieron. Eran unos diez. Galin murió intentando defendernos. A Honor tuvieron que desarmarla. Mi padre ni se presentó en el patio. Pero Owandell sí estaba.

—No hemos tenido mucho tiempo para buscar a Honor —observó Jace.

—En cuanto nos hemos desviado de mis recuerdos, la cosa se ha complicado enseguida —dijo Mira—. Trillian no nos ha dejado muchas opciones para elegir nuestro camino. ¿Os habéis dado cuenta de cómo nos han arrastrado al patio de prácticas?

—¿Habremos visto siquiera a Honor? —preguntó Cole.

—No lo sé —dijo Mira—. Yo intentaba prestar atención. Supongo que podía ser cualquiera de los guardias. O un pájaro que volara por ahí. O quizás estuviera en alguna parte del castillo que no llegamos a ver.

—Eso no sería muy justo —observó Cole—. Trillian dijo que tendríamos una oportunidad de ganar.

—Nos dijo que sería duro —dijo Jace—. Quizá nos rendimos demasiado pronto. A lo mejor teníamos que luchar y abrirnos paso para llegar a otro sitio.

—Estábamos rodeados —señaló Mira—. Owandell se acercaba para ejecutarnos. Teníamos que hacer nuestra apuesta y seguir adelante.

—¿Qué es esa cosa? —preguntó Jace, señalando hacia la vieja lavadora.

—Es una lavadora —dijo Cole—. Probablemente, una lavadora rota, si está aquí fuera. Pero es enorme. Aquí todo está sobredimensionado.

—¿Y qué lava? —preguntó Mira.

—Ropa —respondió Cole. Observó una lata de refresco abollada del tamaño de una papelera. Oyó grillos que cantaban. Mirando a las estrellas más atentamente, encontró la Osa Mayor—. Estamos en mi mundo.

—Tu mundo es un basurero —dijo Jace.

Cole apenas oyó aquel menosprecio. De pronto, ese jardín le resultó familiar. Caminó hacia un lado para poder darle la vuelta a la lavadora. Sí, había una casa de un piso con un gran porche trasero y jaulas de conejos en un lado. Una luz del porche estaba encendida; a través de una ventana se veía el brillo azulado de un televisor.

—Ya sé dónde estamos.

—¿Dónde? —preguntó Mira.

—En casa del señor Barrum.

—Eso no nos dice nada —apuntó Jace.

—Yo antes vivía en Idaho —dijo Cole—. Hasta primero de primaria. El señor Barrum tenía un gran patio lleno de hierba al final de la calle. Más allá de su casa no había más que campo abierto. Todos los niños del barrio le teníamos miedo. Una noche, era la época en la que yo iba a la guardería, nuestro gato, *Smokey*, desapareció. Otros niños también perdieron sus gatos. Papá decía que, probablemente, eran los coyotes o algún búho, pero todos los niños sabíamos que era el señor Barrum. Siempre llevaba un hacha; cuando los niños nos acercábamos a su casa, la agitaba y nos decía que nos alejáramos de sus conejos.

—¿Estamos en tu antiguo pueblo? —preguntó Mira.

—Sí —dijo Cole—. A las afueras de Boise. Pero somos pequeños. Trillian nos ha encogido. O ha aumentado de tamaño todo lo que hay en este jardín.

—Este tal Barrum no era un gigante, ¿no? —preguntó Jace.

—No —respondió Cole.

—¿Tú crees que es él la amenaza? —dijo Mira.

—Probablemente. Yo lo odiaba. Solía tener pesadillas en las que él aparecía.

—¿Tiene familia? —preguntó Jace—. ¿Tiene perros?

—No, vivía solo. Solo los conejos.

—¿Buscamos aquí a Honor? —preguntó Mira—. ¿O deberíamos ir a otro sitio? ¿Quizás a tu casa? ¿A algún sitio donde haya más gente?

—Será difícil salir del jardín —contestó Cole—. Está todo cercado. Me acuerdo de que una vez trepé a su valla con mi hermana y… un amigo mayor. Me subieron entre los dos. Recuerdo la lavadora. Y las jaulas con los conejos. El señor Barrum me vio cuando me asomé a la valla. Salió corriendo de la casa, gritándome algo sobre la propiedad privada. Escapamos a toda velocidad.

—Si Barrum es el malo, Honor podría ser un conejo —dedujo Jace.

—Eso tendría sentido. Si Trillian quería plantearme un problema mental, convertir a Honor en uno de esos conejos sería algo brutal. Uno no se acercaba a los conejos del señor Barrum. Intentábamos mantenernos alejados de su casa. Más bien procurábamos no verle nunca.

—¿Cuántos conejos son? —preguntó Mira.

—No lo sé. Unos cuantos. Quizá diez. Solo me asomé a su jardín una vez.

—Ahora me toca a mí adivinar —le dijo Jace a Mira—. ¿Vamos a ver si alguno de los conejos te recuerda a tu hermana?

—Hay que evitar hacer ruido —les recordó Cole—. Está ahí dentro, viendo la tele.

—¿Qué es la tele? —preguntó Mira.

—Es…, bueno…, una caja que te cuenta historias.

—En tu mundo hay una magia muy rara —dijo Jace.

—Démonos prisa —les apremió Mira—. Recordad que Trillian controla esto. Puede que haga que el señor Barrum esté más en guardia de lo habitual. Puede añadir cosas que Cole no se espera. Eso me acaba de suceder a mí, con mi familia.

Atravesaron el jardín a la carrera, abriéndose paso entre la hierba, un enorme guante de trabajo y unos cuantos bloques de cemento del tamaño de camas. Después de dejar atrás una manguera de goma verde, se escondieron tras una barbacoa oxidada no muy lejos de las jaulas.

Las jaulas parecían una fila de cabañas sobre pilotes. La parte delantera estaba abierta, dejando a la vista las jaulas, aunque no se veía ningún conejo. Junto a cada caja había un pequeño espacio cerrado donde se podía esconder el conejo.

—Ocho jaulas —contó Cole—. Deben de ser ocho conejos.

—A menos que alguna esté vacía —dijo Jace—. Los cría para comérselos, ¿no?

—Siempre lo pensé —respondió Cole—. Probablemente también se comiera a nuestro gato.

—Será difícil llegar hasta esas jaulas —observó Mira.

—Sería estupendo que las espadas saltarinas volvieran a funcionar otra vez —murmuró Jace.

—Yo ya lo he probado —dijo Cole.

Mira se acercó a las jaulas. Cole y Jace fueron con ella. La parte inferior de las jaulas quedaba a más de tres veces su altura. Mira dio una vuelta alrededor de una de las patas que sostenían la jaula, observándola.

—¿Podemos subir por aquí?

—No hay nada a lo que agarrarse —dijo Jace—. Desde luego aquí la espada saltarina nos iría muy bien.

Cole sacó su espada y apuntó a una de las jaulas. Cerró los ojos y visualizó la espada funcionando. Se imaginó unas llamas fantasmagóricas bailando por el filo de la hoja. Puso toda su voluntad para hacerla funcionar.

Abrió los ojos y ordenó con decisión: «Adelante». Pero no pasó nada.

—Buen trabajo —comentó Jace, sarcástico.

—Tenemos que subir ahí —dijo Mira, que miró a Jace con reproche.

—¿Y si acercamos alguno de esos bloques? —propuso Jace.

—Esos bloques de cemento gigantes pesan demasiado —respondió Cole, que escrutó la zona.

En el porche, cerca de la puerta trasera, descubrió una nevera de viaje; a su lado había una bolsa con vasos azules de plástico.

—Ya lo tengo.

Cole no perdió el tiempo con explicaciones. Corrió al

porche. Jace y Mira le siguieron. La bolsa de plástico transparente no estaba cerrada, así que separó la abertura y entró; se sintió como un paracaidista intentando salir de debajo de su paracaídas. Los vasos estaban encajados unos dentro de otros. Cole agarró el primero, lo separó del resto y lo sacó de la bolsa a rastras.

Una vez de pie, el vaso le llegaba al pecho.

—Hay que hacer una pirámide —dijo Jace, mientras iba a buscar otro.

Los vasos no pesaban mucho. Para Cole, era como manipular un bidón de basura vacío. Al llegar bajo las jaulas, le dieron la vuelta a dos de los vasos; los colocó uno junto al otro; luego pusieron un tercero encima.

—Podría funcionar —dijo Mira.

—¿Creéis que con tres niveles llegaríamos? —preguntó Jace.

—No creo —señaló Cole, que negó con la cabeza—. Vamos a tener que poner cuatro niveles. No será muy estable.

—Más vale que nos demos prisa —les apremió Mira.

Corrieron adelante y atrás dos veces más hasta que tuvieron nueve vasos; luego Cole y Jace se pusieron a colocarlos mientras Mira iba a por el décimo. Las primeras dos filas fueron fáciles, pero luego Jace tuvo que subirse a la fila de abajo para colocar los dos vasos del tercer nivel.

Jace bajó de un salto y apoyó una mano en el décimo vaso:

—Subiré a la segunda fila —dijo—. Cole, tú sube a la primera y pásamelo.

Los vasos se movieron un poco al subir Jace, pero aguantaron. Cuando Cole saltó para subirse al primer nivel de vasos, pero se apoyó demasiado, uno de los vasos se movió y todos cayeron al suelo. Jace saltó y cayó rodando al suelo.

Con las orejas rojas por la vergüenza, Cole aguantó la respiración. El ruido de los vasos al caer parecía haber provocado un gran estruendo a aquella distancia, pero, con un poco de suerte, en el interior de la casa no se habría oído nada. Pasaron varios segundos. Cole no quitaba ojo de la puerta trasera, pero no apareció nadie.

—¡Con cuidado! —dijo Jace.

—Lo siento. ¿Estás bien?

—Genial —respondió Jace, lacónico.

—La próxima vez agarraré el vaso al que subas —susurró Mira—. Debía de haberlo pensado antes.

Moviéndose con rapidez, volvieron a construir los tres primeros niveles de la pirámide. Jace subió al segundo nivel; mientras Mira agarraba el vaso para darle mayor estabilidad, Cole subió al primero. Mira fue a buscar el décimo vaso y se lo entregó a Cole, que se lo pasó con sumo cuidado a Jace. Cole se quedó inmóvil mientras Jace se daba la vuelta y colocaba el vaso en lo alto.

—Sube tú —le dijo Mira a Jace—. Tú eres la persona clave. Eres tú quien tiene que adivinar esta vez.

—Esto no está muy estable —dijo él, tanteando los vasos de la tercera fila.

Al subir, Cole estudió su técnica. En un movimiento rápido y controlado, Jace se impulsó: cayó sentado sobre el vaso. Luego se puso de pie lentamente.

—Muy bien —dijo Mira desde abajo.

—Menos mal que no hay viento —soltó Jace, tanteando el último vaso.

Se subió, y el vaso se ladeó. Cole saltó al suelo mientras los vasos se derrumbaban por todas partes. Jace cayó sobre uno de ellos, aplastándolo. Por suerte, el vaso roto frenó su caída.

Al momento, se abrió la puerta de atrás y apareció el señor Barrum con un hacha en la mano. Llevaba pantalones de chándal y una camiseta, así como un palillo entre los labios. Parecía de muy mal humor; era absolutamente enorme.

Al verlo, Cole sintió que despertaba en su interior un instinto infantil. Paralizado, sobrecogido por un miedo muy superior al que suponía la amenaza de aquel gigante, se encogió, aterrorizado.

El señor Barrum se dirigió hacia las jaulas, haciendo una mueca de rabia.

—¡Alimañas! —gritó, con una voz ronca que Cole recordaba muy bien—. ¡Apartaos de esos conejos!

—¡Somos duendes! —gritó Cole, desesperado.

El señor Barrum no lo oyó, o no hizo caso. Corrió pesadamente hacia ellos, con el hacha agarrada con ambas manos, listo para asestar un golpe.

Cole se dio cuenta demasiado tarde de que lo inteligente habría sido esconderse en el interior de uno de los vasos. Se quedó inmóvil, mientras Jace salía corriendo hacia un lado y Mira hacia el otro. El señor Barrum fue hacia ella. Jace se había ocultado bajo las jaulas. Al echarse a correr hacia el exterior, Mira se había convertido en el blanco más evidente.

Mira corrió hacia el bloque de cemento más cercano. De haberse podido subir a la parte hueca del bloque, hubiera conseguido una protección temporal, pero era demasiado tarde.

Cole se puso en pie y sacó su espada saltarina.

—¡Aquí! —gritó, agitando la hoja, con la esperanza de distraer así al señor Barrum y darle una vía de escape a Mira.

Pero el señor Barrum no lo vio.

Con grandes zancadas, el señor Barrum llegó adonde estaba Mira antes de que esta alcanzara el bloque de cemento. En el momento en que el hacha caía, algo impactó con Cole desde atrás y Jace gritó:

—¡Honor!

347

Capítulo 32

Castillo flotante

Volvía a ser de día. Unas nubes blancas como el algodón pintaban de blanco el cielo azul. Cole estaba tendido entre la tupida hierba, con Jace encima. A juzgar por el tamaño de la hierba, habían recuperado su tamaño normal.

—¿Qué ha pasado? —preguntó Cole.

—Lo siento —dijo Jace, apartándose—. Tenía que hacer algo para salir de allí. No estaba seguro de que mi intento valiera si no tocaba algo vivo, así que te agarré a ti.

—Esto es ridículo —protestó Cole—. ¡Pensaba que se suponía que tendríamos alguna opción! ¡Esta vez ni siquiera hemos llegado a ver otro ser vivo!

—Quizás estuviéramos cerca —dijo Jace—. Podía haber sido un conejo. No llegamos hasta arriba, así que no lo pudimos ver.

—Trillian nos advirtió de que sería difícil —recordó Mira—. Pero, en cualquier caso, tenemos que ganar. Es ahora o nunca. Es mi turno.

Se acercó a Cole y le ofreció la mano para que se levantara. El chico se puso en pie y se sacudió el polvo, intentando concentrarse de nuevo. Enfrente tenían un enorme muro compuesto por varios bloques grises del tamaño de un coche cada uno. Un gran arco sin puerta daba acceso al otro lado, y más allá se veía otro muro. Por encima de los muros se elevaba una torre estrecha cuya base quedaba oculta; alcanzaba una altura imposible.

—Oh, no —murmuró Jace.

—¿Qué pasa? —preguntó Mira.

—Este fue mi peor castillo flotante —dijo él—. Mi quinta misión. Nunca estuve tan cerca de morir.

Cole miró hacia atrás por encima del hombro. Tras él, la hierba acababa de pronto en un borde, más allá del cual solo había cielo. Mirando alrededor, no vio ninguna nave ni castillos a lo lejos.

—Cuéntanoslo —dijo Mira.

Jace suspiró.

—Fue muy duro. Decidí no llevar paracaídas. En aquel entonces, pensaba que la velocidad era más importante que la seguridad. Estos muros forman parte de un laberinto. En el centro hay una manada de caballos.

—Uy, qué miedo —dijo Cole.

—Lo dice el tío que tiene pesadillas con conejitos —replicó Jace—. Aún no he acabado.

—¿Cuál es la amenaza? —preguntó Mira.

—Había un monstruo —respondió Jace—. Enorme. Quizá del doble de mi altura. Tenía cuchillas en lugar de manos. El bote me dejó en el centro, con los caballos, pero el monstruo me persiguió y me hizo huir por el laberinto. Jugó un rato al gato y al ratón conmigo. Estoy seguro de que lo hizo para divertirse. Luego me condujo hacia la torre. No había habitaciones: solo una escalera de caracol que subía cada vez más. Pensaba de verdad que moriría de agotamiento. El monstruo me pisaba los talones, rozando con las cuchillas los escalones de piedra. Le oía respirar. En lo alto había una habitación mohosa sin ventanas. Estaba arrinconado. Sabía que iba a morir. No había salida, no había modo de volver al bote.

—¿Y cómo lo conseguiste? —preguntó Cole.

—En la habitación había un montón de arcones y cofres viejos. En el interior de uno encontré la cuerda dorada. En cuanto la cogí, sentí que se movía siguiendo mi voluntad. Cuando el monstruo entró en la habitación, usé la cuerda para esquivarlo y bajé las escaleras volando. Fue la primera vez que la cuerda me salvó la vida. También fue cuando estuve más cerca, como explorador, de perder la vida.

—Nunca había oído esa historia —dijo Mira.

—Porque nunca la conté —replicó Jace, levantando la vista hacia la torre.

—¿Qué otros seres vivos había, aparte de los caballos?

—Solo los caballos —respondió Jace—. Mientras huía del monstruo, recorrí el castillo. Había unos veinte caballos en el centro del laberinto, cerca de la base de la torre. Pastan libremente en un campo.

—¿Recuerdas cómo llegar al centro?

—Con la cuerda podía subirme a los muros. Así era mucho más fácil moverse por el laberinto. Cuando estás abajo, la cosa se pone mucho peor. —Miró a lo alto del muro—. Pero ahora mismo parece difícil subirse ahí arriba.

—Ojalá tuviéramos vasos de plástico —bromeó Cole.

—Siento haberme caído —se disculpó Jace, negando con la cabeza.

—Me alegro de no haber sido el único —respondió Cole.

—Estas paredes deben de tener diez metros de altura —dijo Mira—. No veo ningún modo de subir. Tendremos que buscar la salida del laberinto.

Atravesaron el arco y entraron en un largo pasillo de piedra. Mira y Cole se quedaron mirando a Jace.

—Por aquí, creo —dijo el chico—. Hace mucho tiempo. Y mi última visita fue algo precipitada.

—¿El monstruo vive en la torre? —preguntó Mira.

—No lo creo. La habitación parecía más un almacén que una guarida. Cuando me atacó la última vez, apareció en el laberinto.

—¿Crees que podrías reconocer a Honor si es un caballo? —le preguntó Cole a Mira.

—Eso espero —respondió—. Es nuestro último intento. ¿Y si el monstruo nos arrincona? Hago un intento desesperado para sacarnos de aquí, ¿no?

—No dejaremos que nos arrincone —dijo Jace—. Nos dividiremos. Cole y yo intentaremos hacer que nos persiga, mientras tú te vas al centro del laberinto. Gasta tu intento solo si es para salvar la vida.

Llegaron a un cruce. Jace se giró. El nuevo pasillo permitía ver la alta torre a lo lejos, por encima de las paredes del laberinto.

—Me pregunto si mi cuerda estará ahí arriba —dijo Jace.

—¿No la llevas encima? —preguntó Mira.

—Siempre —respondió él, sacándosela del bolsillo.

—¿Y no debería funcionar aquí? —dijo Cole.

Jace agitó la cuerda dorada.

—No. Aunque no estaba de más probarlo.

—No creo que Trillian nos haya puesto una cuerda que funcione ahí arriba —dijo Mira—. Está poniéndonos difícil la victoria. ¡El vecino malhumorado de Cole era un gigante! No deberíamos esperar ningún favor. En esta versión, probablemente la torre no sea más que una ratonera.

Llegaron a un cruce con cuatro salidas. Jace se quedó de pie, con las manos en las caderas.

—Ahora no estoy nada seguro —dijo, girando a la izquierda.

Estaban a medio camino del cruce siguiente cuando apareció el monstruo. La criatura, de un color negro brillante, caminaba erguida como un humano y estaba cubierto de innumerables púas. Al no tener cuello, su amplia cabeza le quedaba solo un poco por encima de sus poderosos hombros. Al final de cada brazo había un par de hojas mortíferas, que eran como guadañas.

Jace se giró y arrastró a Cole y a Mira; salieron corriendo por donde habían venido. Al girarse, Cole vio que el monstruo los perseguía dando grandes zancadas y balanceando los brazos.

—¡Dividíos! —gritó Jace, al llegar al cruce con cuatro salidas.

Él siguió recto, Mira giró a la izquierda, Cole hacia la derecha, que era por donde habían entrado.

Con el corazón golpeándole en el pecho, Cole siguió corriendo a toda velocidad, pero se giró justo a tiempo para ver al monstruo que continuaba recto tras el cruce, siguiendo a Jace. Cole frenó y, derrapando, se detuvo.

¿De qué le serviría volver a la entrada si no le perseguía el monstruo? Si cambiaba de dirección y seguía a Mira, quizá pudiera llegar a tiempo de ayudarla. Si el monstruo le daba alcance, necesitaría a alguien que lo distrajera.

Así pues, corrió hacia Mira. Al acercarse al cruce se preguntó si el monstruo no estaría esperándole agazapado. Si era así, Cole sabía que estaría a punto de descubrir cómo era por dentro.

En el cruce no había nadie. Cole siguió adelante, hacia donde había ido Mira. Tras un par de cruces más, se dio cuenta de que haría falta una suerte increíble para seguir el mismo recorrido que ella. Además, Mira era algo más rápida que él, así que resultaba bastante improbable que la llegara a alcanzar.

Entonces decidió cambiar de objetivo: se propuso alcanzar el centro del laberinto. Si llegaba antes que los otros, esperaría, quizás estudiaría un poco los caballos. Mantuvo ojos y oídos bien abiertos, consciente de que podría encontrarse con el monstruo a la vuelta de cualquier esquina.

Se preguntó cómo estaría Jace. El monstruo no le había parecido demasiado rápido. Por supuesto, tampoco le había dado la impresión de que fuera a máxima velocidad. ¿Jugaría con Jace, como la otra vez, o iría a por él para liquidarlo lo antes posible?

Cole llegó a una vía sin salida y dio media vuelta. Tenía el rostro y los brazos cubiertos de sudor, y le costaba cada vez más respirar. Aunque le persiguiera un monstruo, no podía correr a toda velocidad indefinidamente. Sobre todo si el monstruo no estaba a la vista.

Bajando el ritmo hasta adoptar una carrera suave,

Cole siguió usando lo poco que veía de la torre como referencia para orientar sus pasos hacia el centro del laberinto. Cada vez que encontraba un callejón sin salida, corregía su trayectoria.

—¡Ya no me persigue! —gritó Jace a lo lejos—. ¡Ha dejado de perseguirme! ¡Cuidado, chicos! ¡Puede que vaya a por vosotros!

Cole sintió un escalofrío de miedo tras los hombros. Aumentó la velocidad, poniéndose a correr casi al sprint.

Giró un par de esquinas más y se encontró con un arco delante. Del otro lado había verde hierba y un par de caballos. Corrió hacia allí; al pasar un pasadizo transversal, vio a Mira que iba en dirección contraria.

—¡Mira! —le gritó sin levantar la voz.

Mira paró y se giró. Cole le hizo señas de que se le acercara, y ella llegó a la carrera. Cuando estuvo a su altura y vio el arco, sonrió y corrió con más fuerza.

—Buen trabajo —dijo jadeando—. Estaba perdidísima.

Cuando atravesaron el arco, vieron el prado y la torre, que se elevaba hacia las nubes como un rascacielos medieval. Más de veinte caballos pastaban en el campo, la mayoría en el otro extremo del claro. Sus mantos seguían diferentes patrones y colores: los había blancos, marrones, grises, dorados y negros. Varios eran rojos y amarillos. Uno era de color azul claro.

Mira corrió hacia el centro de la manada. Casi todos los caballos se alejaron de ella. Un caballo gris con la grupa moteada también la evitó, pero se quedó alejado del resto. Dos de los caballos, dorado y el azul claro, se le acercaron al paso. Cuando los tuvo cerca, Mira les dijo algo para tranquilizarlos y les acarició el cuello. El de color azul le devolvió la caricia con el hocico.

—¿Qué tal ese azul? —propuso Cole.

—Se supone que Honor no tiene que reconocerme —dijo Mira—. Y no creo que se mostrara tan amistosa con una extraña.

353

—¡Que viene! —advirtió Jace, cada vez más cerca.

Cole se revolvió y vio que el monstruo atravesaba el arco y corría hacia él a toda prisa. Detrás iba Jace, que también corría, siguiéndolo.

—¡Mira! —gritó Cole—. Tenemos compañía.

—Podría ser el gris —dijo Mira.

Se acercó, pero el caballo se alejó echando una carrerita. Cole corrió en su busca, con la esperanza de poder volver a llevarlo hacia donde estaba Mira.

Cuando el monstruo entró en el claro, varios de los caballos gimieron. El monstruo cargó hacia Cole, con sus grandes zancadas. Cole movió los brazos para llamar su atención y fue hacia la torre.

—Tranquilo, tranquilo —dijo Mira, acercándose al caballo gris, extendiendo la mano y ofreciéndole un puñado de hierba—. Ven aquí, pequeño. No hay motivo para asustarse.

El monstruo cambió de trayectoria bruscamente y se fue hacia Mira. El caballo dejó que se le acercara y comió un poco de la hierba que le tendía. Mira le acarició el hocico.

—¡Mira! —le advirtió Cole. El monstruo se estaba acercando. No importaba si no acertaba; tenía que decir algo. Si seguía esperando, moriría—. ¡Dilo!

Mira levantó la vista y vio al monstruo a solo unos pasos. Jace se acercó al claro por el arco y se puso a gritar:

—¡Eh! ¡Tío feo! ¡Aquí!

Con una mano en el caballo, Mira se agachó y se cubrió la cara con el antebrazo. El monstruo se paró delante de ella, con un largo brazo en alto y sus dos hojas a punto de caer como una guillotina.

—¡Ríndete! —gruñó el monstruo, con una voz rasposa como de otro mundo.

—¡Dilo! —repitió Cole.

Mira soltó el caballo y se lanzó a los pies del monstruo. En cuanto sintió el contacto de su pie en los dedos, gritó:

—¡Honor!

Capítulo 33

El lago de Niebla

Cole estaba de pie al borde de un estanque transparente, rodeado de cristales de colores luminosos. A lo lejos se levantaba el extravagante palacio de Trillian, con sus tonos platino y madreperla. No muy lejos estaba Mira, frente a una adolescente más alta vestida con ropa de viaje que Cole reconoció de su primera prueba. Era Honor.

Mira contemplaba embelesada a su hermana. Volvía a tener el cabello corto, y ya no llevaba ropas elegantes. Honor parecía atónita.

—¿Mira? —consiguió decir por fin Honor—. No puede ser.

—He venido a buscarte —dijo Mira, rodeando a su hermana con los brazos.

Honor le sacaba una cabeza. En lugar de disfrutar del abrazo, miró alrededor, airada.

—¡Trillian! ¿Es otro de tus trucos?

—No, Honor, soy yo de verdad —insistió Mira—. He venido a buscarte con unos amigos. Acabamos de ganarnos tu libertad.

Un pájaro plateado se posó junto a ellas y se convirtió en Hina.

—Es cierto, Honor. Es tu hermana. Y ahora sois libres de marcharos.

Honor miró a su hermana y apoyó las manos en sus hombros.

—¿Mira? —dijo, casi sin aliento—. ¿De verdad eres tú? ¡Cuánto tiempo ha pasado! Estás igual.

—Tú también —respondió Mira, aún radiante.

—¡Ha sido una eternidad! —exclamó Honor, abrazando a su hermana con fuerza.

—¡Que me ahogas! —protestó Mira, al cabo de un rato. Entre risas, Honor la soltó. Mira dio un paso atrás.

—¡Sigues siendo una debilucha!

—Y tú sigues sin controlar tu fuerza.

—Un momento —dijo Honor, intrigada—. Yo estaba participando en una prueba para ganarme la libertad.

—¡Pues casi me matas! —respondió Mira.

Honor se llevó una mano a la boca.

—¿Eras tú?

—¿En qué consistía tu prueba?

—Había tres escenarios —dijo Honor—. Primero tenía que evitar que papá nos secuestrara. Luego tenía que evitar que tres ratas atacaran a unos conejos. En el último, tenía que impedir que unos ladrones se llevaran unos caballos.

Mira se llevó el dorso de la mano a la frente.

—¡Tú eras la amenaza en todos los casos!

—¿Todo este rato te he estado persiguiendo a ti? —preguntó Honor, horrorizada.

—A mí y a dos amigos míos —dijo Mira—. Jace y Cole.

—Oh, Mira, lo siento mucho —se disculpó Honor, que miró a Cole y a Jace—. No lo sabía.

—No te preocupes —dijo Jace—. A mí me intentan matar constantemente.

—Lo mismo digo —soltó Cole.

—No era culpa tuya —la consoló Mira.

Honor suspiró.

—Soy una tonta. Me esperaba algún truco, pero no algo así.

—Nosotros te veíamos como Owandell —aclaró Mira—. Si hubiera sido más lista, podría haberlo adivinado.

Él nunca llevaba espada. No era de los que se ensuciaban las manos.

—Vosotros tres debíais de ser los traidores capturados —dijo Honor—. Yo os veía como papá, Owandell y Serbus. Nos han engañado a las dos, enfrentándonos con versiones alteradas de los mismos escenarios. Mira, no tenía ni idea.

—¿Tenías que detenernos las tres veces, para conseguir la libertad?

—Debía mataros a los tres —dijo Honor—. Trillian me dijo que sería difícil. Pero no podía desperdiciar esa ocasión de escapar.

—Nosotros te estábamos buscando —respondió Mira—. Sabíamos que no presentarías tu aspecto real. Lo único que teníamos que hacer era encontrarte, tocarte y decir tu nombre. Pero teníamos tres intentos, uno en cada lugar. No se me ocurrió que pudieras ser el enemigo hasta el final, cuando me dijiste que me rindiera.

—¿Ibas a elegir a ese caballo? —preguntó Honor, incrédula.

—Estaba separado de los demás —dijo Mira—. Parecía algo propio de ti, eso de ir por tu cuenta. Sin embargo, al acercarse el momento, había algo que me decía que no, que esperara hasta el último momento, por si descubría algo mejor. Lo de pedirme que me rindiera me pareció algo que tú harías, no algo que haría un monstruo.

—No tenía que haberlo hecho —confesó Honor—, si quería jugar bien mis cartas. Para ganarme la libertad debía mataros. Solo que me costaba matar a alguien solo por colarse en la propiedad. Aún no habíais robado ningún caballo. Ninguno habíais intentado enfrentaros a mí. Me sentía como una abusona. No, algo peor, como una asesina. Sabía que, probablemente, no seríais más que personajes creados y que desapareceríais antes de que conectara el golpe, pero, aun así, no me sentía bien atacando sin ofreceros una oportunidad de rendiros.

357

Cole se había acercado a Jace. Ambos estaban a un lado, lo suficientemente cerca como para oírlo todo, pero no querían entrometerse. Honor lo miró.

—Gracias por venir a por mí. ¡Fíjate! ¡Si sois unos niños!

—¿Y tú qué eres? —replicó Jace—. ¿Una abuelita?

—No quería ofenderos —le aseguró Honor.

—A nosotros tú nos parecías un monstruo. ¿Te dabas cuenta de eso? —preguntó Cole.

—Me sentía como yo misma todo el rato —respondió Honor, meneando la cabeza.

—¿Hasta qué punto conocías el laberinto? —preguntó Jace.

—No mucho —reconoció Honor—. Solo sabía que tenía que proteger los caballos del centro. Vosotros tres parecíais unos duendecillos.

—Enhorabuena por haberos ganado la libertad —dijo Hina, acercándose a Mira y Honor—. Debo acompañaros hasta la puerta. Antes de que os vayáis, Trillian me ha pedido que os dé un regalo de despedida.

—Yo no quiero nada suyo —dijo Honor.

—Aun así, es vuestro —respondió Hina, que abrió una caja de madera tallada. Del interior surgió una minúscula esfera de luz.

—¿Qué es eso? —preguntó Mira.

—Pensaba que el poder de Trillian no podía salir de sus dominios —dijo Honor.

—Este es Spark —explicó Hina—. Este figmento no es obra de Trillian. Lo hizo Callista. La gran forjadora estuvo aquí un tiempo antes de ocultarse. Dejó varios figmentos a su antiguo maestro. Este os puede llevar hasta ella.

—Saludos —dijo Spark, con una voz aguda como un trino.

—Después de todo este tiempo, ¿Trillian quiere guiarme hasta Callista? —exclamó Honor—. Vine a esta zona de Elloweer buscándola, pero él me capturó. Nunca dijo una palabra de ayudarme a encontrar a la gran forjadora.

—Mi maestro os lee la mente —le recordó Hina—. Últimamente ha sabido más cosas sobre la amenaza que representa Morgassa. Quiere detenerla, y no cree que tengáis ninguna oportunidad sin la ayuda de la gran forjadora. Esto lo hace no solo por vuestro interés, sino también por el suyo.

—Si sabe dónde está, ¿por qué no me lo dice, simplemente?

—Se ha escondido en las profundidades del lago de Niebla. Encontrarla por vuestra cuenta sería complicadísimo.

—¡Vuestros problemas se han solucionado! —exclamó Spark—. ¡Soy vuestro nuevo líder!

—¿Nos puedes llevar hasta Callista? —le preguntó Honor.

—Sin problemas —respondió Spark—. El lago de Niebla está a menos de un día de camino. Conmigo como líder, no tiene pérdida.

—Enseñarnos el camino no te convierte en el líder —le corrigió Jace.

—Si me seguís, sí —respondió Spark en tono jovial.

—Dile a Trillian que aceptamos el regalo —señaló Honor—. ¿Nos enseñas la salida?

Al cabo de unos minutos estaban de nuevo en el camino de color rojo intenso. La espléndida carroza les esperaba. Había sitio para cuatro. Hina fue en su caballo.

Cole echó un vistazo al llamativo palacio que dejaban a sus espaldas. Mira puso a Honor al día sobre su lucha con Carnag y acerca del peligro que suponían los contraforjadores.

—No sabía nada sobre el contraforjado —confesó Honor—. Reggie sospechaba que el poder de Morgassa podía estar vinculado al mío. Esperábamos que Callista pudiera ayudarnos.

—Vimos a Reggie en el castillo de Blackmont.

—¿Está vivo? —exclamó Honor—. Vi como la Guardia Roja de Trillian se le echaba encima.

—Perdió las piernas —dijo Mira—. Pero sobrevivió.

La carroza se detuvo al final del camino, ante la puerta abierta. Más allá solo se veía oscuridad.

Uno de los guardias de Trillian sostenía un caballo ensillado junto a las puertas abiertas. Le entregó las riendas a Honor cuando esta se acercó.

—Hola, *General* —dijo ella, dándole una palmadita en el cuello al caballo—. ¿Te han tratado bien?

Sin decirle una palabra al guardia ni mirar a Hina, Honor se sumió en la oscuridad, llevando a su corcel consigo. Spark fue tras ella, y luego Mira y Jace. Cole saludó con la mano a Hina. Ella asintió.

En el momento en que cruzó, Cole vio que Skye levantaba a Mira del suelo, la abrazaba y se ponía a dar vueltas.

—No tenía que haber dudado —decía Skye—. ¡Ya no esperaba volver a veros!

Dalton se acercó a Cole y le dio un abrazo; luego le propinó una palmada en la espalda a Jace.

—¡Buen trabajo, chicos! ¡La habéis encontrado! ¡Qué alivio!

—Ya estábamos trazando planes de rescate —confesó Twitch—. Pero no albergamos muchas esperanzas.

—No todos habíamos perdido la fe —aseguró Mínimus—. Si se hubiera presentado la ocasión, yo habría podido enseñarle modales a ese torivor.

—Estuvo cerca —dijo Mira—. Fue una dura prueba. Pero al final ganamos.

Skye apoyó una rodilla en el suelo y se inclinó ante Honor:

—Alteza.

Twitch también iba a arrodillarse, lo cual resultaba raro, puesto que sus piernas se doblaban hacia atrás.

—Levantaos —dijo Honor—. Nada de reverencias,

por favor. Agradezco el gesto, pero estamos muy lejos de la corte.

Twitch levantó la cabeza y Skye se puso en pie.

—Tengo intención de consultar a Callista —anunció Honor—. Este figmento, Spark, nos enseñará el camino. ¿Cuántos de vosotros queréis ir conmigo?

—Yo —dijo Mira.

—Yo voy con Mira —señaló Jace.

Dalton se situó junto a Cole.

—¿Nosotros vamos? —le preguntó, en voz baja

—Si no vamos con Mira, nos quedamos solos —dijo él—. Además, quién sabe si la gran forjadora podrá ayudarnos. A lo mejor es a ella a quien se refería Trillian cuando decía que alguien con suficiente poder podría ayudarnos a volver a casa.

—Nosotros vamos —anunció Dalton.

Todos los demás se unieron al grupo.

—Entonces cabalgaremos hasta que anochezca —decidió Honor—. Nuestro guía prevé que llegaremos dentro de menos de un día.

—Por supuesto —gorjeó Spark—. Vosotros confiad en vuestro aguerrido líder.

—Os agradezco a todos que vinierais a rescatarme —dijo Honor, montando a caballo—. Cometí un gran error dejando que Trillian me atrapara. Me habéis salvado de mi insensatez. Estoy en deuda.

—Nosotros nos alegramos de que estés bien —le contestó Mira.

Cole observó la naturalidad con la que Honor asumía el mando del grupo. Su presencia hacía que pareciera que hasta aquel momento les faltaba un líder. Se puso a la cabeza del grupo, cerca de Spark, y eligió un buen lugar para acampar cuando empezó a oscurecer.

—Yo haré guardia esta noche —se ofreció Mínimus.

—Tonterías —dijo Honor—. Nos repartiremos esa tarea. Tienes que dormir en algún momento.

—En realidad, mi señora, a mí con dormir poco me basta —respondió Mínimus—. Montar guardia de noche me resulta muy sencillo. No os pondría en peligro con bravatas insensatas.

—Yo también haré guardia —se ofreció Spark—. Yo tampoco duermo. Y veo en todas direcciones a la vez. Un buen líder mantiene a salvo a su rebaño.

—Entonces estaremos bien protegidos —dijo Honor.

—Nuestros enemigos saldrán corriendo, despavoridos —bromeó Jace—. Nadie querría meterse con un puntito de luz.

—Los infiernos más devastadores empiezan con una chispa.

—¿Y tú puedes convertirte en un infierno? —preguntó Jace.

—Yo puedo avisar al enano —dijo Spark, tímidamente.

—¡Y yo desde luego puedo crear un infierno! —declaró Mínimus, categórico.

—De todos modos, yo envolveré a todo el mundo en una ilusión —dijo Skye—. No deberíamos tener ningún problema.

Mientras se acostaba junto a Dalton, Cole levantó la vista hacia aquel cielo extraño. Dos lunas emitían una luz tenue. Estrellas y galaxias cubrían el firmamento como un polvo luminoso.

—He visto la Osa Mayor —dijo Cole.

—¿Aquí? —preguntó Dalton.

Cole le contó lo de la simulación en casa del señor Barrum.

—Debe de haber sido agradable sentirse en casa por un rato —dijo Dalton—. Salvo por la parte en que casi te trocean con un hacha.

—Ha sido bueno y malo a la vez —respondió Cole—. He visto cosas de nuestra antigua vida. He visto una casa normal. He visto una lata de refresco. Incluso he visto la luz de la tele. Lo curioso es que casi se me había olvidado lo que era una tele. Casi se me habían olvidado muchas de todas esas cosas. A lo mejor era porque me habían reducido a una escala minúscula, o porque sabía que no era real, pero no tenía la impresión de estar en casa.

—Era la casa de un tipo que te aterrorizaba cuando eras pequeño —dijo Dalton—. Si hubiera sido tu propia casa, habría sido muy diferente.

—Seguramente tienes razón —respondió Cole, no muy convencido, pero prefería no ahondar demasiado en el tema.

—Yo tampoco echo de menos la tele —dijo Dalton—. Pero añoro a mi familia. El barrio. Jugar al fútbol. Incluso echo de menos el colegio.

—Sí, ya

—¿Y si nunca volvemos a casa? —preguntó Dalton.

—Encontraremos el modo. Al menos ahora sabemos que es posible.

—No nos rendiremos. Lo intentaremos por todos los medios. Pero ¿qué ocurre si encontramos a Jenna, y a los demás, y no encontramos a alguien que pueda hacer que volvamos a casa para siempre? ¿Y si no solucionamos eso? ¿Y si nuestras familias ni siquiera nos recuerdan? ¿Y si nos quedamos atascados en este mundo?

Cole se quedó contemplando las estrellas. Él también albergaba aquellos miedos. No confiaba en que le saliera la voz firme, pero tenía que intentar decir algo:

—Supongo que tendremos que adaptarnos y vivir lo mejor que podamos.

—Haces bien en ayudar a Mira —dijo Dalton—. Es genial. Y Jace también es un buen tipo, cuando te acostumbras a él. Estamos en el lado bueno.

—Es verdad. Lo único que espero es que ayudarlos no acabe con nosotros. En los últimos días nos ha ido de poco varias veces. Espero no haberte metido en esto para que acabes muerto.

—No digas eso. Yo elegí venir. Estaba solo, Cole. Lo

odiaba. Esto es muchísimo mejor. Vuelvo a ser yo. Estamos haciendo lo que debemos. Tenemos que intentarlo.

—Estoy de acuerdo —dijo Cole—. Pero, sea como sea, da miedo.

—¿El qué? ¿Intentar derrotar a una especie de demonio que puede capturar nuestras mentes y esclavizarlas? ¿Caer en manos de unos soldados malvados? Sí, da muchísimo miedo. Pero la única alternativa es rendirse.

—Eso no va a pasar.

—Yo tampoco me rindo. Así que aquí estamos. Buenas noches, Cole.

—Buenas noches.

A Cole, las tensiones del día le habían agotado. Se tendió de lado, apoyando la cabeza sobre el brazo, e intentó dormir.

La tarde siguiente vieron por primera vez el lago de Niebla desde una cresta no muy lejos de la orilla. Todos pararon sus caballos y se reunieron para contemplar el destino al que se dirigían.

La orilla más cercana estaba bordeada de un fango húmedo y duro por algunas partes, guijarros por otras, y formaba pequeñas penínsulas aquí y allá. La más alejada solo se adivinaba a lo lejos. El lago era una extensión de niebla lisa y blanca, perfectamente inmóvil. El vapor no se elevaba por encima del nivel de la orilla, con lo que el aire estaba limpio, pero hasta donde llegaba la vista la niebla no tenía ninguna hendidura.

—Qué raro —observó Dalton, diciendo en voz alta lo que todos pensaban—. ¿Cómo se mantiene quieta? ¿No debería escaparse parte de la niebla?

—Todo el día, todos los días, durante siglos, ha sido así —dijo Skye—. Yo no había visto nunca el lago de Niebla, pero en Elloweer casi todos han oído hablar de él. Más al norte está el mar de Niebla, mucho más grande. Marca la frontera norte de Elloweer a lo largo de muchos kilómetros. Nadie lo ha cruzado nunca.

—¿Y la gente entra en el lago de Niebla? —preguntó Cole.

—Callista sí —respondió Spark, tan alegremente como siempre.

—Durante muchos años, ni siquiera ella —dijo Skye—. El lago está demasiado cerca de Trillian como para que acudan muchos visitantes. Nunca ha sido un lugar seguro; está lleno de fosas que no se ven, y hay otros peligros. Hay muchas supersticiones sobre el lago de Niebla.

—Hay muchos desniveles y terraplenes escarpados —añadió Spark—. Y algunos merodeadores del lago, pero los evitaremos. Callista nunca recibe visitas. ¡Se sorprenderá mucho!

—¿Se enfadará porque nos has traído hasta ella? —le preguntó Honor.

—No, porque tengo permiso de Trillian —dijo Spark—. Callista confía en su criterio.

—No sé si eso nos ayuda mucho a confiar en ella —murmuró Dalton.

—Necesitamos información —dijo Honor—. Callista siempre ha sido algo rara, pero también leal a nuestra familia.

—Callista es la mejor encantadora de todo el mundo —aseguró Spark—. Estoy seguro de que os podrá ayudar.

—Adelante, Spark —dijo Honor—. Iremos en fila india. Ten en cuenta que nosotros no flotamos, y nuestros caballos tampoco.

—Os indicaré el camino —dijo Spark—. Abrigaos. En lo más profundo, hace frío.

Honor tenía una capa, pero la mayoría de ellos tuvieron que envolverse en sus mantas. Spark bordeó la orilla durante un rato, pero luego cruzó una playa de barro firme y se sumergió directamente en la niebla.

Cole vio como Honor y su caballo se introducían en la

niebla, lo que le dejó ligeramente intranquilo. A continua-
ción fueron Mira, Jace, Skye y Twitch. Muy pronto solo se
veía la cabeza de Honor. Cuando desapareció bajo la superficie de la niebla, se quedó inmóvil, como si no se hubiera
agitado lo más mínimo.

—Esto tiene mala pinta —dijo Cole por encima del
hombro a Dalton, mientras sus caballos seguían a los de delante—. No puede ser natural.

—No entraría aquí solo ni por un millón de dólares
—respondió Dalton.

—Yo voy justo por detrás, chicos —los animó Mínimus,
que cerraba el grupo.

El caballo de Cole siguió adelante y se hundió en la niebla. Una vez por debajo de la superficie, apenas se veía las
manos, y mucho menos el caballo de Twitch, que iba por delante del suyo.

—No os separéis —dijo Honor, que por el sonido de su
voz parecía estar muy lejos.

—¿Estás ahí, Twitch? —preguntó Cole.

—Sí —respondió Twitch, que no parecía estar tan lejos
como Honor, pero sí más lejos de lo que parecía que debía
estar—. No te separes.

—¿Tú sigues ahí atrás, Dalton?

—Sí, voy —respondió su amigo.

Cole se concentró en el sonido de las pisadas del caballo
de Twitch. Si todo iba bien, mientras oyera esas pisadas, no
acabaría despeñándose por un barranco.

Cuanto más avanzaban, más gris se volvía la niebla. El
aire, inmóvil y agobiante, era fresco y húmedo. Cole se
ajustó la manta alrededor del cuerpo. En lugar de abrirse a
su paso, la niebla parecía pegársele. Cada vez que aspiraba
era como si diera un sorbo a algún líquido. Sentía la humedad en los pulmones. A medida que se adentraban y se su-
mergían en la niebla, la temperatura iba bajando.

El ruido de los pasos del caballo de Twitch se hizo más
tenue.

—¿Twitch? —dijo Cole.

No hubo respuesta.

—¡Twitch! —gritó.

Su caballo dio un respingo, asustado por el grito.

—¿Cole? —respondió Twitch, muy por delante.

—¿Cole? —dijo Dalton, muy por detrás, con una voz tenue y preocupada.

—¡Creo que me estoy descolgando! —gritó Cole, dándole una palmadita a su caballo para no asustarlo otra vez.

No se le ocurrían muchos destinos peores que el de vagar por aquella capa de humedad gris a solas. ¡El lago era enorme! Aunque su caballo no se cayera por un barranco, podían perderse para siempre. No había forma de orientarse. ¿Y qué eran los merodeadores del lago?

—¡No os mováis! —les gritó Twitch, aún lejos.

—¡No te muevas, Dalton! —gritó Cole, girándose.

Oyó que Dalton le pasaba el mensaje a Mínimus.

Cole tiró de las riendas y esperó. ¿Y si no venía nadie? ¿Encontraría el camino instintivamente su caballo? ¿Podría evitar a los merodeadores del lago sin caerse por un precipicio?

Apareció una pequeña esfera de luz.

—¿Spark?

—Estáis más cerca unos de otros de lo que parece —dijo Spark.

Una mano tocó a Cole en el muslo, que se asustó.

—Agárrate a esta cuerda —dijo Honor, con la voz algo lejana, aunque Cole pudiera sentir su contacto—. Así no nos separaremos.

Cole se agarró de la cuerda, quizá con más fuerza de la necesaria. La bolita de luz siguió atrás, en dirección a Dalton.

Al poco volvió y siguió adelante en dirección a Twitch. Al cabo de un rato, un tirón en la cuerda informó a Cole que volvían a avanzar. Espoleó suavemente a su caballo y el animal se puso a caminar. Así siguieron, por entre cien tonos oscuros de gris, acercándose cada vez más al negro absoluto. En algunos puntos, el camino trazaba un descenso escarpado. En otros giraba a un lado y al otro. Pese a estar envuelto en la manta, Cole estaba empapado y aterido. El aire era tan húmedo que empezó a preguntarse si sería posible ahogarse en el vapor. Se puso una mano sobre la boca y respiró por entre los dedos. ¿Habría muerto alguien alguna vez por respirar demasiada humedad?

Por fin la oscuridad se volvió absoluta. Cole echaba de menos la niebla blanca de arriba, que al menos permitía ver algo. La niebla invisible era cada vez más densa y más fría. Se preguntó qué densidad podría llegar a alcanzar antes de convertirse en líquido. El agua se condensaba sobre su rostro y sobre la manta. Aun así, Cole supuso que una manta empapada era mejor que nada.

Y entonces, de pronto, la niebla se acabó. Aún con la cuerda en la mano, Cole descubrió que estaba a menos de un caballo de distancia de Twitch. Dalton apareció de entre la niebla justo tras él.

Enfrente tenían una gran casa hecha de piedras con los bordes redondeados y unidas con barro. Tenía ventanas y un tejado de paja. A cierta distancia flotaban unas esferas de luz que la rodeaban. De las ventanas también salía luz.

En el momento en que Honor y Spark llevaron al grupo hacia la puerta de entrada, esta se abrió y salió una mujer. Era de altura media, más bien huesuda, tenía el cabello azul y enmarañado, así como unos grandes pendientes que quizá fueran de carey. Aparentaba unos sesenta años, aunque la edad se reflejaba más en sus manos que en el rostro.

—Spark, diablillo, ¿a quién me has traído a casa?

—A Honor Pemberton y a su hermana Miracle —respondió Spark—. Con sus compañeros. Han sido excelentes seguidores.

—¡Vaya, menuda sorpresa! —exclamó la mujer—. Mis primeras visitas en tanto tiempo, y es nada menos que la realeza. Tengo la casa bastante desordenada. ¡No esperaba compañía!

—¿Eres la gran forjadora Callista? —preguntó Honor.

—Esa vieja bruja estiró la pata hace años —respondió la mujer—. Yo soy un figmento que dejó para que cuidara de la casa.

—¡Oh, no! —exclamó Honor—. ¡Cuánto lo lamento!

—Y yo lamento haberos tomado el pelo —replicó la mujer—. Soy Callista, sí. Cuando no tienes a nadie con quien bromear, más que los figmentos que creas tú misma, la vida se vuelve muy aburrida. La gente necesita gente, o empiezan a perder el tacto, se pierden por extraños caminos de su mente. Bajad de esos caballos y entrad. Debéis de estar helados y empapados.

—Gracias —dijo Honor.

—No me deis aún las gracias —respondió Callista entre risas—. ¡Aún no habéis visto cómo está!

369

Capítulo 34

Callista

Cole se sintió mucho mejor una vez sentado junto a una gran chimenea, tomando sopa caliente. La sopa no tenía mucha sustancia, pero el caldo tenía un vago sabor a pescado. Todos se sentaron sobre cajas y barriles, mientras Callista se balanceaba en su mecedora. Por toda la estancia flotaban bolitas de luz como Spark. Un gran perro peludo se acercó a Cole. Siempre había querido tener uno. Acercó la mano para acariciarlo, pero atravesó su cuerpo intangible.

—No hagas caso a *Buttons* —le dijo Callista—. Le gusta formar parte de la conversación.

—La mayoría de las veces yo soy el único que te da conversación —respondió *Buttons*, con voz grave.

Las bolitas de luz lanzaron airadas protestas con sus voces agudas.

—A menos que cuentes las lucecitas —añadió *Buttons*—. O a Gurble.

—¿Gurble? —preguntó Mira.

—Es un figmento antiguo —dijo Callista—. Perteneció a muchos grandes forjadores antes que a mí. Es muy sabio.

—Gurble es un pesado —se quejó *Buttons*—. Sabe muchas cosas, sí, pero es tan ameno como un puñado de pergaminos.

—Aún no comprendo que Trillian os enviara aquí

—confesó Callista—. Me sorprende que te dejara marchar después de hacerte prisionera.

—Mi hermana me liberó tras superar una prueba —dijo Honor.

—Sí, lo entiendo, pero Trillian le dio la oportunidad de hacerlo. Eso no suele ocurrir.

—Supongo que le preocupa Morgassa —dijo Honor—, un monstruo que está transformando a la gente de Elloweer e incorporándolos a su horda.

—Estoy al corriente, querida —replicó Callista—. Estoy segura de que hablaremos de ella más tarde. Pero primero una pregunta importante: ¿qué tal está mi sopa?

—Estupenda, gracias —dijo Mira.

—Rica y calentita —añadió Dalton.

—¿De qué es exactamente? —preguntó Jace—. Aquí debe de ser difícil encontrar comida.

—Puede serlo —dijo Callista—. Pero tengo un huerto de setas exquisitas. Aquí los hongos crecen como nada. También cultivo varias especies de limo comestible.

371

—Y no olvides las polillas —añadió *Buttons*.

Cole contuvo las arcadas como pudo. ¿Qué llevaría aquella sopa?

—Y no muy lejos hay un estanque donde cojo pececillos y otros animalillos —prosiguió Callista—. Los transformo en diferentes cosas, según mi estado de ánimo. De haber sabido que veníais, habría preparado una comida más elegante. .

—¿Y la leña? —preguntó Cole, dejando a un lado la poca sopa que le quedaba.

Callista esbozó una mueca.

—No, cariño, la leña tiene un sabor horrible.

Cole se rio.

—Quiero decir que dónde encuentra la leña. ¿La hace con el barro?

—Esto no es Sambria —dijo Callista—. No puedo transformar materia inerte. La leña me la regalan los merodeadores del lago. También me traen comida de vez en cuando: ranas, pájaros y peces, sobre todo.

—¿Y por qué le traen leña? —preguntó Jace.

—A cambio de no matarlos, querido —respondió Callista.

—Trillian nos dijo que él le había entrenado —dijo Mira.

—Entonces os dijo la verdad.

—¿No es peligroso?

Callista se rio con ganas.

—No lo sé. *Buttons*, ¿es peligroso?

El perro se estremeció.

—No es mi personaje preferido. Dejémoslo ahí —respondió.

—Trillian es muy peligroso —dijo Callista—. Y yo también. Para la mayoría, no sería una buena elección como profesor. Ese taimado torivor domina el arte del forjado como nadie en los Cinco Reinos. Para él es todo lo mismo, no disciplinas individuales. Yo no habría descubierto la mayoría de lo que sé sin su guía.

—¿Y no tenía miedo de no poder escapar? —preguntó Twitch.

—No, no, pequeño. Si yo hubiera ido hasta allí con la esperanza de escapar, no me habría dejado marchar. Yo fui allí a aprender. Estaba decidida a quedarme para siempre, si eso significaba aprender del mejor. Él conocía mis motivos. Me acogió durante un tiempo; luego me sugirió que me estableciera en algún otro sitio, donde pudiera estar en contacto con lo que sucedía en Elloweer.

—¿Y este lugar le permite estar en contacto? —preguntó Jace.

—Niños —respondió Callista, meneando la cabeza—. Qué inocencia. Eso me recuerda por qué nunca los tuve. ¿Quién quiere postre?

Cole levantó la mano, no muy convencido. Los otros se quedaron inmóviles.

—Ese se puede quedar —dijo Callista, señalando a Cole—. Los demás, si no queréis mi hospitalidad, podéis iros con la niebla —. Suavizó el tono—. Pregunto de nuevo: ¿quién quiere postre?

Todos levantaron la mano.

Callista se echó atrás en la mecedora, cogió impulso y se puso en pie con agilidad.

—*Buttons*, atiende a nuestros invitados —dijo, y salió de la estancia.

—Vale, ya se ha ido —dijo *Buttons*, en tono conspiratorio—. ¿Qué queréis saber?

—¿Ella te hizo? —preguntó Dalton.

—Con ayuda de tres aprendices, todos muertos —dijo *Buttons*—. Aunque ella no los mató —precisó.

—¿Qué hay de postre? —preguntó Twitch.

—No lo tengo claro —dijo—. Está improvisando. La mayoría de los postres los hace con limo. No os preocupéis, luego transforma el limo en otra cosa.

Transformado o no, a Cole no le hacía gracia comer limo. Dalton leyó su mueca de asco y torció el gesto él también.

—¿Nos ayudará? —preguntó Mira.

—Supongo que sí —dijo *Buttons*—. No le gusta nada el rey supremo, y confía en Trillian. Vosotros seguidle la corriente.

—Te he oído —dijo Callista, que entró en la sala con una bandeja llena de tazones bajos de madera—. No está de más que me sigáis la corriente, pero cuidado con tratarme de tonta. Seré excéntrica, pero no idiota. El postre de hoy es un sorbete sorpresa.

Repartió los cuencos entre los invitados. Cole cogió uno. En el interior había una masa blanca y blanda con trocitos de hierbas por encima. La masa se movía ante sus ojos, hinchándose y cambiando de forma. Algunas de las hierbas desaparecieron en la masa.

—Comed —dijo Callista, de nuevo instalada en su

mecedora—. Está mejor recién hecho. No hay que dejar que se pase.

Cole tanteó la masa blanca con la cuchara. La masa se encogió un poco. Sacando fuerzas de flaqueza, hincó la cuchara y se metió el sorbete en la boca. Tenía una textura fresca, como de helado, y sabía como a vainilla a la menta con un pellizco de sal. No estaba mal, aunque le habría gustado más de no haber sabido que el ingrediente principal era limo. Por la atención con que Callista los miraba, supuso que debía comérselo todo.

—Está muy bueno —dijo Mira con educación—, gracias.

—Esta niña me gusta —soltó Callista, guiñándole un ojo—. Si todos os acabáis el postre, puede que tenga una sorpresa para vosotros.

—Yo no puedo participar —se disculpó Mínimus.

—*Buttons* tampoco —dijo Callista—. Estás excusado. Bueno, ¿dónde estábamos? Ah, sí, en el fondo del lago de Niebla. Os preguntabais cómo me mantengo en contacto con los asuntos de Elloweer desde aquí, envuelta en este denso inframundo. Tantos años de soledad han afinado mis sentidos. Tengo cierta habilidad como encantadora, y percibo la red de poderes que dominan Elloweer. Si tiras de un hilo, toda la red tiembla. Un ojo atento puede discernir muchas cosas. ¿Y si una mosca jugosa se posa en la red y queda atrapada? —Se lamió los labios—. ¡Ambrosía!

Buttons se aclaró la garganta:

—Hablando metafóricamente, claro.

—Yo estoy intentando encontrar a una amiga —dijo Cole—. Una forjadora que vendieron como esclava.

—¿Y esta persona está en Elloweer?

—O en uno de los otros reinos —respondió Cole.

—Desgraciadamente, mi capacidad de percepción no llega más allá de las fronteras de Elloweer.

—Ha dicho que sabía lo de Morgassa —dijo Honor.

—Tengo muchos medios de conseguir información. Y

ser una experta en figmentos también me ayuda. Dime qué sabéis de ella.

Mira le explicó que Carnag había sido una manifestación de su poder y que sospechaba que Morgassa fuera la encarnación de los de Honor.

—¿Sabes lo que echo de menos? —preguntó Callista con un suspiro—. La luz del sol. Aunque puedo imitarla mejor que la mayoría.

En el centro de la sala apareció una bola de luz radiante; eran tan brillante que no podían mirarla. Un momento después desapareció. Callista torció la boca y frunció los labios.

—Hay algo sobre el sol de verdad, el del cielo, que no puedo simular. —Miró a Honor—. Te equivocas sobre Morgassa, querida. No está conectada a tu poder. Yo percibo dónde va tu poder, y no es a ella.

—¿No? —exclamó Mira.

—Un momento —dijo Honor—. Entonces, ¿qué es Morgassa?

—Procede de un verdadero peso pesado —dijo Callista—. No sé cómo se llama, pero cuando le entregó su poder, lo percibí. Es algo muy raro. El poder vino de fuera de Elloweer y se transformó en energía de aquí. Un truco muy hábil. Trillian me dijo que era posible, pero yo no veía cómo. Ahora tengo un ejemplo que estudiar.

—Brady —dijo Cole.

—¿Ha estado recluido en el castillo de Blackmont hasta hace poco? —preguntó Callista.

—Sí —respondió Cole.

—Pues ese es —dijo—. Cedió su poder, pero aún conserva una sombra de lo que fue. Nunca se lo pueden llevar todo, al menos mientras sigan con vida. Pero él nunca volverá a ser lo que era. ¡Eso sí que era poder! Yo no me habría metido con él.

Resultaba extraño oír a Callista hablando de Brady con ese respeto. ¡No era más que un niño! Claro que aquel crío había creado todo un mundo lleno de esqueletos asesinos y enormes dinosaurios de juguete. Su poder no era ninguna broma.

—¿Y mi poder conecta con otra cosa? —preguntó Honor.

—Sin duda lo habrás adivinado, querida —dijo Callista—. No podía ser más evidente.

—Yo no lo sé.

—Tienes a uno de sus subordinados contigo —dijo Callista—. Tu poder creó al Caballero Solitario, por supuesto.

Cole se quedó inmóvil, con una cucharada de sorbete casi en los labios.

—¿Su poder? —exclamó Mínimus.

—Trasladado a él por mano de otros, claro —dijo Callista—. Estoy segura de que esperaban controlar el poder de Honor a través de él. Pero el poder se hizo con el control del cuerpo y la mente del caballero.

—Un momento —dijo Cole—. ¿El Caballero Solitario es el poder de Honor, pero también una persona real?

—Lo mismo que Morgassa —respondió Callista—. Aquí el poder no puede tomar forma como en Sambria. Necesita un cuerpo. El poder de Brady obró un potente cambio en alguien, al igual que el de Honor. Se convirtieron en Morgassa y en el Caballero Solitario.

—Estoy estupefacta —reconoció Honor—. Había oído hablar de ese Caballero Solitario, pero nunca había sospechado que pudiera estar relacionado conmigo.

—Él sabe mucho de ti —respondió Callista—. Su fuerza proviene de tu poder.

—¿Y el Caballero Solitario está bien? —preguntó Mira—. ¿Está vivo?

—Está bien —dijo Mínimus—. Si cayera, yo lo notaría.

—Yo también —soltó Callista.

Mira parecía aliviada.

—Sabemos algo sobre la gente que creó a Morgassa y al Caballero Solitario —dijo, y les explicó lo de Quima, la contraforjadora, y cómo había intentado controlar a Carnag.

—Apuesto a que Owandell también era contraforjador —intervino Honor—. Eso encajaría.

—Yo sabía que había gente como esos contraforjadores —dijo Callista—. He sentido su actividad, cómo se inmiscuían en el poder de forjado de otros. No sabía cómo se hacían llamar. Desde luego, se han mantenido siempre en la sombra.

—Pero últimamente han querido alargar más el brazo que la manga —dijo Twitch.

—Sí —coincidió Callista—, metiéndose con Morgassa y el Caballero Solitario a la vez.

—Entonces tendré que derrotar al Caballero Solitario para recuperar mi poder —dijo Honor.

—No harás tal cosa —señaló Mínimus subiendo el tono—. Antes tendrás que acabar conmigo.

—No nos precipitemos —dijo Callista, mirando fijamente a Mínimus—. No querría tener que deshacer las modificaciones que te han hecho, hombrecito.

Mínimus se puso en pie y desenvainó la espada.

—Puede intentarlo cuando quiera.

Cole dio un respingo sin moverse de la silla y la mano se le fue a la empuñadura de su espada saltarina. Había visto a Mínimus en acción. Si aquello iba a más, las cosas se pondrían feas enseguida.

—Envaina tu espada, o los merodeadores del lago se darán un festín con tus órganos —le amenazó Callista—. Si le pasara algo a Honor, el Caballero Solitario no solo perdería su poder, sino que probablemente también perdería la vida.

—Con él funciona mejor la amabilidad —dijo Mira—. Mínimus, tienes órdenes de protegerme.

—Yo siempre defenderé a mi señor.

—Tu lealtad es encomiable —dijo Callista con educación—. ¿Mejor? —le susurró a Mira.

Esta le mostró un pulgar en señal de aprobación.

Callista pasó las manos por los brazos de su mecedora.

—Debemos trabajar juntos. El Caballero Solitario tendrá el poder de encantamiento de Honor, pero la amenaza a la que nos enfrentamos todos ahora es Morgassa. Si no se hace nada, acabará con todos nosotros: yo, vosotros, el Caballero Solitario y hasta Trillian. Genera figmentos que someten a todo el que tocan. Su horda nos absorberá a todos, a menos que la detengamos. ¿Qué tal mi postre, por cierto?

—Está bueno —dijo Jace.

La tensión había disminuido. Mínimus envainó la espada y se sentó. Cole se relajó. Casi todos los demás hacían comentarios positivos sobre el sorbete.

—El representante de los grinaldi no se ha acabado su ración —observó Callista.

—Estaba estupendo —dijo Twitch—, pero es que el estómago se me cierra cuando hablamos del fin de la vida en Elloweer.

—No me cuentes monsergas. ¿Demasiada menta? ¿Demasiado dulce?

Twitch bajó la cabeza.

—Es que se movía.

—¡Eso significa que es fresco! —exclamó Callista—. ¿Quién quiere un sorbete muerto?

—¿Cómo podríamos colaborar todos en esto? —preguntó Mira.

Callista chasqueó la lengua.

—Supongo que si todos tomáis un bocado, podemos considerar que el sorbete se ha acabado y que el postre ha sido un éxito.

—Quiero decir contra Morgassa —dijo Mira.

—¿Qué pasaría si fuerais a enfrentaros a ella ahora mismo? —preguntó Callista.

—Que sus figmentos nos capturarían.

—Os transformarían en sirvientes sin conciencia sometidos a su control —dijo Callista—. Mucho antes de verla siquiera, estaríais ya integrados en su ejército. Y convertiríais en esclavos suyos a todos los inocentes que os encontrarais por el camino.

—¿Y esa transformación no se puede invertir? —preguntó Cole.

—Solo separándolos de su poder —dijo Callista—. Hay que deshacer a Morgassa. ¿Es que nadie se va a acabar el sorbete?

—Ya me lo como yo —dijo Jace, cogiendo el cuenco de Twitch.

—No te lo quedes tú todo, si los demás quieren un poco —advirtió Callista—.

Jace les dio un poco a Cole y a Dalton.

—Morgassa tiene mucho poder —dijo Mira—. Si la matamos, ¿no lo liberaremos?

—Su poder está arraigado en ella misma. No lo comparte con nadie más. Es estable. Si la matáis, su poder perecerá con ella. Mira, cuando tu poder se movía libre en forma de Carnag, tu muerte podría haberlo desestabilizado lo suficiente como para provocar una catástrofe. Pero ahora que tienes tu poder arraigado de nuevo, si tú fallecieras, moriría sin más, como ocurriría con el mío.

—¿Y cómo vamos a llegar hasta ella? —preguntó Honor—. Sus figmentos se nos echarían encima.

—Por eso os ha enviado aquí Trillian. Los figmentos de Morgassa se funden con la gente y los transforman. Pero si ya estáis lo suficientemente transformados, no quedará nada con lo que fundirse. No estoy hablando de una alteración cosmética menor. Hablo de un cambio profundo y fundamental, como el que intentan provocar sus figmentos.

Cole cruzó una mirada con Dalton. Estaba claro que su amigo pensaba lo mismo que él. ¿De qué cambio estaba hablando?

—¿Puedes hacernos inmunes a sus figmentos? —preguntó Honor.

—Si me dejáis cambiaros lo suficiente, sí —dijo Callista—. A todos menos a Mínimus. Él ya ha sido suficientemente transformado por el Caballero Solitario.

379

Ningún figmento podría tocarlo. Tendría que destruir su conexión con el Caballero Solitario antes de aplicarle algún encantamiento.

—Los encantamientos que determinan mi naturaleza debían mantenerse en secreto —dijo Mínimus.

—Entonces no debías haber venido aquí —respondió Callista—. Creo que las relaciones de poder están claras. El Caballero Solitario hace unos encantamientos excelentes. Tiene un poder impresionante. Honor cuenta con un gran potencial.

—¿De verdad el Caballero Solitario y yo estamos hechos a partir del poder que te robaron? —le preguntó Mínimus a Honor.

—A mí el poder me lo robó mi padre —dijo Honor—. Eso es todo lo que sé.

—Lo canalizaron a quienquiera que fuera el que luego se convertiría en el Caballero Solitario —le aseguró Callista.

—Quizá me haya precipitado antes —se disculpó Mínimus—. Siempre estaré de su lado y le defenderé, pero el Caballero Solitario debe saber esto. No estoy seguro de que comprenda del todo de dónde procede su poder. Nunca le he visto dando la espalda a una injusticia.

—Te agradezco las disculpas —dijo Honor.

—Honor, tú necesitas al Caballero Solitario —apuntó Callista—. Él y sus seguidores son los aliados más potentes que tenemos en nuestra lucha contra Morgassa. Sus figmentos no pueden tocarlos. Con el Caballero Solitario a tu lado, tus posibilidades de éxito aumentan.

—Estoy convencido de que nos ayudaría —dijo Mínimus—. Le preguntaré yo mismo.

—¿Y qué hay de Brady? —preguntó Cole—. ¿Por qué lo retenían los ejecutores? ¿Es que pensaban que podría servir de algo?

Callista frunció el ceño y se frotó la barbilla.

—Brady serviría de poco. El poder ya no está arraigado

a él. Tal vez esperaban comprender mejor el poder estudiándole a él. Quizá pensaran que Morgassa lo vería con buenos ojos, puesto que había nacido de su poder. A estas alturas, yo creo que Morgassa solo sería un peligro para él.

—¿Ha mencionado que podría transformarnos? —preguntó Honor—. ¿En qué?

Callista comprobó minuciosamente que todos los tazones estuvieran vacíos.

—Veo que os habéis acabado todos el postre. Como recompensa, os enseñaré mi Sala de las Máscaras —dijo, y se puso en pie—. Seguidme.

Capítulo 35

Máscaras

Todos se levantaron. Cole y Dalton se apartaron un poco del grupo.

—Yo coincido con Twitch en lo del postre —susurró Dalton.

—No estaba malo —dijo Cole.

—No, pero se movía.

—Ya, ya.

—¿Crees que sigue vivo dentro de nuestros estómagos?

—Preferiría no pensar en ello —respondió Cole, estremeciéndose.

—¿En qué crees que nos transformará? —dijo Dalton.

—Espero que en algo chulo.

—¿Como un postre movedizo?

Cole tuvo que aguantarse la risa.

—Estoy convencido de que quiere ayudarnos. Pero entiendo tu preocupación. Es algo… diferente.

—Por eso no conviene vivir solo en el fondo de un lago.

Callista los condujo por una galería curva que más se parecía a un túnel subterráneo que a un pasillo de una casa. El pasillo daba a una habitación rectangular en penumbra donde había una gran colección de máscaras de madera primitivas, colgadas de las paredes.

La gran forjadora movió una mano y unas esferas de luz iluminaron la habitación.

—¿Cómo puede llenarse tanto de polvo una habitación si nadie la usa? —se lamentó, frunciendo el ceño—. ¡No tenía ni idea de que la Sala de las Máscaras iba a estar tan sucia! Si al menos me hubierais avisado con media hora de antelación de vuestra llegada, la cosa habría sido muy diferente. Sois las primeras visitas que tengo desde hace décadas.

—Tiene una casa preciosa —dijo Mira—. Le agradecemos mucho todo lo que hace por nosotros. Estas máscaras son muy interesantes. ¡Qué diferentes unas de otras!

—Los encantadores tenemos diferentes especialidades —dijo Callista—. La mía es hacer máscaras. Cada una de estas máscaras activa una modificación que os transforma en lo que representa la máscara. Echad un vistazo y ved cuál os gusta más, pero no las toquéis aún, por favor.

El grupo se dispersó y todos se pusieron a estudiar las paredes como si fueran clientes en una galería de arte. Todas las máscaras estaban hechas para que se ajustaran con rostros humanos. Ninguna parecía muy realista. Algunas no eran más que un trozo de madera tallado. Otras estaban decoradas con cuentas, piedras, cuero, pintura o plumas.

Cole veía claramente qué representaban la mayoría de las máscaras, pero algunas eran demasiado vagas o ambiguas. Casi todas eran de animales. Vio aves de presa, toros, osos, cánidos, felinos, jabalíes, cocodrilos, monos, machos cabríos, tiburones, caballos, serpientes, alces e incluso algunos animales exóticos como una morsa o un rinoceronte. También había máscaras que representaban determinados tipos de personas, como payasos, caballeros y doncellas.

—Demasiadas opciones —comentó Dalton, que estaba cerca de Cole—. Volar sería chulo.

Cole alzó la vista y vio una máscara que representaba un águila. ¿O era un halcón?

—¿Te gustaría estar cubierto de plumas?

—¿Serían plumas de verdad? —se planteó Dalton—. ¿O de madera, como la máscara?

—No lo sé —dijo Cole—. Sería raro tener pico.

383

—Sí, adiós, labios.

—¿Alguna sugerencia? —preguntó Jace, en voz alta.

—Tened en cuenta que cada máscara representa algo en lo que os transformaréis —señaló Callista—. Veréis diferente, oiréis diferente, os moveréis diferente. Escoged algo que os guste. No os olvidéis que os dirigís a la batalla y que tendréis que viajar. Mientras llevéis la máscara, disfrutaréis de muchas ventajas. No necesitaréis descansar. No os hará falta comer. Tendréis más fuerza. Y será prácticamente imposible que nadie os transforme en otra cosa.

—¿Podemos probar alguna? —preguntó Mira.

—No es conveniente probar más de una —advirtió Callista—. Podéis perderos en estas máscaras. Cada máscara nueva que probéis aumenta significativamente el riesgo de perder vuestra identidad. Una vez que seleccionéis una máscara, deberíais salir, ponéosla y no tocar ninguna otra.

—¿Podemos llegar a olvidar quiénes somos? —preguntó Dalton.

Callista asintió.

—Con la máscara, te conviertes en un halcón, en un oso o en un caballero. Luego depende de ti si quieres seguir siendo halcón, oso o caballero. Solo tú puedes quitártela. Si decides dejártela puesta, seguirás viviendo el resto de tus días con tu nueva identidad. Solo durarías unos meses. Desplegarías una gran fuerza e intensidad, pero luego te consumirías. Ya ha ocurrido antes. Solo dejo usar estas máscaras en momentos de gran necesidad.

—¿Qué pasa si las llevamos unos días? —preguntó Twitch.

—No sufriréis ningún daño permanente, siempre que al final os las quitéis. Yo desaconsejo que las llevéis más de una semana.

—No puedo evitar sentir atracción por la del caballero —dijo Honor, señalando hacia una máscara.

—Entonces puede que sea para ti —respondió Callista, que se acercó a una viga de apoyo y negó con la cabeza—.

Esta madera se está pudriendo. Y hay restos de moho. Una habitación se ve diferente cuando tienes invitados. De pronto, todas las imperfecciones que has aprendido a pasar por alto te llaman la atención.

—La habitación no tiene mal aspecto —dijo Skye, pero Callista hizo un gesto indicando que no estaba de acuerdo.

—No se puede luchar contra la humedad. La niebla no entra, pero la humedad es inevitable.

—¿Cómo consigue que la niebla no entre? —preguntó Cole.

—No lo hago. Hay bolsas de aire como esta por todo el fondo del lago de Niebla. Yo me instalé en esta. Los merodeadores del lago también las usan.

—¿Se construyó esta casa usted sola? —preguntó Dalton.

—Me ayudaron algunos miembros de la Guardia Roja —dijo Callista—. Trillian fue generoso conmigo. Un par de sus guardias rojos se quedaron aquí conmigo durante años, hasta que murieron. Nunca pedí que me enviara quien los sustituyera, y él tampoco lo hizo.

—Me gusta el toro —señaló Dalton—. Tiene toda la pinta de ser duro en el combate.

—Desde luego tendrás bastante fuerza bruta —dijo Cole—. Y serás el más popular en los rodeos.

—Coged la máscara que más os guste —insistió Callista—. Pero no os la pongáis. Lleváosla fuera y esperadme.

Todos escogieron sus máscaras. Skye cogió la de un oso. Jace se decantó por la de un lobo. Mira, por la de un macho cabrío de grandes cuernos. Twitch, la de un águila. Tras pensárselo un poco, Cole descartó una máscara de mono y cogió la de un puma.

Mientras salían de la Sala de las Máscaras, Cole sintió una mano sobre su hombro.

—Necesito hablar contigo un momento —dijo Callista.

Le hizo entrar de nuevo en la habitación mientras los otros se alejaban. Enseguida se quedaron solos.

—¿He escogido mal? —preguntó Cole, mostrándole la máscara.

—No, el puma es una buena elección para nuestro actual objetivo —dijo Callista—. Si alguien hubiera escogido mal, os habría avisado. Quiero hablarte del poder que hay en ti. He conocido a muchos encantadores a lo largo de los años, pero tu poder de forjado es el más raro que he percibido nunca. Cuéntame algo de él.

Cole le habló de cuando consiguió que la espada saltarina funcionara y de sus fallidos intentos posteriores.

—Ese problema no te lo puedo solucionar —dijo Callista—. Pero te puedo dar algún consejo. No es una simple cuestión de esfuerzo mental o de fuerza de voluntad. Si hubieras querido esa máscara de cocodrilo, ¿habrías intentado que viniera ella hasta ti?

—No, la habría cogido.

—Exacto —dijo ella—. Tu voluntad te motivaría para emprender la acción, ¿correcto?

—Sí.

—Pero tu voluntad no bastaría por sí sola.

—Exacto.

—Pues tu poder de forjado es algo parecido. La primera vez que usaste tu poder fue de forma accidental, y sentías emociones intensas. Tú pensabas que las emociones eran la clave, pero quizá solo enmascararan lo que realmente tenías que aprender. Estabas tan distraído con tu pánico que no fuiste capaz de reconocer el origen de tu poder. Lo controlaste por accidente, sin llegar a entender cómo conseguías sacar energía de tu interior y transmitirla a tu espada. En lugar de replicar tu logro, te has centrado demasiado en intentar reproducir las emociones del momento.

Cole cerró los ojos y se concentró, buscando en su interior el origen de su poder. No notaba nada especial.

—No lo percibo.

—Eres como un niño que aprende que puede abrir y cerrar la mano —dijo Callista—. Los nervios están ahí, los músculos están presentes, pero aún no has aprendido a usarlos deliberadamente.

—¿Y cómo puedo encontrar esos músculos?

—Yo no te lo puedo enseñar. Y es difícil de describir: es como explicarle los sonidos a un sordo, o las imágenes a un ciego. Yo sé de dónde saco mi poder. Uso la mente como si fuera a dar un paso, o a soltar un puñetazo, o a decir una palabra, pero la acción no es física. No estoy moviendo una parte de mi cuerpo. Y, sin embargo, controlo mi poder de un modo parecido. Presta atención y busca tu poder. Aprende a percibirlo. Descubre lo que tienes que hacer para activarlo. No te obsesiones con las emociones. ¿Te has fijado en qué hacía Skye mientras seleccionabais las máscaras?

—La verdad es que no —dijo Cole—. Estaba concentrado, pensando en cuál iba a escoger.

—Miraba las máscaras con miedo y respeto. Sentía su poder. Puede que no haya percibido todos los detalles, pero al tocar su máscara lo ha hecho con precaución, porque sentía que estaba cargada de energía. ¿Tú sientes el poder de tu máscara?

—Yo la creo… y sé que funcionará —dijo Cole—. Pero no siento nada especial.

—Esa es una habilidad que puedes desarrollar. Aprende a reconocer el poder de los demás. Adquiere conciencia de tu propio poder. Está ahí. Yo lo noto claramente. Cuando aprendas a localizarlo, podrás empezar a dirigirlo hacia donde desees, y quizás a aumentar su intensidad con tus emociones.

—Recuerdo que lo sentía —dijo Cole—. Sabía que había una energía que salía de mí en dirección a la espada. Pero, cuando se acabó, no pude volver a hacerlo.

—¡Eso está bien! —exclamó Callista—. ¡Al menos tienes alguna idea de lo que estás buscando! Busca esa sensación que recuerdas. Eso es en lo que tienes que concentrarte. En cierto modo, es más fácil reconocer tu poder cuando estás tranquilo y sereno que cuando estás angustiado. Busca tu talento en los momentos de calma. No te esfuerces demasiado. Lo has hecho una vez. Puedes hacerlo de nuevo.

—Gracias —dijo Cole—. Creo que eso me ayudará.

—Eso espero —respondió Callista—. Nunca sabes. Todo lo relacionado con el forjado es complicado. Nunca acabas de aprender. Y, sobre todo al principio, puede resultar bastante escurridizo. Me gustaría ver qué puedes hacer con tu poder cuando aprendas a llegar a él. Tu don es tan poco común que no puedo predecir las aplicaciones que podrás darle, más allá de lo que me has descrito. Entrarás en un territorio nuevo. ¿Vamos con los demás?

—Una pregunta —dijo Cole—. Yo intento encontrar a mis amigos y volver a casa. Nosotros somos de fuera.

—Un guardián de los pasos podría ayudarte a volver a casa, hijo. Pero solo temporalmente. Tus seres queridos no te recordarán. Y te verás atraído a este mundo otra vez, antes de que pase mucho tiempo.

—Trillian me dijo que quizás hubiera un modo de cambiar eso —insistió Cole.

Callista frunció los labios y soltó un largo suspiro.

—Supongo, en teoría. Trillian suele mencionar como si nada posibilidades que el resto de nosotros apenas podemos imaginarnos. Supondría reconfigurar los Cinco Reinos. No se me ocurre nadie más que Trillian con el suficiente poder como para intentarlo.

—Pero ¿es posible?

—En teoría —respondió Callista—. Puede que el gran forjador de Creón tenga algo que decir al respecto. Y quién sabe qué pueden hacer esos contraforjadores. Pero en la práctica no tienes muchas posibilidades. Aprende a disfrutar de tu vida aquí, por si acaso.

—De acuerdo —dijo Cole, decepcionado pero no sorprendido del todo. Sabía que no sería fácil.

—Supongo que ahora ya podemos salir.

Siguió a Callista por el pasillo redondo hasta el salón y salieron de la casita. Allí esperaban los demás, con sus máscaras. Una cúpula de niebla oscura se cernía sobre ellos, presionando la burbuja de luz por todos los lados.

—Honor —dijo Callista—, ¿cuál es tu caballo?

Ella señaló hacia su montura. Callista miró al animal y flexionó los dedos. El caballo creció de tamaño y se volvió más musculoso.

—He cambiado tu montura para que soporte tu peso cuando te conviertas en caballero y para que corra sin cansarse como todos los demás.

—¿Mínimus?

—El mío está ahí —dijo el Medio Caballero, señalando su caballo, más bien pequeño.

Callista no lo hizo crecer tanto como al de Honor, pero el animal enseguida se convirtió en el segundo más grande del grupo. La gran forjadora asintió, frotándose las manos, satisfecha. Se acercó a Mínimus.

—Tu modificación es sorprendentemente estable —dijo—. No te hace falta dormir ni comer, y aun así prolongará tus días, en lugar de acortarlos. Podrías vivir cien años en este estado. Pero todo depende del Caballero Solitario. Si él cae, perderías tu poder.

—Así es —dijo Mínimus.

—Puedo fijar tu modificación —señaló Callista—. Si lo hago, se mantendrá, aunque caiga el Caballero Solitario, pero eso significaría no volver a recuperar nunca tu vida anterior. Tal como está ahora, el Caballero Solitario podría revertirla, liberarte. Si la fijo, tu armadura se convertirá en una parte permanente de ti mismo. No hay vuelta atrás.

—¿Mantendría mi conexión con el Caballero Solitario?

—No. Ese sería el precio. Perderías la percepción que tienes de dónde está, y él tampoco te sentiría a ti. Tu conexión con él ya no mantendría tu estatus de caballero. Pero eso también significa que conservarías tu estado actual aunque el Caballero Solitario muriera o perdiera su poder. Tú decides.

—En cualquier caso, ¿sería libre de servirle?

—Y de hacer todo lo que desearas.

—Entonces, adelante —decidió Mínimus—. Quizá eso le dé libertad al Caballero Solitario para sumar otro caballero a su séquito. Él es mi señor, con o sin conexión. Para mí, ser caballero lo es todo. Lo consideraré un gran favor.

Callista le apoyó las manos en los hombros. Se balanceó un momento; luego dio un paso atrás.

—Está hecho.

—No siento ninguna diferencia —dijo Mínimus—. Pero ya no percibo al Caballero Solitario.

—Tal como te he prometido —respondió Callista.

—¿Con Morgassa pasará lo mismo? —preguntó Cole.

—¿En qué sentido?

—Si la detenemos, ¿volverán a la normalidad los que componen su horda?

—Todos los modificados están vinculados a su poder —dijo Callista—. Aunque ahora controle ese poder, procede de fuera. Si Morgassa cae, su horda quedará liberada.

Callista dio media vuelta haciendo una pirueta.

—¡*Buttons*! Te dejo al mando hasta mi regreso. Procura que Gurble no se meta en líos. Y asegúrate de que a mis descarados merodeadores del lago les quede claro que volveré.

—¿Va a venir con nosotros? —preguntó Honor.

—A veces la acción más segura es el ataque —dijo Callista—. Tendré más posibilidades de vencer a Morgassa con todos vosotros a mi lado. Si no conseguís vencerla, no quedará un rincón de Elloweer en el que esconderse. Yo no puedo permitirme dejar Elloweer. No solo estoy comprometida con su bienestar, sino que también fuera del reino perdería mi poder de encantamiento; quedaría desprotegida y a merced del rey supremo y sus ejecutores.

—Esto es más de lo que me esperaba —dijo Honor.

—No te molesta, supongo.

—¡Al contrario! —exclamó Honor.

—Yo puedo guiaros hasta el Caballero Solitario —dijo Callista—. Mínimus ya no puede hacerlo.

—Me siento algo perdido —reconoció Mínimus.

—También puedo llevaros hasta Morgassa —añadió Callista—. Nuestras modificaciones deberían servir para abrirnos paso a través de su horda. El principal desafío será la propia Morgassa. Es un ser compuesto de un enorme poder de encantamiento. Si me enfrentara a ella a solas, me superaría. Quizá juntos encontremos el modo.

—¿Qué pasa con nuestros caballos? —preguntó Mira—. ¿Los que no ha transformado?

—Nos seguirán hasta salir de aquí. Mis figmentos los ayudarán. No les irá mal. Este es un territorio muy fértil.

—¿Nos probamos las máscaras? —preguntó Jace.

—Sí. Ha llegado la hora —dijo Callista.

—¿Usted no tiene máscara? —preguntó Mira.

—Cariño…, no te olvides de quién las hizo —respondió Callista, que al momento se transformó en un gran búfalo africano negro del tamaño casi de un elefante. Tenía unos cuernos capaces de derribar un edificio.

—Adelante —dijo Callista, con la misma voz que antes, a pesar de su colosal tamaño—. Ponéoslas.

Dalton estaba al lado de Cole, con la máscara en la mano. Cole miró a su amigo:

—¿Listo?

—No puedo creerme que vayamos a hacer esto —murmuró Dalton.

—Habrá que hacerlo, a menos que quieras quedarte en el fondo de este lago.

—¿Crees que me darán ganas de comer heno?

—Estamos a punto de descubrirlo —dijo Cole, que se puso la máscara.

Una sensación vertiginosa se apoderó de él. Por un instante, sintió que se estiraba, giraba, crecía y se encogía. Al momento estaba a cuatro patas, y le resultaba perfectamente natural.

De pronto se dio cuenta de lo inútiles que eran los brazos humanos para el transporte. Sí, con las manos podía coger cosas mejor que con aquellas patas, pero nunca se había sentido tan estable. De pronto, los humanos, que se movían en precario equilibrio sobre dos piernas, le parecieron algo patéticos.

Cole dio un par de pasos y sintió la fuerza recién adquirida en sus poderosos músculos. No veía el momento de echarse a correr y saltar, poniendo a prueba sus nuevos límites. Sus sentidos se habían afinado. Le llegaban sonidos y olores mucho más precisos y definidos.

Era grande. Desde luego no había puma que pudiera competir con él en tamaño. Los otros animales, a su alrededor, eran igualmente grandes y fuertes. Cada uno olía diferente.

—¡Esto es alucinante! —exclamó Dalton.

Solo que no era Dalton. Era un imponente toro casi del tamaño de Callista.

—¡Podría acabar acostumbrándome a esto! —dijo Skye, convertida en un oso enorme que se irguió sobre sus cuartos traseros y soltó zarpazos al aire.

—Seguidme —ordenó Callista, alejándose de su casa, en dirección a la niebla.

Cole se puso en marcha de un salto, sintiendo que sus músculos disfrutaban al activarse y acelerar hasta alcanzar una velocidad de vértigo. Avanzó rápido a través de la niebla, agazapado. Oía a Callista y percibía su olor sin esfuerzo, a pesar de la oscuridad. Desde luego, Skye tenía razón: él también podría acabar acostumbrándose a aquello.

Capítulo 36

Caballeros

La velocidad a la que salieron del lago de Niebla hizo que aquella nebulosa les pareciera mucho más pequeña que al entrar. No bajaron la velocidad en ningún momento. Cole esperaba sentir el agotamiento en sus músculos, o la falta de oxígeno en los pulmones, pero no había ni rastro de fatiga. Pasada la primera hora, empezó a pensar que podría correr indefinidamente.

Avanzaron a un ritmo asombroso. Aunque habían venido desde Edgemont a caballo, sus monturas habían ido al paso o al trote la mayor parte del tiempo. Un recorrido que les había llevado unos días lo completaron en unas horas. De pronto vieron el castillo de Blackmont al fondo, y al momento había quedado tras ellos. Por encima de sus cabezas, Twitch atravesaba el cielo haciendo acrobacias, convertido en un águila.

—Estamos acercándonos al campamento del Caballero Solitario —anunció Callista—. ¿Os habéis planteado si queremos presentarnos como animales o con nuestra forma real?

A Cole la pregunta le pilló a contrapié. Se dio cuenta de que no había pensado mucho en nada, salvo en el placer primitivo que le daba correr.

—¿Tú qué crees, Mínimus? —preguntó Honor, montada en su caballo.

—El Caballero Solitario prefiere las cosas cara a cara

—respondió Mínimus—. Apreciará que os presentéis con vuestra forma real. Honor podría ser la excepción. Él se siente cómodo con las modificaciones que aportan fuerza y armas.

Cuando Callista frenó, los demás hicieron lo mismo. Tras la larga carrera, a Cole le resultó raro dejar de moverse.

—Ya casi estamos —dijo Callista—. Si vamos a despojarnos de nuestras modificaciones, es el momento.

—Mínimus nos ha aconsejado bien —apuntó Honor—. Quitaos las máscaras, pero tenedlas a mano, por si las negociaciones no van bien. Yo me la dejaré puesta.

—Yo entraré el primero en el campamento —se ofreció Mínimus—. Así verá que no somos ninguna amenaza.

Cole se dio cuenta de que, a pesar de haberse transformado en algo completamente diferente, seguía teniendo conciencia de la máscara que tenía en el rostro. Se miró las zarpas. No parecía que pudiera quitarse la máscara con ellas.

¿Debía intentarlo? En parte le habría gustado dejársela puesta. Echaría de menos la fuerza y la agilidad. ¿No intimidaría más aquella imagen poderosa que la de un niño? ¿Por qué tenían que presentarse ante el Caballero Solitario como unos seres tan débiles?

Observó que Dalton y Jace se habían quitado las máscaras. A través de los ojos de un puma, se les veía extremadamente vulnerables.

El instinto depredador que le despertaron sus dos amigos le sobresaltó, y eso hizo que se llevara las manos a la máscara. La agarró con una zarpa y se la quitó. Le invadió una sensación sobrecogedora, mientras su cuerpo se ponía en pie, se agitaba y se transformaba radicalmente.

Un momento más tarde, Cole estaba de pie, con la máscara en la mano. ¿Había pasado de verdad? Sus recuerdos como puma eran confusos y distantes, como si acabara de despertarse de un sueño. Había sido un subidón: la posibilidad de correr tan rápido tanto tiempo, por no hablar de lo agudizado de la percepción sensorial. Pero ¿realmente había visto por un minuto a Dalton y Jace como presas potenciales? Aquello sí que era raro. Se sintió intranquilo.

Cole examinó la sencilla máscara que tenía en la mano; sintió una leve tentación de ponérsela de nuevo para sentir aquella fuerza otra vez. Sabía que tendría que ponérsela cuando se enfrentaran a Morgassa. Se estremecía solo de pensarlo.

Otra vez en su forma humana, Callista le habló a un águila enorme que se había posado muy cerca:

—Twitch, quítate la máscara. Os conviene practicar el quitárosla, especialmente si os cuesta. Ya os la pondréis otra vez después de que hayamos hablado con el Caballero Solitario.

Cole observó que, aparte de Honor, los demás ya se habían quitado las máscaras y estaban ahí de pie, observando el cambio.

El enorme águila extendió las alas.

—Preferiría ir volando —dijo con la voz de Twitch.

—Ya volarás luego —le animó Cole—. Ahora quítate la máscara.

—Mientras vosotros habláis con el Caballero Solitario, yo puedo planear por el cielo —respondió Twitch— y controlar la situación.

—No te olvides de quién eres, Twitch —insistió Cole—. Yo también he sentido la tentación. Tu pueblo te necesita.

El águila bajó la cabeza y se llevó una garra al pico. Un momento más tarde, Twitch estaba en el suelo, con la máscara en la mano.

—Lo siento —se disculpó—. No sé qué me ha pasado. Volar como un águila era una sensación tan… perfecta que no quería dejar de hacerlo. Ahora estoy mejor.

—En cierta medida, todos hemos sentido la tentación de permanecer en nuestro estado alterado —dijo Callista—. Recordad cómo os sentíais cuando ha llegado el momento de quitaros la máscara. Debéis resistiros para mantener el control; de lo contrario, vuestra personalidad alternativa se hará con vosotros.

Aquel consejo dejó a Cole algo intranquilo. Él, desde luego, había sentido la tentación de dejarse la máscara puesta. Al igual que Twitch, tendría que mantenerse en guardia.

—Lo estáis haciendo muy bien —los animó Honor—. Os agradezco que me acompañéis en esto. Tened las máscaras a mano mientras hablamos con el Caballero Solitario.

—Hay una cosa que no entiendo —dijo Dalton—. Si los encantamientos solo pueden cambiar a los seres vivos, ¿cómo es que la máscara de Honor le ha proporcionado, además, esa armadura?

—Muy sagaz —observó Callista—. Igual que pasaba con el Caballero Solitario y con Mínimus, la armadura está conectada con su nueva identidad. En su estado alterado, sin quitarse la máscara, Honor no podría quitarse la armadura, del mismo modo que no podría desprenderse de la piel. Forma parte de su ser.

—¿Y qué pasa con la ropa? —preguntó Cole—. Ya sabe, cuando nos convertimos en animales.

—Las máscaras están diseñadas para incorporar la ropa a vuestra forma alterada —explicó Callista—. Y vuestras posesiones también. Ocultar vuestras posesiones en vuestra nueva anatomía hace que la modificación sea más complicada, pero resulta útil poder regresar a vuestro estado natural con ropa y con todo el equipo.

—No sé cómo agradecerle todo esto —dijo Mira, de corazón.

—¿Estamos listos? —preguntó Honor.

Todo el mundo respondió asintiendo o encogiéndose de hombros.

—Por aquí —dijo Mínimus, dirigiendo su poderoso caballo hacia delante.

Él y Honor se pusieron en marcha sobre sus monturas; los demás los siguieron a pie. Ambos caballeros, con sus armaduras, avanzaron al paso, pero, aun así, Cole tuvo que hacer un esfuerzo para mantener el ritmo. Al poco se encontró caminando al lado de Dalton.

—¿Qué te parece? —le preguntó.

—Impresionante —contestó Dalton—. Casi demasiado impresionante.

—¿Tú también tenías tentaciones de dejarte la máscara puesta?

—Sí. Me sentía fortísimo —confesó Dalton—. Ha sido muy intenso.

—La carrera ha sido genial —dijo Cole—. ¡Me he sentido tan… vivo! Y despierto. Tenía ganas de cazar algo —añadió, sin mencionar qué presas le habían llamado la atención al final.

—Yo quería combatir —le explicó Dalton—. Tenía ganas de que se me cruzara algo para poder arrollarlo. Es curioso. Recuerdo como me sentía, pero ahora es algo confuso.

—Ya volveremos a ponérnoslas. Creo que tendrás ocasión de enzarzarte en esa lucha que tanto deseabas.

Después de avanzar unos doscientos metros por entre los árboles, llegaron a un claro del bosque con tres tiendas grandes y muchas otras pequeñas. Los caballeros que se movían por el campamento, equipados con armaduras completas, se detuvieron a mirar a los recién llegados.

El Caballero Solitario salió de su gran tienda. La última vez que Cole le había visto, tenía la armadura mellada y magullada, pero ahora estaba perfectamente lisa y bruñida, con las astas del yelmo intactas.

—Mínimus —saludó el Caballero Solitario, con su voz profunda—. Me has traído a Miracle. Bien hecho. No he percibido tu llegada.

—La gran forjadora me ha desvinculado de tu poder —dijo Mínimus—. Pero seguiré siendo tu siervo fiel.

—Ya veo —contestó el Caballero Solitario, claramente molesto—. ¿Quiénes son tus nuevos compañeros?

—Permíteme que te presente a Honor Pemberton

—dijo Mínimus, cuya voz sonaba, en comparación, especialmente aguda—. Por supuesto, esta no es su imagen; está bajo la influencia de una modificación.

—Ya veo. —El Caballero Solitario, inclinó la cabeza, bajando las astas ante ella—. Honor, me alegro de encontrarte bien.

—Creo que tenemos mucho en común —dijo Honor.

—¿Qué te ha dicho Mínimus? —preguntó el Caballero Solitario.

—No le ha revelado nada —precisó Callista—. Yo soy Callista, gran forjadora de Elloweer. A mí, tu relación con Honor siempre me ha resultado evidente, al igual que el estado alterado de tus caballeros.

—Entonces es que tiene una gran capacidad de percepción —dijo el Caballero Solitario—. Nadie ha hecho esas observaciones hasta ahora. Me coloca en una posición incómoda, señora. Mis secretos deben mantenerse a buen recaudo.

—Evita las amenazas, caballero —le soltó Honor—. Antes de que nos empecemos a echar puyas el uno al otro, tenemos un enemigo común que combatir.

—Morgassa nació más o menos del mismo modo que tú —explicó Callista—. Pero su energía derivaba de un forjador que tenía un poder aún mayor. Solo los que estamos aquí reunidos tenemos la posibilidad de vencerla. Cualquier mortal que se atreva a acercarse a ella acabará absorbido por su horda e integrándose a ella. Tus modificaciones os protegerán a ti y a tus caballeros, igual que las que les he proporcionado yo a este grupo de héroes.

—Veo sobre todo niños —dijo el Caballero Solitario.

Cole tanteó su máscara de puma. No le habría costado mucho mostrarse mucho más intimidante.

—No infravalores a los jóvenes —dijo Callista, con gesto severo—. El poder que os sostiene a ti y a tus caballeros le fue robado a una niña, igual que el poder que sostiene a Morgassa.

—Eso no puedo refutarlo —concedió el Caballero Solitario, con la mano en el puño de *Veraz*—. He recibido el poder de Honor, aunque no tuve ninguna responsabilidad en su robo. El poder que en otro tiempo le perteneció no solo está conmigo, sino que se ha convertido en lo que soy.

—Aun así, ese poder sigue perteneciéndole —dijo Callista—. Y quiere volver. Si Honor muriera, quedarás tan desprovisto de poder como antes del robo.

—Si sobreviviera a ese trauma, quedaría indefenso —puntualizó el caballero—. Preferiría morir descuartizado.

—No estoy aquí para reclamar mi poder —dijo Honor—. Ese día puede llegar, pero aún no. Por el bien de Elloweer, tenemos que detener a Morgassa.

—¿Y por qué no dejamos esa tarea a quienes la han creado? —propuso el Caballero Solitario.

—Si pudieran ser ellos quienes pagaran el precio por su locura, yo estaría perfectamente de acuerdo —dijo Honor—. Pero, por desgracia, quienes lo hicieron carecen de la capacidad para detenerla, y no serán los únicos que sufran. En poco tiempo, todo Elloweer caerá bajo el control de Morgassa. Hay que detenerla. Y tenemos más posibilidades si trabajamos juntos.

El Caballero Solitario se giró hacia sus hombres.

—Sabía que un día u otro llegaría la hora de la verdad para los poderes que me han sido concedidos. Supongo que si conseguimos detener a Morgassa, lo siguiente será eso.

—Nosotros seguiremos tus órdenes, como siempre, cualesquiera que sean las consecuencias —dijo Phillip, con su hacha de guerra al hombro—. Aquí nos tienes.

—Tienes más caballeros —observó Mínimus.

—Tres más —dijo el Caballero Solitario—. Los caballeros Desmond, Oster y Raul escaparon de Edgemont con nosotros y se han unido a mi compañía. Ahora que has vuelto, Mínimus, cuento con once caballeros y medio.

Cuando el Caballero Solitario nombró a Desmond, Oster y Raul, hizo un gesto en su dirección. Cole observó que ahora todos llevaban armaduras completas, como los otros caballeros. También parecían más grandes.

—¿Qué ha sido de Joe, Brady y Sultan? —preguntó Mira—. No pudieron venir con nosotros. ¿Sabes qué ha sido de ellos?

—Brady y yo estamos aquí —dijo Joe, que salió de una tienda con el brazo en cabestrillo.

Brady apareció tras él.

Cole sintió un inmenso alivio al verlos. Era estupendo ver que Joe y el pequeño estaban bien.

—¿Y Sultan? —preguntó Skye.

Joe frunció el ceño.

—Sultan sucumbió unas horas después de que os fuerais, por efecto de las heridas.

—¿Ha muerto? —preguntó Skye, angustiada.

El alivio de Cole se convirtió en amargura. La herida del hombro de Sultan había sangrado abundantemente, pero no se había producido en el fragor de la batalla. Cole pensaba que el fornido ilusionista se habría recuperado.

—Hice todo lo que pude —se disculpó Joe—. Poco después de que falleciera, Brady y yo habríamos caído en manos del enemigo de no ser por el Caballero Solitario. Los ejecutores nos tendieron una emboscada, pero el Caballero Solitario y sus hombres llegaron y los aniquilaron.

—¿Puedo ver al niño? —preguntó Callista.

Joe se giró hacia Brady.

—¿Quieres ir con la señora?

Brady lo miró, no muy convencido.

—¿Es buena?

—Soy una amiga, Brady —dijo Callista—. He venido a ayudar.

—Es muy buena —dijo Cole.

Brady se dirigió hacia Callista ante la atenta mirada de

todos. Ella apoyó las manos en los hombros de Brady y lo miró de arriba abajo. Se veía muy pequeño.

—Estás lejos de casa —dijo ella.

—Quiero volver —respondió Brady—. ¿Me puede ayudar?

—Ahora mismo no —dijo Callista—. Lo haría si pudiera. ¿Sabes cómo llegaste?

—Estaba soñando. Me quedé atascado. No podía despertar. No podía irme.

—Ya veo. Te transportaste aquí mientras soñabas. Abriste un paso. Y luego no pudiste salir.

—No, hasta que vinieron aquellos tipos —dijo Brady—. Pero no me llevaron a casa.

—Tenías un poder enorme —observó Callista.

—Yo imaginaba cosas, y pasaban —respondió Brady—. Como en un sueño, solo que todo tenía un aspecto muy real. Intenté crear cosas bonitas. Pero no podía dejar de pensar en cosas que daban miedo. Los tipos que me cogieron hicieron que se me pasara.

—Les cediste tu poder, y ellos lo canalizaron hacia otra persona.

—Se lo dieron a una señora —dijo Brady—. Yo les dejé. Me prometieron que los sueños cesarían. La señora cambió.

—¿De qué forma cambió? —preguntó Callista.

Brady hizo una pausa y miró al suelo.

—Se volvió como la señora Morgan —dijo, en voz baja—. Solo que peor.

—¿Quién es la señora Morgan?

Brady se miró los pies.

—Era mi profesora. En primero. Era muy mala. Me tenía manía.

—Morgassa —murmuró Cole.

—Sí —confirmó Brady mirándolo—. Cuando cambió, la señora se puso ese nombre. Se volvió más alta. Se puso furiosa. Dijo que había sido un chico malo. Que se lo pagaría. Los hombres se me llevaron… y también se la llevaron a ella. Me dijeron que estaba a salvo. Eran unos mentirosos.

—Vamos a detenerla —dijo Mira acercándose a Brady—. Vamos a detener a Morgassa.

Brady parecía preocupado.

—Será mejor que ni lo intentéis. Os atrapará.

—Tenemos que intentarlo —insistió Honor.

—¿Hay algo que sepas de ella que nos pueda servir de ayuda? —preguntó Callista.

—La señora era diferente a la señora Morgan —dijo Brady—. Estaba más furiosa; era más fuerte. Como cuando mis monstruos llegaban a la Tierra de los Sueños. Siempre eran peores de lo que yo me imaginaba.

—¿La señora Morgan tenía algún punto débil? —preguntó Mira.

Brady no parecía entenderla.

—¿Había algo que asustara a la señora Morgan? —añadió Cole—. ¿Había algo que la molestara?

Brady se quedó pensando.

—No le gustaba nada que no prestáramos atención —dijo—. Quería que escucháramos. Quería que la obedeciéramos. Y odiaba el desorden. Siempre me hacía limpiar el pupitre. Nunca estaba bien para su gusto.

Callista se acercó a Joe.

—Vigila a Brady.

—Yo voy con los demás —protestó Joe, pero Callista negó con la cabeza.

—Todos estamos protegidos con modificaciones. Y alguien tiene que quedarse para proteger al niño. Él confía en ti. Volveremos cuando acabemos con Morgassa. ¿Cómo tienes el brazo?

—Podía estar peor —dijo Joe, frotándoselo.

Callista apoyó la mano en su hombro.

—Ya no necesitas el cabestrillo.

Joe hizo girar el brazo, se frotó la parte superior del brazo y lo flexionó.

—¡Asombroso!

—Es una modificación menor —dijo Callista—. Aún no está curado. Pero con la modificación podrás utilizarlo hasta que se cure. Llévate al niño a la tienda más alejada. Tenemos cosas que discutir.

—Yo quiero quedarme —protestó Brady—. No soy un bebé.

—Venga, Brady —dijo Joe—. Me sé un juego.

—¿Qué juego?

—Es un secreto. Ya verás.

Joe echó a caminar. Brady corrió para ponerse a su altura. Le dio la mano y ambos se alejaron.

—¿Morgassa procede del niño? —preguntó el Caballero Solitario, en voz baja por una vez.

—Igual que tu poder procede de Honor —confirmó Callista—. La gran diferencia es que el niño lo cedió. Ahora no queda ningún vínculo que los una.

El Caballero Solitario le dijo a Honor:

—Si renuncias a reclamar tu poder, mi espada y mis caballeros son tuyos.

—No lo haré —respondió Honor—. Puede que sientas ese poder como algo propio, pero procede de mí. Mi padre y los que le ayudaron me lo quitaron por la fuerza. Pero, de momento, olvidaré mi reivindicación si nos ayudas.

—Podría matar a tus compañeros y hacerte prisionera —dijo el Caballero Solitario, desenvainando a *Veraz*.

—Podrías intentarlo —respondió Jace, que se puso la máscara y se transformó en un poderoso lobo.

Cole también se puso la máscara. Transformarse en un puma le dio tal sensación de fuerza que soltó un profundo rugido. ¡Así sí! El Caballero Solitario y sus hombres ya no le intimidaban tanto. Cole casi habría deseado que atacaran. La armadura podría ser un problema, pero estaba seguro de que sus zarpas y sus colmillos equilibrarían la balanza. Al ver a un oso a un lado y a un macho cabrío en el otro, Cole se dio cuenta de que los demás también se habían puesto sus máscaras.

—No temo nada, ni hombre ni bestia —bramó el Caballero Solitario—. Tenía mis reservas en cuanto a atacar a niños. Mis hombres y yo agradecemos que el combate sea más equilibrado.

Cole se agazapó, listo para abalanzarse. El caballo del Caballero Solitario tenía pinta de estar delicioso. Si no se elevaba demasiado, seguramente podría derribarlo sin que el Caballero Solitario pudiera tocarlo siquiera.

—Si quieres un combate justo, deja a los demás al margen —propuso Honor—. Bátete conmigo.

Callista, que era la única que mantenía su aspecto real, levantó las manos.

—¡Detened esta locura! —exigió—. Caballero Solitario, dudo que quieras batirte en duelo contra una jovencita virtuosa. Ella no te ha agraviado de ningún modo. Eres tú quien la ha agraviado a ella. Si le causas algún daño a la princesa Honor, el precio será tu honor. No le robaste personalmente su poder. ¡No te vuelvas cómplice del delito una vez cometido! Si no nos ayuda, la única alternativa que te queda es la de pasar tus días huyendo, evitar a Morgassa o caer ante ella. No puedes salir de Elloweer. Te es físicamente imposible. Combate a nuestro lado contra esta amenaza y dale una oportunidad a Elloweer.

—Pides demasiado —gruñó el Caballero Solitario, como si le arrancaran las palabras de dentro. Señaló a Honor con la espada—. Yo soy su poder, más que cualquier otra cosa, al igual que lo son mis caballeros. Me pides que renuncie a mi identidad. A nuestras identidades.

Mínimus desmontó y se acercó al Caballero Solitario.

—Sigmund, la identidad que quieres proteger no es la tuya. Es la suya. Sí, te ha cambiado, pero tú sigues ahí, tras ella. Conservar su poder va en contra de todo lo que defiendes y de todo lo que nos has enseñado.

En el campamento se hizo el silencio. Once caballeros y medio observaban a su líder en un silencio estoico, anónimo.

—Veamos cómo va la batalla —propuso Honor—. Has hecho muchas cosas buenas con mi poder. Quizás haya una más que puedas lograr antes de que lo reclame.

—Después de esta batalla —dijo el Caballero Solitario—, puede que lo reclames, y puede que yo me niegue.

—Estoy dispuesta a correr ese riesgo —le replicó Honor.

—Contra Morgassa, nuestra mejor opción es la de unir esfuerzos —señaló Callista—. Yo lucharé contigo, igual que Honor, su hermana y sus compañeros. Quizá sea nuestra única oportunidad de poner fin a esta amenaza.

—Muy bien —dijo el Caballero Solitario, con un atisbo de derrota en la voz—. He observado a Morgassa. Desde luego es una catástrofe de la magnitud que describís. Nos uniremos a la caza, pero después no prometo nada.

—Ese problema quizá se resuelva solo —respondió Callista con desparpajo—. Es muy probable que ninguno de nosotros sobreviva.

Capítulo 37

La hora de la verdad

Con ágiles zancadas, Cole avanzó a una velocidad de vértigo. La emocionante sensación de correr como un puma le ayudó a olvidar el miedo por la batalla que se avecinaba. Aunque el temor siempre encontraba un resquicio en algún lugar de su mente, no podía competir con el gustazo de correr con aquel grupo de caballeros y animales.

Las monturas de los caballeros estarían tan modificadas como sus dueños, porque, a pesar de los muchos kilos que llevaban a cuestas, no tenían ningún problema en mantener el ritmo de las otras bestias incansables. Con el estruendo de los cascos de los caballos repiqueteando alrededor, un oso corriendo a un lado y un toro cargando al otro, Cole se sintió prácticamente invencible. ¿Qué rival iba a plantarles cara?

Antes de que la horda estuviera a la vista, Cole la olió. Había en aquel olor algo… innatural. Sintió un asco instintivo. La horda olía a… ¿qué? ¿A infección? ¿A rancio? A algo así. Era el olor de algo que no querría tocar ni morder. De algo que cualquier animal sano querría evitar.

A los pies de la colina apareció un pueblecito. La gente huía de sus edificios pequeños de paredes de piedra y tejados de paja, mientras la vanguardia de la horda caía sobre ellos, tirando a los aterrados aldeanos al suelo y reteniéndolos para que los figmentos se los llevaran.

—Morgassa está detrás de la colina —anunció Callista—. Su horda se ha diseminado para atacar varias aldeas a la vez. Es una ocasión para atacar tan buena como cualquier otra.

—Adelante —ordenó el Caballero Solitario, desenvainando *Veraz*—. No os paréis a luchar. Nuestro éxito depende de que mantengamos la velocidad.

Cole corrió con más fuerza que nunca, presionando el suelo con las garras, apretando los músculos y soltándolos para lanzarse adelante a cada zancada. De la aldea ya no salía nadie. Los habían atrapado a todos. Cole sintió la tensión al ver que los primeros miembros de la horda se iban acercando. Mentalmente comparó aquella sensación con la que le provocaría tener que caminar hundido en el agua de una alcantarilla. Solo que esto era peor. Al menos las aguas de las alcantarillas son naturales. Sus sentidos le advertían de que aquella horda era un crimen contra la naturaleza.

El Caballero Solitario se puso a la cabeza. Sus caballeros se abrieron en diagonal tras él, formando una punta de flecha que protegía a Honor y a los animales.

Los figmentos salieron a su encuentro, con movimientos lánguidos y más rápidos de lo que parecía en un principio. Tenían forma humana, pero sin detalles. Sus rostros carecían de rasgos faciales y su cuerpo, de tamaño medio en todos los casos, estaban tan poco definidos que no se podría decir si eran hombres o mujeres.

Por delante de los figmentos iban decenas de personas modificadas, con la ropa sucia y andrajosa. Viejos y jóvenes, altos y bajos, gordos y delgados, se movían torpemente, a trompicones, chocando unos contra otros, farfullando y gruñendo maquinalmente. Avanzaban rápido pero sin ningún orden, como impulsados por el pánico.

Los caballeros no bajaron el ritmo al llegar a la horda. Sus caballos fueron derribando a los individuos que chocaban contra ellos. Algunos de los modificados más ágiles saltaban hacia los caballeros, como si esperaran poder tirarles de sus sillas, pero estos los repelían con sus escudos y sus armas.

Al ir estrechando el cerco los figmentos, el Caballero Solitario fue soltando mandobles con su espada. Allá donde cayera *Veraz*, los figmentos se desintegraban.

De pronto, Cole se encontró corriendo sobre los modificados caídos. Intentó no hacerles daño. Serían seres asquerosos y trastornados, pero también eran gente inocente que había caído bajo el control de Morgassa. Los caballeros parecían pensar igual, y procuraban derribar a la gente en lugar de infligirles heridas letales. Cole observó que usaban el lado plano de sus espadas y sus hachas para aporrearlos en lugar de descuartizarlos.

Los caballeros no bajaron el ritmo al rebasar la primera fila y llegar al grueso de los modificados. Avanzaron a través de la multitud, haciendo volar unos cuantos cuerpos o pisoteándolos. Cole no podía evitar los modificados que iban cayendo al suelo, formando una alfombra. Se concentró en mantener la velocidad mientras los cuerpos gruñían bajo sus zarpas.

El Caballero Solitario siguió agitando su espada, *Veraz*, con fuerza; los figmentos seguían desintegrándose. Al cabo de un rato, dio la impresión de que los figmentos empezaban a darse cuenta de que no tenían ninguna posibilidad contra una espada capaz de eliminar apariencias, por lo que mantuvieron la distancia.

Aun así, los modificados no dejaban de llegar. Cole se sentía mal por la gente que caía bajo sus pies. No parecían tener intención alguna de atacar. Simplemente habían perdido el control de sí mismos. Pero Cole también sabía que, si les daba la oportunidad, se le echarían encima. Por muchos que cayeran, el resto los arrollaban y seguían adelante, sin inmutarse, con los ojos desorbitados, la boca retorcida en una mueca y babeando. Al menos no parecía que sintieran ningún dolor.

Cole se lanzó adelante, recordándose a sí mismo que, si no conseguían detener a Morgassa, los modificados quedarían atrapados en aquella vida y serían sus esclavos para siempre, y el resto de Elloweer muy pronto correría esa misma suerte. Si, para evitarlo, alguno de los modificados resultaba herido, ese sería el precio que había que pagar.

Tras dejar atrás la aldea, el Caballero Solitario ascendió al galope por la ladera de la colina. La horda, en su mayoría, había rodeado la colina en lugar de atravesarla, de modo que Cole de pronto se encontró corriendo por la hierba de la ladera en lugar de sobre un manto de cuerpos heridos.

—Morgassa nos ha detectado —dijo Callista—. Viene hacia aquí.

El Caballero Solitario evitó subir hasta la cima y rodeó la colina. Cuando llegaron al otro lado, vieron a Morgassa a lo lejos.

Iba vestida con ropa discreta que Cole reconoció como propia de su mundo: una blusa blanca, una larga falda gris, medias oscuras y zapatos negros sin tacón. Tenía el cabello recogido en un moño algo despeinado. Todo aquello le daba el aspecto de una maestra de escuela en el día de visita de los padres. Cole había tenido profesoras con aquel mismo aspecto. Solo que Morgassa medía al menos dos metros cuarenta. Y flotaba unos centímetros por encima del suelo.

En el momento en que bajaron la ladera al galope en dirección a Morgassa, ella se abalanzó directamente sobre ellos. Levantó una mano y les gritó. Todos los modificados y figmentos gritaron las mismas palabras al mismo tiempo, creando un efecto terrorífico:

—¡Extraños! —gritaron Morgassa y su horda: innumerables voces unidas en una sola—. ¡Deteneos y explicadme por qué estáis destruyendo a mis hijos!

—Estos no son tus hijos —replicó el Caballero Solitario, acelerando aún más—. Te has adueñado de inocentes.

—¡Deteneos y hablad, o enfrentaos a mi ira! —bramaron Morgassa y toda su horda.

—¿Honor? —dijo el Caballero Solitario, sin dejar de galopar.

409

—¿Qué puedo decirle? —preguntó ella, que seguía a lomos de su caballo.

—¡Os estáis portando mal! —gritaron Morgassa y su horda—. ¡Explicaos o morid!

—Nos convendría entenderla mejor —sugirió Callista.

El Caballero Solitario levantó un brazo y frenó su paso del galope a un trote ligero. Se detuvo a unos veinte metros de Morgassa. A Cole no le gustaba la idea de frenar. Sentía aquel poder hediondo y quería atacarla a toda velocidad. Parar le ponía nervioso. Se situó entre dos de los jinetes, para poder verla. A pesar de su impresionante altura, parecía una criatura relativamente indefensa. Estaba inmóvil y miraba con gesto severo. Cole se la podía imaginar perfectamente en una clase de su colegio.

—¿Qué tienes que decir? —gritó Honor.

—¿Tiene que dar explicaciones el amo a su siervo? —replicaron Morgassa y su horda—. Somos agentes del orden. ¿Por qué venís a extender el caos entre nosotros?

—¡Te estás haciendo con el control de la gente! —replicó Honor—. ¡Libéralos!

—¡La madre y sus hijos son uno! —bramaron Morgassa y su horda—. ¿Por qué nos desafiáis? Rendíos a mi voluntad y encontrad la paz.

—Sus marionetas están avanzando, rodeándonos —advirtió el Caballero Solitario.

—Si quieres hablar, deja de mover a tus secuaces —exigió Honor—. Libéralos o atente a las consecuencias.

Morgassa hizo una mueca airada y arqueó los dedos como garras. Entonces ella y toda su horda gritaron:

—¡Tú a mí no me das ultimátums!

—¡Ya basta! —respondió Honor con un grito, que se quedó pequeño en nada ante aquel coro enfervorizado—. ¡Prepárate para defenderte!

—Me gusta tu actitud —murmuró el Caballero Solitario por encima del hombro, mientras ella espoleaba a su caballo.

Los caballeros la siguieron. Cole cargó tras ellos, flanqueado por los demás animales.

—¡Esto es inaceptable! —gritaron Morgassa y sus sometidos.

Extendiendo ambas manos, lanzó al menos a un centenar de nuevos figmentos sin rostro en su dirección.

El Caballero Solitario agitó a *Veraz* y acabó con ellos. Morgassa hizo más, pero él los anuló de nuevo.

El Caballero Solitario se lanzó directamente hacia Morgassa. Ya estaba cerca. Levantó a *Veraz* y ladeó el cuerpo para lanzar un golpe mortal.

En un abrir y cerrar de ojos, Morgassa desapareció en el interior de una armadura blanca, decorada con toques dorados en la pechera, los muslos, las guardas de los brazos y el yelmo. Tenía en las manos una espada casi tan alta como un hombre, así como un escudo del tamaño de la superficie de una mesa. Con los pies apoyados en el suelo, era más alta que el propio Caballero Solitario montado en su caballo.

Veraz impactó ruidosamente contra el escudo, pero Morgassa cargó contra su rival, derribando al caballo del Caballero Solitario con el escudo. El caballo rodó por el suelo, levantando grandes trozos de tierra. El Caballero Solitario salió despedido y aterrizó aparatosamente.

Los otros caballeros se desplegaron hábilmente, convergiendo sobre Morgassa, que bloqueó el impacto de una maza con su espada, se giró para evitar una lanza y atravesó a un caballero del hombro a la cadera con un mandoble que lo derribó y lo dejó tirado, temblando espasmódicamente.

No todos los caballeros tenían espacio para acercarse con sus caballos. Algunos saltaron al suelo, otros siguieron rodeándola a la espera de su ocasión.

Mínimus, que estaba un par de cuerpos por detrás de los otros caballeros, cargó directamente contra Morgassa. Saltó desde su caballo y atacó con su espada, que se encontró con la de ella al girar. El impacto cambió su trayectoria y salió despedido hacia el otro lado, dando tumbos ladera abajo.

De pronto, Cole vio que no había nada entre él y Morgassa. Se lanzó corriendo hacia ella, rozando la hierba con sus colmillos. Morgassa le encaró, con la espada en ristre y el escudo preparado, envuelta en su espléndida armadura. Cole sabía del peligro que representaba la espada. Sabía que sería difícil atravesar su armadura. Pero también percibía el miedo de su rival.

Como tenía la espada en alto, Cole se lanzó a ras de suelo, atacándole las piernas. Sus zarpas rascaron la superficie de la armadura, dejando surcos poco profundos en el metal bruñido. Intentó agarrarla del tobillo con los dientes, pero ella se escabulló; la espada cayó con fuerza y le hizo una herida en el hombro y el costado.

Morgassa se preparó para un nuevo golpe, pero Callista, en forma de búfalo africano, bajó la cabeza y cargó contra ella. El caballero blanco se tambaleó e hincó una rodilla en el suelo para esquivarla. Entonces Dalton, transformado en un toro, la golpeó de pleno con sus anchos cuernos. Aturdida, Morgassa cayó a cuatro patas.

Mira, en forma de macho cabrío, saltó y lo golpeó con fuerza con sus retorcidos cuernos. El caballero blanco soltó la espada y cayó rodando. Skye, convertida en un oso, y Jace, transformado en lobo, también cargaron.

Cole oyó dientes y garras que rayaban el acero. Morgassa apartó al lobo de un empujón y se estiró para recoger su espada. Se giró, le cortó una pata al oso y arremetió contra el pecho del animal.

Colocándose de un salto entre el oso y el caballero blanco, Honor desvió la hoja y obligó a Morgassa a un cuerpo a cuerpo. Mientras el caballero blanco se defendía del ataque de Honor, el toro cargó desde detrás y perdió un cuerno cuando Morgassa esquivó el golpe y dejó caer la espada con fuerza.

Cole sentía que el hombro y el costado le ardían. Notaba que le colgaba un gran jirón de piel. Tenía al caballero blanco de espaldas. Lleno de ira, corrió hacia Morgassa, aunque había perdido algo de fuerza en la pata delantera herida. Le saltó encima mientras Morgassa forcejeaba para alejar a Honor, pero el escudo le golpeó en pleno aire.

Cole cayó, aturdido. ¿Es que Morgassa tenía ojos detrás del yelmo? Se había defendido perfectamente, pese a no tener ángulo de visión. El terrible impacto hacía que le doliera más aún la herida. Debía encontrar un escondrijo, algún sitio donde recuperarse. Un hueco entre las rocas le bastaría. No estaba seguro de si aquel deseo le venía de su instinto felino o de sus sensaciones reales. ¿Cuál era la diferencia? Ahora era un puma. Puede que hubiera sido una máscara la que lo había transformado, pero no es que se le hubiera roto el disfraz. El dolor era real. Y lo que veía gotear era su sangre.

Por todas partes se les echaban encima figmentos y modificados. Mínimus y los otros caballeros se giraron para mantener a raya a la horda. El Caballero Solitario agitaba su espada, *Veraz*, frenéticamente, para dispersar a los figmentos que no dejaban de llegar. El campo de batalla donde Morgassa luchaba con los animales se convirtió en un océano de enemigos.

En comparación con Morgassa, Honor parecía casi tan pequeña como Mínimus. Honor combatía con elegancia y precisión, bloqueando todos los ataques y obligando a Morgassa a defenderse la mayor parte del tiempo.

Twitch, transformado en águila, se lanzó contra Morgassa, pero apenas tuvo tiempo de esquivar la hoja de su espada. Perdió unas cuantas plumas, pero no parecía que hubiera sufrido daños graves.

—¡Ríndete! —gritó Honor, sin dejar de luchar—. Deja de enviar a los tuyos contra los caballeros. ¡Los estás matando!

—¡Entregaos! —respondieron Morgassa y su horda—. Estáis matando a los vuestros, pues muy pronto os uniréis a nosotros, ya que todos deben unirse a nosotros.

Cole observó mientras el lobo y el macho cabrío atacaban a Morgassa a la vez desde atrás.

—¡Cuidado! —gritó, preocupado por Jace y Mira.

Tal como se temía, Morgassa se revolvió justo antes de que llegaran.

Soltó la espada contra el lobo, cruzándole el pecho, y este cayó con un gemido. Con el escudo desvió el impacto del macho cabrío, se giró, siguió atacando a Honor y se apartó, sin dejar de moverse.

Morgassa tenía algunos rasguños y abolladuras en su blanca armadura, pero los golpes fueron desapareciendo ante los ojos de Cole, y el caballero creció aún más.

—¡Uníos a mí o pereced! —gritaron Morgassa y su horda enfebrecida—. ¡No os aviso más!

El cántico de todas aquellas voces le dolía a Cole en los oídos. Después de haber puesto a prueba sus mandíbulas con aquella armadura, sabía lo dura que era. ¿Cómo se suponía que iban a derrotarla si podía repararla a voluntad?

Los caballeros fueron retrocediendo. Todos habían desmontado, y sus caballos combatían a su lado, pateando y coceando con fuerza. A pesar de su empeño y su gran habilidad, las fuerzas enemigas eran demasiado grandes. A mandobles y espadazos, los caballeros fueron retrocediendo, reculando y dejando tras de sí montones de cuerpos. Dalton recorrió a la carrera el perímetro del claro, usando el cuerno que le quedaba para arremeter contra los modificados que conseguían superar el círculo formado por los caballeros.

Los caballeros ya no luchaban para mermar a su enemigo. Luchaban por salvar la vida. Cole observó que los modificados caídos ya no olían a infección. La muerte los había liberado del control de Morgassa.

Morgassa se acercaba cada vez más a Honor, que tenía que recurrir a todas sus habilidades para oponer resistencia al enorme caballero blanco. El Caballero Solitario dio la espalda a la horda de atacantes y se lanzó hacia

Morgassa. Callista y Mira se desplazaron para ocupar su lugar, arremetiendo contra los modificados con sus cuernos y sus pezuñas.

Cole intentó ponerse en pie, pero el dolor abrasador que se extendía por su pata y por todo el costado le hizo caer de nuevo. No solo se había abierto más la herida, sino que sentía los huesos rotos rozando por dentro. Por un momento, el Caballero Solitario y Honor atacaron a Morgassa juntos. El caballero blanco contenía a uno con el escudo y a la otra con la espada, hasta que, en un momento dado, tiró a Honor al suelo de una patada, y se giró hacia el Caballero Solitario. Cada golpe que asestaba parecía suficiente para derribarlo, pero fue un topetazo con el gran escudo lo que lo tiró por fin. Jace estaba en el suelo. ¿Serían graves sus heridas? A Cole se le disparó el corazón. Bueno, el lobo aún respiraba. Skye consiguió ponerse en pie, ocultando su pata cercenada, y avanzó hasta el caballero blanco, aunque a su lado parecía un cachorrillo. Morgassa la abatió con un rabioso golpe de espada, y luego se giró para acabar con Honor. ¡Cole tenía que hacer algo! ¡Honor iba a morir! Sus otros amigos y los caballeros estaban distraídos con el ataque incesante de los modificados. Con un leve gruñido, Cole consiguió ponerse en pie y cargó, sintiendo un dolor insoportable en el costado. No tenía fuerzas para saltar, así que fue a por las piernas de Morgassa.

El arma cayó con un silbido y se le clavó en la espalda. Cole sintió la bota de metal aplastándole el costado. La vista se le nubló y empezó a verlo todo negro. Horrorizado, vio que Morgassa se alejaba y levantaba la espada para acabar con Honor.

—¡Alto ahí, monstruo! —gritó Callista con voz amplificada.

El búfalo había desaparecido. La gran forjadora había recuperado su forma real y levantaba los brazos.

Extendiendo una mano, Morgassa creo cincuenta figmentos sin rostro y los envió a que atacaran a Callista.

Como respuesta, la gran forjadora agitó los brazos y aparecieron un par de gigantes con cara de pocos amigos, cada uno con una larga barra de hierro en las manos. Los ogros cargaron contra los figmentos barriéndolos con las barras. En un principio, eso sorprendió a Cole, porque los figmentos eran intangibles, pero luego supuso que los gigantes también debían de serlo.

Cole levantó un poco la cabeza, pero el dolor y las náuseas se hicieron tan insoportables que a punto estuvo de perder el sentido. Se sentía como si estuviera lleno de cristales rotos que se le clavaban y que le cortaban por dentro al respirar. No solo había quedado fuera de combate: dudaba de que viviera mucho más. Dolorido e impotente, siguió observando con atención.

Morgassa agitó un brazo: dos docenas de lanzas brillantes surcaron el aire, cayendo hacia los colosales figmentos que había creado Callista, para empalarlos. Una ola de poder invisible acompañaba las lanzas. Cole sintió el paso de la ola, que no llegó a tocarle físicamente, pero que, aun así, estaba presente.

Skye se quitó la máscara. Estaba de pie. Ya no era un oso, y aparentemente no estaba herida. Aunque como oso había perdido una zarpa, ahora tenía ambas manos y ambos pies. Skye extendió las manos hacia Morgassa.

Alrededor del yelmo del caballero blanco se formó un cajón de madera que se apoyaba en sus hombreras de metal. Morgassa intentó agarrárselo con la mano libre, pero el guante de metal lo atravesaba. ¡Skye la había cegado con una ilusión!

El Caballero Solitario cargó. Su espada impactó contra el costado de la cintura de Morgassa, desequilibrándola y dejándole una melladura. Con un revés le dio en el lateral de la rodilla. Morgassa cayó.

Cole sintió una oleada de poder procedente de Morgassa. En ese momento aparecieron figmentos a su alrededor. Dos de ellos le arrancaron el cajón que le rodeaba el yelmo. El Caballero Solitario eliminó los figmentos golpeándolos con *Veraz*, mientras el caballero blanco se ponía en pie de un salto.

Otra oleada de poder surgió de Morgassa. Y junto a Skye aparecieron multitud de figmentos. Uno de ellos se lanzó encima, fundiéndose con ella en el mismo momento en que el Caballero Solitario atacaba con *Veraz* a los demás y los aniquilaba.

Skye se agachó y frunció el ceño, con una expresión animal; al momento se lanzó hacia Callista. La gran forjadora había creado otros dos figmentos gigantes para que la protegieran, pero Skye los atravesó como si estuvieran hechos de humo. Mira acudió en su rescate, tirando a Skye al suelo con sus cuernos y luego sentándose encima para inmovilizarla. Aunque Skye se retorcía y gruñía, no podía quitarse de encima al gran macho cabrío.

Ya en pie otra vez, Honor se unió al Caballero Solitario en un nuevo ataque contra Morgassa. Mientras el caballero blanco los repelía, y a medida que las magulladuras de su armadura iban reparándose solas, Cole sentía el poder que irradiaba. Creció un poco más aún; la hoja de su espada se alargó un palmo más.

Morgassa lanzó una patada que mandó al Caballero Solitario por los aires. Cayó dando tumbos y rodando por la ladera, hasta el borde del claro, donde sus caballeros seguían repeliendo con gran esfuerzo a los modificados. Alentados por su proximidad, unos cuantos se lanzaron a atacarlo.

Una vez más, Honor no podía hacer otra cosa que defenderse. Tras una serie de golpes particularmente duros, Morgassa le golpeó con su escudo. Honor dio con la espada en el voluminoso rectángulo de metal; la hoja se rompió. Morgassa contraatacó con la suya. El potente mandoble mandó a Honor al suelo con la pechera de la armadura rasgada.

Cole percibió una energía de forjado que se concentraba hacia un lado. Girándose ligeramente, vio que Callista se transformaba en un enorme caballero con armadura negra, espada y escudo. Adoptó un tamaño casi igual al de Morgassa y luego cargó.

Cole habría querido ayudar. Su instinto le dijo que era el fin. El claro iba haciéndose cada vez más pequeño, a medida que los caballeros y sus monturas retrocedían. Había caído otro caballero, y también algunos de los caballos. El Caballero Solitario, con su armadura abollada y rayada, estaba con los otros caballeros, enfrascado en mantener la horda a raya, con la ayuda de los animales que aún estaban operativos. Mira seguía inmovilizando a Skye. Honor estaba en el suelo.

El Caballero Solitario y Honor no podían contrarrestar a Morgassa. Si el caballero blanco derrotaba a Callista, iban a perder. Cole intentó levantarse, pero el dolor le atenazó, imposibilitando cualquier movimiento. Estaba a punto de perder la conciencia; todo se volvía negro.

Se quedó inmóvil, recuperó la visión y pudo ver al caballero blanco y al caballero negro enzarzados en su combate. Las hojas de sus espadas chocaban con los escudos y con las armaduras, levantando chispas. Se golpearon, empujaron y patearon, entrechocando sonoramente. Callista le cercenó la espada de un mandoble a Morgassa, y luego le soltó un revés. Morgassa agarró la hoja de la espada de su rival con la mano enfundada en su guantelete, se la arrancó, le dio la vuelta y se la clavó a Callista en el vientre, atravesando la armadura.

Por un momento se quedaron juntas. La mano de Morgassa presionaba el hombro de Callista, clavándole los dedos en la armadura.

Entonces Callista dio un paso atrás y cayó de rodillas, antes de que un golpe de Morgassa la derribara. Callista quedó tumbada, con su espada saliéndole del vientre, inmóvil.

Morgassa recuperó su espada y avanzó hacia Honor, que consiguió ponerse en pie, caminando de lado con pasos inciertos. Con otra oleada de energía, las magulladuras y los arañazos que le había hecho Callista desaparecieron de la armadura de Morgassa.

En aquel momento, Cole se dio cuenta de que había estado percibiendo su poder. Había sentido cómo crecía, cómo se acumulaba y cómo se usaba. Le había resultado tan natural que no se había dado cuenta de lo novedoso que era para él.

Se fijó en sí mismo y sintió la energía que irradiaba en su interior a partir de su rostro. Lo único que percibía era la máscara. Su poder personal seguía siendo invisible. Cole pensó en Skye, que se había curado de sus heridas al quitarse la máscara. Se preguntó si a él le pasaría lo mismo. Tenía la sensación de que sus heridas eran demasiado profundas como para eso. Él era el puma. El cuerpo del puma era el suyo. Pero ¿y si eso no era así? ¿Y si su cuerpo fuera algo independiente? ¿Y si quitándose la máscara pudiera volver a la lucha?

Levantar la zarpa era una agonía. Sus lesiones internas le producían llamaradas de dolor. Le fallaba la vista.

Si se quitaba la máscara, se volvería vulnerable a los figmentos sin rostro. ¿Cuánto tardaría en convertirse en un modificado trastornado como Skye? No quería para sí aquel mismo destino. Pero su instinto le decía que sus heridas estaban a punto de acabar con él. Y Morgassa estaba a punto de lanzarse sobre Honor, que se tambaleaba como si el suelo se moviera bajo sus pies.

Una parte de Cole quería rendirse a las heridas. Estaba tan fatigado que solo quería descansar. ¿Qué iba a hacer? ¿Dejar que le volvieran a herir con la espada? Sería tan fácil rendirse y sumirse en el sueño… Pero el precio era demasiado alto. Sus amigos le necesitaban. ¡Tenía que intentarlo!

Un dolor eléctrico le atravesó el cuerpo al bajar la cabeza hacia la zarpa. Agarrando la máscara con fuerza, se la quitó.

El dolor había desaparecido. Tenía la mente clara. Aún sentía el poder que emanaba de Morgassa. Pero, por encima

419

de todo, ahora sentía el poder de su interior. ¿Cómo podía ser que no lo hubiera notado antes? En el momento en que se concentró en él, brilló con más fuerza. Cole desenvainó la espada saltarina y le transfirió su poder. Unas llamas fantasmagóricas envolvieron la hoja.

—¡Quítate la máscara! —le gritó a Jace, que yacía inerte en su forma de lobo.

Morgassa dejó caer la espada contra Honor, que detuvo el impacto con la suya, aunque cayó al suelo y la perdió. En el momento en que Morgassa se preparaba para dar el golpe de gracia, Cole apuntó su espada en aquella dirección y gritó:

—¡Adelante!

Se elevó por los aires, en dirección al yelmo blanco. Antes de que tuviera tiempo de pensar, ya estaba allí; su espada chocó sonoramente con el metal. Cole volvió a gritar la orden y se elevó por encima de los hombros de Morgassa, aterrizando a cierta distancia.

Morgassa se giró hacia él, extendiendo la espada.

—¿Cómo te atreves? —rugieron ella y su horda a la vez.

Una multitud de figmentos sin rostro se lanzó en dirección a Cole. Sin embargo, antes de que pudiera saltar para apartarse de allí, desaparecieron. El Caballero Solitario estaba cargando contra Morgassa, agitando a *Veraz* por el camino.

—¡Cole! —gritó Jace.

Cole vio que su amigo ya no era un lobo. La máscara yacía a sus pies.

—¡Saca la cuerda! —dijo Cole, usando su espada para saltar junto a Jace.

En cuanto aterrizó, Jace sacó la soga dorada. Cole la tocó y le transmitió su poder. Unas llamas cálidas recorrieron toda la cuerda.

El Caballero Solitario se puso a luchar con furia contra Morgassa, pero ella era más rápida y ágil. Después de que sus hojas chocaran varias veces, Morgassa bajó una rodilla y le cortó ambas piernas a la altura de las espinillas. El Caballero Solitario cayó pesadamente.

Honor había recuperado su espada. Tambaleándose como un boxeador borracho, se lanzó brutalmente contra Morgassa y cayó junto al Caballero Solitario.

La cuerda dorada de Jace se estiró hacia delante, agarró a Morgassa por la bota y la lanzó al aire; luego la tiró al suelo con un ruido que podría ser el de un tanque cayendo de lo alto de un rascacielos. Morgassa salió despedida de nuevo y volvió a caer aparatosamente. Al tercer impacto, su armadura estaba ya muy abollada.

Tirando de la cuerda otra vez, Jace lanzó de nuevo a Morgassa al aire, pero, de pronto, su armadura desapareció. De nuevo volvía a ser la maestra que flotaba en el aire, aunque tenía el rostro magullado y sangraba. La cuerda ya no la agarraba.

—¿Qué ardid demoniaco es este? —chilló Morgassa, con su horda a coro—. ¡Este tipo de forjado no es posible en un lugar como este!

En el momento en que la cuerda dorada llegaba a Morgassa, apareció una espada en su mano; el monstruo consiguió apartarla de un golpetazo. Agitó la mano libre, creando un gran grupo de figmentos, y los lanzó contra Jace.

—¡Adelante! —gritó Cole, saltando de lado para evitar el enjambre de semblantes sin rostro.

Jace tiró de la cuerda dorada, que se enroscó y se retrajo. Horrorizado, Cole comprendió que Jace no conseguiría escapar a tiempo.

Honor se había puesto en pie. Su armadura había desaparecido, al igual que su máscara de caballero. Agarró *Veraz* con ambas manos. La espada parecía demasiado grande para ella, pero eso no le impidió moverla de un lado al otro.

Los figmentos desaparecieron.

Usando su cuerda, Jace saltó y se puso en el otro lado de Morgassa. Esta se giró y encaró a Honor.

Cole apuntó con su espada saltarina a la cabeza de Morgassa y gritó:

—¡Adelante!

En el momento en que surcaba el aire, Morgassa se giró hacia él, con la espada a punto. Cole sabía que no podía cambiar de dirección, así que intentó prepararse para parar el golpe.

Entonces aparecieron dos dobles de Cole, volando por los aires en dirección a Morgassa. Cole observó que Dalton se había quitado la máscara del toro. Los semblantes eran cosa suya.

Detrás de Morgassa, Cole vio que la cuerda de Jace se extendía hasta llegar a Honor: la levantó en el aire y la lanzó hacia la maestra flotante. Cole se acercaba a Morgassa y esta se giró. Entrechocaron las hojas de sus espadas. Cole sintió el impacto en todo su cuerpo: desde los huesos a las articulaciones de los brazos. La espada saltarina se le escapó de las manos y salió volando por los aires.

Honor cayó sobre Morgassa y le clavó la espada por el centro. *Veraz* la atravesó de atrás adelante. Con los brazos levantados, Morgassa cayó del cielo.

Cole también cayó. Morgassa estaba muy por encima de la cima de la colina. No había posibilidad de dar otro salto, así que el golpe se presentaba duro.

El suelo se acercaba a toda velocidad, pero, de pronto, unas garras le aferraron de los hombros, reduciendo significativamente la velocidad de la caída. Cole tardó un momento en darse cuenta de que Twitch había aparecido de nuevo al rescate.

Cayó al suelo con fuerza, pero podía haber sido mucho peor. En el momento en que se giró para darle las gracias a Twitch, Morgassa se echó adelante y le dio un manotazo al águila, lanzándola lejos. El monstruo tosía y balbucía, ahogándose, con unas muecas desesperadas y aterradoras. Aún tenía la espada clavada en la espalda, la blusa hecha jirones y los ojos hinchados.

Morgassa se abalanzó sobre Cole y le cayó encima. Clavó sus largas uñas en los costados mientras lo bañaba con sus esputos al toser. Cole intentó zafarse, pero incluso sin armadura y después de recuperar su tamaño original, Morgassa seguía siendo muy fuerte.

Cole se sintió perdido y desorientado. Todo se agitaba y se retorcía a su alrededor, como si su cuerpo y su mente se estuvieran poniendo del revés. Sentía la presencia de Morgassa, aterrada y furiosa, en su interior. El poder le atravesaba todo el cuerpo, en un flujo obsceno y maligno.

Le fallaba la vista. Ante sus ojos aparecieron unos remolinos oscuros de diversos tonos, que iban del negro profundo al negro incomprensible, vacíos dentro del vacío. Oyó muchas voces gritando; un ejército de voces, cientos de miles. No eran gritos divertidos, como en un parque de atracciones: eran gritos de pánico, como los de un edificio en llamas.

Cole intentó recurrir a su propio poder para resistirse a Morgassa. Pero la marea de ira incontrolable de Morgassa le impedía percibir su fuerza.

Y entonces le quitaron a Morgassa de encima. La cuerda dorada la lanzó al aire y la tiró por el suelo por última vez. *Veraz* se desprendió. Morgassa yacía en el suelo, inerte.

Capítulo 38

Honor

Sudoroso y jadeando, Cole levantó la cabeza y se sentó en el suelo. La vista se le iba aclarando, como si le hubieran quitado un velo. En sus oídos aún resonaban los ecos de aquellos gritos. Todo estaba ya en silencio, ¿no? Aún le ardían las cuatro heridas en los costados, en los puntos por donde le habían clavado las uñas.

La horda de Morgassa iba cayendo en todas direcciones. Los figmentos sin rostro desaparecieron, y los modificados fueron cayendo como marionetas a las que les hubieran cortado las cuerdas, muertos o inconscientes.

Honor se acercó a Morgassa con *Veraz* en la mano, lista para atacar. Morgassa parecía otra. Ahora parecía una mujer de talla media, vestida de negro y con rasgos menos marcados. Pero sus heridas no habían cambiado. Estaba muerta.

Cole se puso en pie, temblando. Se sentía desconectado de la realidad. Habían ganado, ¿no? Eso era bueno, ¿verdad? Twitch se situó a su lado; se había quitado la máscara y ya no era un águila.

—¿Estás bien? —le preguntó Twitch.

—No lo sé —dijo Cole.

—¿Qué es lo que te ha hecho? —le preguntó Twitch, que se agachó para ver las pequeñas marcas que le había provocado en el costado.

—No estoy seguro —se sinceró Cole—. Pero no ha sido divertido. Gracias por agarrarme.

—Gracias por contribuir a acabar con ella —respondió Twitch.

—Vale —dijo Jace, acercándose a Cole, con su cuerda dorada replegada en la mano—. Anótate unos cuantos puntos por esa. Has escogido un buen momento para recuperar tu magia. ¿Estás bien?

Cole movió los hombros para comprobarlo. Las heridas que había recibido como puma habían desaparecido. Las de los costados, donde Morgassa le había clavado las uñas, le ardían un poco. Por lo demás, físicamente, no estaba mal. Por dentro sentía una sensación de agotamiento muy rara. Estaba como atontado. Solo tenía ganas de tumbarse a dormir.

—¿Cole? —le preguntó Jace de nuevo.

El chico se dio cuenta de que no había respondido.

—Supongo que sí.

—Has estado providencial —dijo Dalton, acercándose desde atrás y pasándole un brazo sobre los hombros.

—Gracias por tu ayuda. Ya me di cuenta de que las ilusiones las habías creado tú.

—Tenía que hacer algo —respondió Dalton—. Ojalá hubiera podido ser de más ayuda.

—A lo mejor la próxima vez te dejaremos una espada saltarina —dijo Jace, que le dio una palmada en el hombro.

Cole se acercó y cogió su espada.

Esta vez no apareció ninguna llama espectral por la hoja. Cole buscó en su interior, pero no sentía su poder. ¡Eso no podía ser! Ahora sabía dónde buscarlo. Concentrándose, profundizó más y lo buscó de nuevo, pero seguía sin sentir nada. ¿Sería que estaba cansado, nada más?

Honor y Mira estaban junto a Callista, aún en forma de caballero enorme, tendida en el suelo.

—¡Cole! —gritó Honor—. ¡Callista quiere hablar contigo! ¡Deprisa!

A pesar de su agotamiento, Cole corrió hacia ellas. Oyó que Twitch, Dalton y Jace le seguían.

Callista seguía siendo enorme, y estaba tendida boca

arriba, con la espada alojada en el torso. Le habían quitado el yelmo, dejando a la vista la cabeza, que era proporcional al gran cuerpo. Buscó a Cole con la mirada.

—También te lo ha hecho a ti —dijo Callista, con un hilo de voz.

—¿El qué? —preguntó Cole, pero ya lo sabía.

Callista cerró los ojos, tragó saliva y volvió a abrirlos.

—Morgassa me lanzó algún tipo de encanto, modificándome. Después de clavarme la espada. Me desconectó de mi poder. No me lo robó. De algún modo, me lo desajustó. A ti te ha hecho lo mismo.

Cole asintió.

—Lo sentí. Todo se volvió negro.

—Eso me parecía —dijo Callista—. Entraste en contacto con su poder corrupto, un hambre insaciable devorándose a sí misma. Ya fue bastante duro verlo desde fuera. Imagínate lo que debía de ser para ella. El poder había tomado el control. Liberamos a esa mujer de un destino terrible.

—¿No puede reconectarse a su poder? —preguntó Mira—. ¿No puede curarse con una modificación?

—Quizá, si tuviera más tiempo —respondió Callista, que no paraba de jadear—. No sería fácil. Morgassa me hizo algo antinatural. Algo que sobrepasa mis conocimientos como encantadora. Las heridas se las ha infligido a mi persona, no a la personalidad creada por las máscaras. Las diseñé para que se llevaran todo lo que formara parte del animal cuando se quitaran, incluidas las heridas. El peligro que conllevan las máscaras es el de no quitárselas nunca, o el de morir antes de poder hacerlo. Yo decidí quitarme la máscara. Me impedía acceder libremente a mi poder. Eso supuso enfrentarme a Morgassa con menos protección, igual que habéis hecho muchos de vosotros al final.

—¡Búsquelo! —insistió Mira—. ¡Encuentre su poder!

—Mi poder sigue en mi interior —dijo Callista—. Lo noto, pero no puedo acceder a él. Si al menos… No… No tengo tiempo. ¡Hay que parar a esos contraforjadores! La mujer que se convirtió en Morgassa era una de ellos. Combinó su arte con el poder de Brady. Honor, intenta revivir a Skye. Al igual que los otros modificados, está durmiendo, no está muerta.

Honor salió corriendo. Callista alargó una mano enorme.

—Cole —dijo, y él le puso la mano encima, sintiéndose diminuto—. Ojalá pudiera deshacer lo que te ha hecho Morgassa. Tienes un don único. Debes encontrar el modo de contactar de nuevo con tu poder. Morgassa te lo ha complicado. Pero tu poder sigue ahí. Y los Cinco Reinos te necesitan.

Con la ayuda de Honor, Skye se puso en pie. Estaba pálida y tenía los párpados y los labios grises.

Callista soltó a Cole y le tendió la mano a Skye, que se la cogió. Por un momento, se miraron la una a la otra.

—Te nombro mi sucesora —dijo Callista con solemnidad—. Cuando yo muera, tú serás la gran forjadora de Elloweer. No puedo sellar la decisión con mi poder. Ahora mismo queda fuera de mi alcance, y se me acaba el tiempo. Ve a ver a Trillian. No debes confiar en él del todo, pero lo necesitas. Aprende de él. Elloweer necesita que te conviertas en lo que solo él puede hacer de ti. Cuando vea que te he nombrado mi heredera, te enseñará. Prométeme que irás con él.

Skye vaciló, pero luego echó los hombros atrás y levantó la cabeza.

—Lo prometo.

Callista le soltó la mano y se dejó caer, sin fuerzas.

—Todo lo que tengo es tuyo —murmuró—. Cuídalos.

Los ojos se le cerraron y su respiración entrecortada se paró.

Honor y Skye se arrodillaron junto a Callista. Honor le puso un dedo en el cuello.

—Se ha ido —dijo, agachando la cabeza.

Skye parecía agotada y confundida, como una niña a la que hubieran despertado en plena noche. Se sentó y se quedó mirando el colosal personaje adoptado por Callista.

Cole tragó saliva para deshacer el nudo que tenía en la garganta. No hacía tanto que conocía a Callista, pero se había portado muy bien con él, le había ayudado. Se había puesto de su lado y había luchado con valentía para protegerlos. Antes de llegar a las Afueras, la única persona que había conocido que hubiera fallecido había sido un tío abuelo suyo del que apenas se acordaba. Ahora estaban Sultan, Callista y algunos de los chicos que había conocido vagamente durante el tiempo que pasó con los Invasores del Cielo. Sabía que nunca se acostumbraría a vivir en un lugar donde la gente se mataba constantemente.

Al darse la vuelta, vio que el resto de los caballeros se había reunido alrededor de su capitán caído. Mínimus estaba con ellos, pero tres de los caballeros y varios de los caballos no volverían a levantarse. Sus armaduras habían vivido días mejores. Por su aspecto, parecían haber caído rodando por una ladera rocosa.

Mínimus observó que Cole los miraba e hizo un gesto:

—Honor, el Caballero Solitario quiere hablar contigo.

Cole miró a Honor, que no parecía muy segura.

—Como desee —respondió ella.

Se acercaron a donde yacía el Caballero Solitario, con su armadura rayada y mellada, con las piernas cortadas a la altura de las rodillas. No parecía estar sangrando.

—Has utilizado bien *Veraz* —dijo el Caballero Solitario, con voz fatigada pero decidida.

—Es una extensión de mí misma —respondió Honor—. Siento una fuerte conexión. ¿Estás bien?

—Estoy bien —respondió el Caballero Solitario—. Aunque no estaría vivo de no ser por ti y por tus amigos. Me has salvado a mí y has salvado a Elloweer. Nadie más habría podido pararla.

Cole se preguntó si el Caballero Solitario se daba cuenta de que le faltaban las piernas. Se planteó indicárselo.

—Fue un esfuerzo conjunto —dijo Honor—. Callista ha muerto.

—Me lo temía —respondió el Caballero Solitario—. Yo he perdido a tres de mis hombres. No se puede hacer nada por ellos. Podría reparar mis lesiones y las de los demás, pero no pienso hacerlo, salvo por Mínimus.

El Caballero Solitario agitó una mano, y la armadura de Mínimus recuperó su impecable aspecto.

—¿Por qué solo él? —preguntó Honor.

—¿Por dónde empiezo? —dijo el Caballero Solitario, que soltó un suspiro—. Lo fácil era pensar que fueras una persona caprichosa, inmadura e indigna. Me resultaba fácil decirme que yo hacía uso de tu poder en nombre de un dios superior. Pero ahora he sido testigo de tu valor y de tu nobleza en primera persona. Por supuesto, eres tan extraordinaria como tu poder: yo me he originado a partir de ti; debería de haberlo imaginado. El poder que ostento te pertenece por derecho. ¿Quién puede negarlo? Antes de que tu poder llegara hasta mí yo no tenía honor. Trabajé para los contraforjadores que crearon a Morgassa. Acepté el poder que me ofrecían. Querían que fuera su arma. Pero la presencia de tu poder me abrió los ojos y cambió mi naturaleza. Estoy orgulloso de ser lo que he llegado a ser. Pero si intento retener tu poder más tiempo, el hombre en que me he convertido desaparecerá.

—¿Estás seguro de ello? —preguntó Mínimus.

El Caballero Solitario levantó una mano, haciéndole callar.

—Aunque me devolverá a mi estado anterior, y despojará a mis caballeros de sus roles, el honor que me guía exige que esta joven recupere su poder. No deseo seguir el mismo camino que Morgassa, reclamando lo que no me pertenece. Puede que no haya adquirido las habilidades de Honor, pero he colaborado con los que las tienen; si me niego ahora a entregarle lo que es suyo, me convertiré yo también en un ladrón. Mis disculpas más sinceras, alteza.

—Has hecho muchas cosas buenas —respondió Honor—. Quizá debería dejar que tú y tus hombres conservarais mi poder por una temporada. Me parece que todos juntos le dais un uso más efectivo del que pueda darle yo sola.

—Quizá de momento —dijo él—. Pero el poder es tuyo. Si te lo devuelvo, puede seguir creciendo. Un día te dará mucha más fuerza que la de todos nosotros juntos. Y, a diferencia de nosotros, tú puedes salir de las fronteras de Elloweer.

—¿Es esa tu decisión?

—Lo es —confirmó el Caballero Solitario—. Phillip, divídeme por la mitad, justo por debajo de la cintura. Es mi última orden.

Con su armadura abollada y magullada, el caballero que llevaba la gran hacha de batalla se acercó al Caballero Solitario. Cole y Dalton se miraron, sorprendidos. ¿Qué era aquello? ¿Una ejecución?

Phillip levantó el hacha e hizo una pausa.

—Servirte ha sido un gran honor.

Cole apartó la mirada en el momento en que el hacha caía. Oyó el impacto. No pudo resistir la tentación y volvió a mirar: había separado la mitad inferior del Caballero Solitario de la superior.

Honor, a un lado, jadeó, conteniendo una exclamación. Con los ojos bien abiertos, se giró hacia Mira:

—¡Ha vuelto! ¡Siento mi poder! ¡Ha regresado de golpe! Hasta ahora solo sentía un leve rastro. ¡Ahora es como si no lo hubiera perdido nunca!

Mira abrazó a su hermana.

Ante los ojos de Cole, la armadura del Caballero Solitario se desvaneció, al igual que las de todos los demás caballeros, salvo la de Mínimus. Los caballeros perdieron estatura. Algunos, como Oster o Desmond, llevaban otras prendas reforzadas o armaduras debajo. Otros llevaban ropas normales. Varios tenían aspecto de ser demasiado mayores o demasiado frágiles como para ser guerreros.

Sin embargo, el que más cambió de todos fue el Caballero Solitario. En lugar del gran caballero apareció un enano de mediana edad. Se puso en pie, algo torpemente. Su cuerpo, robusto, apenas superaba el metro de altura. Miró a los que lo rodeaban.

—¡Sigmund! —exclamó Mínimus.

—Donovan —asintió el enano—. No has perdido la armadura. Ya notaba que algo en ti había cambiado.

—Callista me fijó la armadura —dijo Mínimus—. Hizo que la modificación fuera permanente.

El enano asintió.

—Mi poder era el de otra persona. Lo mismo que el de Morgassa, aunque nadie se lo disputara. Finalmente, tuvo que acabarse.

—Morgassa me hizo una modificación —señaló Cole, frunciendo el ceño—. Me separó de mi poder. Pero la modificación no desapareció con su muerte.

—Debió de usar su propio poder para hacerla —dijo el enano—. El que ya tenía desde antes.

—Tiene sentido —concordó Honor—. Callista dijo que Morgassa antes era una contraforjadora. Debe de haber aplicado un contraforjado a Cole y a Callista.

—Yo trabajé para ellos —dijo el antes Caballero Solitario, que lanzó un suspiro—. Para los contraforjadores. Para ellos yo no era nadie. Solo un sirviente. Posiblemente por eso supusieron que podrían controlarme. Y al principio lo hicieron. Sin embargo, al cabo de una semana, cambié. Incluso después de recibir un gran poder de sus manos, sigo sin comprender el arte que practican.

Cole apenas podía creer que aquel hombre tan pequeño de voz aguda fuera el Caballero Solitario.

—¿Te llamas Sigmund? —le preguntó.

El enano se aclaró la garganta.

—Correcto. Y Mínimus es mi hermano mayor, Donovan. Él nunca sirvió a los contraforjadores, por lo que no tiene de qué avergonzarse. Cuando le ofrecí la posibilidad de convertirle en caballero, accedió, pero insistió en conservar su reducido tamaño. Siempre se ha sentido más cómodo con nuestra estatura que yo. Acogió su nuevo rol con el apodo que él mismo se inventó.

—Fue una suerte que hicieras tu armadura tan grande —dijo Mínimus—. Si no, habrías perdido las piernas.

—Mi armadura era grande —coincidió Sigmund—. Pero nunca alteré mi cuerpo para llenarla. Como se movía conmigo, como una parte más de mí, no hubo necesidad. La decisión de mantener el cuerpo pequeño fue la que me salvó los pies.

—Pues has causado un buen revuelo para ser tan pequeñajo —observó Jace.

—Nunca infravalores a un hombre solo por su estatura —replicó Mínimus.

—Tengo mucho por lo que responder —admitió Sigmund—. He hecho muchos más enemigos que amigos. —Se acercó a Honor y se arrodilló ante ella—. Acataré cualquier castigo que consideres justo.

—Has hecho un buen uso de mi poder —dijo ella—. Y al final lo has devuelto voluntariamente. Puede que te hayas creado enemigos entre los contraforjadores y los que especulan con el poder en Elloweer, pero también has hecho amigos. —Honor miró a sus hombres—. ¿Alguno de vosotros os avergonzáis de vuestro líder?

Phillip, un hombre delgado de entre cuarenta y cincuenta años, apoyó una rodilla en el suelo.

—Yo moriría por él —dijo.

Los otros excaballeros también hincaron la rodilla y bajaron la cabeza. Mínimus también lo hizo.

Honor observó los alrededores, el mar de modificados inconscientes que había por todas partes.

—Yo propongo que mantengamos en secreto la verdadera identidad del Caballero Solitario —dijo.

—Prudente decisión —coincidió Sigmund—. El Caballero Solitario y su compañía ya no existen. Divulgar nuestro pasado solo puede traernos problemas, a nosotros y a nuestra causa.

—Estoy de acuerdo —dijo Mínimus, con decisión.

—Por supuesto —respondió Sigmund—. Y quedas relegado de cualquier obligación para con tu antiguo capitán. Eso significa que quizá debamos separarnos durante una temporada.

Mínimus cruzó los brazos.

—No querría atraer sospechas sobre ti. Me iré con Twitch. El chico necesita un campeón —dijo, girándose hacia Twitch—. ¿Quieres?

—¡Claro! —exclamó Twitch, a la vez atónito y encantado—. Por supuesto. ¡Renford ni se enterará de dónde le vienen los golpes!

—Puede que ya no sea tan útil como antes, pero no abandonaré la causa de la rebelión —dijo Sigmund—. Era la causa del Caballero Solitario, pero ahora también es la mía.

—Y la mía —contestó Desmond—. Y estoy dispuesto a entrenar a cualquier hombre que quiera colaborar aprendiendo a luchar sin ayuda de encantamientos.

Los otros excaballeros se mostraron igual de dispuestos a servir a la causa.

—Estamos a tus órdenes —le dijo Sigmund a Honor.

—Entonces poneos en marcha —respondió ella—. La gente que estaba poseída por Morgassa está empezando a despertarse. Deberíamos salir de aquí. Sugiero que volvamos a vuestro campamento. Joe y Brady merecen saber lo que ha pasado. Luego podremos tomar las decisiones correspondientes.

Cole se quedó mirando el ejército de cuerpos caídos. Por todas partes había gente desorientada que iba levantándose, con los cabellos desaliñados y el rostro cubierto de suciedad; hombres y mujeres, viejos y jóvenes. Hasta el momento solo se habían despertado unos cincuenta de los miles que se encontraban allí. La mayoría se frotaba las sienes, como si tuvieran un gran dolor de cabeza. A medida que iban reaccionando era como si una oleada de movimientos se transmitiera por la masa de cuerpos.

—Están despertando —señaló Dalton.

—Dentro de poco se creará una gran conmoción —advirtió Desmond—. Deberíamos reunir a los caballos que han sobrevivido y salir de aquí.

—Y las máscaras —observó Jace—. No podemos dejarlas por ahí tiradas.

Honor se acercó y le pasó un brazo por la cintura a Cole.

—¿Puedes viajar?

—Supongo —dijo él. Aún se sentía algo mareado y… agotado.

—Estás pálido —dijo ella—. Podemos subirte a uno de los caballos. Y también a Skye.

—Creo que estoy bien —respondió Cole.

Honor siguió rodeándole con el brazo.

—Hoy todos han contribuido. Pero tú nos has salvado. Sin tu poder, habríamos perdido la lucha. Morgassa no te vio llegar. Todo lo que hiciste la pilló desprevenida. Cuando os conocí a ti y a tus amigos, os infravaloré. Y no fue justo, pues acababais de rescatarme. Gracias, Cole.

—Está bien —dijo él, azorado pero contento—. Pero no sé… Fuiste tú la que acabaste con Morgassa.

Honor meneó la cabeza.

—Morgassa estaba acabada cuando tu espada saltarina cobró vida, al igual que la cuerda de Jace. Es increíble cómo la usa. .

—Ahora ambas vuelven a estar de baja —lamentó Cole—. Al menos de momento.

—Ya recuperarás el poder —dijo Honor, confiada—. Tenemos que irnos.

Cole fue a recuperar su máscara de puma. Sin embargo, justo en el momento en que se agachó a recogerla, sintió que todo se volvía negro.

Capítulo 39

Nuevas misiones

Cole se despertó sentado sobre un caballo, atado a la silla, moviéndose al ritmo del paso. Oster guiaba al animal. Pasó horas entre la conciencia y la inconsciencia. No se despertó hasta medianoche, cuando le bajaron de la silla y le dieron de comer. Pese a haber pasado el día aletargado, durmió toda la noche sin problemas.

Los dos días siguientes fueron una sucesión de momentos inconexos y de aturdimiento que pasó o semiinconsciente, atado a la silla de montar, o comiendo o descansando. Se sentía sin fuerzas. Tenía los músculos rígidos y doloridos, como si hubiera hecho demasiado ejercicio. La luz hacía que le doliera aún más detrás de los ojos, así que la mayoría del tiempo los tenía cerrados.

Al cuarto día empezó a sentirse mejor, aunque cada vez que buscaba su poder en su interior no encontraba nada. Después de haberlo percibido de forma consciente, aquella ausencia le resultaba más profunda.

En un momento dado, se dio cuenta de que Mínimus y Twitch habían desaparecido. Dalton le informó de que habían partido hacia el campo de batalla, en dirección contraria. Cole lamentó no haber podido despedirse de Twitch, o desearle buena suerte. Skye, atada a otro caballo, mostraba la misma falta de vitalidad. Cole supuso que aquello tenía sentido: ambos habían sido intoxicados por el mismo poder corrupto. Probablemente, todas las otras personas modificadas por Morgassa se sintieran igual, aunque aquello no habría modo de saberlo, ya que los habían dejado atrás hacía días. Yendo a pie, con varios caballos, tardaron seis días en recorrer la distancia que habían cubierto en cuestión de horas transformados en animales y caballeros. Para cuando llegaron al campamento, Skye parecía bastante recuperada. Por su parte, Cole se sentía más despierto.

—¿La habéis derrotado? —gritó Brady, saliendo de una tienda a la carrera para darles la bienvenida.

—La hemos derrotado —respondió Cole.

Tras Brady, de la misma tienda, salió Joe, con una espada al cinto.

—¿Está muerta? —preguntó el niño—. ¿Seguro? ¿Le habéis cortado la cabeza?

—Morgassa ya no existe —le aseguró Honor.

Brady miró al resto de la compañía.

—¿Dónde está el Caballero Solitario? ¿Qué les ha pasado a los otros caballeros? ¿Por qué ha recuperado su aspecto normal Oster? ¿Por qué no lleva su armadura Mínimus?

Aquella retahíla de preguntas hizo reír a Cole. Y no era el único.

—Al Caballero Solitario no lo volverás a ver —dijo Sigmund—. Como la mayoría de sus caballeros, se ha ido. Y yo no soy Mínimus, por cierto. Aunque sí, él ha sobrevivido.

—¿Y la señora mayor? —preguntó Brady.

—Callista murió, haciendo gala de un gran valor —respondió Honor.

—No para de morir gente —dijo Brady.

Cole entendía cómo se sentía, pero no sabía muy bien qué decirle. Las muertes ya le resultaban lo bastante difíciles de llevar a él mismo. ¿Cómo se suponía que iba a ayudar a un niño a superarlo?

—¿El Caballero Solitario también ha muerto?

—En realidad, no —dijo Sigmund—. Solo se ha ido.

Brady calló, con el ceño fruncido.

—¿Y qué hacemos ahora?

—Esa es la cuestión —dijo Skye, al tiempo que desmontaba de su caballo.

—Hablaremos de eso enseguida —respondió Honor—. Primero, instalémonos y veamos con qué provisiones contamos.

Durante un rato, los excaballeros fueron de un lado al otro por el campamento. Algunos trajeron provisiones. Otros encontraron armas y equipo de repuesto. Cole atendió a los caballos. Cuando acabó, Desmond y Joe ya estaban sirviendo el desayuno. Cole se sentó sobre un tronco y se puso a mordisquear un bocadillo de galletas saladas, una gruesa loncha de queso y una tierna salchicha. Después de distribuir la comida, Joe se le acercó y se sentó a su lado.

—Los caballeros no necesitaban comer —observó Cole—. ¿Por qué hay tanta comida?

—Trajeron mucha para mí y para Brady. Querían estar preparados. Tenemos bastantes provisiones para un par de semanas. Las suficientes para alimentarnos todos.

—No estaremos aquí tanto tiempo —dijo Mira, que se sentó junto a Cole y apoyó una mano en su hombro—. ¿Cómo te sientes?

—Estoy bien —respondió Cole, y así era.

—¿Bien del todo?

—Aún tengo los músculos algo doloridos —reconoció—. Probablemente, se deba a haber cabalgado tanto tiempo atado al caballo. No siento para nada mi poder. Pero, por lo demás, estoy bien.

—Has pasado mucho tiempo fuera de juego —dijo Mira—. Estaba preocupada.

—Después de la batalla no me sentía tan mal —recordó Cole—. Probablemente haya sido la inyección de adrenalina.

—Estarías en estado de *shock* —supuso Joe.

—Después de comer, Honor quiere que hablemos sobre

adónde ir —dijo Mira—. ¿Estás en condiciones de viajar?

—Claro.

Jace se acercó y se sentó con ellos.

—Ojalá Morgassa no me hubiera dado un buen meneo —dijo—. Estaría muy bien poder ir a caballo.

—¡Jace! —le regañó Mira.

—¿Qué pasa? —protestó él—. Me duelen los pies.

—No pasa nada —dijo Cole—. Está enfadado porque su cuerda vuelve a estar muerta.

—No me lo recuerdes —gruñó el chico—. Ya viste lo rápido que ganamos cuando conseguí que funcionara la cuerda.

—Hubo otros muchos factores —precisó Mira.

—No tantos —reconoció Cole—. Jace estuvo impresionante.

—Al menos hay alguien que me entiende —afirmó Jace, dándole un buen bocado a su galleta.

—Honor quiere hablarnos a todos —dijo Dalton, acercándose.

—Yo me acabo de sentar a comer —refunfuñó Jace.

—Oveja que bala, bocado que pierde —dijo Dalton, que se metió el último trocito de salchicha en la boca.

—Puedes comer mientras hablamos —señaló Mira.

Todos se reunieron en el centro del campamento, formando un círculo algo irregular. Honor y Sigmund se situaron en el centro.

—Tenemos un plan —anunció Honor—. Es hora de tomarse nuestra rebelión en serio. Hemos perdido demasiado tiempo buscando apoyos, esperando el momento apropiado. Los contraforjadores están creando un gran caos. Tanto ellos como mi padre deben caer antes de que acaben por destruir los Cinco Reinos. No sé a cuántas Morgassas más podremos sobrevivir. Es hora de que los Invisibles se levanten en armas. Y tenemos que encontrar a mis otras hermanas.

—¿Dónde están? —preguntó Brady.

—Basándonos en sus habilidades, podemos suponer que Constance estará en Zerópolis; Destiny, en Necronum; y Elegance, en Creón. Al ser la mayor, Elegance es la que mejor puede cuidar de sí misma, y dado que Creón es el reino más alejado de este punto, sugiero que Mira, Joe y sus amigos vayan a Zerópolis a buscar a Constance. Desmond y Oster se han ofrecido voluntarios para acompañarme a Necronum en busca de Destiny. Quien lo consiga antes puede dirigirse a Creón.

—Brady se quedará conmigo y con mis hombres —dijo Sigmund.

—¡Pero si casi soy más alto que tú! —protestó Brady.

—No eres más alto que mis hombres. Raul se quedará con nosotros para mayor protección y para formar a quien quiera aprender. Avivaremos la rebelión aquí y luego la extenderemos a otros reinos. Sin nuestras modificaciones, somos libres de cruzar las fronteras.

—¿Y yo? —preguntó Skye.

439

—A ti te hemos dejado el camino abierto deliberadamente —dijo Honor—. Ahora eres la gran forjadora de Elloweer. Eres libre de seguir el consejo de Callista y visitar a Trillian o de hacer lo que consideres más oportuno.

—Yo nunca aspiré a ser gran forjadora —dijo Skye, algo emocionada. Aunque parecía recuperada físicamente, estaba apagada desde la lucha con Morgassa—. No estoy a la altura. Se me da bien crear ilusiones, pero en cuestión de modificaciones soy poco más que una aficionada. Tendré que visitar a Trillian si quiero hacerlo bien en mi nuevo cargo.

—No «estás obligada» a visitar a Trillian —dijo Mira.

Skye se encogió de hombros.

—Si creo en la revolución, sí lo estoy. Y sí que creo. El combate contra Morgassa dejó mis límites en evidencia. Una gran forjadora fuerte podría suponer un gran apoyo para los Invisibles en Elloweer. Aunque la idea me asusta, iré a ver a Trillian y aprenderé todo lo que pueda.

—Muy bien —dijo Honor—. ¿Alguien tiene alguna objeción al plan que hemos presentado?

—Objeciones, no —intervino Cole—. Pero Dalton y yo también queremos buscar a nuestros amigos. Especialmente a Jenna. Por lo demás, ayudaremos a Mira, como siempre.

—Entendido. Nosotros haremos lo que podamos para ayudaros a conseguirlo.

—¿No puedo irme a casa? —preguntó Brady.

—Aún no —le respondió Honor—. Quizá no puedas regresar nunca. Al menos no para siempre. Una vez que has estado en las Afueras, se crea una atracción que no te deja salir. Te enviaremos a casa si podemos, te lo prometo. Nuestra mayor esperanza al respecto es el gran forjador de Creón, que se oculta en el otro extremo de los Cinco Reinos. De momento, tendrás que aceptar la protección de Sigmund y quedarte en Elloweer. No me olvidaré de ti. Haré todo lo que pueda para conseguir que vuelvas a casa.

—Yo también busco el modo de volver a casa —dijo Cole—. Si lo encuentro, no me olvidaré de ti.

—De acuerdo —respondió Brady, que lanzó un suspiro.

—¿Algo más? —preguntó Honor. Nadie dijo nada—. Entonces sugiero que pasemos la noche aquí. Podemos separarnos y ponernos en marcha por la mañana.

El grupo se dispersó. Cole y Dalton siguieron a Joe.

—Háblame de Zerópolis —dijo Cole.

Joe sonrió y meneó la cabeza:

—No se parece a ninguno de los otros reinos.

—¿Estás contento de volver a casa? —preguntó Dalton.

Joe se paró.

—Zerópolis es el reino del que procedo, pero no es mi lugar de origen. Yo soy como vosotros dos. Antes de todo esto, vivía en Monterey, en California.

—¿De verdad? —exclamó Cole—. ¿Y por qué no lo has dicho antes?

Joe se encogió de hombros.

—No surgió la ocasión. No suelo hablar mucho de mí mismo. Pero parece que nuestros destinos están ligados. Y no es que me importe. Sois unos críos bastante excepcionales.

—¿Has intentado volver a casa? —preguntó Dalton.

—Claro que sí. Le puse ganas, y conseguí volver. Pero no cuajó. Es como dicen: la gente te olvida y te ves arrastrado aquí otra vez. Una combinación brutal.

—¿Crees que podremos encontrar el modo de volver a casa y quedarnos allí? —preguntó Cole.

—Créeme, a mí me interesaría tanto como a vosotros —contestó Joe—. No he hablado nunca con el gran forjador de Creón. Valdría la pena intentarlo.

—Pero primero tenemos que ir a Zerópolis —señaló Dalton.

—Sí, ese es el plan.

—¿En qué se diferencia Zerópolis de los otros reinos? —preguntó Cole.

—En Zerópolis el forjado se usa sobre todo como combustible. También se emplea para crear materiales de construcción. En cierto modo, tienen una tecnología superior a la nuestra de la Tierra. Zerópolis hace que el resto de las Afueras parezca un lugar primitivo. Ya lo veréis.

—No pareces muy contento de volver —observó Dalton.

—Es el reino menos abierto a la rebelión —dijo Joe—. El gran forjador de Zerópolis se alineó con el forjador supremo. Es su mano derecha. Además, tengo… asuntos personales. Me presenté voluntario a una misión que me llevó lejos de Zerópolis, y no fue por casualidad.

—¿Por qué lo hiciste? —preguntó Cole.

Por un momento, Joe parecía más que preocupado.

—Es una larga historia. Algún día os la explicaré. Por otra parte, Zerópolis ofrece muchas comodidades que no encontraréis en ningún otro lugar de las Afueras, y es un lugar por el que me sé mover bien. Ya os contaré.

Cole y Dalton se dedicaron las horas siguiente a rebuscar por el campamento en busca de cosas que pudieran serles útiles. Al final consiguieron reunir más de lo que podían llevar. Lo metieron todo en una tienda y se sentaron en un catre.

—¿Estás bien? —preguntó Dalton—. Aún no tienes muy buena pinta.

—Lo intento —dijo Cole—. Tú has percibido tu poder. Lo has usado. Imagina que desapareciera de golpe.

—Sería horrible —reconoció Dalton.

—Además, toda esa lucha fue horrible. Me sentí realmente como si me estuviera muriendo.

—Todos estuvimos a punto de caer.

—Me preocupa que las cosas se pongan aún peor —confesó Cole.

—Entonces no nos queda más remedio que ser cada vez mejores —respondió Dalton, que sonrió.

Cole se sintió un poco más relajado.

—Tienes razón. Es lo único que podemos hacer. Me pregunto dónde estará Jenna ahora mismo.

—Con un poco de suerte será esclava en algún lugar muy aburrido y tendrá un trabajo más aburrido aún.

—Eso espero —dijo Cole—. Pero, con todo lo que hemos visto hasta ahora, quizá no sea verdad.

—Antes o después lo descubriremos —dijo Dalton.

Cole asintió.

—La encontraremos. O moriremos en el intento.

Agradecimientos

Cada una de las historias que escribo empieza en mi mente, como una serie de escenas que desarrollo dejando volar la imaginación. Cuando creo que tengo una historia que vale la pena contar, escribo un primer borrador, y doy forma a los caracteres de los personajes, sus relaciones, los problemas que afrontan, las decisiones que toman y las consecuencias que tienen. Una vez pulido el borrador, comparto el manuscrito con mis editores, que señalan los puntos débiles a los que debo estar atento y los puntos fuertes que debo resaltar. El proceso de revisión sigue hasta que mis editores y yo acordamos que nos hemos acercado todo lo posible a la mejor versión de esa historia en particular. Nunca es perfecta, pero el fruto de este proceso siempre ha sido algo que me siento orgulloso de compartir.

Quiero dar las gracias a los que han ayudado a dar forma a este libro. Como siempre, mi esposa y mis hijos se merecen todo mi agradecimiento por concederme el tiempo necesario para escribir y editar este texto. Como es habitual, mi esposa, Mary, ha sido mi primera lectora cada vez que acababa un capítulo, y sus impresiones me han ayudado a hacer importantes ajustes preliminares.

Una vez más, mi editora, Liesa Abrams Mignogna, me ha dado numerosos consejos útiles y me ha ayudado a dar una mayor personalidad a muchas de las escenas. Estoy contento de que el libro no haya llegado al público hasta después de que ella haya trabajado conmigo en la novela, para darle fuerza. También he recibido útiles aportaciones de mi espléndido agente, Simon Lipskar, así como de Elv Moody, hablando por boca de mi editor en Reino Unido.

Los amigos y la familia me han ayudado a descubrir diversos errores y me han aportado sugerencias útiles y ánimos. Entre este grupo de lectores se cuentan Tucker Davis, Pam Mull, Cherie Mull, Sadie Mull, Liz Saban, Cole Saban, Dalton Saban, Richard Young, Jason y Natalie Conforto, Paul y Amy Frandsen, y Wesley Saban.

También estoy agradecido al equipo de Simon & Schuster. Sin su apoyo, quizá los Cinco Reinos no habrían llegado a existir. Algunos miembros del equipo Aladdin de Simon & Schuster han cambiado recientemente de trabajo, así que querría dar un agradecimiento especial a Bethany Buck, Anna McKean y Paul Crichton. Otros miembros del equipo que me han ayudado son Mara Anastas, Carolyn Swerdloff, Matt Pantoliano, Jessica Handelman, Lauren Forte y Jeannie Ng. Owen Richardson es el autor de otra cubierta fantástica.

También quiero darte las gracias a ti, lector. Sin ti, este libro no serviría para nada. ¡Gracias por dedicarle tiempo y dar vida a esta historia en tu mente!

444

Nota a los lectores

Van dos, quedan tres. Hay Cinco Reinos, y esta serie tendrá cinco libros. Este ha sido el segundo, y actualmente estoy trabajando a fondo en el tercero.

Escribir una serie significa dedicar mucho tiempo a los personajes principales. Al imaginármelos y darles vida, acabo conociéndolos bastante bien, incluidos datos sobre su pasado y su futuro. Como escritor, puede resultar difícil conocer los secretos de los personajes importantes o los momentos decisivos de sus vidas que no quedarán al descubierto hasta volúmenes posteriores. A veces me cuesta mantener la boca cerrada en relación con las interesantes sorpresas que os reservo, pero guardarme tales detalles es una parte importante de mi trabajo. Confiad en mí: ¡es por vuestro propio bien! Me he guardado algunos de los reinos y de los secretos más interesantes para momentos posteriores de la serie.

Iniciar una nueva serie es como empezar mi carrera de nuevo. Siempre espero que los lectores disfruten con la nueva historia. De momento, parece que Cinco Reinos gusta. Si es tu caso, ¡haz correr la voz! Estoy muy ilusionado con lo que tengo preparado para los últimos libros, que recogerán parte de mi mejor trabajo.

Antes de que acabe con los Cinco Reinos, me pondré a trabajar en la secuela de la serie Fablehaven. Se llamará Dragonwatch. No veo la hora de compartir con vosotros más historias sobre los personajes de Fablehaven, como Kendra, Seth, Newel, Doren, Warren, Bracken, Vanessa, Raxtus, etc. ¡Si te gusta Cinco Reinos, pero aún no has leído Fablehaven, deberías conocer a esa gente!

Si quieres contactar conmigo o saber más de mi trabajo como escritor, puedes encontrarme en línea de varias maneras. Puedes darme un «me gusta» en mi página de Facebook (Brandon Mull) y seguirme a través de ella. También puedes seguirme por Twitter (@brandonmull). Suelo colgar posts en ambos sitios, así que son el mejor recurso para mantenerse informado. Por otra parte, encontrarás información general sobre las cosas más importantes en brandonmull.com, y mapas e información adicional sobre Cinco Reinos en EntertheFiveKingdoms.com. Si quieres enviarme un mensaje, mi dirección de correo electrónico es autumnalsolace@gmail.com, pero voy tan liado que solo puedo responder correos aleatoriamente de vez en cuando. (Aunque agradezco los mensajes y leo todos los que puedo.) Si quieres conocerme en persona, salgo de gira cada vez que se publica un libro nuevo. Encontrarás información sobre las presentaciones en los recursos en línea que he mencionado.

Esto es lo que hay de momento. Gracias por acompañarme hasta aquí. ¡El tercer libro y Zerópolis te esperan!

Brandon Mull

Brandon Mull, autor de la serie *best seller* Fablehaven, vive actualmente en Ohio, donde trabaja en los próximos títulos que comprenderán esta nueva serie, Cinco Reinos. El primer volumen de la serie, *Invasores del cielo*, ha sido publicado también por Roca Editorial.

ESTE LIBRO UTILIZA EL TIPO ALDUS, QUE TOMA SU NOMBRE
DEL VANGUARDISTA IMPRESOR DEL RENACIMIENTO
ITALIANO ALDUS MANUTIUS. HERMANN ZAPF
DISEÑÓ EL TIPO ALDUS PARA LA IMPRENTA
STEMPEL EN 1954, COMO UNA RÉPLICA
MÁS LIGERA Y ELEGANTE DEL
POPULAR TIPO
PALATINO

***
**
*

CINCO REINOS. EL CABALLERO SOLITARIO
SE ACABÓ DE IMPRIMIR
UN DÍA DE VERANO DE 2015,
EN LOS TALLERES GRÁFICOS DE EGEDSA
ROÍS DE CORELLA 12-16, NAVE 1
SABADELL (BARCELONA)